Newton Compton Editores

Título original: *The Rome Affair*

© 2017, Karen Swan
© 2024, de la traducción por Noelia Pousada Lobeira
© 2024, de esta edición por Antonio Vallardi Editore S.u.r.l., Milán

Todos los derechos reservados

Primera edición: julio de 2024

Newton Compton Editores es un sello de Antonio Vallardi Editore S.u.r.l.
Pl. Urquinaona, 11, 3.º 1.ª izq. Barcelona, 08010 (España)
www.newtoncomptoneditores.com

Gruppo editoriale Mauri Spagnol S.p.A.
www.maurispagnol.it

ISBN: 978-84-19620-44-6
Código IBIC: FR
DL: B 4.884-2024

Composición:
Sergi Godia

Diseño de interiores:
David Pablo

Impreso en julio de 2024 en Puntoweb s.r.l., Ariccia (Roma), en Italia.

Karen Swan

Un día en Roma para enamorarse

Traducción de Noelia Pousada Lobeira

Newton Compton Editores

Barcelona, 2024

Para Wol,
prácticamente el verdadero autor de este libro

Prólogo

Roma, noviembre de 1989

—¿**C**ariño?

Llamó a la puerta, esperando oír lo que siempre oía cuando su esposa estaba en su *suite*: el agua llenando la bañera, las puertas del vestidor abriéndose y cerrándose, ella tarareando una canción mientras se vestía…

—¿Elena?

Esperó unos instantes antes de entrar. Las cortinas estaban abiertas y las luces, encendidas. La cama seguía ligeramente hundida ahí donde había estado tumbada y las almohadas estaban deformadas por la siesta que se había echado.

Esbozó una sonrisa mientras se disponía a cerrar de nuevo la puerta, pero, en ese momento, se fijó en un objeto diseñado expresamente para llamar la atención: en vez de marcharse, se acercó al tocador para cogerlo. El anillo seguía caliente por el contacto con el cuerpo de su esposa. Acarició las piedras con el pulgar y, acto seguido, las acercó a los labios para besarlas con cuidado. Debía de haberse olvidado de ponérselo después del baño, pensó él, metiéndoselo en el bolsillo con la idea de probar a buscarla en la biblioteca.

Tenía que estar allí…

La nota estaba completamente oculta bajo la bandeja para los anillos. No la habría visto de no ser por el grueso cristal, que producía el mismo efecto que una lupa, y aquella letra la habría reconocido en cualquier circunstancia. Sacó el papelito blanco de su escondite y, con la respiración desacompasada, lo leyó, lo vio y lo entendió todo.

Y, entonces, salió corriendo.

Capítulo 1

Roma, julio de 2017

—«La luz ambarina y los gorriones…»; de eso es de lo que ha escrito Cesca —dijo Matteo, volviendo a dejar el móvil en la mesa.

—¿Y eso es lo que más te gusta de esta ciudad? —preguntó Alessandra incrédula.

—¡Pues tiene más «me gusta» que casi cualquier otra entrada! —Cesca se echó a reír, señalando las estrellas de la publicación—. ¿Qué queréis que os diga?

—Yo lo que digo es que a la mayoría de la gente le atraería más el Coliseo, el Foro, el Panteón —respondió Alé con sorna— o incluso los vendedores de rosas en las escaleras de la Piazza di Spagna que los pajaritos marrones que andan robando comida de los platos.

—Ay, pero es que la mayoría de la gente no tiene imaginación. Yo paso de los clichés. Quizá por eso mi pequeño blog guste tanto.

—De pequeño nada —dijo Matteo—: con lo rápido que estás ganando seguidores, pronto tendrás patrocinadores llamando a tu puerta, y ahí es donde puedes sacar dinero de verdad.

—¿Ah, sí? Pues ya están tardando —bromeó Cesca.

No obstante, era cierto que *Un día en Roma para enamorarse*, su homenaje en redes a la ciudad que era el corazón de la Antigüedad, del queso *pecorino* y de *la dolce vita*, había despertado el interés general, y a ella le emocionaba y asombraba aquella popularidad creciente. Desde su primera publicación de prueba, hacía ahora siete meses, se había hecho al blog y escribía sobre todo tipo de temas, desde los dulces de miel elaborados en el propio Aventino hasta sus tiendas *vintage* preferidas, pasando por alguna que otra anécdota de su trabajo como guía turística.

Guido esbozó una amplia sonrisa. Le brillaba la coronilla bajo la intensa luz dorada de los faroles.

–Bueno, al menos nos queda claro por qué necesitabas un cambio. No se puede esperar que una persona que define Roma por su luz trabaje en un mundillo tan soso como el de los tribunales británicos.

–Gracias, Guido –dijo Cesca, alzando el vaso en su dirección–. Un brindis por lo que has dicho.

Todos se le unieron: se acabaron la *grappa* y se recostaron en sus asientos sonriendo relajadamente. Era el punto final de otra noche hermosa en la que el aire caliente caía como párpados somnolientos y el aroma a jazmín se esparcía como polvo por el cielo. Se habían dado un buen festín, con platos de pasta y pescado, y todas las mesas de la terraza del restaurante estaban ocupadas. Ya pasaban de las diez de la noche, pero para Roma aún no era tarde, y a Cesca también empezaba a parecerle temprano.

–¿Y ahora qué? ¿Nos vamos a Zizi? –preguntó Alé, recostándose en la silla y recogiéndose el cabello negro en una coleta. Llevaba puesta una camiseta color caqui sin mangas que le dejaba al descubierto los brazos delgados–. Esta noche toca el grupo de música ese que vimos en el festival Rock in Roma en junio, ¿os acordáis?

–¿El de la cantante que estaba buena? –preguntó Matteo, mostrando interés, como siempre que había una mujer atractiva de por medio.

–Si te refieres al cantante, sí que estaba bueno. –Alé se rio, dejando caer el pelo por los hombros–. Oye, no sabía que te pusiese la barba.

Todos se rieron entre dientes y Matteo agachó la cabeza mientras le tiraban un par de servilletas.

–Pensaba que te referías a…

–Ya, ya, a esas tres hermanas.

–Yo me apunto a lo de Zizi –dijo Guido.

La barba a él sí que le ponía.

–Bueno, sintiéndolo mucho, conmigo no contéis –intervino Cesca, agachándose para coger el bolso que tenía a los pies–. Mañana tengo un grupo a las seis, así que me toca levantarme a las cinco.

–Planazo. –Alé frunció el ceño con la vista fija en Cesca, que ya había cogido la cuenta del platillo y estaba calculando su parte moviendo los labios en silencio.

—Ya te digo —respondió instantes después, poniendo los ojos en blanco—, pero, por desgracia, el alquiler no se paga solo.

Alé chascó la lengua.

—¡Me parece increíble que no te paguen por vivir en ese piso! —bromeó, dedicándole una leve sonrisa, con cierto toque seductor, al camarero que volvía con otra ronda de digestivos.

—Gracias, eh. Pues a mí me encanta mi casa. Ponte a buscar piso en Londres por el dinero que pago aquí. En Roma, por lo menos, todo… —Cesca frunció el ceño—. ¿Cómo se dice en italiano que parece sacado de un cuento? O sea, que es pequeñito, bonito, anticuado…

Todos tradujeron la expresión al unísono.

—Cierto, pues eso mismo. —Asintió mientras hurgaba en el bolso. Ojalá hablase italiano la mitad de bien que ellos inglés. Quizá, si hubiese insistido en que le hablasen solo en italiano, habría mejorado su nivel, pero sospechaba que no los haría reír tan a menudo ni se divertirían tanto con ella.

—Pero si dijiste que una vez te pasó una cucaracha por la cara mientras dormías —le recordó Alé con un escalofrío.

—Solo una vez, y, además, eso fue la primera semana. Creo que ya las he espantado.

—Y las luces parpadean cuando cruzas la habitación —añadió Matteo—. Y tu televisor debe de ser el único en blanco y negro que sigue funcionando en todo el país.

—O en toda Europa —lo corrigió Guido.

Matteo lo buscó con la mirada.

—Exacto.

—Y, para más inri, apesta a caballo —dijo Alé, arrugando la nariz.

—Nada que una vela aromática no pueda arreglar, y, para que conste, todo el mundo dice que mi tele en blanco y negro es un bien de valor histórico, como la cerveza artesana de Guido y su barba a lo *hipster* —añadió con una amplia sonrisa, antes de acariciarle la barba con cariño, como si fuese un terrier irlandés. Nunca lo había visto sin barba y no podía ni imaginárselo afeitado; sería como verlo desnudo—. Además, tengo bañera…

—¡Puaj! –Matteo hizo una mueca–. ¿Por qué estáis obsesionados los ingleses con revolcaros en agua sucia?

—¡Con lo bien que sienta! Ya me gustaría veros a vosotros intentando sobrevivir un invierno en Inglaterra. En la universidad, a veces la única forma de entrar en calor era dándome un baño. –Inhaló hondo, viendo que la miraban sonrientes, que disfrutaban pinchándola–. Habláis como si vosotros vivieseis en un ático de lujo. –Hizo un puchero, mientras los demás se desternillaban de la risa.

—Quédate, aunque sea a una ronda más –le imploró Alé.

—De verdad que no puedo –dijo Cesca, inclinándose para darles a todos un beso–. Últimamente he tentado a la suerte demasiadas veces, y ya sabéis cómo me pongo por las mañanas.

—Ya me gustaría a mí saberlo. –Matteo se rio por lo bajo, estirando los brazos de arriba abajo para presumir de músculos.

—No tienes remedio. –Esbozó una amplia sonrisa–. Pero necesito este trabajo. Tengo agujeros en los zapatos de tanto andar y no me puedo permitir unos nuevos. –Para demostrar que no mentía, alzó el pie y les enseñó la tela rota de sus Converse amarillas.

—Pero, claro, el vino que no falte con la cena –dijo Guido, dando un golpecito a la botella vacía que le quedaba más a mano.

—Pues claro. En la vida hay prioridades, cariño –bromeó.

—Y yo que pensaba que tus zapatos ya venían así de fábrica –comentó Matteo, mirándolos–. Todo lo demás que te pones se cae a pedazos.

—¡Oye! Lo que te pasa a ti es que no entiendes de moda *vintage* –retrucó Alé en defensa de Cesca–. Todo lo que no sea un Gucci sin estrenar ya no te vale.

Matteo fijó la mirada insinuantemente en el agujero de la blusa blanca de algodón estilo eduardiano que llevaba Cesca, y esta lo tapó con la mano.

—Si una prenda está así de usada es porque gusta mucho, punto.

Soltó una risa, recogiendo del respaldo del asiento su panamá, que, todo hay que decirlo, parecía que lo había mordisqueado un burro. Se lo puso mientras les lanzaba besos a todos.

—Hasta luego, *amici*. Sois los mejores. ¡Hablamos!

Sonrió, despidiéndose con un gesto de la mano mientras se alejaba. Las voces de sus amigos, que habían retomado el tema de

13

conversación de la discoteca, se sobreponían al leve murmullo del resto del restaurante.

Su casa no quedaba lejos. Nada quedaba muy lejos en Roma. Cruzó la Piazza di San Cosimato, con los puestos del mercado apilados y protegidos con cadenas hasta que se reactivase el comercio a la mañana siguiente, y se adentró en el sinuoso laberinto de callejuelas, donde los edificios desaparecían bajo las fachadas repletas de tupidos jazmines y hiedras. Había gente por doquier, mesas arrimadas contra los muros para dejar paso a las limusinas del aeropuerto, motos aparcadas precariamente en densas filas como fichas de dominó y música que salía de todas las ventanas abiertas.

Puede que la ubicación de su piso en el centro histórico, oculto en la maraña de calles serpenteantes entre la Piazza Navona y el Campo de' Fiori, no estuviese tan de moda como las casas de sus amigos en Trastevere –donde los artistas, los diseñadores y los *hipsters* se reunían en bares que permanecían abiertos hasta bien entrada la madrugada y en restaurantes *pop-up*–, y puede que ella tuviese toda la culpa de que la edad media de los residentes de la zona hubiese descendido cuarenta años de golpe, pero la cosa es que estaba en el centro, lo que le venía bien para el trabajo. Tanto tenía que andar para ganarse la vida esos días que lo último que quería era tener que pegarse otra paliza para llegar a casa.

Además, nunca le habían interesado mucho las modas; vestir ropa *vintage* de pies a cabeza ya era prueba de ello y solo la punta del iceberg. De adolescente, escuchaba la música de Patti Smith y de Carly Simon, cuando todo el mundo estaba obsesionado con McFly. No había tardado en hacerse a la idea de que no existía plancha alguna que fuese a arreglar lo encrespado que tenía el pelo rubio tirando a color fresa –bueno, vale, era pelirroja–, y con su casi metro ochenta, no había manera de no llamar la atención. Así que, sí, puede que en su piso hubiera cucarachas y que la instalación eléctrica fuese algo chunga, pero también tenía baldosas azul turquesa de los años sesenta en la cocina y una bañera. La terracita –no mucho más grande que la mesa que había en ella– daba a todo un panorama de tejados, entre los que se contaban siete campanarios de iglesias como mínimo –le encantaba ver lo desacompasadas que se movían las campanas los domingos por la mañana–. Tal vez lo mejor de todo era que el piso estaba ubicado en una plaza muy pequeña y tranquila que daba a la atestada Piazza Angelica y en la que tenía todo lo que necesitaba: una *osteria* con escasa iluminación en una esquina, una pizzería enfrente y la mejor pastelería de Roma justo en la puerta de al lado de su piso. Había una higuera frondosa en la esquina de la *osteria* y, en el centro mismo de la plaza, un viejo olivo, cuyas ramas se mecían con la brisa como bailarinas hawaianas. Se había sentido en casa nada más verla por primera vez.

De vez en cuando, las callejuelas angostas por las que pasaba Cesca se ensanchaban al llegar a alguna que otra plaza, y en esos momentos el cielo se agrandaba en afilados rectángulos y la luz de la luna teñía de plata las calles durmientes. No hacía ruido al caminar con las raídas zapatillas Converse sobre los adoquines, concentrada como estaba en el *tour* del día siguiente y en las historias que tendría que contar para hacer bien su trabajo. Seguía siendo una novedad estar aquí y hacer todo lo que hacía; su antigua vida le parecía un sueño lejano, una historia que le había contado otra persona, más que un pasado que hubiese sido suyo alguna vez, que la hubiese absorbido, que la hubiese definido.

Llegó a su pequeña plaza, la Piazzetta Palombella, y pasó por Osteria Antico, que siempre estaba abarrotada aunque no aceptaran reservas ni tuvieran ningún plato estrella ni menú; te ofrecían lo que fuera que el *signor* Accardo hubiera cocinado ese día y su esposa te lo servía a la mesa. Al pasar, alzó la mano para saludar a la *signora* Accardo, que llevaba puesto el delantal negro de costumbre e iba de camino a la cocina con unos platos.

Al otro lado de la plaza, en la puerta de la pizzería de Franco, había la cola de siempre. La gente que estaba a la espera charlaba a gritos y se exclamaba conforme los cocineros lanzaban las masas de las *pizzas* por el aire con movimientos acrobáticos y las llamas del horno de leña iluminaban la calle. El local era propiedad de Franco Luciano, *pizzaiolo* de tercera generación, si bien ahora lo llevaban sus seis hijos, que se habían vuelto tan míticos como la famosa masa Luciano. No era tarea fácil diferenciarlos cuando estaban metidos en la cocina: todos tenían el pelo oscuro, los dientes blancos, los ojos marrones y la piel morena y vestían de forma

15

idéntica. Gritaban y gesticulaban sin parar mientras se empujaban y se esquivaban los unos a los otros en una meticulosa coreografía dentro del local; Cesca tenía claro que aprendería italiano antes que todos sus nombres. Trabajaban con soltura y sujetaban las palas del horno de tres metros de largo con maña. No había sido consciente del talento que había que tener para hacer *pizzas* hasta que vio cómo amasaban y lanzaban las bases por el aire, las torcían y las giraban con habilidad artesana, trabajando los bíceps con unas camisetas blancas ajustadas.

Ricci, el hijo mayor de Franco, la reconoció cuando sacó uno de los contenedores de la basura y la llamó, y ella le devolvió el saludo. Les estaba agradecida a sus nuevos vecinos por el sentimiento de comunidad con el que la habían recibido.

Subió las escaleras pegadas a la pared que llevaban a la entrada de su casa, con cuidado de no pisar las numerosas macetas con geranios que su casera, la *signora* Dutti, una viuda que vivía en el piso de abajo, había puesto en cada uno de los peldaños. Durante los últimos siete meses, la mujer la había despertado a las 7:40 h barriendo las escaleras; coger y dejar los tiestos de las flores eran el equivalente italiano a hacer ruido con la vajilla de porcelana a la hora del desayuno en Inglaterra.

Dentro del piso hacía frío y estaba todo a oscuras; las cortinas de encaje, estilo *vintage* y hechas a mano, pendían inmóviles de las ventanas, y abrió las contraventanas para que la brisa renovase el aire estancado. Era todo un gusto pisar las baldosas de terracota del suelo al quitarse las Converse y cruzar el salón comedor en dirección a la minúscula cocina, sombría y situada al fondo, para servirse un vaso de agua y cortar unos trozos de melocotón que luego puso en un cuenco junto con el hueso. Encendió la televisión y zapeó hasta dar con una reposición de la serie *Comisario Montalbano*, y después se metió en el baño para llenar la bañera; era su ritual de la noche. Le traían sin cuidado las burlas de sus amigos.

Se comió el melocotón despacio, sentada en el borde del sofá, viendo en silencio un tiroteo en la televisión mientras, de fondo, oía el agua caer en la bañera, ahora con mayor fuerza. Sabía, solo por el sonido, cuándo llegaba el agua a la altura idónea y cuándo tenía que cerrar los grifos.

Devolvió a la cocina el cuenco, en el que tan solo quedaba el hueso del melocotón, lavó el recipiente y preparó la bolsa de la basura. La alzó con cuidado, consciente de que en el cuenco de cereales que se había tomado el día antes quedaba más leche de la que pensaba cuando tiró las sobras, y se apuró hasta la entrada, forzando el bíceps delgado para que la bolsa no tocase el suelo. Se calzó de nuevo, sin molestarse en meter los talones para no tener que desatar los cordones, y, al volverse, vio claramente unas enormes gotas de leche en las baldosas. Chascó la lengua y trastabilló por las escaleras lo más rápido que pudo, soltando un taco cuando rozó una de las macetas de flores con el fondo de la bolsa; se volcó y el peldaño quedó manchado de tierra.

Se metió en el pequeño callejón que había a la izquierda, entre su edificio y la pastelería, y levantó la tapa del cubo enorme, preparada para lanzar la bolsa con el otro brazo y conteniendo la respiración por puro instinto, ya que el mal olor era siempre insoportable.

Pero frunció el ceño cuando reparó en algo que había encima de las otras bolsas de basura. Bajó la suya hasta los pies, se estiró y cogió un bolso de mano que parecía nuevo y caro. Era de cuero gris polvo, con los bordes duros y puntadas en las costuras. Incluso Cesca, que no era experta en moda, tenía claro, por el mango de bambú, que era un Gucci. En los despachos que había frecuentado en su vida anterior, los bolsos de la santísima trinidad –Gucci, Prada y Céline– eran uno de los artículos imprescindibles de las abogadas más prestigiosas, una forma de transmitir éxito cuando cualquier otra indicación, como el reloj, el traje o los toques de color que se daban cada dos semanas en los salones de belleza, los tapaban la peluca y la toga. Pasó el pulgar por el cuero, blando, de piel de cordero. No parecía una falsificación ni tenía un olor sospechoso, pensó mientras olisqueaba y se deleitaba con el rico aroma del cuero. ¿Qué demonios hacía allí?

Cayó en la cuenta al momento.

Se olvidó de la bolsa enorme que seguía goteando a sus pies y abrió el bolso. A diferencia del suyo, donde tenía de todo un poco, este casi daba pena por lo vacío que estaba: un peine –que no tenía ni un pelo–, unos polvos de Chanel Les Beiges, un frasquito de colonia de Annick Goutal, varias tarjetas de visita sujetas con un clip de plata… Pero lo que llamaba la atención era, precisamente, lo que no había: ni cartera ni teléfono. Seguramente el ladrón habría cogido el bolso, habría robado lo que quería y lo habría tirado a las primeras de cambio; el bolso habría constituido una prueba incriminatoria si lo hubiesen detenido con él.

De todos modos, sin contar el valor del dinero en efectivo o de las tarjetas de crédito, ese bolso tenía que costar unos mil euros. Sin el documento de identidad, no había manera de devolvérselo a su dueña. «¿Qué debería hacer?», se preguntó. ¿Conseguiría encontrar a la dueña la policía o la que fue a Sevilla perdió su silla? La verdad, no era su estilo; le pegaba más a una mujer que se peinase con secador a diario, que se pusiera joyas para desayunar y que pensase que la manicura era uno de los pilares fundamentales de la civilización. ¿Y si lo vendía? No le vendría mal el dinero y…

De repente, se le ocurrió algo: ¿y si el bolso tenía un número de serie, como los Rolex o los coches, con el que la dueña pudiese localizarlo? Una de sus compañeras del despacho en el que había trabajado tenía un Hermès Birkin que llevaba incorporada una tarjeta con varios números de autenticación. Si en ese bolso había algo parecido, podría devolverlo: mejor eso que beneficiarse de las desgracias ajenas.

Abrió el bolsillo lateral: por fuera, daba la impresión de que estaba vacío, pero había algo dentro. Sacó un sobre azul, pequeño y sin abrir, con los bordes muy desgastados. En la parte frontal, habían escrito el nombre de una mujer con letra elegante: «Elena».

Cesca se mordió el labio. ¿Sería el nombre de la dueña o el de la persona a la que había escrito?

–*Buona sera*, Cesca.

Alzó la mirada para encontrarse con la *signora* Dutti, que estaba regando la colección de macetas junto a su puerta, aprovechando para hidratar las plantas ahora que el calor del día había dejado de abrasarles las hojas. Llevaba puesta la bata azul marino de costumbre, con un par de sandalias viejas Scholl y una redecilla cubriendo los rulos del pelo para tenerlo listo al día siguiente.

–*Buona sera, signora.* –Cesca le dedicó una sonrisa, saludándola con el bolso sin percatarse, y fue entonces cuando cayó en la cuenta de que la anciana había reparado, con su vista de águila, en la calidad y el valor implícito del bolso pese a la distancia–. Oh. –Se le acercó rápidamente–. Acabo de encontrarlo en la basura.

La *signora* Dutti negó con la cabeza y chascó la lengua.

–Estos ladrones… –Dejó la regadera en el suelo y tomó el bolso que le ofrecía Cesca; el cuero liso, con su color claro, contrastaba vívidamente con la piel arrugada y pecosa de la casera.

–Sí, por desgracia, se han llevado todos los objetos de valor que había dentro: la cartera, el móvil… Pero tiene pinta de ser un bolso caro; la dueña debe de echarlo en falta. He encontrado esto. –Alzó la carta.

La *signora* Dutti cambió de expresión en cuanto leyó el nombre escrito.

–¿Por casualidad sabe a qué Elena se refiere? –Cesca arrugó la nariz–. Ya sé que sería mucha casualidad… –Se calló al ver la expresión de satisfacción de la anciana–. ¿Es que la conoce?

La *signora* Dutti asintió muy despacio, levantó el brazo y, estirando un dedo, señaló al edificio señorial azul claro al otro lado de la plaza, cuyas contraventanas estaban pintadas de color avena claro. Había veinticuatro ventanas –seis en cada uno de los cuatro pisos– solo en esa cara del edificio señorial, pero la entrada principal no daba a la pequeña plaza. Ese era el lado derecho; la puerta se ubicaba en la Piazza Angelica, a la vuelta de la esquina. Durante los siete meses que llevaba viviendo allí, Cesca no había visto a nadie ni entrar ni salir del edificio señorial, y las contraventanas –por lo menos, en aquel lado– siempre estaban cerradas.

–¿Vive allí?

La *signora* Dutti asintió; la expresión de sus ojos oscuros era inescrutable.

–Vive allí.

Capítulo 2

A sus espaldas, la Piazza Angelica estaba llena de luz. Había filas y filas de motos, como si de una formación militar se tratara, y un grupo de jóvenes romanos se congregaba en torno a la fuente de en medio, como si fuese el centro de gravedad y tirase con fuerza de ellos.

Cesca estaba parada en las escaleras de la entrada principal, desde donde oía el eco del timbre en el interior del edificio fortificado. Bajo su sombra, con la cara a pocos metros de sus muros, le resultaba imponente y enorme; le parecía demasiado grande para ser una única residencia privada y no un edificio del Gobierno, que era el caso de muchos de los inmuebles de esa magnitud. ¿Qué clase de persona viviría en un lugar como ese hoy en día? Seguramente, habría sitio para alojar a cientos de familias o se podría convertir en un colegio o en un hospital. En algo que valiese la pena, en algo útil.

Aferró con más fuerza el bolso que sostenía en la mano, con la vista fija en el marco superior de la puerta de cinco metros, donde había una cámara de seguridad que la enfocaba. Desvió la mirada, sintiéndose desnuda sin su sombrero de Panamá de marca; era muy raro que saliese sin él con el calor que hacía en esa ciudad. Por el rabillo del ojo, veía a la *signora* Dutti de pie junto a la higuera en la esquina de la plaza, limpiándose las manos en la bata mientras la observaba. La curiosidad que mostraba ponía a Cesca incluso más nerviosa. ¿Qué tenía de interesante que fuese a llamar a esta puerta para devolver un bolso robado?

Con cierto derrotismo, se volvió hacia su vecina anciana encogiéndose de hombros, como diciendo: «Bueno, por lo menos lo he intentado», pero, entonces, se abrió la puerta y vio frente a ella a un hombre de mediana edad que vestía unos pantalones negros y una chaqueta blanca y ceñida, como la de los chefs. Llevaba unas gafas con montura de carey y no sonreía; su rostro, con una piel increíblemente lisa, parecía la máscara de la muerte.

–¿Sí? –Miró a Cesca inquisitivamente, fijando la aguda mirada en el agujerito de su blusa, en los rasguños de la tela amarilla de sus zapatos y reparando en que no había metido los talones dentro del calzado… Alzó el mentón–. Ya es tarde. ¿Qué ocurre? –preguntó, con cara de pocos amigos, porque ella no le respondió enseguida.

–Sí, le pido disculpas –contestó, consciente de que él tenía razón; debían de pasar de las once de la noche y ella debía ir a acostarse de inmediato. Dentro de cinco horas escasas, tenía que estar en pie otra vez–, pero supuse que querría recuperar esto lo antes posible.

Alzó el bolso de Gucci. Primero el hombre pareció sorprendido; luego, cabreado, y en un abrir y cerrar de ojos le quitó el bolso de las manos. Ella ahogó un grito cuando la agarró del codo.

–No tiene ni idea de lo que ha hecho. ¿Es una de ellos? –Salió hasta el primer peldaño, inspeccionando las inmediaciones con aspecto violento.

–¿U… una de quiénes? –tartamudeó, desconcertada y tratando de soltarse del brazo. ¿A quién estaba buscando?

–De la banda. –Volvió a mirarla, estudiándola con desprecio e innegable hostilidad y apretándole más el brazo–. La banda que robó este bolso. Porque si es tan estúpida como para creer que le vamos a dar dinero…

–¿Cómo? ¡No! –Cesca se sorprendió tanto como él por la intensidad de su voz; estaba tan indignada como desconcertada. ¿Pensaba que era una ladrona? ¿Había confundido su ropa *vintage*, desgastada pero chic, con la de una vagabunda?–. Pero ¡usted qué se cree! Vivo al otro lado de la plaza y me he encontrado esto en mi cubo de la basura –espetó, liberándose del brazo–. Mi casera, la *signora* Dutti, me ha dicho que una mujer llamada Elena vive aquí y he venido a devolverlo. Eso es todo –prosiguió, ahora furiosa–. Le estaba haciendo un favor, pero ¡eh, no me dé las gracias! ¡El placer es todo mío!

Se apartó, resentida, y bajó las escaleras a pisotones. No había dado ni cinco pasos cuando él la llamó:

–¡Espere!

Al volverse, se lo encontró a medio camino en las escaleras, con el bolso abierto en las manos.

—Venga conmigo, por favor.

¿Qué? ¿Para qué? ¿Adónde la iba a llevar? Si se pensaba que iba a entrar en esa casa después de la forma en que…

Un momento, ¿dónde se había metido?

Corrió escaleras arriba y se quedó mirando el hueco oscuro de la entrada. No había ni rastro del hombre.

—¿Hola? —dijo, pero, al no recibir respuesta, cruzó el umbral y probó a llamarlo otra vez.

Había un pasillo recto de sesenta metros de largo de izquierda a derecha. Cesca notó que la temperatura había bajado unos cinco grados cuando quedó al abrigo de las paredes de piedra; el calor pegajoso de la ciudad se detenía de lleno en la puerta, donde tenía prohibido el paso. Miró hacia atrás, hacia la fiesta que seguían montando en la plaza: todos esos chicos estaban sentados en los bordes de la fuente, con los rostros iluminados por la luz reluciente del agua. Por lo menos, para ellos la noche seguía su curso sin imprevistos.

No muy lejos, se oía a alguien caminar con prisa; siguió el sonido de los pasos rápidamente y, al cruzar una galería alargada, vio al hombre de antes doblar la esquina. Se quedó con muy pocos detalles mientras corría: había mucho que procesar en esos escasos segundos, aunque, con su vista de guía turística, reparó en los frescos del techo, en la decoración barroca bañada en oro y en las asombrosas hileras de obras de arte renacentista colgadas en las paredes.

Llegó a unas escaleras de piedra en la esquina, que subió corriendo de dos en dos, cada vez respirando con mayor dificultad al tiempo que los peldaños se multiplicaban hacia arriba, piso tras piso. La luz era tenue, pese a la maravillosa araña que pendía en lo alto. Como tenía la vista fija en el suelo para no tropezar, no reparó en las puntas de los relucientes zapatos negros prácticamente hasta pisarlos.

—¡Ah! —ahogó un grito, reculando instintivamente y perdiendo el equilibrio, pero un brazo cubierto con una manga blanca la agarró por segunda vez en cinco minutos, aunque en esta ocasión la intención era distinta. El rostro del hombre se mantenía impasible cuando ella se recompuso.

—Es por aquí.

Mientras caminaba, sostenía el bolso bajo el brazo; Cesca, si bien desconcertada por el devenir de los acontecimientos, tuvo que aguantar la risa ante aquella situación absurda.

Lo siguió por más y más galerías, una detrás de otra; todas ellas eran salas alargadas y estrechas, con las contraventanas, que daban a la plaza, cerradas a cal y canto. Vio cuadros que sabía que eran dignos de museos —de Caravaggio, Rafael, Velázquez, Tiziano— y pisó alfombras hechas de las mejores sedas. Los colores de las paredes eran intensos, como los de las joyas: granate, verde peridoto, verde malaquita... No era su estilo, para nada, pero, aun así, quedó impresionada. El edificio señorial era mucho más suntuoso por dentro, en contraposición con su aspecto exterior, sobrio y anodino.

Todo aquello era un festín para los ojos, pero no se oía nada —las paredes de piedra, que parecían una fortificación, amortiguaban no solo el calor, sino también los gritos y las risotadas estridentes de la plaza—, pero, poco a poco, comenzó a oír notas de música, retazos de una melodía que discurrían por las galerías como peces en la corriente de un río. ¿No era... no era *La traviata*?

El hombre —Cesca suponía que sería el mayordomo— se detuvo frente a un par de puertas cerradas y se volvió para mirarla.

—Espere aquí.

Cesca parpadeó, perpleja, cuando él desapareció puertas adentro con el bolso bajo el brazo. Desde la otra estancia se oyó un falsete a pleno pulmón unos breves instantes, antes de que la puerta se cerrase de nuevo.

Se giró sobre sus talones, moviendo la cabeza al ritmo de la tenue música mientras inspeccionaba esa «sala de espera», cuyo color únicamente podía compararse con el verde de la absenta. Había un enorme retrato de un cardenal colgado en una de las paredes, unos bustos de mármol colocados los unos contra los otros sobre unos pilares y unas sillas de terciopelo color rubí cubiertas de oro. Era insoportable: los colores eran oprimentes y claustrofóbicos. Todo estaba muy recargado. ¿Dónde quedaba la luz? ¿La claridad? Ay, ojalá estuviera rodeada de algodón en lugar de esa seda, de lino en vez de ese terciopelo. Notaba un peso enorme en los hombros, como si la historia del edificio señorial se cerniese sobre ella como una presencia física.

Cerró los ojos, mientras seguía asintiendo al ritmo de la música, y fue entonces cuando se percató de que ya no se oía nada. Al girarse, cayó en la cuenta de que las puertas estaban abiertas y de que el mayordomo la observaba.

Dejó de mover la cabeza.

—La *principessa* está lista para recibirla.

«¿*Principessa*?»

El hombre se hizo a un lado, claramente para dejarle paso, e instantes después obedeció: entró en la sala y se detuvo otra vez. A diferencia de la riqueza casi excesiva de las otras habitaciones, esa estancia —de tres metros de alto y, más o menos, diez metros cuadrados— destacaba por su sencillez, de un minimalismo casi brutal, con un par de sofás de lino blancos situados en el centro, una alfombra de lana bereber, peluda y de color marfil, dispuesta en el suelo como una nube y tres lienzos gigantescos colgados de las paredes —de estilo abstracto y moderno, con mucho negro—. Era todo de un tamaño desproporcionado, no solo los sofás, en cada uno de los cuales, seguramente, podrían acomodarse ocho personas, sino también la chimenea de dos metros de alto, labrada en mármol y con un espejo *trumeau* decorado con adornos tallados que llegaba hasta el techo. Además, había una impresionante colección de corales pétreos blancos —algunos cerrados, parecidos a las flores de los lirios de agua, otros planos como abanicos, con calados extendidos sobre la superficie como si de un telar se tratara—. Estaban todos apoyados en unos soportes de madera sobre mesas de exposición; iban a juego con las ventanas, que, a ambos lados de la estancia, se extendían del suelo al techo.

Cesca era consciente de que estaba boquiabierta, pero era incapaz de recuperar la compostura y cerrarla. Entrar en esa habitación, tras la opulencia desbordante del resto del edificio señorial, había sido como zambullirse en un mar gélido tras darse un baño caliente.

—A mí también me pasa, querida. —Se giró hacia el sonido de aquella voz, de acento estadounidense, frágil como polvo esparcido en el aire, y reparó en una mujer que, hasta entonces, debía de haber estado junto a la ventana del fondo, aunque ahora se acercaba a ella–. Yo tengo que ponerme las gafas de sol cada vez que paso por la galería de oro para no acabar con urticaria, ¿a que sí, Alberto?

El mayordomo asintió, pero Cesca no le prestó atención: no podía apartar la mirada de la mujer que caminaba hacia ella. Vestía un pijama de seda color marfil, junto con un kimono de seda verde oliva, y se apoyaba en un bastón hecho a mano; era menuda, como un pajarito, de pelo canoso bien peinado que le llegaba hasta el cuello, y llevaba un par de lentes discretas en la punta de la nariz. Era de complexión fina, como una pluma, como un cristal hecho a mano, pómulos altos, como dos manzanas, nariz aguileña –con los orificios levísimamente tensos, lo que le daba cierta apariencia de engreimiento y descontento– y una mandíbula hermosa en tensión, pero fueron sus ojos los que hechizaron y petrificaron a Cesca: ni azules ni verdes, reunían la pureza del color celadón, como las aguas vírgenes de los lagos de Filipinas.

Llegó casi hasta donde estaba Cesca, sin que los dobladillos de su pijama de seda hiciesen ruido alguno al arrastrarlos por la suntuosa alfombra, y le ofreció la mano con una elegancia tal que a Cesca no le quedó claro si debía estrechársela o besársela. Al optar por la opción más conservadora y estrechársela, le sorprendió que la mujer –¡la princesa!– pusiese la otra mano sobre la suya.

–¿Cómo voy a compensarla por lo que ha hecho? –preguntó con cariño.

Cesca recordó que debía cerrar la boca. El bolso. Hablaba del bolso, se acordó entonces.

–No hace falta, de verdad.

La mujer sonrió.

–De eso nada. No se da cuenta de la buena obra que ha hecho. Llevo todo el día consternada. Lo que contenía el bolso era de un valor inestimable.

Cesca frunció el ceño. ¿No le había dicho el mayordomo que faltaban la cartera y el dinero?

–Pero, es que… mucho me temo que lo que había dentro lo han robado. El dinero, las tarjetas de crédito…

La mujer volvió a sonreír, restándole importancia, como si el dinero no valiese nada.

—Venga, siéntese. Me gustaría conocerla mejor. ¿Quiere beber algo? —Y antes de que Cesca tuviese tiempo de responder—: Alberto, *bellinis*.

El leve roce de la puerta le indicó que el hombre se había marchado, y ella y la princesa tuvieron que recorrer medio kilómetro —o esa es la impresión que tuvo— hasta llegar a los sofás.

—¿Cómo se llama? —preguntó la princesa, hundiéndose entre los cojines. Con un amplio gesto de la mano, invitó a Cesca a que hiciera lo propio.

—Francesca Hackett —respondió, y se preguntó por qué la estancia olía tan bien, teniendo en cuenta que no había ni flores ni velas a la vista—, pero todo el mundo me llama Cesca o, a veces, Chess.

—Yo soy la *viscontessa* Elena dei Damiani Pignatelli della Mirandola, pero todo el mundo me llama Elena. A veces, Laney. —Soltó una risa, un sonido tan sorprendente como toda esa estancia del edificio señorial; era una risa ronca, honda, más propia de una mujer el doble de grande que ella, la mitad de joven y adicta al tabaco.

—¿*Viscontessa*? Su mayordomo me ha dicho que es usted una princesa.

—¿En serio? —Suspiró—. Ay, ojalá dejase de decir eso. Lo habrá pillado usted de mal humor; Alberto es de mecha corta si uno no lo sabe llevar, pero es mucho más noble que yo. Prefiero *viscontessa* con creces, que es mucho más abierto y asequible, ¿no le parece?

Cesca enarcó las cejas.

—Entonces, ¿es usted princesa y vizcondesa a la vez?

—Princesa por partida doble, para ser exactos. Añádale dos ducados, cinco marquesados… —Puso los ojos en blanco teatralmente—. Dios mío, y aún no he terminado. Es como una lista de la compra. Creo que en total son once títulos.

Cesca se dio cuenta de que la estaba mirando fijamente y de que se había quedado boquiabierta de nuevo; ahora no había duda alguna de por qué a la *signora* Dutti le había impresionado que ella se acercase a ese edificio señorial para conocer a esa mujer. Un bolso Gucci no era nada comparado con esto.

–Pero si es usted estadounidense.

–Es cierto. He entrado en la aristocracia romana al casarme. Se hace todo tipo de locuras en nombre del amor, ¿no? –hablaba con voz informal y afable.

Cesca no sabía qué decir, puesto que nunca había estado enamorada. Se recostó un poco en el sofá, inspeccionando libremente la estancia otra vez, y ahora que estaba sentada, se fijó en detalles que antes le habían pasado desapercibidos, como las mesillas colocadas a ambos lados de los sofás, talladas a partir de trozos de madera perfectamente trabajados y decoradas con relucientes cristales semipreciosos, además de un cojín de silla forrado de piel de alpaca blanca y un cerezo en una maceta en la esquina.

–Pero no hablemos de mí. Usted me interesa muchísimo más. –Entrecerró los ojos, pensativa–. Porque creo que es la chica del sombrero.

Cesca volvió a centrar la mirada en Elena, que la observaba con interés.

–¿Disculpe?

–Normalmente lleva usted sombrero.

–Normalmente, sí –contestó sorprendida.

Como si le leyese la mente, la *viscontessa* prosiguió:

–Ya no me muevo tanto como antes; paso mucho tiempo mirando por la ventana, porque me gusta ver a la gente pasar por la plaza. –Sonrió–. A menudo la veo pasar a la carrera con el sombrero puesto y siempre he querido saber cómo sería usted. Esta es la primera vez que le veo bien el pelo.

Fruto de la inseguridad, Cesca se frotó los brazos, desnudos y pecosos, no mucho más morenos que cuando llegó hacía siete meses en el lluvioso mes de noviembre.

–Tengo que llevar sombrero por mi tono de piel; si no, me achicharraría viva.

–Y bien que le sienta. Llama mucho la atención, como una llama de fuego. La veo cuando llega a la plaza por la esquina del fondo.

Cesca sonrió con timidez.

–Eso dicen mis grupos. Tiene sus ventajas, eso está claro.

–¿Sus grupos?

–Soy guía turística.

–¡Vaya! –La miró con ojos curiosos–. No lo habría dicho. ¿Y le gusta?

Cesca se encogió de hombros.

–Diría que me da para pagar el alquiler y que, a veces, conozco a gente la mar de interesante, pero también escribo un blog, que supongo que es lo que me gusta de verdad.

–Un blog –repitió la *viscontessa*, con cara de póquer.

–Es una especie de cuaderno o diario electrónico. Se llama *Un día en Roma para enamorarse* y escribo sobre las cosas bonitas que veo en la ciudad o que me llaman la atención. Este sitio tiene mucha historia y misterios.

–Efectivamente, solo hay que mirar dónde estamos –dijo, señalando el edificio renacentista en el que se encontraban en esos momentos–. ¿Y tiene muchos seguidores?

–Cuarenta y tres mil.

–¡Madre mía! ¿Y todos se ponen en contacto con usted cada vez que escribe algo?

–¡No, por suerte! –Cesca soltó una carcajada–. Pero tampoco son tantos. Los peces gordos tienen millones de seguidores.

–¿De verdad? –susurró la *viscontessa*, que parecía fascinada–. ¿Y con qué frecuencia escribe usted?

–Algunas personas publican contenido a diario para aparecer en las primeras entradas de los buscadores, pero yo prefiero escribir una vez por semana. No quiero acabar estresada ni vivir preocupada por si el contenido que publico es suficiente o no. Lo que importa es que sea un tributo a todo lo que me encanta de esta ciudad; no quiero sentirme en la obligación de publicar nada por inercia. Creo que a mis seguidores les gusta que lo que haga sea auténtico; saben que solo escribo sobre las cosas que me encantan de verdad.

–Entonces, es una escritora hecha y derecha.

Cesca se lo pensó unos instantes.

–Mmm…, supongo que sí.

Elena asintió justo cuando Alberto volvía con las dos bebidas, que portaba en una bandeja de plata en lo alto. Cesca lo miró mientras depositaba la suya en la mesilla de cuarzo que tenía al lado, no sin antes pasar un pañuelo de seda por la superficie inmaculada.

–¿Y por qué se ha mudado a Roma?

A Cesca le dio un vuelco el corazón, como siempre que le hacían esa pregunta.

–Pues porque es mi lugar preferido en el mundo. Creo que me enamoré al ver *Vacaciones en Roma* de pequeña y, cuando vine, cumplió con todas mis expectativas.

La *viscontessa* sonreía y asentía mientras hablaba, contemplándola con aquellos ojos extraordinarios, fijándose en el rostro sin maquillar de Cesca, en su ropa estilo *vintage*, en su cabello despeinado, enmarañado, recogido para darse el baño que justo había preparado antes de salir de casa.

–¿Y usted trabaja? –preguntó Cesca con cortesía, notando lo frío que estaba el vaso que agarraba con la palma de la mano.

–¿Yo? –La *viscontessa* hizo una pausa, como si tuviese que pensárselo–. Supongo que se podría decir que ahora mismo me dedico a pintar.

–¿Ah, sí? ¿Qué es lo que pinta? –preguntó, dando un sorbo al *bellini* y preguntándose cómo había pasado de estar cenando con sus amigos en Trastevere a estar tomándose algo con una princesa en menos de una hora.

–Paisajes, sobre todo –contestó la *viscontessa*, con la mirada fija inquisitivamente en su invitada–. De vez en cuando, también retratos. Sería un gusto pintarla a usted. Ese pelo maravilloso que tiene…

–Ah… –Cesca vaciló, negando con la cabeza modestamente. No se le ocurría nada peor–. ¿Son… son obra suya? –preguntó, señalando los lienzos ingentes que colgaban de las paredes.

–Ojalá. Ya me gustaría tener tanto talento. No, no soy más que una anciana ilusa que se cree más hábil de lo que es.

Sonreía, y aquella elegante autocrítica era una argucia, presentía Cesca, para no incomodarla. Le gustaría saber qué edad tenía la *viscontessa* de verdad. Tenía una piel bonita, claramente porque llevaría dejándose el dinero en tratamientos cutáneos desde la adolescencia. Le echaba setenta y pocos.

A la *viscontessa* le templequeó la mano de repente y el *bellini* se removió peligrosamente cerca del borde de la copa. Alberto se apresuró a quitárselo mientras Cesca contenía la respiración; sería impensable verter cualquier cosa en esos sofás y esas alfombras.

—Ay, por Dios –susurró Elena, que chascó la lengua calladamente mientras Alberto trajinaba.

Cesca se puso de pie rápidamente, para que la *viscontessa* no se avergonzase incluso más.

—Debería irme, que ya es tarde y le he quitado mucho tiempo.

—Tonterías. –Sonrió, pero, entre temblores, también se levantó–. Me habría gustado ofrecerle algo más que una simple bebida. Si fuese más temprano, la habría invitado a cenar.

—Es usted muy amable, pero quédese tranquila; no es necesario. Lamento que le hayan robado el bolso. Entiendo que ya habrá anulado las tarjetas de crédito.

La *viscontessa* le restó importancia a la pregunta con otro de sus desdeñosos movimientos de cabeza.

—Lo único que había de valor en el interior sigue ahí: una carta que mi querido marido escribió en su lecho de muerte. Hace quince años que la llevo conmigo a todas partes.

—Quince… –Cesca frunció el ceño, titubeante, confundida–. Perdóneme, lo siento. No quiero ser cotilla. Vi la carta cuando me puse a buscar algo con que identificarla; tenía su nombre escrito, pero no estaba abierta.

—Ah, no, todavía no la he leído –dijo la *viscontessa*, en un tono que implicaba que sería precipitado abrirla–. Llevo quince años pegada a la carta, esperando el momento oportuno. Ya sé que parece una tontería, pero tengo la sensación de que… abrirla sería como finalizar la conversación, en cierto modo. Así, sigue habiendo algo que decir entre nosotros y es una razón para levantarse por las mañanas. Todos los días me pregunto si habrá llegado el momento de abrirla de una vez por todas.

Cesca no sabía qué decir. ¿Hacía quince años que llevaba consigo una carta de amor?

—Quizá haya llegado el momento, entonces. –Se encogió de hombros–. Habría sido muy fácil que se hubiese perdido para siempre y nunca habría sabido cuáles fueron sus últimas palabras.

La *viscontessa* asintió.

—Puede que tenga razón. Le debo una, señorita Hackett.

—Para nada, de verdad.

—Bueno, por lo menos me gustaría ofrecerle una recompensa. ¿Alberto?

Fijó la mirada en él, que estaba en la esquina, detrás de Cesca, y esta se giró para encontrarse con que el mayordomo le estaba ofreciendo un sobre muy grueso.

¿Una recompensa? Cesca negó con la cabeza, pese a que se le abrieron los ojos como platos al observar el sobre. ¡Era bien gordo!

—No hace falta, en serio.

—Es un detalle que me gustaría tener con usted.

Y bien que le gustaría a Cesca.

—Pero es que no me parece ético. No creo que deba usted pagar a alguien por que le haya devuelto algo que le pertenece por derecho propio.

La *viscontessa* estaba atónita.

—Pero son cinco mil euros. Le vendrían muy bien.

Cesca tragó saliva. Cubriría el alquiler de varios meses, pero sabía que de ninguna de las maneras podía aceptarlo; simplemente iba en contra de sus principios.

—Gracias, pero no.

La expresión de la *viscontessa* cambió perceptiblemente.

—No me encuentro con gente con principios muy a menudo.

Cesca extendió la mano con el lado de la palma hacia arriba. A diferencia del gesto ambiguo que había hecho antes su anfitriona, la intención de este estaba más que clara. Un apretón de manos no daba lugar a confusión.

—Ha sido un placer conocerla, *viscontessa*.

—Por favor, tuteémonos —respondió, mirándola con lo que parecía desconcierto y curiosidad.

—Tienes una casa preciosa —añadió Cesca.

Elena se echó a reír ante aquel cumplido que claramente se quedaba corto, y la risa ronca le resultó tan sorprendente como en la primera ocasión.

—No está mal, ¿no? —contestó, quedándose corta ella también—. Bueno, he de decir que me alegro mucho de conocerte al fin.

Alberto abrió la puerta para escoltarla por los salones interconectados, cuyas estridentes molduras de oro y paredes verde absenta parecían estirarse ante ellos como una manifestación física del dolor de cabeza. Cesca, que no quería volver a pasar por aquellas estancias, inhaló hondo; allí reinaba un ambiente de calma, de reflexión, de holgura, pero ¿qué había al otro lado de aquellas puertas?

Tenía la sensación de que debía hacer a la fuerza algo tan sencillo como traspasarlas; tenía la sensación de que la historia, irremediablemente, se había quedado atrapada en aquellas paredes, de que había un pasado que seguía dominando el presente, de que los cimientos de aquel mundo se erigían sobre secretos y mentiras.

Capítulo 3

Aquel grito ahogado fue como un chillido, un disparo, un puñetazo, desconcertante y violento, que la arrancó del sueño como si un alma se despegara de su cuerpo. Se sentó en la cama, con la sábana enrollada en la cadera, los músculos temblando del susto por el paso repentino de la inconsciencia a la conciencia y el latido del corazón acelerado debido al pánico, como un pajarito enjaulado.

Se quedó mirando las sombras voluminosas sin verlas de verdad, tratando de reprimir las imágenes que se le habían grabado a fuego en la mente, tatuajes que jamás se desvanecerían por mucho que se arañase o se frotase o se rascase, tatuajes que ahora eran parte de ella, otra sombra entretejida a sus talones que tiraba de ella hiciese sol o nevase, que cobraba vida todas las noches, cuando se alzaba la luna y se le cerraban los ojos.

Volvió a tumbarse en el colchón, tapándose hasta los hombros con la sábana, acurrucándose en forma de coma, pero sabía que no había escapatoria. Cerró los ojos y trató de conciliar el sueño de nuevo, consciente de que volvería a pasar lo mismo, consciente de que era lo que tenía que pasar.

Era el premio por lo que había hecho.

Se merecía todo lo que le estaba pasando.

El sonido de la escoba al barrer las escaleras, de los geranios volcados puestos en su sitio otra vez, era mil veces mejor que cualquier despertador. Cesca se sentó en la cama con un sobresalto y, aunque no necesitaba ver el móvil para saber que eran las 7:40 h, lo comprobó de todos modos, y soltó un leve grito cuando vio el icono de la alarma desactivada en la pantalla.

–¡Ay, no! No, no, no –gimió, sacándose la sábana de encima y poniéndose de cualquier manera la ropa que se había quitado la noche anterior: la blusa eduardiana, listo; la falda larga de margaritas, listo; las Converse amarillas destrozadas, listo. No tenía tiempo para cepillarse ni los dientes ni el pelo, de modo que, tras agarrar el sombrero Panamá al pasar a la carrera por la mesa de pino, salió del piso menos de noventa segundos después de abrir los ojos.

–*Buongiorno!* –le gritó a la *signora* Dutti mientras bajaba las escaleras a trompicones y trataba de no tirar las macetas con el roce de la ropa.

La *signora* Dutti se enderezó expectante; por la forma en que la miraba, Cesca intuyó que quería hablar con ella acerca de su encuentro con la *viscontessa* de la noche anterior.

–Lo siento, tengo prisa, que llego muy tarde. Muy pero que muy tarde –le gritó de espaldas.

Cruzó volando la pequeña y durmiente Piazzetta Palombella. Las rejas de acero de la pizzería seguían echadas y las mesas y las sillas de la *osteria* de enfrente, apiladas, aunque por los conductos de ventilación de la pastelería comenzaba a colarse un olor delicioso. Sujetándose el sombrero en la cabeza con una mano, corrió a toda pastilla por la Piazza Angelica sin siquiera dedicar una mirada al imponente edificio señorial azul claro en el que había entrado la noche anterior. Lo único que quedaba de los fiesteros eran unas pocas botellas de cerveza tiradas en el borde de la fuente, pero, a diferencia de su rinconcito en la *piazzetta*, que, a tan solo cien metros de distancia, a estas horas seguía tranquila, aquí el día ya había empezado de verdad. Un barrendero tiraba del carro por los adoquines, al tiempo que dos *carabinieri* paseaban despacio por el cordón policial que peatonalizaba la zona central de la plaza. Donde más ambiente había era, precisamente, en el centro; ahí los comerciantes estaban preparando sus puestos, agrupando las flores en manojos tupidos dentro de los cubos, colocando pasta en forma de tira o de mariposa en cajas abiertas y fijando en los puntales de los puestos raciones de chili y salchichas ahumadas.

Al mudarse allí, se enamoró de ese mercado. Ahora ya se había acostumbrado, pero durante aquellos primeros días, los colores, los gritos y los olores –algunos agradables, otros no tanto– fueron la única prueba que necesitaba para confirmar que había hecho bien en hacer realidad lo impensable y dejar atrás su vida anterior.

Aquí todo era intenso, caótico, fresco, informe, no cabía a la fuerza en una caja: le brindaba, precisamente, la libertad que anhelaba, la oportunidad de escapar y empezar de cero como una persona nueva. Una persona mejor.

Corrió a través de las sombras intermitentes –de bordes gruesos y negros aunque aún fuese tan temprano–, saltándose las cadenas bajas de los postes y esquivando motos con aquellas piernas largas y pálidas que brillaban como navajas. Pasó de una plaza a una callejuela, de un callejón a otra callejuela, y el estruendo del tráfico de la Via del Corso rugía como un trueno cuando emergió, jadeante, entre la multitud que se dirigía a sus puestos de trabajo. Esquivando a los transeúntes y agachándose, logró llegar al frente del gentío, corriendo entre los coches estacionados cuando el semáforo se puso en rojo antes de volver a meterse por las calles. Adelantó a una limusina de aeropuerto de la marca Mercedes que trataba de avanzar por una carretera donde había treinta centímetros de espacio libre como mucho y se metió apresuradamente en medio de un grupo de turistas chinos que llevaban puestas unas gorras rojas y seguían a su guía. Iba subiendo a la carrera por la mitad de la calle, moviendo las piernas a toda marcha, cuando una moto dobló la esquina de repente a una velocidad aterradora.

Cesca soltó un grito ahogado al tiempo que el vehículo avanzaba directamente hacia ella. Como había un coche aparcado a la derecha, tenía que saltar a la izquierda, pero no había visto las cadenas con forma de pico que pendían a poca distancia del suelo entre bolardo y bolardo y acabó tropezando con ellas. Al caer despatarrada contra los adoquines relucientes, se fijó bien en el conductor: treinta y tantos, en buena forma, bermudas azul marino y un polo que en mejores tiempos debió de ser blanco, bíceps marcados por las mangas ajustadas y pelo recto, moreno, largo, que le salía por fuera del casco, pero lo más desconcertante de todo eran sus ojos arrogantes, como si no esperase menos de ella que se tirase sobre aquellos picos para dejarle pasar.

–¡Ey! ¡Serás cabrón! –le gritó furiosa en su idioma (el italiano no se le daba lo bastante bien para insultar como Dios manda) mientras él seguía adelante sin pararse–. ¿En serio? –exclamó en voz alta cuando desapareció sin siquiera mirar atrás.

Permaneció sentada en el suelo unos instantes; los adoquines le enfriaron la piel a través de la tela de algodón de su falda hasta que recordó repentinamente lo que estaba haciendo antes de caerse y por qué estaba corriendo. Le sangraba la rodilla, pero no tenía tiempo para preocuparse, limpiársela o siquiera notar el dolor: tenía que levantarse y seguir adelante.

Echó a correr otra vez, tratando de ignorar la rodilla palpitante, así como el punto de dolor que notaba en el costado, pero era consciente de que, por mucho que corriese, ¡iba con dos horas de retraso! Llegaría justo cuando tendría que terminar el *tour*. Unos pocos segundos o un minuto no cambiarían nada a esas alturas; ya habrían llamado a otro guía para que la sustituyese.

Dobló la esquina hacia la Piazza di Trevi, donde los chorros de la magnífica fuente, que se merecía toda la fama que tenía, causaban tanto estruendo como una cascada, pero, por una vez, en la plaza imperaba el silencio. Por eso se organizaban aquellos *tours* a primera hora de la mañana, para aprovechar la oportunidad de ver los principales monumentos de Roma sin aglomeraciones, sin buhoneros ni vendedores ambulantes que tanto estropeaban los *tours* de las horas centrales del día. Pasó corriendo por las escaleras, por la gran estatua de Neptuno, hasta el pequeño edificio al otro lado de la esquina, por el que pasaban miles de personas a diario sin fijarse, pero ahora no tenía tiempo para centrarse en la belleza, no tenía tiempo para centrarse en la cultura, para…

Sonia, la chica de la taquilla, estaba sentada en un pequeño quiosco junto a la puerta y giró la cabeza hacia el interior del edificio cuando Cesca entró a la carrera.

—Está en el despacho —dijo, mirándola con empatía.

—Gracias, Sonia —respondió Cesca jadeante, y siguió corriendo al pasar delante del pequeño cine (habían descubierto aquella maravilla al empezar las obras de construcción de ese cine) y al bajar las escaleras de metal que llevaban a la Città dell'Acqua, como se conocía aquel sitio subterráneo bien iluminado. Los cimientos lisos de los edificios modernos se encontraban a pocos metros de la piedra rugosa de construcciones previas, construcciones que seguían existiendo bajo las calles de Roma. La mayoría de los romanos, ni que decir los turistas, desconocía que buena parte de la arquitectura antigua que había dado forma a esa ciudad seguía en parte intacta por debajo de las calles. Por la cueva también pasaba un acueducto antiguo: el Acqua Vergine, construido inicialmente por el político romano Marco Agripa en el año 19 a. C., que llevaba más de dos mil años suministrando agua potable a la ciudad, y casi nadie de los millones de personas que visitaban la magnífica Fontana di Trevi al otro lado de la esquina sabía que el agua provenía de este conducto, pero ella sí. Adoraba esa ciudad y la conocía por dentro, por fuera y por debajo.

Cesca corrió a paso ligero por los angostos callejones con escalones –calles antiguas que ya no llevaban a ningún lado–, sin fijarse por una vez en los ladrillos finos y colocados a mano que una vez fueron parte de basílicas y estadios, pero que ahora conformaban arcos a medio hacer. Esta vez tenía la vista fija en el despacho de su jefe, cuya puerta estaba abierta, como si la estuviera esperando.

–Giovanni, lo siento muchísimo –dijo jadeante nada más alcanzar la puerta, aferrándose al marco y quitándose el gorro para que le viera los ojos, abiertos como platos en señal de disculpa.

Él la miró con cara de cordero degollado, transmitiendo incluso más arrepentimiento que ella con sus ojos redondos.

–Francesca, mira qué hora es. Mira –dijo, alargando la última palabra como si tuviese cuatro sílabas mientras daba golpecitos a su reloj.

–Lo sé, y lo siento, pero no ha sido culpa mía, de verdad –contestó. Sus palabras no eran más que susurros incorpóreos. Se metió con dificultad en la pequeña estancia, malherida y agotada–. Yo me encargo del siguiente *tour*. ¿Quién me ha cubierto? Le cambio el turno.

Él negó con la cabeza.

–Fran…

–No, de eso nada –jadeó, a punto de colapsar en una silla plegable–. Haré dos de sus turnos para compensarlo. Es lo justo.

–Ya es tarde, Francesca.

–Lo sé y lo siento muchísimo, pero ya estoy aquí. Te lo compensaré. Tú dime qué puedo hacer.

–Tendrías que haber llegado hace dos horas.

Cesca empezaba a temblar de pura ansiedad. Por regla general, no era difícil aplacar a Giovanni; aunque llevaba casado desde los dieciocho años y amaba –y temía un poco– a su esposa, Cesca sabía que también estaba colado por ella. Era por su pelo, tan poco común como un zorro polar por estas tierras.

–Ya, pero, mira, es que mi casera… se cayó –dijo, apartándose el cabello por detrás del hombro.

–¿Dos horas? –preguntó, observando cómo el pelo se meneaba en el aire como a cámara lenta.

–Sí, porque… porque tuve que llevarla al hospital.

Volvió a fijar la mirada en ella.

–Y, en todo ese tiempo, ¿no pudiste llamar para avisar?

Cesca se llevó una mano al pecho.

–¡No podía ni hablar, Giovanni! Fue terrible. Había… muchísima sangre.

Giovanni enarcó una ceja, escéptico.

–Y supongo que se ha recuperado por arte de magia, como cuando lo del incendio.

Cesca tragó saliva.

–Bueno, fue un incendio sin importancia…

–Dijiste que todo el edificio estaba en riesgo de derrumbe.

–Pues eso, estaba «en riesgo». Por suerte, vi… vi el humo de la vela y conseguí apagarla antes de que fuese a más.

Pobre *signora* Dutti: no se imaginaba lo intensa que era su vida según lo que se contaba en este lado de la Via del Corso. Lo cierto es que era tan fuerte como el propio Panteón, rara vez salía de la plaza excepto para ir al mercado y el momento más emocionante de su día era cuando se sentaba en una silla al final de la tarde con la *signora* Accardo y veía pasar a los turistas.

Giovanni soltó un suspiro.

–Cesca…

–Giovanni, por favor –gimoteó, presa del pánico al ver que no conseguía nada.

Sí, esas últimas semanas había tentado a la suerte, y olvidarse de cargar el teléfono o no negarse a ese último *limoncello* no ayudaban en nada, teniendo en cuenta lo ajetreadas que eran sus noches de por sí. Y sí, puede que, por culpa de la popularidad creciente de su blog, no se hubiese centrado en su trabajo como debería, pero, aun así, lo necesitaba. La ecuación era sencilla: sin *tours* no había ni dinero para el alquiler ni blog. Ni más días para enamorarse de Roma. Ni más Roma.

—Cesca, es la tercera vez este mes.

—Lo sé, pero de verdad que no ha sido culpa mía.

—Nunca es culpa tuya. Tu pobre casera ha estado a punto de perder la vida tres veces en tres semanas: la casera y la vela aromática, la casera y el atropello casi fatal de la furgoneta de las *pizzas* y, ahora, la casera y… —Enarcó una ceja—. ¿Cómo se cayó?

—Tropezó con un geranio.

—La casera y el geranio —repitió con monotonía—. No sé si es la mujer con más suerte en toda Roma o la más desafortunada. —Chascó la lengua con cara triste—. Eres una de mis mejores guías. ¿Que si sabes de historia? ¡Vaya si sabes! Y los turistas te adoran, pero si no llegas a coincidir nunca con ellos, no importa lo buena que seas. Necesito a alguien en quien pueda confiar.

Se golpeó el pecho por la zona del corazón.

—Y, de ahora en adelante, te juro por mi vida que podrás confiar en mí —dijo, con tanta solemnidad como si estuviese a punto de ponerse a cantar *God Save The Queen*.

—Hoy Astrid ha tenido que hacer el *tour* por ti.

—¿Astrid? —Dejó caer la mano, indignada—. ¡Pero si no sabe ni jota de italiano!

Giovanni enarcó las cejas.

—Lo sé.

—Y siempre confunde a Augusto con Nerón.

—Efectivamente, un desastre, pero no me ha quedado otra opción. Era la única persona disponible.

Cesca notó una presión en el pecho y se percató de que se había acorralado en una esquina.

—Vale, mira, no te voy a mentir: no oí el despertador —confesó rápidamente—. No duermo muy bien y…

—Cesca, lo siento, pero es la tercera falta. Ya conoces el reglamento de la empresa.

Ella tragó saliva, incapaz de creerse lo que estaba pasando. ¿La tercera falta? ¿Qué era esto? ¿Un correccional de menores?

–¿Me estás diciendo que estoy despedida? –susurró, notando cómo la sangre le abandonaba el rostro.

Tenía, para ser exactos, doscientos ochenta y seis euros en la cuenta, y la semana siguiente tenía que pagar novecientos noventa euros de alquiler. Como en total tenía once *tours* reservados, por cada uno de los cuales ganaba ochenta euros, habría llegado justa. Llevaba semanas tratando de incluir la cena de anoche, la celebración del vigésimo quinto cumpleaños de Guido, dentro de los gastos semanales. Ay, ¿por qué no había aceptado la recompensa de anoche? ¡Cinco mil euros por devolver un bolso! Ahora mismo, podría estar aquí sentada con la cabeza bien alta. ¿Cómo podía permitirse tener principios si ni siquiera tenía un bocado que llevarse a la boca?

–Supongo que no cambiaría nada que te dijese que casi me atropellan al venir hasta aquí –probó a decir, pero Giovanni enarcó una ceja, dando a entender que estaba harto de sus cuentos–. ¡Mírame la rodilla! –dijo, subiéndose la falda larga para enseñársela.

–Cesca, por favor te lo pido –rogó, poniendo otra vez cara de cordero degollado–. No puedo hacer nada más por ti.

–Pero ¡si eres mi jefe!

–Lo sé y siento que tengamos que terminar así.

Se mantenía en sus trece. Ella permaneció allí sentada unos instantes, tratando de buscar otra forma de cambiar las cosas, pero ya lo había probado todo: le había contado un cuento inverosímil, le había confesado la verdad, había sido sincera, se lo había suplicado, se lo había implorado… ¿Qué más podía hacer? Se había quedado dormida demasiadas veces.

–*Ciao*, Francesca –dijo Giovanni, con tanta solemnidad como un juez con birrete negro–. Sonia arreglará cuentas contigo cuando salgas.

Cesca soltó un suspiro y se obligó a levantarse y a salir despacio; comenzaba a palpitarle la rodilla. Se puso a cojear, por si le daba pena y le pedía que volviese a entrar, pero lo único que oyó al salir fueron las suelas de goma de sus propios zapatos sobre las pasarelas de metal.

Sonia ya tenía el sobre preparado cuando se le acercó.

–Cuánto lo siento, Cesca.

Hizo una mueca al entregárselo.

–No, es culpa mía. Me lo he buscado yo solita.

Volvió a suspirar, al tiempo que el cansancio acumulado de la noche anterior se apoderaba de ella y se disipaba todo rastro de adrenalina. Así salió de nuevo a la luz, donde las sombras seguían igual de gruesas y negras, donde la gente comenzaba a aglomerarse y el día seguía su curso sin ella.

Capítulo 4

Rhode Island, junio de 1961

Las luces de la piscina exterior se reflejaban en las paredes recubiertas de seda y en el techo de la habitación color melocotón: era el único movimiento en el cuarto. Laney estaba sentada en la cama, escuchando la algarabía de la multitud, de todas esas personas que esperaban por ella. Tenía la falda de tul, de un color rosado como el de los bebés, extendida en torno a ella, como si se la hubiese colocado el afamado Norman Parkinson en persona, lista para las cámaras.

Podía ver su reflejo en el espejo de cuerpo entero desde donde estaba sentada. Su piel, que apenas si había expuesto al sol, parecía lechosa en aquella luz tenue, y sus hombros, su cuello y sus brazos emergían elegantemente del corpiño de terciopelo color frambuesa, que casi le parecía que tenía forma de corazón ahora que lo tenía puesto. El cabello moreno –pecaba de claro y era demasiado lacio– se lo habían recogido por detrás, le habían puesto espráis y se lo habían peinado de tal forma que las puntas le tocasen la nuca; por delante le habían hecho un tupé y se lo habían sujetado con una cinta de satén, para resaltar las perlas alargadas que llevaba en las orejas y que su madre le había regalado durante la cena de la noche anterior. Laney habría preferido algo más pequeño, algo más propio de una joven de dieciséis años, pero la sencillez no era un concepto que su familia entendiese o por el que mostrase interés.

Pero su cara… Nunca antes se había puesto maquillaje: notaba la capa gruesa de los polvos en la piel y los labios llamaban demasiado la atención con aquel tono intenso del color de las cerezas que hasta resaltaba el lápiz de ojos exagerado que le habían puesto. No podía quitarse los ojos de encima: en parte muñeca, en parte *geisha*, en parte bellezón de Hollywood, no tenía muy claro quién se suponía que debía ser con aquel aspecto, pero de lo que no tenía duda alguna era de que iba a tener que interpretar el papel que le había tocado si no quería ser un cero a la izquierda.

La risa estridente de una mujer –que no era su madre– perforó la noche y Laney dejó de pensar en las musarañas. Debían de estar esperándola, de modo que se levantó, oyendo el frufrú de la falda con cada movimiento y notando el tacto levemente áspero de la tela contra el nailon que le cubría las piernas. El corpiño se le ceñía a las costillas y tiró de él ligeramente, otra vez con ganas de hiperventilar, como hacía unos pocos minutos.

Después de abrir la puerta de la habitación y cruzar el gran rellano, se detuvo junto a las balaustradas y bajó la mirada unos instantes hacia todas aquellas cabezas canosas –algunas calvas–: los hombres vestían chaquetas de color marfil con solapas de satén; las mujeres, sedas gruesas y zafiros. Sabía que su madre llevaba puesto el nuevo vestido Schiaparelli que le había llegado envuelto en telas y empaquetado desde París tres días antes: era de color plateado, estilo *lamé plissé*, y, por su vuelo y su forma minimalista sin tirantes, sería la envidia de todas las demás mujeres; contrastaba sobremanera con los meticulosos frunces y pliegues de los vestidos que llevaban las otras. Lo cual era, precisamente, el objetivo. Pero ¿conjuntaba mejor con los rubíes que el padre de Laney le había regalado por Navidad o con las esmeraldas Larchford que había heredado de su abuela paterna? Ese había sido uno de los principales dilemas durante toda la semana, además de si convendría o no pintar de rosa los cisnes del lago para que fuesen a juego con el vestido de Laney en la fiesta de su decimosexto cumpleaños –efectivamente, los habían pintado– y de si sería un exceso o no colocar una perla en cada una de las ostras abiertas en la mesa del marisco –al parecer, no.

Cuando alguien reparó en ella, se quedó sin aliento y toda la multitud se apartó como si de una escena bíblica se tratara; los murmullos de admiración y los suspiros desembocaron en toda una ovación cuando bajó las escaleras, avergonzada y sobrecogida, ardiendo en deseos de salir corriendo hacia la habitación de su institutriz, Winnie, y sentarse en el sofá a comer palomitas y ver *The Ed Sullivan Show*.

—Cariño, pareces sacada de un cuento.

Era su padre, cuyo cabello rubio oscuro y bigote contrastaban con lo moreno que se había puesto navegando en el yate. Qué guapo estaba con su traje de gala. Su madre había encargado que volviesen a bordarlo a mano con un hilo dorado para la ocasión y, por una vez, Laney tenía que admitir que le iba como anillo al dedo: iba discreto, pero irradiaba cierto fulgor opulento.

Le dio un beso en la mejilla y cogió un par de copas de champán añejo del camarero que merodeaba detrás de él. Ella dio un sorbo rápidamente, deleitándose en el color galleta claro, degustando las burbujas que notaba en la lengua; la tranquilizaba la mirada protectora de su padre.

—Ven, que hay mucha gente que quiere saludarte.

Laney habría preferido que estuviesen los dos solos. Podrían dar un paseo hasta el mar juntos, quitarse los zapatos y hablar de lo que más les gustaba —qué nombre ponerle al barco nuevo, aunque ella no sabía nadar y le daba pánico el agua; qué hacer con el semental ahora que el otro caballo negro también se estaba haciendo al lugar—; podrían sentarse con los pies metidos en la piscina y, tras colgarse unas servilletas al cuello, comer con los dedos la langosta que había visto preparar antes al personal de la cocina. Podría bailar el vals vienés con él y demostrar lo mucho que se había esforzado en las clases para que estuviera orgulloso de ella. Ahora tenía dieciséis años, al fin y al cabo, ahora era toda una mujercita, como le decía él, como le recordaba, como le ordenaba: ya no era la niña pequeña que con tanta desesperación le gustaría seguir siendo para el resto de su vida, ya no era la niña a la que ocultaban y protegían tras muros patrullados. Como le decían todos ahora, el mundo ardía en deseos de conocer o, cuando menos, de ver a la pequeña heredera de Estados Unidos.

—Charles y Miranda Stowcroft, me complace presentarles a mi hija, Elaine.

—¿Qué tal? —Laney asintió con la cabeza educadamente.

—Maravillados —respondió el hombre, cogiéndole la mano y besándole el dorso.

—¿Qué tal tú? —preguntó Miranda, que se había rizado mucho el cabello cano. El brillo de sus ojos destacaba contra el colorete de las mejillas y su vestido amarillo mostaza—. Estás encantadora, querida mía. ¡Ay, esas perlas deben de tener el tamaño de una pelota de golf!

Laney le sonrió en señal de agradecimiento antes de que su padre la agarrase dulcemente del codo y le presentase a la siguiente persona en espera. Con un vuelco del corazón, reparó en que la inmensa mayoría de los congregados se habían colocado en una especie de fila, a la espera de estrecharle la mano o besársela. La inmensa mayoría, pero no toda: más allá de las puertas que daban a la terraza, oyó el hilo de aquella risa conocida, encantada, que se había esparcido por la brisa de la noche en tantas situaciones como aquella en su casa —a sus padres les encantaba organizar fiestas—, una melodía divertida que reconocería en cualquier parte. De niña, se había tendido en la cama a escucharla con las ventanas abiertas, a escuchar los murmullos susurrantes que normalmente seguían a la risa y que a veces desembocaban en un chillido, en una palabrota o en un cristal hecho añicos. Ahora, en cambio, lo único que percibía era el brillo líquido y plateado de los trajes de alta costura a través del viejo cristal, los puntos de los rubíes rojo cardenal y el movimiento de ese cabello negro como un cuervo.

Mientras escuchaban aquella risa, su padre la agarró con más fuerza del codo; parecía que se había olvidado por completo de la pareja que tenían frente a ellos, quienes esbozaban una sonrisa paralizada y esperaban a que se la presentara oficialmente.

—Lo siento, les pido perdón —dijo su padre, volviendo en sí justo a tiempo para salvarlos a todos con una de sus famosas y deslumbrantes sonrisas. La prensa decía siempre que había levantado su fortuna con aquella sonrisa, aunque era de todos conocido que había heredado de su padre un emporio de construcción de carreteras valorado en miles de millones de euros—. Larry y Dinah Stanford, mi hija, Elaine.

—Un placer conocerles. —Laney sonrió, retomando su papel. Su trabajo.

El hombre le tomó la mano y le besó el dorso.

—El placer es todo mío.

—Estás perfecta, Elaine —añadió Dinah con una sonrisita cohibida–. ¿Acaso no eres la chica más afortunada del mundo por celebrar tu decimosexto cumpleaños con una fiesta como esta?

–¡Es que papá es el mejor!

Sonrió, apretujándole el brazo más fuerte, aunque nunca había querido esa fiesta ni mucho menos invitar a cuatrocientas personas, de las que apenas si podría identificar a cincuenta, pero, de pronto, nada de aquello importaba, porque ahora que había descubierto lo que le esperaba esa velada, del brazo de su padre, daba igual a cuántos desconocidos tuviese que conocer. Resultaba bastante obvio, además, que nadie quería hablar con ella de verdad; simplemente querían que su padre reparara en ellos y que se les viera cuando sus padre reparara en ellos.

Seis parejas habían desfilado frente a ellos, repitiendo lo mismo de seis maneras distintas, antes de que se volviese a oír la risa como el eco de un cenzontle, como una burla que indicaba que la fiesta de verdad estaba en otro lado. Su padre clavó la mirada automáticamente más allá de las puertas otra vez, entornando los ojos fijos en el cristal cada pocos segundos; se despistaba en mitad de las conversaciones y se olvidaba de algunos nombres.

Volvió a mirarlos a todos y ella reparó en las nubes que se cernían en sus pupilas. Laney sintió que se le desligaba el cuerpo, como si las ballenas del corpiño que le ceñían el torso se estuviesen descosiendo una por una…

–Perdónenme, les ruego que me disculpen –pidió inexpresivo–. Tengo… que ocuparme de un asunto. Laney, ¿puedes encargarte de nuestros invitados?

–Pero, papá…

Se fue y, con el vacío repentino que se formó con su marcha, la gente que ansiaba conocerla hacía unos momentos se dispersó entre la multitud y la cola de espera se deformó en pequeños grupos, lo que dejó a Laney a solas en la estancia, contemplando la espalda de su padre, que se alejaba, y cuyo cabello brillaba bajo los candelabros de camino a la terraza. A pesar de todo su carisma y de su inteligencia, de su afabilidad y de su perspicacia, había una verdad que George Valentine, en cuanto padre, marido y hombre, nunca llegaría a comprender: que tenían todo el dinero del mundo, pero nunca tiempo suficiente.

–Pareces triste.

Laney se sobresaltó: aquella voz, sumida en la penumbra, provenía de la izquierda, del haya. Tras ella, la casa parecía derrochar luz como oro líquido y una neblina se alzaba sobre la mansión como una aureola. Pensaba que había hallado un refugio allí, en los recovecos crepusculares del jardín inferior, donde la música en directo sonaba lejana, como si estuviese metida en una caja, y aquella intrusión en su privacidad la inquietó.

–¿Quién anda ahí? –preguntó, detestando el temblor que le resquebrajaba la voz y delataba el miedo que tenía, detestando incluso con mayor intensidad que alguien hubiese sido capaz de entender sus sentimientos de verdad. Pensaba que allí estaría a solas.

Surgió una silueta de entre las sombras: hombros anchos, piernas largas, la punta ardiente de un cigarrillo, como una luciérnaga en el cielo nocturno.

–La pregunta es qué motivo tendrás tú, de entre todas las personas, para estar triste. Eres la chica más afortunada del mundo, ¿no?

Parpadeó. Pese a no verle el rostro, detectaba cierto desdén en su voz.

El dinero te hacía inmune a todo, ¿verdad?

–Eso dicen.

–Debes de sentirte muy especial. Menuda fiesta. Tu gente sabe cómo montar una juerga, eso está claro.

–¿Estás invitado o te las has apañado para trepar el muro?

Si algo había aprendido de su madre era el arte de humillar a alguien airadamente. Lo oyó soltar una risa ahogada y siguió el curso de la punta del cigarrillo, que trazó un círculo hasta la boca, donde permaneció unos instantes y brilló con mayor intensidad antes de volver a bajar. El humo gris que se esparcía desde su boca, segundos después, se volvió blanquecino en la oscuridad.

–¿Con todos esos perros que tenéis de guardia? Estás de broma. No vale la pena arriesgarse a una mordedura como esa por una chica. Aunque seas tú.

No sabía qué decir, no sabía si aquello era un insulto o un cumplido o ambas cosas. Se puso en pie, estirándose del todo –con su metro y medio–, y preguntó con la voz más imperiosa que tenía –siempre se estremecía cuando su madre hablaba así:

–¿Te conozco?

–Todavía no –respondió, sin hacer ademán alguno de moverse o presentarse.

–¿Quién eres? Si no me lo dices, llamaré a esos perros. Tengo una alarma en el bolsillo –mintió–. Estarán aquí en menos de treinta segundos, estén donde estén del recinto. No escaparías ni en tus sueños.

–Y no lo dudo. –Laney oyó su risa en la oscuridad y supo que no se había creído ni una palabra–. ¿Sabes qué? Te diré cómo me llamo si tú me cuentas por qué huyes de tu propia fiesta.

–No estoy huyendo.

–¿No? ¿Te gusta esto de socializar a un kilómetro de tus invitados?

A ella se le escapó una risa por la ocurrencia, lo que la sorprendió al momento.

–Pero qué risa más bonita.

Laney vaciló y, luego, se aproximó un paso, deseosa de verle la cara, de aparentar más arrojo del que tenía.

–Dime cómo te llamas.

–Dime por qué estás triste.

–No estoy triste.

–Al contrario, no veo un alma tan en pena como tú desde que a mi perro le pilló la lluvia. ¿No quieres cumplir los dieciséis?

Caminó en torno a ella, todavía sumido en la oscuridad, como un gato rodeando a un pájaro malherido.

–No me importa, no es más que un número.

–Lo dudo, señorita Valentine. No los aparentas.

El cumplido –explícito en esta ocasión– le arrebató toda su intrepidez como un viento ladrón.

–Debería volver –dijo, girándose para marcharse.

–¿Y eso por qué?

Salió de las sombras y la luz pálida de la media luna cayó sobre él como una cortina de satén. Su cabello rubio, muy corto por los lados y en la nuca, le cubría la frente ancha y el color de sus ojos azules contrastaba con la piel morena; tenía la nariz recta y el mentón duro, con un pequeño hoyuelo. Se parecía mucho a la estrella de cine Tab Hunter, su gran amor platónico; su madre había coincidido con él en varias ocasiones en algunas fiestas de Hollywood y había prometido que se lo presentaría, pero Laney no tenía muchas esperanzas, ya que las palabras de su madre se las llevaba el viento.

—No puedo seguir aquí.

Tras tirar el cigarrillo al suelo y apagar el leve fulgor de la punta con el zapato, se acercó a ella hasta estar a pocos centímetros.

—¿Acaso se ha dado cuenta alguien de que te has ido?

Laney tragó saliva. Nunca antes se había quedado a solas con un chico ni mucho menos en la penumbra con uno que se pareciese a él.

—Se darán cuenta.

—No, no es cierto, ¿y sabes por qué? —La miró con unos ojos en los que ardía una rabia que ella no entendía—. Porque son unos imbéciles embobados que solo quieren ponerse a la cola para besarle el culo a tu padre. —Estiró un brazo hacia ella y le tocó el mentón con el índice flexionado, escrutándole el rostro con la mirada, pero como si fuera con los dedos—. Es tu fiesta de cumpleaños, pero la protagonista no eres tú. Nunca eres tú, ¿me equivoco? No se dan cuenta de que la muchacha bonita que tiene todas las ventajas terrenales también tiene los ojos más tristes del mundo.

Ella desvió la mirada, tratando de ocultarse, pero la aferraba con firmeza y sus ojos se cruzaron de nuevo fácilmente.

—Pero yo sí. —Hizo una pausa; con cada segundo en silencio que pasaba, ella sentía que le quitaba el aliento como si fuera un hilo dorado en un carrete—. Y lo que es más, sé exactamente qué hacer para arreglarlo.

Capítulo 5

Roma, julio de 2017

Ese era un lujo que no se podía permitir: tomarse un café en la Piazza Angelica era un privilegio por el que los turistas estaban dispuestos a pagar, a cambio de las vistas que le ofrecía del bullicio del mercado, pero para un residente –y ella lo era, al menos temporalmente– era una locura. Todos iban a la de Luca a por su *espresso* de la mañana; se quedaban de pie en la barra detrás de la ventana y charlaban brevemente, a gritos, con sus vecinos antes de empezar el día. Allí la había llevado Alé en su primera quincena en la ciudad, y a Cesca le había llevado otro mes más reunir el valor –y la confianza lingüística– para volver sola a darle al pico.

Pero hoy tuvo que sentarse. Tras caminar durante horas, tuvo que sentarse y quedarse mirando a la nada e idear un plan, porque sin plan, acabaría de vuelta en Inglaterra dentro de tres semanas. Se había terminado el café de tres tragos, cada uno de los cuales le habían costado un euro con ochenta, pero siguió removiendo la cucharilla en la copa vacía, sumida en sus pensamientos, durante una buena hora aproximadamente.

Se le ocurrían varias opciones. Podía trabajar por cuenta propia y organizar sus propios *tours*, pero para eso tendría que crear su propia página web e imprimir panfletos y no tenía dinero, por no decir que la ciudad ya estaba abarrotada de guías que llevaban a grupos de turistas por los espacios públicos del Foro y del Panteón, de las escaleras de la Piazza di Spagna y del Coliseo. Podría dar clases de inglés: había unas cuantas academias de idiomas en la ciudad y ya tenía experiencia hablando en público. O podía trabajar de camarera. Puede que la *signora* Accardo necesitase ayuda; siempre iba apurada cuando se cruzaba con Cesca.

En cuanto a lo que más le gustaría hacer en el mundo –dedicarse a escribir el blog a tiempo completo–, seguía siendo un sueño lejano. Pese al dulce apoyo de Matteo, si quería tener alguna oportunidad de atraer a patrocinadores y ganar algo de dinero por esa vía, primero tendría que conseguir, como mínimo, medio millón de suscriptores.

El camarero se acercó para llevarse la copa vacía de sus manos, asintiendo en un gesto de comprensión, más bien falto de empatía. Se había quedado sin tiempo. Le estaba pidiendo que se marchase porque necesitaban la mesa, de modo que se levantó y se puso a caminar de nuevo, sin fijarse en el puesto de flores, con sus cubos de peonías, tulipanes y *lisianthus* que caían en cascada, como tampoco vio al grupo de turistas ociosos que llevaban puestas sus mochilas desgastadas –parecía que se habían puesto de acuerdo– colgadas del pecho al revés, como si fuesen portabebés: no era una moda, sino, más bien, una declaración de guerra a los carteristas. Lo que sí que oyó fue el zumbido de la moto por la periferia y reconoció a Ricci, el hijo mayor de Franco, quien, sin casco, se dirigía a abrir la pizzería.

Cómo habían cambiado las cosas durante esas pocas horas desde que ella lo saludó la noche anterior, reflexionó Cesca: en el caso de él, simplemente había dejado una tanda de masa en reposo toda la noche, mientras que, para ella, ahora todo su futuro corría peligro.

Aminoró el paso; sentía que le habían cortado las raíces, al tiempo que miraba el gran edificio que ocupaba todo el ancho del fondo de la plaza. Sus contraventanas color crema seguían cerradas a cal y canto por fuera de las ventanas, para mantener a raya el calor –y quizá miradas curiosas–. Su fachada resultaba sencilla, normal, azul hielo, un descaro disimulo de la extravagancia barroca que se ocultaba al otro lado de las paredes. Rememoró el exceso de las galerías, que parecían palpitar con una energía latente, como si los vestigios de las muchas vidas vividas entre sus paredes siguiesen cerniéndose bajo las alfombras y tras los cuadros, y tuvo un escalofrío al compadecerse de la diminuta mujer con aspecto de pájaro que ahora parecía compartir vivienda con ellos, a solas en aquella habitación blanca.

–Malditos principios –masculló, y pensó en registrar los contenedores de la basura otra vez. ¿Tendría tanta suerte? Ya le gustaría.

Dobló la esquina en dirección a la *piazzetta*, que no había cambiado mucho respecto a como la había dejado a la carrera por la mañana temprano, con la excepción de que ahora a la higuera le daba el sol: aquel ángulo de luz estaba empujando con fuerza las sombras por la pizzería, por los adoquines, por el olivo del centro, por su piso y por los peldaños recién barridos, y así seguiría su curso hasta que, finalmente, aquel fulgor ambarino también bañase la *osteria*, lista para el turno del almuerzo.

Cesca subió los peldaños tratando de no hacer ruido, pues no quería encontrarse con la *signora* Dutti, la cual aún quería saber lo que había sucedido la noche anterior con su noble vecina y la cual no querría saber por qué había vuelto tan pronto, porque ¿iba a pagarle el alqui...?

–¡Oh!

Se paró en seco en la pequeña zona cubierta de azulejos en lo alto de las escaleras, reparando en que su puerta estaba abierta de par en par. Las motas de polvo giraban en el aire en un torbellino, expuestas por el triángulo de luz solar que se derramaba sobre su piso.

Elena Damiani, regia en aquella luz tenue, se alzó lentamente de la silla con respaldo estrecho de la mesita cuadrada, como si allí la anfitriona fuese ella.

–Espero que no te haya molestado.

–En absoluto –contestó Cesca, recomponiéndose con rapidez y dejando el bolso en el suelo.

Ojalá no llevase la misma ropa que el día antes. Elena, naturalmente, había cambiado el pijama holgado y el kimono por una camisa y unos pantalones ajustados hasta el tobillo tan chics que Cesca estaba convencida de que iba de camino a almorzar con el papa –que, sin duda, también se sentiría profundamente desaliñado en comparación.

–Qué piso más encantador tienes; debes de estar muy contenta de haberlo encontrado.

–Mmm...

Como respuesta, Cesca repasó automáticamente la vivienda pequeña y oscura y percibió, con la mirada renovada, todo lo que veían sus amigos: la decoración anticuada, la escasez de mobiliario y las manchas de humedad que se extendían por el techo a raíz de una teja descolocada. Probablemente, se parecería a uno de los cuartos de limpieza del edificio señorial de su vecina.

—Siempre he querido saber cómo sería estar aquí y ha superado todas mis expectativas. Qué auténtico es este lugar —dijo Elena, señalando delicadamente los azulejos del suelo con una de sus bailarinas.

Cesca no contestó. Se estaba preguntando cuánto tiempo llevaba sentada allí esa mujer y cuánto tiempo tenía pensado quedarse. ¿Y si Cesca hubiese llegado a tiempo para el *tour* y se hubiese librado del despido? Habría pasado el resto de la jornada fuera con sus otros *tours*. ¿Se habría quedado sentada allí la *viscontessa* y esperado todo ese tiempo? Decidió que tendría unas palabras con su casera para que en su ausencia no entrasen desconocidos en su casa.

—¿Te apetece tomar algo? ¿Té? ¿Un vaso de agua?

—Me encantaría, pero, por desgracia, tengo que marcharme, que he quedado para comer a la una. Qué pereza, pero es lo que hay.

Soltó un leve suspiro de hastío y Cesca se preguntó si de verdad iba a comer con el pontífice.

—Pues… ¿en qué puedo ayudarte? —preguntó Cesca, yendo al grano con una sonrisa cordial.

—Te he visto en la cafetería de la Piazza Angelica. Parecías muy pero que muy molesta.

—Bueno, es que menuda mañanita llevo —dijo Cesca, quitándole hierro al asunto con dificultad y preguntándose, esta vez, desde cuál de las múltiples ventanas la había espiado Elena.

—Sí, eso supuse. Tenías cara de que se acababa el mundo… —Como Cesca no le dio ninguna explicación, añadió—: Así que pensé que igual podría ayudarte.

Cesca alzó la mirada. ¿Se refería a la recompensa? Aquellos cinco mil euros le proporcionarían el colchón que necesitaba hasta encontrar un trabajo nuevo. ¡Al traste con los principios, que una tenía que alimentarse!

—Es curioso que nos hayamos vuelto a ver tan pronto, de hecho;

he estado pensando en nuestro encuentro de anoche. –Fijó sus ojos fríos en Cesca con precisión quirúrgica–. Me gustas.

–Eh…, gracias –contestó Cesca, alargando las palabras, en guardia.

–Creo que podríamos trabar amistad tú y yo.

A Cesca le costó mucho no enarcar la ceja hasta el nacimiento del pelo. ¿Qué era lo que tenía en común exactamente con una distinguida princesa de setenta y tantos años?

–Vale. O… o sea, sí. Gracias. Claro, yo pienso lo mismo.

–¡Qué mal mientes! –Elena soltó una risa peculiar que se extendió por todo el piso–. No te preocupes, entiendo que hay que echarle imaginación, pero, por dentro, soy de tu edad, veintisiete años, y aún no he conocido al amor de mi vida; en mi cabeza, todavía tengo toda la vida por delante, cosa que solo contradice el espejo. Cuando te veo a ti, una mujer joven segura de sí misma, con principios, inteligente, lo que veo instintivamente es a un alma gemela, a pesar de la brecha de edad que nos separa.

–Gracias.

–Hablando claro, he venido para hacerte una propuesta.

–¿Una propuesta?

–Sí, me gustaría que trabajásemos juntas.

Cesca veía que Elena la observaba fijamente, leyendo hasta el más mínimo movimiento de sus facciones a medida que hablaba. ¿Nada de dinero fácil, entonces? ¿No le iba a entregar los cinco mil que ya se había «ganado»?

–Se me ocurrió preguntártelo anoche, pero, como dijiste que ya tenías trabajo… –Enarcó una ceja depilada, sin duda esperando algún tipo de confirmación por parte de Cesca, que hundió los hombros.

–Bueno, por increíble que parezca, me las he arreglado para perderlo desde la última vez que nos vimos.

–Pero ¡qué maravilla! ¡Era justo lo que esperaba! –canturreó Elena, dando una palmada con las manos–. Ellos se lo pierden; la que sale ganando soy yo…

Cesca la miró con escepticismo.

–Porque da la casualidad de que necesito una escritora y tú eres escritora.

–Bueno, soy bloguera. No diría que soy escritora *per se*.

–Bobadas. Escribes entradas que lee la gente, entradas que conocen tus lectores, que conocen cuarenta y tres mil personas.

–Supongo… –dijo Cesca lentamente–, pero ¿qué es lo que quieres escribir? –Comenzó a devanarse los sesos. ¿Un blog sobre su edificio señorial? ¿Una página web?

–Tengo a un viejo amigo que es editor y lleva tiempo insistiendo en editar un libro sobre mi vida. Lleva años pidiéndomelo, la verdad. He intentado que cambiase de idea y le he presentado a algunos amigos míos que darían lo que fuera por encargarse de un proyecto así, pero no para de decirme que lo que quieren todos es que lo haga yo. Además, como bien ha dicho, ¿qué más voy a hacer yo con mis días?

–Qué poco diplomático por su parte.

–Bueno, pero, siendo sinceras, razón no le falta. Llevo un tiempo planteándome recapitular mi vida. En algún momento tendré que hacer caso a lo que me dice el espejo, me guste o no.

–Eres una mujer impresionante –comentó Cesca con educación, omitiendo cuidadosamente un «Todavía».

Elena sonrió; sabía distinguir los cumplidos.

–Bueno, lo de este proyecto no lo tuve muy claro hasta que nos conocimos anoche. Sería un proceso muy íntimo, ¿entiendes? Implicaría repasar mis fotografías personales, conversar sobre mi vida con todo lujo de detalles… Como comprenderás, me impone. Tendría que ser capaz de confiar en la persona con la que trabaje y tú, Francesca, ya has demostrado con todas las de la ley que eres digna de mi confianza.

–Entonces, ¿quieres que escriba tu biografía? –preguntó Cesca, que quería aclarar bien el asunto.

–No tiene por qué ser una propuesta tan abrumadora como puede parecer en un principio; ya se ha avanzado un poco con los preliminares –le aseguró Elena, reparando en la inquietud que denotaba la cara de Cesca–. Hace unos meses, contraté a un archivista para que ordenase cronológicamente mis fotografías en la medida de lo posible, pero, después de eso, perdí un poco la motivación: no me gustaba ninguna de las personas que me propusieron los editores y no tenía ni idea de cómo encontrar a una escritora por mi cuenta. –Se encogió de hombros–. Al menos, no hasta que te presentaste en el umbral de mi puerta la pasada noche. Busqué tu blog después de que te marcharas. —Sonrió—. Ahora tienes cuarenta y tres mil y un seguidores.

Cesca soltó una risa ahogada, halagada.

—Gracias.

Elena le entregó una hoja pequeña doblada de color marfil.

—Eso es lo que te pagarán, según el editor, pero, si no es suficiente, dímelo y hago una llamada. No van a perder el proyecto por una cosa así.

Cesca se quedó boquiabierta de puro asombro al leer la cifra, que equivalía al alquiler de todo un año y sobraba para comprarse una moto de segunda mano. Era más de lo que había ganado en su primer año como abogada.

—Lo quieren para principios de septiembre, de modo que tendrías que trabajar conmigo a tiempo completo los próximos meses. El objetivo es dar a conocer a «la mujer del enigma». —Elena le dedicó una mirada cargada de ironía—. Lo dicen ellos, no yo. ¿Cómo lo ves?

Cesca volvió a observar a aquella mujer inmaculada, con su reloj Cartier, sus pantalones azul marino de Valentino, sus pendientes de perlas y un discretísimo *lifting*; eran polos opuestos en todo, una rica y la otra pobre, una entrada en años y la otra joven, una ordenada y la otra descuidada, pero, aun así, algo tenían en común, no sabía si un intelecto compartido o la misma perspectiva hastiada del mundo, pero Elena estaba en lo cierto: estaba convencida de que harían un buen tándem.

—Acepto con una condición —reveló Cesca lentamente, vislumbrando una oportunidad de oro a la larga, algo que la beneficiaría después de este proyecto y de esta remuneración.

Elena enarcó una ceja.

—Dime.

—Me concederás una exclusiva para mi blog.

—¿Una exclusiva en qué sentido? ¿Una entrevista? Porque no he hablado con un periodista ni una vez en mi vida.

—Yo no soy periodista —respondió Cesca con calma— y tú tendrías todo el derecho de veto.

Elena parecía escéptica.

–¿Cuál sería el tema?

–Todavía no lo sé. No sé nada de ti, pero tiene que haber algo en tu maravilloso edificio señorial que pueda compartir con mis lectores. Sería algo que no te importase mostrar, siempre y cuando sea una primicia. Tendría que ser algo que animase a la gente a venir hasta aquí.

–Ah, entiendo. –Elena le dedicó una mirada larga, calculadora, claramente desconcertada por aquella contraoferta, antes de asentir lentamente–. Bueno, seguro que encontramos algo que te sirva.

Cesca esbozó una amplia sonrisa.

–Fantástico –respondió, ofreciéndole la mano–. ¿Cuándo empezamos?

–Eres como un gato, ¿sabes? –Alé se quedó sin aliento, maravillada, cuando Cesca alzó su vaso para brindar.

–¿Lo dices por el rabo largo que tengo?

–¡Porque siempre caes de pie! –se rio.

–Bueno, no suelo tener tanta suerte. Ten por seguro que nunca había perdido un trabajo y encontrado otro en menos de un día.

–¡Por el triple de dinero! –comentó Matteo, negando con la cabeza en señal de incredulidad. Hacía tres años que no le subían el sueldo.

–Entiendo, como es la sexta vez que lo mencionáis, que esperáis que hoy invite yo.

–Ay, ¿te animas?

Alé le guiñó el ojo. Dado que acababa de sacarse el título de profesora, ganaba lo justo para pagar el alquiler y tenía que trabajar como tutora privada durante las vacaciones para sacarse un sobresueldo; Matteo, pese a ir bien vestido, cobraba una miseria como gestor de una *boutique* cara para hombres en la Via Condotti, y Guido trabajaba de diseñador gráfico para una firma grande de la ciudad. Tenía sueños grandes pero bolsillos pequeños; no podía dejarlo y trabajar por cuenta propia.

–Y pensar que ayer, a esta hora, te escapaste de nosotros para no perder tu trabajo… –dijo Matteo.

–Y esa era la intención, pues necesitaba acostarme temprano.

–Mira por dónde, acabaste tomándote unos *bellinis* a medianoche con uno de los personajes de la élite más enigmáticos de la ciudad.

—Y ahora trabajo para ella. Es todo muy raro —respondió, encogiéndose de hombros.

—Algunos dirían que es cosa del destino —dijo Guido en un tono profundamente irónico, frunciendo el ceño con dramatismo.

—Pero, a ver, ¿cómo es ella? —preguntó Alé—. A mi madre le va a dar algo cuando se lo cuente. Dice que la *viscontessa* es la mujer con más estilo de toda Roma.

—Eh, bueno, sí, es muy elegante. Tiene pinta de rica, eso no lo dudes. Es una amanerada que no veas y vive con una parsimonia…

—Eso es porque no se ha tenido que manchar las manos en su vida. Ya nos las manchamos los demás por ella —dijo Matteo.

—Además, ni os imagináis lo diminuta que es. Debe de llevar sin probar bocado desde 1987. A su lado, parezco un gigante. Os juro que cabría en el bolsillo de mi abrigo.

—Se caería por los agujeros del fondo —bromeó Matteo, poniendo cara «triste», y Cesca le enseñó la lengua.

—Ahora en serio —interrumpió Guido—, a ver, sé que la ocasión no podía ser más oportuna y que te pagan bien, pero ¿no te preocupa que sea una caída en desgracia? —preguntó, yendo al grano, como siempre—. Con lo lista que eres, Chess, puedes hacer mucho más que transcribir las memorias de una rica vieja.

Era un cumplido —a su manera—, pero, de todos modos, Cesca levantó el mentón, molesta.

—Bueno, no es peor que pasear a turistas de un monumento a otro al sol tórrido del mediodía, ¿no te parece? Además, partes de la premisa de que, como era abogada, tenía que ser buena abogada.

—Oh, sé que eras buena —respondió—. No puedes ocultar lo inteligente que eres.

Justo entonces, la *signora* Accardo se acercó con los primeros y les sirvió los platos, que apoyaba hábilmente entre la muñeca y el codo. Tomó la botella para llenar los vasos, pero, para su sorpresa, ya estaba vacía.

—¿Ya? ¡Bebéis como si no hubiera un mañana! —protestó, aunque le conviniese.

—Estamos de celebración, *signora*, he cambiado de trabajo.

–¿Sí? –Los ojos negros de la *signora* Accardo se iluminaron–. ¿A qué te dedicas ahora?

–Voy a trabajar en el Palazzo Mirandola para la *viscontessa*.

La expresión de la anciana pareció petrificarse.

–¿Para hacer qué?

–Estoy escribiendo su biografía. Me he convertido en una escritora hecha y derecha.

–No te dirá más que mentiras –dijo la *signora* Accardo, en voz tan baja que casi parecía un gruñido–. Es el diablo encarnado.

–¿Perdone? –Cesca no estaba segura de si había oído bien.

–Aléjate de ella, Francesca.

–Pero no puedo, necesito el trabajo. No entiendo, ¿por qué…?

–Es una mala mujer, un imán para el infortunio. –La *signora* Accardo negó con la cabeza, regañándola con la mirada, como si Cesca también estuviese manchada por asociación–. Aléjate. Sé lo que me digo.

Y se marchó, con los puños regordetes apretados, sin llevarse la botella vacía.

–¿A qué ha venido todo eso? –susurró Cesca a sus compañeros de mesa, estupefactos–. ¡Como si fuera una madrina mafiosa!

Guido y Matteo se encogieron de hombros, aparentemente perplejos.

–Bueno, es que la *viscontessa* contrajo matrimonio unas siete veces antes de mudarse aquí –dijo Alé, que sabía de lo que hablaba; el diario *Mail Online* era su Biblia–. Y los círculos que frecuenta son muy conservadores, muy católicos. Será cuestión de esnobismo; oficialmente, ella forma parte del club, pero no la aceptan del todo, ¿entendéis? Consiguió entrar a través de sus matrimonios y las familias más tradicionales la ven con malos ojos.

Guido enarcó una ceja.

–Y la *signora* Accardo, la egregia esposa de alta alcurnia del propietario de la *osteria*, ¿se lo toma tan a pecho porque…? –Todas y cada una de sus palabras derrochaban ironía.

Alé contuvo la respiración mientras reflexionaba al respecto unos instantes.

–Pues no, no tengo ni idea –admitió al fin, encogiéndose de hombros.

—Bueno, pues que le den al esnobismo –dijo Cesca, olvidándose del tema y cogiendo los cubiertos–. A mí me parece bastante decente, por no decir que me va a pagar una fortuna por el trabajo más cómodo de toda mi vida. –Sonrió a sus amigos–. Para mí es como la maldita hada madrina.

Capítulo 6

Alberto depositó el té de jazmín en la bandeja que había en la mesa, al tiempo que la luz matinal iluminaba la porcelana blanca hecha a partir de ceniza de hueso.

–Su ilustrísima llegará en unos instantes.

–Gracias.

La habían llevado a una estancia situada al otro lado del piso monocromático de Elena, a la izquierda de la entrada principal. Se ubicaba en la planta baja y sus techos estaban abovedados y decorados de querubines con alas y nubes rosas, mientras que las paredes estaban revestidas de ebanistería de mármol color pastel y de vez en cuando se retiraban hacia atrás, formando huecos decorados con estatuas. No obstante, comparada con las estridentes galerías bañadas en oro que habían cruzado para llegar hasta allí, esa resultaba sobria y Cesca agradecía la tregua; le latía la cabeza tanto por la falta de sueño –una vez más– como por el vino que se había tomado la noche anterior –una vez más; ¿ aprendería la lección algún día?

Había una mesa alargada y una silla arrimadas contra una pared, pero eran tan diminutas comparadas con las vastas proporciones de la estancia que parecían muebles de muñecas, y en torno a ellas se habían colocado pilas bajas pero voluminosas de cajas. La gran sala se había convertido en una especie de despacho, aunque Cesca se preguntaba cuál sería su uso original. ¿Un salón de baile? ¿Una pista cubierta de bolos? Fuera lo que fuese, no se adecuaba ni con facilidad ni con gracia a su nuevo aspecto de área de trabajo moderno y no quería ni pensar lo lenta que debía de funcionar la conexión wifi si tenía que traspasar aquellas paredes de mármol.

Bebió un sorbo del té, que desprendía un fuerte aroma, y se llevó la taza a la ventana para mirar al exterior; alzó automáticamente los ojos hacia donde se cernía el otro lado del edificio señorial, tratando de identificar los aposentos blancos tres pisos más arriba, pero las hileras de ventanas, imperturbables, nada dejaban entrever. Apartó la mirada y la bajó de nuevo para fijarse en un gran jardín apretujado junto a las ventanas; lo que esperaba ver era un patio de piedra, pero, aunque había una columnata por el lado opuesto del edificio señorial, entre las dos alas se extendía un parterre con mosaicos hechos de guijarros en el que se habían plantado naranjos y limoneros. El parterre llevaba –tuvo que estirar el cuello hacia la izquierda para ver mejor– a unos peldaños, a un muro y, al parecer, a un terreno más amplio, a juzgar por los cipreses agrupados esmeradamente que no llegaba a ver del todo. Costaba creer que estuviesen en el corazón de esa ciudad antigua, donde los edificios casi tropezaban los unos con los otros a lo largo de callejuelas diminutas, y no en los amplios paisajes de la Toscana.

–Maravilloso, ¿verdad? Cuando mis amistades me preguntan por qué sigo viviendo sola en una casa tan grande que raya en lo ridículo, solo tengo que mostrarles el jardín.

Cesca se volvió hacia Elena, de pie en el centro de la estancia, y le sorprendió que no la hubiera oído entrar, en especial porque su anfitriona usaba nuevamente su bastón para andar. Llevaba puesto un vestido recto de lino color caqui, con un collar en forma de cuerno de estilo africano y varias esclavas en las muñecas que no hacían sino resaltar lo esbeltos que eran sus brazos. Tenía la piel pálida y levemente pecosa y su complexión irradiaba una lozanía con la que Cesca –con cuarenta años menos– no podía competir esa mañana, tras haber dormido tan solo seis horas. Como siempre, su pasado la había despertado de un puñetazo.

–Ha sido una gran sorpresa. Esperaba encontrarme…, no sé, la parte trasera del edificio de tus vecinos o un patio empedrado. Es increíble que dispongas de un terreno tan grande aquí mismo, en la capital.

–Bueno, eso se lo debo al padre de mi difunto esposo, que fue clave para preservar las propiedades intactas cuando Mussolini se las apropió durante la guerra. –Le dedicó una sonrisa afectuosa–. Y espero que Alberto te haya recibido con más amabilidad que la otra noche.

—Sí, es la cortesía personificada —contestó Cesca, pese a que la hubiese recibido con incluso más desconfianza que cuando pensó que los estaba chantajeando. Regresó al centro de la estancia y volvió a colocar la taza de té en la bandeja que había en la mesa.

—Me alegro. Se está volviendo todo un señor con la edad; me temo que, más pronto que tarde, seré yo la que le traiga el café a él.

Cesca sonrió, aunque no se podía imaginar un mundo en el que aquello llegase a ser una posibilidad real. Elena poseía una gracia regia innata; siempre habría gente para servirla.

—¿Y todo esto es material para el libro? —preguntó, señalando las cajas.

—Mmm… —Elena bajó la mirada—. Ah, sí, esas son las fotografías que organizó el archivista. Mi vida en imágenes, por así decirlo. Debería estar todo ordenado cronológicamente, tanto las cajas como el reverso de las propias instantáneas. No me cabe en la cabeza cómo se las apañó para ser tan preciso, pero supongo que para eso se le pagó. Se consideraba a sí mismo historiador, ¿sabes? A partir de detalles de las fotografías, como la moda, la ropa o los peinados, o agrandando la cubierta de una revista en una mesa, identificaba la fecha.

—Increíble —murmuró Cesca, contando las catorce cajas en total, mientras caía en la cuenta de que ella se había formado para hacer lo mismo con las fotografías de sus casos.

—Debería estar todo ahí, desde mi infancia en Graystones hasta la actualidad, incluido todo lo que sucedió entre medias.

—¿Graystones está en Estados Unidos?

—Sí, es la villa de mis padres en Rhode Island.

—Ah. —«Villa», pensó. Rara vez tenía motivos la gente para utilizar esa palabra—. ¿Y cuánto tiempo llevas viviendo en Roma?

—Hará treinta y siete años en agosto, ¿te lo puedes creer?

—Dios, estás hecha toda una romana honorífica, entonces.

—No creo que lleguen a aceptarte en la vida, sinceramente, pero ten por seguro que he intentado marcharme de aquí y he fracasado estrepitosamente.

Cesca asintió, recordando la conjetura chismosa de Alé en la cena de la pasada noche.

—Cuando falleció mi querido Vito, pensé que no aguantaría más aquí. Somos muy afortunados; tenemos muchos lugares a los que considerar nuestro hogar: la Toscana, Londres, Aspen, Nueva York, Bel-Air. He probado a asentarme en todos ellos, hasta me mudé a Marrakech una temporada, pensando que los colores y la algarabía me animarían, pero, por algún motivo, no puedo echar raíces en ningún lugar que no sea este. Tengo la sensación de que esta ciudad ha conquistado mi corazón tanto como mi esposo.

–Bueno, yo me siento igual. Por la ciudad, quiero decir, no por el esposo.

–¿Cuándo fue la primera vez que viniste a Roma? –preguntó Elena, que parecía interesada, y Cesca reparó en que la forma en que la miraba mientras hablaba daba a entender que no solo la consideraba la persona más interesante de la sala (no quedaba otra, estaban solas), sino, posiblemente, la más interesante que hubiese conocido en la vida. Le pareció que se le daba bien escuchar, que seguramente sería la confidente de muchas personas.

–Cuando tenía nueve años, el mes de diciembre, mis padres nos trajeron a mí y a mi hermano a ver la nieve caer por el óculo del Panteón.

A Elena se le enterneció la mirada.

–El óculo. Siempre me ha parecido el lugar más romántico de la ciudad.

–Bueno, sin duda, a mí me ha enamorado. Cada vez que mis amigos se planteaban mudarse a París o a Nueva York, yo siempre soñaba con venir aquí. Tenía pensado venir antes, pero ya sabes cómo es la cosa: la vida da muchas vueltas. La escuela, la universidad, la Facultad de Derecho… Nunca tenía ni tiempo ni dinero.

–¿La Facultad de Derecho?

Elena, como un halcón, fue capaz de localizar al único ratón en un campo de heno, y Cesca se puso pálida al darse cuenta de su descuido.

–Ah…, sí…, tengo formación de abogada, pero me di cuenta muy pronto de que no era lo mío –dijo atropelladamente, dando el tema por terminado antes de que se pudiese abrir de nuevo–. En cuanto caí en la cuenta de que estudiar Derecho había sido un error, comprendí que tenía que vivir la vida como me apeteciese; o sea, que tenía que mudarme aquí.

–Pero todo ese trabajo, los años de exámenes, las horas de estudio...

Cesca se encogió de hombros, arrepintiéndose de haber abierto la boca. Siempre era igual: la gente no se podía creer que hubiese tirado la toalla con algo que tanto le había costado conseguir.

–Bueno, he terminado aquí, así que no me arrepiento. No puedo. Es un paso más en mi camino.

–¿Y tus padres te apoyan? –preguntó Elena, contemplándola fijamente, como si pudiese detectar, de algún modo, que había algo más.

–Quieren que sea feliz.

Elena asintió.

–Ah, sí, bueno, como madre, eso lo entiendo muy bien.

–¿Tienes hijos?

Habían vuelto a terreno seguro.

–Un varón, Giotto. Vive en Londres con su esposa y tres hijos. Estamos muy unidos.

–Qué bonito. –Cesca volvió a mirar las cajas, recordando que tenía que sacar algo de provecho de aquella charla, porque, a fin de cuentas, estaba allí para trabajar–. Bueno, lo cierto es que aún no me he puesto a buscar información sobre tu vida, pero...

–¿A buscar información?

–Sí, con unas horitas buscando en internet debería enterarme más o menos de los principales rasgos de tu vida; luego, tú y yo podremos pulir los detalles más a fondo en persona.

–No.

Cesca se quedó descolocada.

–¿Perdona?

Elena parecía incómoda.

–Prefiero que no me busques en Google, si a eso te refieres, por lo menos al principio.

–Pero...

–Francesca, se han escrito muchas mentiras sobre mí con el paso de los años; mi riqueza me ha convertido en el blanco desde el día que nací, pero lo que estamos preparando es mi biografía. Quiero contar la historia de mi vida y para eso te necesito. Si te pusieses a leer esas historias maliciosas y descaradamente difamatorias, acabarías viéndome como una caricatura y eso se reflejaría en el papel casi con total seguridad.

Cesca reprimió un suspiro. Era cierto que no sabía prácticamente nada acerca de su sujeto: un hijo, tres nietos, estadounidense de nacimiento, residente en Roma desde hacía treinta y siete años, viuda desde hacía quince, dueña de una buena cantidad de propiedades, con unos gustos que iban del barroco al minimalismo más brutal. Si lo que quería Elena era una *tabula rasa*, había dado en el clavo con Cesca.

–Vale, pues a Google ni me acerco –cedió–. Voy a empezar por la primera caja: echo un vistazo a las fotografías, selecciono las que parezcan más pertinentes y, luego, vengo a consultarte cualquier duda que tenga y así nos ponemos manos a la obra. ¿Te parece bien? De este modo, se parecerá más a una conversación que a un interrogatorio.

Elena sonrió, apaciguada.

–Qué gran idea. Todo parece muy fácil cuando te expresas de esa manera.

Bastaban diez imágenes para entender que Elena provenía de una familia con dinero, con dinero del bueno. La caja de Graystones fue la primera que abrió; rebosaba claramente de fotografías Kodak en blanco y negro en las que se retrataba el ocio de los ricos: salto ecuestre, sesiones de tiro, salidas en yate, esquí acuático e incluso funciones de teatro en escenarios montados en jardines repletos de estatuas…

De pequeña, Elena era rolliza y tenía el pelo moreno claro cortado por los hombros y recogido con una cinta de satén. En su infancia, parecía que le ponían zapatos Mary Jane y calcetines blancos, a menudo combinados con guantes y tocados o canotieres; también llevaba abrigos de *tweed* con cuellos de terciopelo. El frunce de sus vestidos no pasaba desapercibido.

A Cesca le parecía todo tremendamente artificioso y reparó en que Elena sonreía en muy pocas de las imágenes, lo que sin duda se debía en parte a que casi siempre estaba rodeada de adultos y era la única niña del grupo, pero se preguntaba cuán estrecha había sido su relación con aquellos padres tan glamurosos que la flanqueaban o sujetaban en algunas de las instantáneas.

La madre se asemejaba a una espada: de complexión estrecha y ángulos afilados, vestida con ropa de alta costura inigualable, con el cabello rizado cuidadosamente, color negro azulado, y unos característicos ojos con forma de almendra que le conferían cierto aire sensual, felino. De huesos finos y carente de pecho, la favorecía especialmente el corte al bies y, más que nada, se la veía vistiendo trajes de noche –no obstante, a Cesca no le pasó por alto que todas estas celebraciones en días festivos y en vacaciones tenían más probabilidades de ser fotografiadas que los días normales y corrientes, en los que no había nada especial que hacer–. Había muchas pieles, mucho satén, y a menudo la habían retratado en compañía de hombres que llevaban esmoquin y fijador en el pelo.

El más apuesto de todos parecía ser el padre de Elena, cuyo aspecto, incluso hoy, setenta años después, inmortalizado por el objetivo de las cámaras, trascendía el tiempo y lo coronaba como un deslumbrante hombre atemporal. Físicamente, él y su diminuta esposa eran polos opuestos: rizos rubios como rayos de sol, piel morena plenamente refinada, ojos de un gris claro y complexión robusta, atlética. A juzgar por todas esas fotografías, sabía remar, navegar, montar a caballo –para cazar y jugar al polo–, esquiar –tanto en agua como sobre nieve– y boxear. Cesca reparó en que Elena había heredado sus ojos claros y su nariz delgada y aristocrática; de la madre, tenía la figura menuda y aquella sonrisa radiante que resquebrajaba la altivez glacial de su talle.

Una punzada de envidia le perforó la piel. Elena no había nacido en una cuna de oro, sino de platino; no solo le había tocado la lotería en cuestión de genética, sino que había nacido con privilegios inefables. La mansión –suponía que se trataba de Graystones– era como una Casa Blanca a lo grande, con pórticos y balcones y la diferencia de que el tejado estaba hecho de relucientes tejas en pendiente. Una instantánea en particular mostraba, desde lo alto, la hacienda en su totalidad, con sus grandes establos, su campo de polo, su pista de tenis, su piscina, su lago y su jardín francés, dispuesto formalmente en las franjas de terreno y monte que descendían, por uno de los lados, hacia el mar. De pronto, cobró sentido la refinada elegancia de Elena: no había tenido que desposarse con un príncipe para convertirse en princesa, pues ya lo era en todos los sentidos, a excepción del título en sí.

Cesca se paró en una fotografía en particular, en la que se mostraba a la pequeña familia de tres miembros en otra de sus múltiples fiestas: la madre de Elena vestía un traje de seda plisado color claro y su padre, un frac de seda blanca. Pese a que la foto era en blanco y negro, Elena estaba especialmente radiante con aquel vestido de terciopelo y el corpiño en forma de corazón. Estaba distinta en esa imagen, más sofisticada, por algún motivo, y Cesca cayó en la cuenta de que se debía a que llevaba maquillaje.

Los tres estaban de pie en la terraza y, detrás, cientos de personas alzaban la mirada hacia ellos; había luces hermosas colgadas entre los árboles y se veía un objeto claro por la parte inferior de la instantánea. ¿Sería una tarta de cumpleaños, tal vez? Todos se estaban riendo, con las bocas abiertas espontáneamente y los ojos brillantes; los padres la miraban con devoción.

Cesca suspiró y se preguntó si tendría estómago para tanta perfección empalagosa. Elena había sido sin duda alguna la niña más afortunada del mundo.

Capítulo 7

–¿Te gusta, madre?

La costurera se echó hacia atrás para que Whitney Valentine pudiese ver bien a su hija. Whitney se tapó los labios con ambas manos, tocándose las puntas de los dedos.

–Cariño, estás divina. Grace de Mónaco no tiene nada que envidiarte. Está claro que hemos hecho bien en escoger el tul de seda, ¿no te parece, John?

El sastre asintió con la cabeza.

–Ha vuelto a acertar, señora Valentine. La marta cibelina es demasiado dura para este conjunto.

–Exacto. –Whitney juntó las palmas de las manos, como si fuera un juez dando un toque con el martillo para dictar sentencia. Era oficial, entonces: la marta cibelina era muy dura y habían hecho bien en escoger el tul de seda–. Tiene que ser ligero, grácil, ingrávido; Laney tiene que flotar hasta el altar como una pluma en brazos del viento. –Torció la mano delgada para mayor expresividad–. Porque, a fin de cuentas, es una chica muy moderna.

Era todo un icono, como los que aparecían en la sección social de la prensa. Desde su primera aparición pública en su fiesta de cumpleaños hacía un par de meses, Laney se había convertido en la invitada más solicitada de todas las fiestas, aunque ya estuviese prometida.

La novia de dieciséis años miró su reflejo en el espejo: el vestido era de ensueño –aunque fuese el sueño de su madre–, con un corpiño cruzado de tul de seda, ceñido por la cadera, y con el vuelo exagerado de la falda larga de tul cubierta de suaves plumas blancas que brillaban con cada movimiento. Completaban el atuendo unos guantes blancos largos y un velo que llamaba la atención. Ese era el vestido que llevaría puesto cuando se convirtiese en la señora de Jack Montgomery.

—¿Crees que a él le va a gustar?

—Corazón, si te adora, ¿cómo no le va a gustar?

Mucho se habían deleitado sus padres con el compromiso —les había dado una excusa para organizar otra de sus famosas «veladas», entre otras cosas— y su madre se había puesto inmediatamente manos a la obra para contratar los servicios del taller del señor John Galano. Las rígidas invitaciones de marfil se habían convertido en el bien más preciado de la temporada, pues no figurar entre los cuatrocientos invitados a Graystones en la tarde del jueves 16 de agosto equivalía a quedar desterrado de la élite de Manhattan.

Algunos habían mirado con malos ojos la rapidez con la que se había concertado el compromiso, pero, en especial, lo que no gustaba era la pobreza relativa del novio —el negocio de madera que tenía su familia en Vermont, modesto pero en pleno desarrollo, nada tenía que ver con la fortuna colosal de los Valentine—, aunque era de esperar. Eran todos unos esnobs anclados al pasado. Su madre estaba en lo cierto: ella era una chica moderna; no se casaba ni por dinero ni por prestigio, sino por amor, y nunca había sido tan feliz como aquellas últimas siete semanas. Jack le había mostrado un mundo distinto, más libre, más allá de los confines de la villa Graystones, y no había nada que ella disfrutase más que sentarse en las rocas mientras él pescaba con mosca lubinas rayadas o verlo navegar por Block Island Sound —Jack le había prometido que le enseñaría a nadar para que no se pusiese tan nerviosa cada vez que se acercaba a un barco—. Ella, por otro lado, le daba suerte y besaba sus dados las noches que él jugaba al veintiuno.

Su compañía la vigorizaba, como un soplo de aire fresco con el que se renovaba el aire estancado que se respiraba en su círculo, y había maravillado a sus amistades, para las que era un príncipe azul y «la viva imagen» de Tab Hunter. De hecho, se había ganado a todo el mundo, menos a Winnie, su querida institutriz, pero, como esta última admitía, según ella no había nadie lo suficientemente bueno para Laney, así que no contaba.

Todos los días, Laney daba gracias por que sus caminos se hubiesen encontrado. Su instinto no le había fallado: sí que se coló en la fiesta, pero no fue tan inepto como para trepar los muros. Su compañero de piso en Brown, el hijo de un cliente importante de su madre, había sido invitado, pero enfermó de gastroenteritis la mañana de la fiesta. Pese al control de seguridad en la entrada y a los perros guardianes, bastó con enseñar la rígida invitación para entrar. Se pasó la velada codeándose fingidamente con los invitados de su padre, a la espera de que ella hiciese acto de presencia; ya era conocida por su belleza, le había dicho él, y quería ver con sus propios ojos a la criatura por la que los individuos más refinados de su generación se volvían locos, aunque a él siempre le habían gustado más las rubias o aunque, según él, las herederas no valiesen la pena por los problemas que acarreaban. Quería seducirla por puro divertimento, bromeaba, pero no había contado con enamorarse.

Era atrevido y beligerante, impredecible, una caja de sorpresas. A diferencia de los acólitos del círculo de su padre, era intrépido: cuando sus padres descubrieron su relación furtiva con Laney y lo invitaron a comer –con la clara intención de intimidarlo y ahuyentarlo–, se puso a flirtear con su madre, le dio sin reparos una paliza a su padre al *backgammon* y, luego, pidió su mano con descaro. Era todo lo contrario a la mayoría de los hombres adultos, que trataban de adular a su padre, y por eso el mismísimo George Valentine tuvo que admitir que, con tan solo veintiún años, Jack Montgomery no era como la mayoría de los hombres.

El tintineo de las campanas de la iglesia seguía resonando en sus oídos y se le grabaron a fuego en la memoria las caras alargadas en la congregación que tanto difuminaba el velo que llevaba. Su vestido, tendido en la silla de enfrente, ahora se asemejaba más al ala de un cisne acosado por la tormenta; varias de las plumas se habían desprendido de la falda. El tul pendía sin fuerza –¿habría sido la marta cibelina mejor opción, al final?– y el velo estaba rasgado, enrollado en una bola sobre el tocador.

Se estiró en la cama, contenta de haberse quitado el corpiño; notaba el cuerpo tierno y pesado en las sábanas lisas, al tiempo que pensaba cuándo tendría por fin un momento a solas con su nuevo esposo, una idea que la emocionaba e inquietaba a la vez. En todas las ocasiones en las que la toqueteó hasta la fecha, en los asientos traseros del coche de él o en la casa del lago, ella había tenido que apartarle las manos, incluso cuando no quería y él le suplicaba al oído sin aliento, pero ahora estaban casados, eran marido y mujer y podían hacer lo que quisiesen cuando quisiesen. No se podía creer que él estuviera posponiendo el momento más de lo necesario; ¿cuántas veces se lo había implorado estas últimas semanas, recordándole que ya estaban prometidos, «prácticamente casados»? Y ahora era él el que la hacía esperar: seguía jugando al pase inglés al otro lado de la puerta y sus amigos –hacía unas horas, muy corteses con sus *blazers* y franelas puestas– cada vez estaban más pendencieros y borrachos; se habían quitado las chaquetas y arremangado las camisas.

Agarró con más fuerza la sábana que la cubría al oír una voz que se acercaba a la puerta; sonaba cerca, demasiado cerca. Se oyeron carcajadas y, a continuación, unos gritos. Más carcajadas. Y, entonces, la voz volvió a desvanecerse y el silencio imperó de nuevo mientras lanzaban los dados.

Sus ojos nunca abandonaron la puerta. No valía la pena fijarse muy detenidamente en el «hotel» al que la había traído para pasar su primera noche de luna de miel. Estaban a unos tres kilómetros de casa y ella no había podido ocultar su sorpresa al reparar en el cartel con luces parpadeantes de la carretera, en el tembleteo de las ventanas o en las flores de plástico colocadas dentro de un jarrón de la recepción, pero ni se le pasó por la cabeza quejarse; no quería. Él le estaba dando lo que ella le dijo que siempre había querido: una vida de verdad en el mundo de verdad, para así dejar de mirar por la ventana como una muñequita en su casa. También era la forma de Jack de demostrarle al mundo –y a la prensa que se había aglutinado en las escaleras de la iglesia– que no le interesaba el dinero, ni el de ella ni el de nadie. Se querían, simple y llanamente: él no era ningún cazafortunas y ella lo admiraba por ello. No le importaba dónde dormirían o cómo vivirían: era la señora de Jack Montgomery, casada a los dieciséis años con el hombre más apuesto que había visto en su vida.

Además, no era la decoración lo que la desconcertaba más, sino el hacerse a la idea de que tendría que prepararse para irse a la cama sin la ayuda de Winnie. Esta noche fue la primera vez, y aunque los botoncitos de seda del vestido le habían dado guerra, al igual que las ballenas del corsé, se las había arreglado. Ahí estaba ella, tendida, expectante, vistiendo satén rosado, con el cabello suelto y peinado de tal manera que resplandeciese a la luz de la medianoche.

Cambió de postura, doblando la pierna derecha por encima de la izquierda para resaltar las ondulaciones de sus curvas, aún en desarrollo, y extendió su cabello negro azulado recién teñido por las almohadas. Se preguntaba si seguirían de fiesta sin ellos en Graystones y si seguirían divirtiéndose todos, si alguien, a su vez, se estaría preguntando si ella lo estaba pasando bien. La despedida había sido exultante: los habían rociado de pétalos de rosas como una lluvia fragrante mientras corrían, cogidos de la mano, hacia el nuevo Bentley que su padre les había dado como regalo de boda y en cuyo maletero habían metido su ajuar. Cerró los ojos y se imaginó a las parejas danzando con colores veraniegos, tratando de oír, a través de las ventanas abiertas, los ecos de la música de la gran banda, ecos que se extendían sobre el agua hacia Newport, hasta adentrarse en el mar.

¿Fue la mano lo que la despertó primero? ¿O su aliento? Ambos estaban calientes cuando los notó contra la piel. Él forcejeaba con el camisón escurridizo que ahora tenía enroscado ella en torno al cuerpo, la sábana estaba tirada en el suelo y había colocado una rodilla entre las piernas de ella.

–¿Jack…?

Hizo ademán de alzar la cabeza, de girarse para mirar hacia atrás, pero él le enterró la cara en la almohada, cuyo olor rancio puso de manifiesto, al inhalar aire una sola vez, el nivel de higiene del motel. Le apretaba la mejilla contra el colchón con la mano, inmovilizándola.

–¡Cállate! –Su voz era un gruñido, su aliento estaba rancio por el *bourbon* que había bebido y apretaba todo su cuerpo contra el de ella; todo su peso la dejaba sin aire en los pulmones mientras peleaba con la bragueta y oprimía el cuero frío de sus zapatos contra las plantas desnudas de los pies de Laney, separándole las piernas.

Ella forcejeó, presa del pánico, tratando de respirar, tratando de salir de debajo de él, de huir. Consiguió liberar la cabeza y, al levantarla para coger aire, vislumbró trozos de la habitación al tiempo que respiraba desacompasadamente: la lámpara junto a la cama, de color rosa y con flecos, la franja de luz que se filtraba por las cortinas, su vestido tendido en el olvido sobre la silla, las perchas de alambres, como costillas de plata, que se veían por la puerta abierta del armario. Pero, pese a que estuviese ebrio, era demasiado fuerte; la agarró de la nuca con la palma de la mano y volvió a enterrarle la cara en la almohada, inmovilizándola como una mariposa atrapada en un laboratorio.

–No…

Ella sabía lo que iba a ocurrir, por instinto y por la breve charla que le había dado su madre aquella mañana –«Tú intenta relajarte y quédate quieta»–. Unas lágrimas calientes, que no tenían adónde ir, le encharcaron e inundaron los ojos cuando notó que la penetraba. Contrajo y contorsionó el rostro de dolor, con la boca abierta, presta para gritar, pero los sonidos que emitía quedaban amortiguados por la almohada, mientras en su retina se sucedían manchas blancas.

Esto no podía estar pasando de verdad. Se suponía que no tenía que ser así, que se amaban, que estaban casados. Era suya. ¿Qué había hecho mal?

Él comenzó a moverse más rápido, utilizando su sangre como lubricante, excitándose. Laney dejó de oponer resistencia –que solo empeoraba las cosas– y él gruñó, percibiendo la derrota de ella, penetrándola con mayor profundidad, con mayor intensidad, con mayor rapidez, y ella se obligó a quedarse quieta, a sobrevivir.

Tres minutos fue lo que le llevó. Con un último gemido gutural, que estalló y se incrustó en el oído de Laney, salió de ella y cayó rendido de espaldas en la cama a su lado. El silencio se apoderó del cuarto, a medida que la vergüenza le dejaba marcas a ella tan hondas como la sangre que manchaba las sábanas. No se levantó, no se pudo mover lo más mínimo por el *shock* y el terror, y se vio obligada, en cambio, a escuchar el sonido de su respiración acompasándose de nuevo, a verlo a través de su visión borrosa por las lágrimas, como si estuviese mirando el cielo desde el fondo de una piscina. Él tenía la mirada perdida en el techo, sin fijarse en las grietas del yeso, y luego giró la cabeza hacia el lado y la miró, con las escleróticas rosadas, inyectadas en sangre, los labios y las mejillas de un tono carmín por la bebida y el cabello rubio apoyado en la almohada como un rayo de sol extraviado. Adormilado, mientras el sueño se elevaba en su cuerpo como una ola, alzó la mano y la dejó caer con fuerza sobre su trasero desnudo. Le dio una palmada.

–Buenas noches, señora Montgomery.

Capítulo 8

Roma, julio de 2017

Los pinos se alzaban hacia el cielo y unas palomas, esporádicamente, cruzaban su campo de visión. Cesca notaba la hierba fría debajo de los brazos desnudos y la esterilla, mullida y pegajosa, porque le sudaban los omóplatos. Oía muy de cerca el chapoteo de los remos que atravesaban el lago navegable, así como el balbuceo de las charlas de los turistas que entraban y salían de Villa Borghese.

Junto a ella, Alessandra se puso a roncar.

–Para ya.

Cesca soltó una risita y le dio un golpecito en el estómago con el brazo que le quedaba más a mano. Alessandra se echó a reír, girándose hacia el lado y apoyando la cabeza en la mano.

–Sabes que esta parte me parece un tostón.

–En teoría deberías centrarte, conectar con tu respiración.

–Prefiero conectar con el chico que vi en Zizi la otra noche –dijo en voz baja, riendo insinuantemente–. Lo que te perdiste…

–Ya, bueno…, por una vez en la vida intenté comportarme como una adulta responsable.

–Y mira el resultado: te despidieron. Más te vale que hayas aprendido la lección.

Alé esbozó una amplia sonrisa y se dejó caer boca arriba, mirando el cielo; se le veía la tira del sujetador rojo por debajo de la camiseta color caqui, acanalada y sin mangas, y el pintaúñas naranja que se había puesto en los pies estaba desgastado y borrado del todo en algunos dedos. Siempre les decían que la suya era una amistad espontánea, como una de esas tiendas de campaña que podías meter dentro de la mochila y lanzarlas al suelo en cualquier lugar. Cuando se conocieron en Glastonbury, hicieron migas al momento, se entendieron mutuamente. Algo ayudó que las dos estuviesen bebidas, pero Alé tenía la convicción de que eran almas gemelas que ya se habían encontrado en vidas pasadas. Fuera lo que fuese, Cesca se alegraba de que hubiesen hecho cola para ir al baño a la vez. Fue Alessandra la que la animó a cumplir su sueño y de mudarse allí, después de que Cesca le contara entre lágrimas que acababa de dejar el trabajo y que no tenía ni idea de qué le depararía el futuro; fue Alé la que la ayudó a aprender italiano, después de que el CD del cursillo que se había comprado le enseñara a expresarse como una dama de la corte; fue Alé la que le abrió las puertas a esa vida que llevaba en Roma, la que le presentó a sus «hermanos» –sus amigos de la infancia, Matteo y Guido– y la que la ayudó a conseguir el piso, ya que la *signora* Dutti era amiga de su abuela.

Cesca cerró los ojos de nuevo; notaba el cuerpo pesado, exhausta como estaba tras otra noche de sueño interrumpido y un día intenso de trabajo. Había salido del edificio señorial a las cinco, tras pasarse ocho horas revisando miles de pequeñas fotografías en blanco y negro, toda una vertiginosa introducción a una vida de lo más privilegiada. Tenía la sensación de que podía experimentar la infancia de Elena en tiempo real; se habían inmortalizado prácticamente todos los momentos porque prácticamente todos los momentos habían sido especiales, como no podía ser de otra forma si había tantos ponis, conejos y cachorros como juguetes y si uno de los terrenos más selectos de la costa este de los Estados Unidos era su patio de recreo.

Mientras Alberto le llevaba bandejas de té y pastel a intervalos de dos horas, ella trataba de seleccionar una o dos imágenes de las distintas épocas de la infancia de Elena, comenzando con las típicas fotos de bebé y del cochecito, pasando por el periodo en el que empezaba a andar hasta llegar a la transición entre la niñez y la adolescencia; había terminado la jornada con una Elena de quince o dieciséis años, lo que no estaba mal para un solo día de trabajo. Acto seguido, había vuelto a revisarlas todas para luego escribir varias preguntas sobre cada imagen: ¿quién es la mujer que aparece en casi todas las fotos? ¿Cómo se llamaba aquel caballo? Elena le había comentado que los editores querían un libro de trescientas páginas con una selección preliminar de doscientas cincuenta imágenes, lo cual, teniendo en cuenta que había más de mil fotos solo en la primera caja, significaba que tendrían que ser estrictos con los recortes de edición. Cesca entendía por qué Elena quería que se encargase del proyecto alguien con un punto de vista objetivo. Reducir una vida de setenta y muchos años a un número fijo de imágenes, de momentos, era más difícil de lo que parecía, pero no se amedrantaba: como abogada, había tenido que manipular cajas de varios kilos de peso, repletas de documentos, de pruebas, de testimonios, para dar con el quid de la cuestión de cada caso. Porque siempre había uno y la vida de Elena no iba a ser la excepción.

—¿Y qué tal te ha ido hoy con la mujer diablo? –preguntó Alé con tono dramático.

Cesca esbozó una amplia sonrisa.

—Apenas la he visto, la verdad. Me he pasado todo el tiempo con la nariz enterrada en una caja de fotografías, para ponerme al día. De verdad te lo digo, ha tenido una vida increíble. Te juro que hasta en su lago navegable tenía un modelo de velero ¡con el que se podía competir en la Copa América!

Alé chascó la lengua.

—¡Y tenían pavos reales! Nada de palomas delgaduchas.

—Imagino que así es la vida si naces con el apellido Valentine.

—¿Valentine, dices? –preguntó Cesca, sorprendida.

El apellido era muy conocido; como los Oppenheimer, los Rockefeller o los Rothschild, los Valentine poseían una fortuna sin fondo.

—Es la única heredera con vida, según lo que me ha dicho mi madre –apuntó Alé, que también parecía sorprendida–. ¿No lo sabías?

—Me sonaba el apellido, pero no sabía que ella fuese una de ellos.

—Vaya, pues sí que te estás tomando la investigación en serio –se burló Alé con una sonrisa sarcástica.

—Que sepas que Elena me ha pedido, precisamente, que no busque información suya. Quiere que me entere de su vida a través de sus palabras, sin juicios de valor.

Alé se lo pensó unos instantes.

—Supongo que tiene sentido, porque la prensa rosa la adora. Si te creyeses todo lo que dicen sobre ella, no podría hacer de *principessa* contigo, ¿no?

Cesca no hizo comentario alguno. La señora delicada, elegante que conocía no encajaba con la supuesta notoriedad de su imagen pública: carne de cañón para la prensa rosa, una mujer diablo… ¿Qué diantres habría hecho para forjarse una reputación que tanto contradecía la imagen que daba en la actualidad?

—Cuéntame, ¿cómo es el edificio señorial por dentro? —preguntó Alé, tan inquieta como siempre, poniéndose boca abajo y adoptando la postura de la tabla. Prefería las clases de HIIT del lunes por la tarde a esas sesiones de yoga en el parque, aunque, todo hay que decirlo, ella no tenía necesidad de ponerse más morena.

Cesca se encogió de hombros.

—Puaj, no me gusta para nada. Hay un montón de galerías enormes y salas vacías. Oro por todas partes.

—¿Cómo? ¿Que no te gusta? Si es uno de los mejores sitios de la ciudad.

—Y entiendo por qué, desde un punto de vista arquitectónico, pero ¿como casa? Si se parece más a un mausoleo que a un hogar. No entiendo por qué quiere vivir ahí, ¡y encima sola! A ver, que el jardín es una pasada y entiendo que no se puede esperar que los multimillonarios vivan en una casa normal de dos pisos con dos habitaciones, como el resto…

—¿Perdona? —jadeó Alé, cuyas mejillas comenzaban a sonrojarse.

—Así son las casas típicas en Inglaterra —respondió Cesca, restándole importancia—. ¿Será por viajar tanto en *jets* de lujo y vivir en hoteles? Es a lo que están acostumbrados: suelos de mármol y sillas duras, altas y de respaldo fino. Nada de migas de pan en la cocina ni de sofás hundidos de Ikea ni pelos de perro volando por las esquinas.

—¿Tu casa es así?

Cesca se dio cuenta de que así era, aunque Slipper, su border terrier, estaba tan mayor que prácticamente se había quedado tan calvo como su abuelo y ya no había tantos pelos de perro como antes.

—Pues sí, la verdad.

—Tiene buena pinta. Apuesto a que también tenéis alfombras, ¿me equivoco?

—Claro.

Sabía que Alé se estaba metiendo con ella por ser tan británica. Su amiga soltó una risa ahogada entre los mechones de cabello que le caían hacia delante.

—Eres muy graciosa.

—Gracias.

Hubo un silencio.

—¿Lo echas de menos?

—¿El qué? ¿Mi país?

Con un jadeo fruto del esfuerzo, Alé se giró hacia el lado, posando las manos sobre las costillas mientras la miraba.

—Tu hogar.

Cesca mantuvo los ojos cerrados intencionadamente.

—No, porque ahora mi hogar es este.

—Pero tu familia…, tu carrera… Le has dado la espalda a todo tu mundo.

—No le he dado la espalda a nada: mis padres vinieron aquí el mes pasado.

—Ya sabes a lo que me refiero. ¿Por qué nunca hablas del tema?

Cesca notó que Alé le tocaba el hombro con la mano.

—Sé que pasó algo malo.

Cesca se sentó y, con el movimiento, apartó la mano de Alé. Se llevó las piernas al pecho, abrazándose las rodillas, y mantuvo la vista fija en una joven que iba empujando un carrito, con un niño pequeño caminando junto a ella y lamiendo un helado.

—No pasó nada malo, Alé, simplemente me equivoqué de carrera. Yo no valgo, no tengo lo que hay que tener. Hay que ser de una manera muy particular para triunfar en ese sector. Hay que ser perfeccionista, cuidar el detalle.

Alé enarcó una ceja.

—Pero si te lees los términos y condiciones de todo lo que te compras por internet.

—Como deberíamos hacer todos —respondió Cesca solemne.

—No hay más que hablar: tienes madera de abogada.

—No, no hay ninguna otra abogada en la faz de la tierra que se ponga bombachos *vintage* sin que sea una broma.

Alé se echó a reír.

—Además, yo aquí soy feliz. Tengo amigos, un piso de lujo… —Alé se rio con más fuerza–. Vivo en la ciudad en la que he soñado vivir desde pequeña. Aquí me siento libre.

Miró a su alrededor, a las brillantes sombras con forma de nube que se dibujaban en la tierra bajo los árboles, a las briznas cortas y rectas de la hierba, que resistían al calor implacable como filas de valientes soldados, al grupo de adolescentes que jugaba al fútbol sin camiseta sobre la hierba, al otro lado del sendero. Roma era un festín para todos los sentidos: la fragancia del jazmín se esparcía por el aire y el ronroneo de las motos que corrían por las carreteras circundantes resultaba tan relajante como el zumbido de las abejas. Inspiró y espiró hondo, para demostrar que tenía razón.

–¿Estás segura de que esto es libertad?

–¿Qué otra cosa podría ser?

Alé se encogió de hombros.

–¿Una manera de salir corriendo?

Cesca apartó la mirada, fingiendo que contemplaba las pecas que brotaban como margaritas en su piel pálida.

–Me temo que mi vida no es tan fascinante como piensas –murmuró, girándose boca abajo y estirando los brazos sobre la hierba, con las manos abiertas y los ojos cerrados, tratando de centrarse en su respiración de nuevo, pero era una táctica de distracción, para despistar a su amiga y evitar que le hiciese más preguntas, porque sabía que aquellas preguntas tenían una única respuesta: que tenía las manos manchadas de sangre.

Daba la impresión de que la alfombra de seda estaba pegada al piso: se extendía de pared a pared, dejando apenas un centímetro libre. Los sofás con bordes de mimbre, a su vez, parecían tan mullidos y blandos que a Cesca se le ocurrió medio en broma que necesitaría un cabrestante para volver a levantarse. Había una lámpara en cada mesilla, junto con un gran paño con bordes de oro, y las cortinas –cortinas, sin contraventanas– con un entramado de color verde crema iban a juego con el empapelado. Estaba muy recargado, un tributo a los años ochenta, pero Cesca estaba encantada: no había ni mármoles ni estatuas, no había ni sillas altas inservibles ni ángeles en el techo –sino un enyesado con encajes que le parecía aceptable–. Por fin, en ese palacio de casi mil habitaciones –como le había dicho Alberto al guiarla por las galerías–, habían encontrado una que le resultaba más acogedora.

Ahora estaban instaladas en la sala que daba al jardín, en el ala oeste. Elena se sentaba enfrente, con los tobillos cruzados y las bailarinas Fendi puestas; las pequeñas manchas solares que tenía en las espinillas delataban que había pasado la vida veraneando en yate. Llevaba un vestido camisero azul aciano ceñido con un cinturón de cuero y en la punta de la nariz descansaban delicadamente sus lentes de carey. Enarcó una ceja al inclinarse para estudiar la selección de imágenes que le había traído Cesca, no necesariamente para incluirlas en el libro, sino para conversar acerca de su vida.

A su derecha, Cesca tenía la grabadora de voz preparada para comenzar. Estaban esperando a que Alberto terminase de servirles las tazas de té –*lapsang souchong*, en esta ocasión–, y Cesca miraba distraídamente a un jardinero con sombrero y mandil que estaba podando unos rosales al otro lado de las puertas abovedadas; el sonido de las tijeras se filtraba lo justo por el cristal.

–¿Eso es todo, su ilustrísima?

–Sí, gracias, Alberto.

Él inclinó la cabeza.

–Permítame recordarle que su vehículo estará listo dentro de una hora. Tiene cita para almorzar con…

–Cristina, sí, sí, como para olvidarlo. Gracias, Alberto.

Volvió a inclinar la cabeza y se marchó.

–Sinceramente –comentó Elena en una voz que no era más que un susurro mientras jugueteaba con un hilo del cojín que le quedaba más a mano–, lo de esta gala es increíble. Ni que estuvieran organizando una coronación. –Al percatarse de la cara de desconcierto de Cesca, añadió–: La fundación de mi marido acaba de finalizar un proyecto de restauración de cinco años de duración de las ruinas del foro de Máximo, y se celebrará una gala en su honor a comienzos de septiembre. Mi marido patrocinó muchas obras benéficas maravillosas en su querida Roma.

–¿Y Cristina es…?

–Una vieja amiga que creció con Vito y su hermano; se considera a sí misma hermana honorífica. Es, junto conmigo, copresidenta de la fundación y la gala ha sido toda idea suya.

–Oh. –Cesca se sumió en sus pensamientos unos instantes–. Bueno, en ese caso, quizá debería hablar con ella para el libro.

Elena frunció el ceño.

–¿Por qué?

–Estaría bien ahondar en tu legado filantrópico. Sería un buen contrapunto –dijo, sin querer evidenciar que restregar en la cara de los lectores todo aquel torrente de buena suerte y de privilegio asquearía a la mayoría.

Elena reflexionó acerca de la propuesta.

–Sí, entiendo –respondió lentamente–. Bueno, no veo por qué no. Se lo mencionaré hoy para que organice algo. Aunque, para serte sincera, no creo que saques mucho en claro de ella; no es una persona fácil de entrevistar.

–¿Por qué no?

–Bueno, como miembro de una de las familias negras, no es…

–Elena se la quedó mirando, fijándose en la cara de desconcierto de Cesca–. Habrás oído hablar de la nobleza negra, obviamente.

De obvio no tenía nada: Cesca nunca había oído nada de eso.

–Eh…

–Ah, vale –dijo Elena, que parecía sorprendida–. Bueno, la nobleza negra es una expresión utilizada para referirse a aquellas familias que han obtenido sus títulos nobiliarios de parte de los papas, en contraposición con la que más tarde sería la nobleza blanca, que conseguía los suyos por herencia. Supongo que podríamos decir que los negros representan a los ricos «de toda la vida»: profundamente conservadores, tradicionales y muy discretos. Nada de escándalos. Nada de diversión. –Cesca percibió un brillo pícaro en los ojos de Elena–. De modo que, si lo que buscas es un comunicado sobre causas nobles, Cristina es la mujer idónea, pero no sacarás nada más de ella.

–Entiendo. –Cesca asintió con la cabeza, sonriente; ahora lo entendía. Discretamente, comenzó la grabación, consciente de que ya habían calentado motores–. Pero, por lo que he visto de tu infancia hasta ahora, me ha llamado la atención que provienes de lo que sea que Estados Unidos considere su aristocracia.

Elena se recostó en el asiento.

–Bueno, es cierto que éramos ricos, hasta rayar en lo absurdo, pero la nuestra no era más que una riqueza de segunda generación. Podría decirse que éramos los ricos «nuevos». Mi padre heredó una fortuna de mil millones de dólares que duplicó a lo largo de su vida. Era un hombre intensamente carismático y se le daba muy bien hacer negocios: era atractivo, inteligente, encantador; la gente, simple y llanamente, se sentía atraída hacia él sin que pudiese evitarlo. Mi madre siempre bromeaba con que las personas le regalaban el dinero; así tenían una excusa para acercársele.

—Tu madre también era muy guapa.

—Ah, sí, se la consideraba una de las grandes bellezas de su generación, y su belleza, combinada con el poderío inigualable de mi padre, era muy codiciada. Supongo que podríamos decir que eran una pareja empoderada mucho antes de que la prensa rosa se interesase por estos temas.

—¿Fue un matrimonio feliz?

Elena hizo una pausa.

—Era un matrimonio claramente apasionado, que no siempre es el más tranquilo, pero no cabe duda de que era un amor intenso, por el que, según algunos, dejaban de lado todo lo demás.

A Cesca le pareció entender la verdad implícita: un amor intenso que la dejaba de lado a ella. ¿O acaso seguía pensando como una abogada, buscando significados ocultos, una víctima, un móvil, un plan?

—¿Eres hija única? No he visto fotografías de otros niños en la colección.

Como para demostrar que estaba en lo cierto, volvió a repasar las imágenes seleccionadas, en busca de un amiguito o de un compañero en las instantáneas en las que todavía era un bebé, convencida de que no había ninguno. Nunca se le escapaban los detalles, al haber sido formada para examinar las fotografías de los crímenes sin que se le escapase nada.

—Sí, mi madre tuvo una vida difícil: tuvo varios abortos antes de quedarse embarazada de mí y se vio obligada a guardar cama cinco meses antes de que yo naciera. Decía que puede que eso me hubiese salvado a mí, pero que casi la mató a ella. Mi madre era como un hada, ¿entiendes?; saltaba de un lugar a otro sin cesar, y ese confinamiento no le sentó nada bien. Decía que jamás podría volver a pasar por lo mismo. Sé que mi padre anhelaba tener más hijos, pero la felicidad de mi madre era su máxima prioridad.

–Debió de ser muy duro para ellos –se compadeció Cesca.

–Efectivamente.

–¿Fue duro para ti?

Elena parecía sorprendida.

–¿Disculpa?

–¿Ser la única niña en una casa tan grande? ¿Alguna vez deseaste tener hermanos o hermanas con los que jugar?

–Bueno, claro, ¿qué hijo único no desea tal cosa? Pero nunca estaba sola: tenía a Winnie, mi querida niñera, que me acompañaba a todas partes. No me separaba nunca de ella; me ponía a llorar y a llamarla como si no hubiera un mañana cada vez que se iba de la habitación.

–¿Es esta Winnie? –preguntó Cesca, inclinándose y sacando una instantánea en blanco y negro de Elena de bebé en un gran carrito. Vestía un gorrito de terciopelo y un abrigo, junto con una colcha de encaje sobre las piernas. A su lado había una mujer fornida que llevaba unas botas negras, un vestido negro, un abrigo de *tweed* y un sombrero campana a juego.

–¡Mi querida Winnie! –exclamó Elena, cogiendo la fotografía y acercándosela a los ojos para ver mejor los rasgos rollizos de la mujer. Sonrió, asintiendo con cariño–. Sí, es justo como la recuerdo. Seria como un andamio; casi nunca sonreía (creo que solo conmigo), pero su voz me recordaba al agua que se desliza por las rocas de un río. Era irlandesa, del sur, cerca de Waterford, si mal no recuerdo. Ay, tenía el acento más bonito del mundo. Todavía hoy, si lo oigo, me paro en seco y cierro los ojos; es como retroceder en el tiempo a mi infancia.

–Parece que la querías mucho.

–Sí, de verdad que sí. Era el centro de mi universo.

–¿Tenía celos tu madre de vuestra relación?

–¡Dios, no! Mi madre estaba encantada de que yo no me pasara el día chillando, supongo. Ten en cuenta que mis padres estaban muy ocupados, que la nuestra no era una familia normal: mi padre estaba a menudo rodeado de gente importante y, al ser Graystones una casa tan grande de la que ocuparse, mi madre siempre estaba supervisando al personal o arreglando las flores o cuidando de los caballos; era un ama de casa entregada, ¿entiendes? De modo que Winnie y yo íbamos por nuestra cuenta la mayor parte del tiempo, lo cual nos encantaba. Mis habitaciones estaban en el piso más alto de la casa y la de Winnie, junto a mi dormitorio, por lo que teníamos mucho espacio.

Cesca asintió con la cabeza.

—¿Tenía Winnie familia propia?

Elena negó con la cabeza.

—No, aunque tengo entendido, por lo que decía mi madre, que una vez el encargado le pidió matrimonio. Llevaban tiempo cortejándose y él les pidió a mis padres su mano.

Sus ojos brillaban como si aquella alegría aún estuviese fresca.

—¿Les pidió a tus padres su mano? Pero ¿no era un asunto personal?

—Oh, no en su caso, porque su trabajo era esencial para nuestra familia. Winnie nunca habría hecho nada que pudiese ir en contra del funcionamiento de la casa.

Cesca estaba atónita.

—¿Qué dijeron tus padres?

—Mi madre tuvo que negarse. —Elena se encogió de hombros, colocando de nuevo la fotografía en la caja y volviéndose a recostar—. Yo apenas sabía caminar y estaba muy encariñada con Winnie por aquel entonces. No podían permitirse perderla.

—Pero ¿la habrías perdido por que se hubiera casado?

—Bueno, pues claro: no cabe duda de que habrían formado una familia por su cuenta y, entonces, por lo menos, habría tenido que dividir su atención; podría haberla perdido por completo.

Cesca parpadeó dos veces seguidas, como siempre que estaba perpleja.

—¿Qué fue de ella?

—¿De Winnie? Oh, se mudó cuando yo me fui de casa a los dieciséis. Ya no tenía nada más que hacer, la verdad, después de que yo me marchara.

—¿Y cuántos años tenía cuando se fue? —Cesca no pudo evitar hacer aquella pregunta; era culpa de su mente de abogada, que quería atar cabos, acceder a todos los rincones de la historia.

Elena reflexionó al respecto.

—Me parece que cuarenta y tantos, pero no estoy segura. Todos los que tienen más de treinta años te parecen viejos cuando eres joven, ¿no crees?

—¿Y sabes adónde fue? ¿Mantuvisteis el contacto?

Elena negó con la cabeza, apenada.

—No, y es algo de lo que me arrepiento muchísimo. He de admitir que yo estaba en la etapa más egoísta de todas: los dieciséis. Lo único que me importaba era seguir con mi vida: quería ser adulta, controlar mi propio destino, estaba desesperada por alejarme de Graystones, y supongo que, hasta cierto punto, Winnie simbolizaba la vida que yo había tenido allí. Después de marcharme de Graystones, no volví a verla. —Se miró las manos: diminutas, pálidas, con venas de un gris azulado que se entretejían por la piel—. Bueno, la vi en su funeral —añadió, como si contase—. Falleció en 1978. De tuberculosis.

Cesca asintió con la cabeza, viendo lo que, al parecer Elena no veía: que Winnie había renunciado a la única, posiblemente, y última oportunidad de formar una familia propia para cuidar de la hija de otras personas, para acabar despedida cuando ya no estaba en edad de tener hijos, para terminar siendo olvidada por la niña que había amado como si fuera suya, y morir sola.

—A veces me entristece mucho lo ocurrido, pero lo que me consuela es que mi madre me aseguró que, cuando dejó de prestarnos sus servicios, le escribió una carta de referencia muy cariñosa.

Cesca volvió a asentir. Se había quedado sin palabras, y eso que esa solo era la primera fotografía.

Capítulo 9

Rhode Island, enero de 1962

—Bueno, siento decírtelo, pero tú te lo guisas, tú te lo comes. —Whitney Valentine siguió vertiendo el té sin que le temblase el pulso mientras su hija seguía derramando lágrimas—. Ningún hombre es lo que aparenta ser a primera vista. ¡Si a tu padre no le habría costado nada convencerme de que tenía la cura para el cáncer cuando empezamos a salir! Ellos son así. —Alzó la mirada hacia su hija con aquellas pestañas recargadas de rímel—. No olvides, querida, que la belleza es el principal punto débil de todos los hombres; dirán y harán lo que haga falta para engatusarte. ¿Que Jack infló un poco los intereses de su familia? Pues lo habrá hecho porque, de otro modo, nunca te habrías fijado en él: tú podías elegir a cualquier soltero de Estados Unidos y él lo sabía. Además, poco importa, ¿no? Tampoco hay forma de que su fortuna esté a la altura de la tuya. No, es la inventiva y la independencia de Jack lo que más admira tu padre de él.

Depositó la tetera y entregó la taza con el plato a Laney, que la cogió con una mano temblorosa.

—Pero, mamá, no es solo que me mienta. Eso creo que lo podría soportar, que podría entender por qué pensó que tenía que fingir que era algo… más, pero los juegos de apuestas…

—Sí, sí, cartas, *bourbon* y, claro está, mujeres. —Whitney suspiró con impaciencia—. Tienes que crecer de una vez, Laney, ya has perdido la inocencia: eres una mujer casada y, sin duda, pronto serás madre también. Tienes que quitarte la venda de los ojos y ver el mundo como es de verdad, la vida no es como en las películas. Ningún hombre es perfecto y tú tampoco. Lo que hay que hacer es sacar el máximo provecho y fingir que todo va bien. —Hizo una pausa y bajó la voz levemente–: Y, además, nada te impide satisfacer tus deseos en privado, si eso es lo que quieres, con tal de que seas discreta.

Whitney enarcó una ceja mientras sorbía el té. Estaba radiante con aquel vestido de seda color mostaza, el cinturón verde azulado y el turbante a juego, que resaltaba la curva pronunciada de sus pómulos.

–Tienes razón, por supuesto, madre –respondió Laney instantes después, comenzando a tomar el té que temblaba en sus manos–. Creo que lo que me pasa es que estoy cansada y he dejado que me afecte. Últimamente hemos viajado bastante.

Pero buscar consuelo en brazos de otro hombre era lo que menos le apetecía a Laney, teniendo en cuenta lo precaria de su situación financiera ahora que vivía con Jack. Se habían despedido del Bentley hacía tiempo y las perlas que le había dado su padre la noche de su fiesta del decimosexto cumpleaños también se habían convertido en un sueño lejano. Se había visto en la obligación de vender la pulsera de diamantes entramados que había heredado de su abuela y la aterraba de verdad lo que podría pasar si aquellos hombres volviesen a aparecer, porque llegarían a hacerle daño a Jack en esta ocasión; estaba segura de ello, pero ¿cómo iba ella a conseguir ciento veinte mil dólares? Jack –que había sabido manejar a su padre y conseguir su mano en matrimonio– había asegurado a sus padres que vivirían de su sueldo después de casados, sugiriendo que era un hombre de recursos, íntegro y orgulloso, pero eso fue antes de enterarse de que ella no tendría acceso a su fortuna hasta cumplir los veintiún años. Ahora que la policía –y gente peor– llamaba a su puerta, se habían quedado sin tiempo. Su arrogancia y sus argucias los habían acorralado en un callejón sin salida: estaban rodeados de dinero, pero no podían tocarlo.

Depositó la taza de té en la mesa y juntó las manos con fuerza para que dejasen de temblar.

–Hablando de discreción –comenzó–, hay algo que me gustaría preguntarte.

–¿Mmm?

–El cumpleaños de Jack está a la vuelta de la esquina; cumple veintidós y he pensado que no estaría mal sorprenderlo con un velero nuevo.

—Es una idea fantástica. Tu padre sigue adorando *Andante*, sin importar los años que pasen. Es su embarcación preferida, aunque últimamente ya esté algo desgastada.

—Bueno, no tenía en mente algo tan grande, no por el momento. Mejor uno de veinticuatro metros.

—Santo cielo, eso es quedarse un poco corto, ¿no?

—Bueno, es que prefiere navegar él mismo.

Whitney se encogió de hombros, desconcertada ante la idea de salir en barco sin tripulación.

—No estoy segura de si nuestro agente, Tony Beresford, comercia con ese tipo de embarcación, pero supongo que podríamos preguntar…

—No hace falta —respondió Laney rápidamente—. Ya… ya he visto uno. En Boston.

—¿En Boston?

—Sí, Jack y yo fuimos hace unas semanas; tenía una reunión de negocios importante y me llevó para que conociese a la esposa de su cliente. Cenamos todos juntos y, después, dando un paseo por el puerto, vi el barco. A Jack le gustó, así que volví al día siguiente a preguntar por él. El propietario dijo que no estaba en venta, pero cuando le hice una oferta…

Se encogió de hombros, esperando que su madre no detectase la mentira en sus ojos.

—Bueno, espero que hayas conseguido un buen precio —dijo Whitney, que parecía tan sorprendida como impresionada—. ¿Sabía quién eras? Porque ya sabes que, en cuanto se enteran de que te apellidas Valentine, se ponen a añadir ceros.

Laney negó con la cabeza.

—No, creo que no lo sabía.

—Claro que no. Supongo que, ahora que llevas el apellido Montgomery, puedes actuar más de incógnito.

—Sí. —Laney tragó saliva, retorciéndose tanto las manos que la piel se le puso blanca—. La cosa es que, obviamente, faltan otros cuatro años y medio para que reciba la herencia, pero, si lo compro con el dinero de Jack, estropearía la sorpresa. Y, a ver, ¿qué sentido tiene comprarle un barco si no es para darle una enorme sorpresa?

–Tienes razón.

–No paro de imaginarme el momento en que lo guíe hasta el agua y la cara que pondrá cuando vea el barco que admiró a casi cien kilómetros de distancia, atracado aquí esperando por él.

Su madre sonrió.

–Es una idea maravillosa, cariño. ¿Cuánto necesitas?

Laney tragó saliva, tan aliviada que casi le dieron ganas de vomitar.

–Ciento veinte.

Whitney cogió el teléfono de la mesa junto a ella y habló al micrófono, solicitando que hiciesen una transferencia a la cuenta de su hija.

Momentos después, volvió a coger la taza de té.

–Ahora tenemos que hablar de Palm Beach –dijo su madre–. Vamos a dar una fiesta y estamos pensando en qué temática ponerle. Dime, ¿qué te parece el carnaval…?

Abril de 1962

Laney iba sentada en el asiento delantero del vehículo que Jack había aparcado a propósito en la esquina más alejada del aparcamiento, pero, aun así, desde ahí se oían los murmullos de la conversación que estaban teniendo en la única salita del ayuntamiento. Las cabezas pasaban ensombrecidas por delante de las ventanas altas a medida que todos se saludaban y charlaban animadamente, antes de tomar asiento y salir del campo de visión.

Inhaló hondo, reuniendo fuerzas para acabar con eso.

–Esto es una estupidez –masculló Jack, mirándola mientras se preparaba para marcharse y se miraba al espejo una última vez. Debían de estar esperándola–. ¿Qué ganas metiéndote ahí dentro?

–Tengo que esforzarme por ser sociable, Jack. Tenemos que forjar un círculo de conocidos. ¿No quieres salir con gente?

–Con esos no –contestó con desprecio, fijando la mirada en una dama de dientes grandes con el pelo recogido en un moño modesto; se estaba riendo de algo que había dicho alguien a quien no veían.

Laney miró directamente al frente, con un nudo en la garganta porque él no percibía lo irónico de la situación. Herido por su propio orgullo, ahora sentía que no quería o no podía aceptar lo que consideraba las limosnas del padre de ella, dinero que necesitaban desesperadamente. Por otro lado, consideraba inferiores a los de su misma situación financiera, aunque, de todos modos, nadie de esa clase se atrevía a acercárseles por lo mucho que les intimidaba el apellido Valentine. El resultado es que estaban desplazados, aislados. Los antiguos amigos de ella –solteros y disponibles; seguían yendo a bailes y fiestas todo el año– se habían distanciado, ahuyentados por los rumores de que Jack se había echado a la bebida y de que tenía problemas con los dueños del casino. Laney sabía que era el blanco de los cotilleos, que la habían convertido en el paradigma de la insensatez, del matrimonio precipitado.

–No seas tan esnob –dijo ella con toda la delicadeza que fue capaz–. Seguro que son encantadores y, además, hacen muy buenas obras en beneficio de la comunidad y recaudan mucho dinero para obras de caridad. Es lo correcto participar y devolverles el favor.

–Nunca te aceptarán. Para ellos eres un mono de feria, un animal de zoo. Lo único que quieren es mirarte y comprobar si derramas lágrimas de oro puro.

–Te equivocas. Ahora soy como ellos.

La agarró de la muñeca, repentinamente furioso.

–¿Qué? ¿Pobre?

–No quería decir eso.

–¿No? ¿Qué querías decir?

–Tú ya me entiendes. Lo que quiero es tener una vida normal, Jack, como tu esposa. No quiero que me encierren como si fuera de cristal. Quiero cosas normales: un marido, un hogar, amigos.

Soltó un bufido lleno de desdén, pero no le impidió que abriese la puerta del coche e hiciese ademán de salir.

–Estaré aquí esperando.

–No hace falta. Puedo ir andando…

–Estaré aquí –repitió con firmeza.

Ella asintió, percibiendo la amenaza que destilaban sus ojos, y él la dejó ir. Cogió el abrigo del asiento de atrás y se dirigió a la sala bulliciosa, notando la mirada de él clavada en su espalda hasta llegar a la puerta y, acto seguido, la de los demás clavada en su rostro al entrar. Cincuenta y cuatro mujeres se volvieron hacia ella. Mary-Beth Erskine, la presidenta de la Asociación de Mujeres de Newport y la de los dientes grandes, parecía aliviada de verla.

Se hizo el silencio en la sala.

—Ah, señora Montgomery —la saludó Mary-Beth, en la parte delantera de la sala, con una gran sonrisa. Tras ella había un maniquí desnudo con un brazo doblado y la mano colocada como si estuviera en mitad de una conversación—. Estábamos a punto de empezar.

—Siento el retraso —dijo Laney, reparando, tras echar un vistazo a la sala, en que era al menos cuatro años más joven que todas las presentes. El grupo de las Jóvenes Casadas de la asociación claramente no estaba pensado para mujeres tan jóvenes.

—No te preocupes. Estábamos comentando lo contentas que estamos con la asistencia de esta noche. ¡Aforo casi completo!

A Laney se le disparó el corazón. ¿Era parte del protocolo o simplemente fruto de la curiosidad que estuviesen mirando tan fijamente a la mujer por la que habían alcanzado unas cifras de participación tan altas? Notaba la sangre en las mejillas mientras se dirigía al frente; notaba, también, las miradas ansiosas que evaluaban el corte de su falda, la seda de su blusa, el colorete de sus mejillas, el tamaño del diamante que llevaba en el dedo, y fue entonces cuando cayó en la cuenta de que sabía la respuesta. Jack estaba en lo cierto: todo el mundo quería ver a la hija del multimillonario mezclándose con el vulgo.

Sin desviar la mirada, aunando valor, se quitó el abrigo y lo tendió con cuidado sobre el maniquí silencioso.

—Señoras, somos muy afortunadas de que nuestro nuevo miembro, la señora Elaine Montgomery, haya venido a dar una charla —dijo Mary-Beth, dirigiéndose al público expectante de la sala—. Elaine ha accedido a daros unos trucos para conservar la ropa de piel durante los meses de verano. Tienes la palabra, Elaine.

—Gracias, Mary-Beth. —Laney observó el mar de rostros; el abrigo de visón que le había regalado su abuela paterna por su decimosexto cumpleaños se cernía sobre su hombro como un espectro mientras se enfrentaba a lo que esperaba que sería su nuevo futuro, sus nuevas amistades–. Os doy las gracias por haber venido. Espero que pueda seros de ayuda.

–Disculpe, ¿podría hablar más alto? –pidió una voz al fondo.

Laney se sonrojó y se aclaró la garganta.

–Pues..., eh, obviamente, con el verano a la vuelta de la esquina, ha llegado el momento de guardar nuestros abrigos y lo primero que tenemos que hacer es asegurarnos de que están bien limpios. Si queda algo de polvo en la piel, puede acabar mezclándose con la secreción natural del tallo de los pelos y producir el mismo efecto que una esponja: absorbería la humedad natural y acabaría agrietando el pelaje, de modo que limpiarlo de antemano es una parte muy importante del proceso. Luego...

Alguien levantó una mano.

–¿Sí?

La mujer del fondo se puso en pie.

–¿Y cómo se limpia la piel?

Laney parpadeó. De eso se encargaba Winnie, o, más bien, Winnie entregaba la ropa a la persona encargada.

–Bueno, pues, eh..., lo sacudimos, en primer lugar. Y, después..., la golpeamos con cuidado con una pala pequeña.

Una vez se cruzó con una sirvienta que estaba haciendo justo eso con el abrigo de lince de su madre, cuando aún era mucho más joven.

–¿Debería usar agua? –preguntó la mujer.

De pronto, recordó que en cierta ocasión su madre se había horrorizado al encontrarse con un abrigo de piel de marta cibelina que habían dejado mojado en un armario; había gritado que el agua era... «¡El mismísimo diablo!».

–No, nada de agua.

La mujer asintió con la cabeza, satisfecha, y volvió a sentarse.

Laney, con el corazón a mil por hora después de aquel interrogatorio, tragó saliva y prosiguió con su charla.

–Si vuestro abrigo de piel tiene un olor fuerte (un perfume, olor a tabaco y demás), metedlo en una funda con granos de café en el fondo y agitadla a diario. En cuestión de días, absorberán el olor.

Otra mano.

–Pero ¿después no olerá el abrigo de piel a café?

–Sí, pero si dejáis el abrigo colgado en un lugar seco y frío un día o dos, el olor a café también desaparecerá.

Otro asentimiento de cabeza; una expresión de asombro.

–Yo siempre guardo mis abrigos de piel en fundas de seda, pero también podéis usar las de algodón. Lo importante es que no utilicéis materiales sintéticos.

Una mano levantada. Una diferente.

–¿Sí?

–¿Cuántos abrigos de piel tienes para ser exactos?

Laney se quedó en blanco de nuevo. ¿A qué venía aquella pregunta?

–Eh…, no estoy segura.

–¿No estás segura? –repitió la mujer, una morena atractiva–. Dios, deben de ser unos cuantos, entonces.

–Pero ¿cuántos años tiene? –preguntó alguien en voz no muy baja en las filas de delante.

–¿Diecisiete? –respondió otra al azar.

–Si parece más joven.

–Ocho, tengo ocho –dijo Laney con confianza, hablando por encima de ellas y silenciando el zumbido que comenzaba a alzarse como una colonia de abejas molestas–. En fin, eh… –Trató de recordar por dónde iba en su discurso–. La temperatura ideal en la que conservar las prendas oscila entre los cinco y los diez grados, con un cincuenta por ciento de humedad. Lo peor que podría pasar sería que la piel se secase y se agrietase, porque, en ese caso, el abrigo se desgarraría al más mínimo movimiento. Guardadlo en un lugar oscuro, lejos tanto de la luz del sol como de la artificial, y aseguraos de colgarlo en una percha grande y acolchada, con un hueco de entre ocho y diez centímetros entre las demás prendas, para que no se aplaste.

–¿Y qué hay de las polillas? ¿Puedo usar bolsas de cedro?

–Bueno, el problema con el cedro es que tiene un olor muy fuerte que podría absorber la piel. Personalmente, yo no lo uso. Debería ser suficiente con limpiarlo antes de guardarlo en la funda.

Una mano.

–Volviendo a los ocho abrigos de piel que tienes, ¿de qué son exactamente?

Laney, que guardó silencio unos instantes, podía ver el oscuro interés de la mujer en su mirada; todas ellas ansiaban conocer los detalles, como si saber lo que tenía colgado en su armario equivaliese a saber cómo era su vida de verdad, cómo era ser ella.

—Tendría que mirar —masculló, clavando la mirada en la ventana y en el aparcamiento oscuro al que daba. No podía ver a Jack, sentado en el coche, pero sabía que él sí podía verla a ella, por la iluminación de fondo en esa sala repleta de hienas con ropa de guinga.

—Pero más o menos —insistió la mujer—. O sea, una idea tendrás. ¿De visón? ¿De marta cibelina?

Laney volvió a tragar saliva. Sentía que se estaba encogiendo, quería que Winnie estuviese allí con ella.

—Bueno, este es de visón —dijo en voz baja, aferrándose al brazo del abrigo como en busca de apoyo moral.

—¿Es el más nuevo que tienes? —preguntó alguien.

Asintió, a lo que siguió un silencio expectante, cargado de asombro, de envidia, de reprobación.

—Y tengo uno de lince, uno de zorro rubio, uno de zorro blanco, uno de marta cibelina, uno de chinchilla…

—Pero si no es más que una cría —comentó una mujer del frente a su amiga, chascando la lengua.

—Menuda consentida. ¿Para qué necesita una chica de su edad todos esos abrigos de piel? ¡Si tiene más de uno para cada día de la semana!

Volvieron a chascar la lengua.

—Con el dinero que tienen, trabajarán una vez al mes.

Se extendió una risita por las filas delanteras.

Laney bajó la mirada, consciente de que estaba perdiendo la compostura. Había sido un error ir allí y creer que podría hacer eso. Pensaba que así se convertiría en una de ellas, no que se agudizarían las diferencias.

—Qué suerte tienes —dijo una de las mujeres más jóvenes de la sala, medio de pie y sonriendo amablemente.

Laney negó con la cabeza, consciente de que se le acumulaban las lágrimas como nubes de tormenta, prestas para descargarse.

—No…

—Ay, sí, debe de ser maravilloso ser tú.

Se puso a aplaudir y varias la secundaron.

Laney siguió negando con la cabeza, deseando que parasen. Aquello era justo lo que no quería, justo lo que Jack le había dicho que sucedería. Nunca la aceptarían. Siempre estaría al margen. Siempre estaría sola.

—Por favor, no…

Pero, a medida que los aplausos se intensificaban, se desató la tormenta en su interior y todas estiraron el cuello para ver cómo le caían las lágrimas: ¿era ella de carne y hueso o de un material más raro, más precioso? Todas le tenían envidia a una mera idea, a un espejismo.

—Ay, no llores —gritó una—. ¿Por qué estás llorando? Si eres la chica más afortunada del mundo.

Capítulo 10

Roma, julio de 2017

–De verdad era la chica más afortunada del mundo –dijo Elena, sentada en el mismo asiento que el otro día, pasando la mirada de aquí para allá por la pequeña selección de imágenes que Cesca quería comentar. Se acercaba el final de la tarde y la luz del sol se había desplazado hasta las ventanas que quedaban a la izquierda de Cesca, arrojando una luz cegadora sobre los papeles que tenía en el regazo y deslumbrando, así, las preguntas que se habían ido acumulando durante todo el día a medida que revisaba las fotografías: ¿quién era ese hombre? ¿Cómo se llamaba el perro? ¿Dónde estaba esta casa? El trabajo que había perdido la semana anterior, con todos los pisotones que había tenido que dar bajo el sol tórrido con una recua de turistas tras ella, ya le parecía un sueño lejano. En cuestión de solamente cuatro días, se había sumergido por completo en la vida de Elena y comenzaba a escoger las imágenes con mayor celeridad ahora que menguaba el *shock* inicial por la riqueza colosal de los Valentine y su estilo de vida empezaba a parecerle normal. No solo eso, también comenzaba a agradecer que el edificio señorial tuviese habitaciones de treinta metros de largo –su «despacho» ocupaba solo una de ellas–, pues había cogido la costumbre de extender las imágenes seleccionadas en largas filas por el suelo de mármol. Alberto ahora tenía que andar con cuidado cuando traía el té–. Fue una infancia de oro.

–La última vez que hablamos, ahondamos en la relación con Winnie, tu niñera.

–Sí.

–Hoy me gustaría profundizar en la relación con tus padres.

Elena hizo un gesto con la cabeza, interesada, y le dedicó una sonrisa amablemente.

–¿Qué te gustaría saber?

–Bueno, dijiste que tu padre heredó su fortuna, que nació rodeado de dinero, pero ¿y tu madre?

Le dio al *play* a la grabadora que tenía junto a ella y Elena cruzó los tobillos.

–Mi madre nació en Connecticut, hija de unos inmigrantes portugueses de segunda generación. Fue la tercera de seis hijos y su padre trabajaba en la fábrica de Ford. No eran pobres, pero tampoco llevaban una vida de excesos: nada de repetir en la cena, recibían un solo regalo por Navidad, reciclaban la ropa de sus hermanos. No obstante, mi abuelo era un hombre muy orgulloso; trabajaba duro y logró ascender hasta el puesto de encargado antes de morir repentinamente.

–¿Ah, sí? ¿Qué le pasó?

–Se le quedó un brazo atascado en la maquinaria. Se lo arrancó de cuajo y murió desangrado antes de que los sanitarios pudieran atenderlo –dijo con abrupta naturalidad.

–Madre mía.

Elena asintió con la cabeza y suspiró.

–Al parecer, mi abuela no llegó a recuperarse nunca.

–Claro, me lo imagino.

–De todos modos, nunca tuvo una personalidad fuerte, y aunque mi madre tan solo tenía quince años por aquel entonces, dijo que había caído en la cuenta enseguida de que tenía que salvar ella a la familia. Su hermana mayor ya estaba casada y se había mudado a Indiana; el hijo mayor tenía una discapacidad mental y nunca podría trabajar. Así que dependía de mi madre traer dinero a casa.

–¿Qué hizo?

–Trabajar de modelo. Comenzó como modelo para una diseñadora de la zona y, luego, llamó la atención de un fotógrafo que empezó a usarla para una revista llamada *Ladies' Home Journal*, lo que le abrió las puertas a más trabajos en revistas. Mi padre la vio por primera vez en un anuncio en la revista *Vogue*.

–Así que ¿tu padre se enamoró de su apariencia?

–Sí, no estoy segura de si se nota mucho en las fotografías en blanco y negro, pero mi madre tenía un físico muy atractivo: cabello muy oscuro, piel aceitunada, pero ojos verdes claros, brillantes. Era por los genes portugueses. Mi padre nunca había visto a alguien como ella.

—Increíble, ¿y cómo hizo para conocerla?

—Encargó una colección al diseñador en cuyo anuncio había aparecido ella, con la condición de que fuese mi madre la que posase. Compró todas y cada una de las prendas necesarias y se las entregó a ella; se la llevó a cenar esa misma noche y, ese mismo mes, se prometieron.

—Entonces, fue amor a primera vista de verdad, ¿no?

—Sí, estuvieron encandilados el uno con el otro hasta que mi padre falleció en 1979. Se cayó de un caballo —añadió esto último, como si anticipase que Cesca se lo fuese a preguntar.

A esta la desconcertaba la falta de emoción con la que Elena rememoraba su vida; narraba sus pérdidas con el mismo tono que las alegrías y los triunfos, como si hubiese ensayado las palabras tantas veces en su cabeza que hubiesen dejado de tener significado alguno ahora que las recitaba de memoria.

—¿Y cómo llevó tu madre lo de enviudar siendo tan joven también?

—A su manera. No era como mi abuela; ese mismo año se casó otra vez. Con Artie Shaffer, el productor de cine de Hollywood.

—Entiendo —dijo Cesca, sorprendida. Le sonaba el nombre, pero no le ponía cara—. ¿Cómo era él?

—No lo sé, nunca lo conocí. Me informaron de la boda por telegrama; yo vivía en Nueva York por aquel entonces y, obviamente, ellos no querían llamar mucho la atención. —Elena esbozó una sonrisa irónica antes de añadir—: Lo que, traducido, significa que mi madre no quería que la prensa se pusiese a escribir titulares sobre ella.

—Así que ¿se mudó a California?

—Sí, a Pacific Palisades. —Elena resolló levemente—. Nunca fui a visitarla; no me gusta el clima. Es muy árido.

Cesca vaciló, calibrando lo incoherentes que resultaban aquellas revelaciones respecto a lo que sabía de la familia hasta ahora: por un lado, un matrimonio apasionado que había dejado al margen incluso a su única hija, pero, por otro, una madre que se había vuelto a casar en menos de un año tras la defunción de su marido. Una premisa negaba la otra, ¿no? Reflexionó acerca del rígido lenguaje corporal de la familia en las fotografías, en Elena, que no sonreía, de la mano de su niñera. ¿Lo que le inquietaba a Whitney Valentine de los titulares de prensa era que la criticasen por casarse tan pronto? Y, de ser así, ¿acaso había tenido algún tipo de relación –no, de aventura– antes del fallecimiento del padre de Elena? ¿Derrotó la pasión al amor en Graystones? ¿De verdad esta gente había albergado sentimientos sólidos y honestos o era todo parte del espectáculo, junto con los ponis de pura raza y los coches relucientes? Porque la principal impresión que había tenido Cesca al sumergirse en su pasado era que, pese a toda su gran fortuna material, la familia parecía… distanciada, en cierta manera, como si hubiesen vivido todos bajo el mismo techo sin siquiera cruzarse los unos con los otros.

–¿Dirías que tú y tu madre os distanciasteis después de la muerte de tu padre?

Elena vaciló, con una sonrisa estática en los labios.

–No, diría que no, pero tampoco estrechamos lazos. Supongo que podríamos decir que éramos como las puntas fijas de un compás, que nunca se alejan ni se acercan, sino que giran en torno a la otra en círculos.

–«Como dos son los compases gemelos, / tu alma, la punta fija, no hace ademán / de moverse, salvo que la otra se mueva».

Cesca sonrió y Elena enarcó una ceja, impresionada.

–John Donne, «Una despedida: prohibido el duelo», si no me falla la memoria. Uno de mis poetas preferidos. Eres muy culta, Cesca.

Cesca se abstuvo de recordarle a su nueva jefa que tenía una licenciatura, estudios de posgrado y tres años de prácticas de abogacía a sus espaldas; no era formación lo que le faltaba –y no le apetecía volver a sacar ese tema de conversación en concreto–, pero, cuando bajó la mirada a sus notas, sus instintos de abogada hicieron mella en ella de todos modos. Tenía práctica entrevistando a gente –a los acusados, a los testigos– y sabía cuándo le contaban mentiras o, en caso de no ser mentiras, verdades a medias. ¿Cómo llegar a la verdad absoluta cuando había menos de diez fotografías de Elena de pequeña con su madre en toda una caja de casi mil instantáneas? En prácticamente todas las imágenes, se retrataba a Elena con Winnie y, en ocasiones, también con su padre; Cesca sospechaba que las dos mujeres siempre habían estado distanciadas en un plano emocional. ¿Acaso concebía su madre a Elena como una rival con la que disputarse el afecto de George Valentine?

La luz del sol se había movido un poco y las sombras comenzaban a cernirse sobre su regazo; fue entonces cuando reparó en su fotografía favorita de George Valentine, el padre de Elena, colocada en la bandeja en la mesita baja que había entre las dos. Desde donde estaba sentada, la veía del revés, pero no por ello resultaba menos impresionante: iba a horcajadas sobre un caballo magnífico, vistiendo una chaqueta de *tweed* y pantalones de montar, así como un pañuelo de seda color crema en el cuello. El fotógrafo lo había sorprendido de perfil y él miraba de manera despreocupada a la cámara. Tenía el pelo peinado hacia atrás, las mejillas muy sonrojadas y los labios abiertos, ya fuese porque estaba hablando o porque se estaba riendo.

—Hablemos un poquito más de tu padre. La impresión que tengo es que eras la mimada de papá. ¿Te parece esa una afirmación correcta?

Elena se acicalaba como un gato al sol.

—Sin duda alguna. Éramos el mundo del otro. Me llamaba «su chiquitina».

—Qué cariñoso.

—De verdad era el hombre más cariñoso del mundo.

—Esta es la imagen suya que más me ha gustado por el momento. —Cesca se acercó para dar un golpecito a la fotografía a la que se refería—. Creo que tiene muchas posibilidades de pasar el primer corte de edición.

Lentamente, Elena se inclinó para coger la fotografía.

—Siempre me ha encantado esta foto de papá. Tiene un porte especialmente áureo, ¿no te parece?

—Creo que «áureo» es una descripción muy adecuada.

—Por supuesto, ponerse moreno estaba muy de moda por aquel entonces, pero decían que tenían la piel quemada por el sol, no morena, ¿entiendes?, y para un hombre como mi padre, usar una loción bronceadora no era una opción. No era cuestión de vanidad; es que siempre fue una persona que pasaba mucho tiempo al aire libre. Todo el mundo se desvivía por asarse para tener mejor color de piel, mientras papá se divertía jugando en el campo de polo o al golf.

–¿Crees que era consciente de lo atractivo que era?

–Oh, ¡claro que sí! Pero era muy discreto.

–¿Tenía admiradoras?

–Bueno, si así era, desde la distancia –respondió Elena, crispada.

–Lo siento, no quería dar a entender que… –La voz de Cesca se fue apagando. Se percató de que había sido una pregunta demasiado brusca, formulada con un tono demasiado directo, y se tuvo que recordar que Elena no era una de sus acusadas: no era una sospechosa de la Policía con antecedentes y sin coartada. Allí no había nada más que los acontecimientos que le narraba Elena, pero la cabra siempre tira al monte. Suavizó su postura–. Entonces, ¿nació en una dinastía de empresarios?

–Sí, se dedicaban al tabaco y al café originalmente, pero abrieron las puertas a la prensa escrita y las telecomunicaciones por la época en la que nació mi padre. Al ser el primogénito, heredó el negocio y la mejor parte de la cartera de valores de la familia, algo por lo que no estoy segura de que mi tía haya llegado a perdonarle nunca.

–Supongo que es comprensible, la verdad –dijo Cesca sin pensar. Al percibir la expresión petrificada de Elena, añadió–: O sea, desde una perspectiva moderna.

Hubo otra pausa glacial.

–Bueno, son reglas que han sobrevivido generaciones y generaciones por un buen motivo –respondió Elena en voz baja–. Estoy muy a favor de la igualdad, pero la cosa cambia cuando hay herencias y fortunas de estas proporciones de por medio.

Cesca abrió la boca al momento, en ferviente desacuerdo. ¿De verdad Elena estaba insinuando que a las mujeres no se les podía confiar cantidades tan ingentes de dinero? ¿Y si la propia Elena hubiese tenido un hermano pequeño que le hubiese quitado la herencia? ¿Le habría parecido tan justo entonces o tenía esa manera de pensar por la seguridad que le brindaba no tener hermanos y ser la única heredera? Había hielo en los ojos de Elena; en los de Cesca, fuego: notaba que su nueva jefa no reaccionaría bien a un debate intelectual sobre la cuestión. De hecho, comenzaba a pensar sin ningún género de dudas que a Elena no le gustaba que le llevasen la contraria. Nunca.

Elena se relajó perceptiblemente, como una cobra que retrocede después de un ataque interrumpido, y Cesca se mordió la lengua.

—Además, no era culpa de mi padre que las cosas funcionasen así —prosiguió Elena, en sus trece—. Era fruto de la sociedad de aquellos tiempos y fue criado desde que nació para llevar las riendas de la familia; era todo lo que conocía y se aseguró de que a mi tía no le faltase de nada. Mi padre era extremadamente generoso.

Cesca asintió, tratando de aunar todas las reservas de diplomacia que le quedaban. Recordó lo «generosa» que había sido la recompensa de los Valentine con Winnie por despedirla abruptamente y por arrancarla de la niña que había querido como si fuese suya y por la que había sacrificado la posibilidad de formar una familia propia: ¡buenas referencias!

—Sí, claro —murmuró.

—¿De verdad? —preguntó Elena con voz resentida—. No pareces convencida de la bondad de mi padre.

—No, no es eso.

—¿Qué pasa, entonces?

Cesca se mordió el labio, preguntándose cuánto podría hurgar en la llaga sin que la despidiese.

—Es que, bueno, para ser sincera, me está costando comprender la relación que tenías con tus padres, nada más. Por otro lado, parece que solo tenían ojos el uno para el otro y que te dejaban al margen incluso a ti. Además, noto cierto… distanciamiento entre tú y tu madre, que me pregunto si será fruto del vínculo estrecho que tenías con tu padre. ¿Igual ella sentía que la dejabais de lado? Pero tampoco parece tener mucho sentido, teniendo en cuenta que se volvió a casar menos de un año después de que muriera tu padre. No soy capaz de encajar todas las piezas. —La voz de Cesca se convirtió en un murmullo al notar la mirada pétrea de Elena—. A lo que hay que añadir que tus padres apenas aparecen en tus fotos de bebé o de niña.

Elena parpadeó.

—Bueno, será porque mi padre fue el que sacó la mayoría de las fotografías.

–Pero ¿no habría sido lo normal que Winnie sacase las fotografías? ¿Por qué querrían tus padres tantas imágenes de su niña con la niñera? O sea, no quiero insinuar nada, pero es que sigo sin... entenderlo. Estoy intentando descifrar la dinámica de tu familia; eso es todo.

Hubo un largo silencio. El rostro de Elena se había vuelto una máscara petrificada. Inanimada. Inánime. ¡Mortificada!

–Mis padres me adoraban. No me faltaba de nada.

Cesca asintió con la cabeza, pese a que no era eso lo que había preguntado.

–¿Has visto las fotos de mis caballos? Esta es Midnight. –Elena señaló la foto seleccionada en la que aparecía ella con la equipación del salto ecuestre junto a una yegua negra joven, con una condecoración en las bridas–. Hija de un triple campeón olímpico. Montarla era como sentarse sobre un arcoíris. Solo tenía once años.

–Vaya, qué afortunada –murmuró Cesca, mirando la foto tal y como Elena quería claramente que hiciese, pero quizá su expresión no era lo suficientemente complaciente, porque Elena se puso en pie al momento.

–Ya está bien por hoy. Estoy cansada –dijo de pronto. Al enderezarse, la fotografía de su padre a caballo cayó de su regazo al suelo, pero la dejó donde estaba; sin duda, ya la recogería otro–. Tengo que descansar, pues luego tengo planes.

–Ah, sí, claro –dijo Cesca, contemplándola, consciente de que, pese a sus buenas intenciones, se había pasado de la raya: había sido demasiado franca y sus preguntas, demasiado inquisitivas–. Seguiré revisando las cajas. Tal vez podamos vernos de nuevo dentro de unos días.

–Sí. Tal vez –respondió Elena enigmáticamente, deslizándose hacia la puerta–. Le diré a Alberto que te traiga más té.

–De verdad, no hace...

–Adiós.

Incluso después de que se marchara, Cesca siguió mirando el hueco que había dejado Elena, a medida que la adrenalina le corría por las venas por los leves roces que habían tenido. Volvió a mirar las fotografías en el suelo –George Valentine, radiante a caballo; una Elena de once años orgullosa junto a su yegua condecorada–, preguntándose por qué a Elena, que, hasta entonces, se había comportado con una sutileza que rozaba la timidez, le había dado por alardear de lo que tenía. ¿Pensaba que Cesca se distraería tanto con el pedigrí olímpico del caballo como para olvidar el tema sobre el que estaban debatiendo: el amor de su padre?

«Para ya», se dijo a sí misma mientras recogía las fotografías y las metía de nuevo en la pila de la selección preliminar. ¿Por qué no podía entender lo que Elena trataba de explicarle sobre aquellas imágenes? Que quería a sus padres y que ellos la querían. Que había sido la niña más afortunada de Estados Unidos.

Pero Cesca no podía evitarlo: iba en contra de su naturaleza como abogada. Sabía cuándo le contaban únicamente parte de la historia.

–En serio, fue muy raro. Se fue echando chispas.

Ella y Guido estaban sentados en el pequeño rellano, cuadrado y plano, que había en lo alto de las escaleras de su puerta, con una cerveza en la mano y el sol iluminándoles el rostro. Había un trío formado por un bajo, un saxo y una guitarra acústica tocando *jazz* bajo el antiguo olivo en mitad de la pequeña plaza. Entretenimiento gratis para la noche.

Cesca miraba la cara del edificio señorial con las ventanas cerradas mientras bebía. Seguía profundamente inquieta por el berrinche de Elena y no estaba segura de cómo podrían trabajar juntas si aquella iba a ser su actitud. Le había dicho que necesitaba fiarse de ella, pero la confianza tenía que ser mutua. ¿Cómo iba a hacer su trabajo si una pregunta formulada con tacto podía provocar que Elena interrumpiese la entrevista y abandonase el cuarto?

–No lo entiendo. ¿Cuál es el problema? –preguntó Guido–. Pensaba que para eso te había contratado a ti, un cerebrito brillante, completamente sobrecualificada para escribir las memorias de una vieja tonta de la élite.

–Para ya, que ya sé por dónde vas –contestó, golpeándole el brazo con cuidado–. Y, que conste, ella no sabía que yo era abogada cuando me contrató. Pensaba que era escritora.

–Bueno, claramente eres más de lo que esperaba –dijo Guido con una amplia sonrisa–. Esta gente de la élite es toda igual:ególatra, egoísta, creída. No piensan en nada que no sean los bordes de su propia sombra porque nunca han tenido necesidad. No está acostumbrada a que le lleven la contraria.

—Deberías haberle visto la cara cuando la contradije por el tema de la primogenitura. Ahora se pensará que soy una feminista militante o algo.

—Es que es la clase de persona que piensa que todas las que no se depilan las piernas son unas feministas rabiosas.

Cesca soltó una sonrisa que más bien pareció un gruñido.

—Ay, Dios, esto no es buena señal. Fue solo nuestra segunda entrevista para el primer capítulo.

—¿Cuántos capítulos tiene que haber?

Cesca se encogió de hombros.

—¿Teniendo en cuenta la cantidad de cajas de fotos que aún me queda por ver? ¿Unos quinientos? Te juro que no hay ni una hora de la vida de esa mujer que no haya sido documentada. —Guido le apretó la pierna cuando ella enterró la cara en las manos desesperadamente—. Guido, no puedo perder dos trabajos en una sola semana. No puedo.

—No vas a perder tu trabajo —la consoló.

—¿Ah, no? ¿Cómo la voy a entrevistar si tengo que andar con pies de plomo todo el tiempo? Si se pone como una loca por una cosa así, ¿cómo puedo saber qué la sacará de quicio la próxima vez?

—Simplemente es sensible. Igual sintió que la estabas juzgando.

—Yo intentaba ser clara con lo que pensaba que era información contradictoria. Se supone que es una colaboración, a fin de cuentas. ¡Que yo estoy de su lado!

—Ya, pero supongo que no es fácil que cuestionen tu propia vida de esa manera. ¿Y si su padre de verdad tenía líos de faldas? ¿O si su madre se casó con él por dinero? —Se encogió de hombros—. Quizá hacer esto le está resultando más difícil de lo que pensaba.

Cesca asintió con la cabeza.

—Supongo.

—A mí personalmente no me gustaría someterme a un análisis tuyo.

—No me digas que tienes un pasado oscuro guardado en algún rincón del armario, Guido —se burló.

—Todos sabemos que me cargué el armario hace años —rio.

—¡Eso es verdad!

—Pero, pase lo que pase, que no te despida antes de que veas sus joyas.

Cesca frunció el ceño.

—Espero de verdad que eso no sea un eufemismo —bromeó, luego se llevó la botella de cerveza a los labios y dio un trago.

Él se echó a reír.

—No. Tiene una de las colecciones más importantes del mundo, y corre el rumor de que fue la compradora anónima de la mayor parte de la colección de Elizabeth Taylor cuando salió a subasta tras su muerte.

—¿En serio?

Cesca se lo apuntó mentalmente; podría ser un buen capítulo para el libro o, posiblemente, la exclusiva que quería para su blog.

—Sí, un solo collar costaba dieciocho millones de euros.

A su derecha, vio a la *signora* Accardo trajinar entre las mesas, sosteniendo varios platos en cada brazo. Llevaba el pelo cano recogido con una pañoleta de un estampado verde y naranja y un vestido azul marino oculto bajo el largo mandil que casi le llegaba hasta los tobillos. Era rolliza como una manzana y cojeaba mucho —consecuencia de la polio que contrajo en la niñez—, pero no parecía afectar su capacidad de sostener en equilibrio varios platos llenos de comida y tampoco tenía ningún problema con la voz, que a menudo resonaba en toda la plaza cuando abroncaba a su marido por esto o lo otro.

—Bueno, ¿dónde se ha metido Matteo esta noche? —preguntó ella para cambiar de tema.

—Tiene una cita —respondió Guido.

—Cómo no.

—No, ¡que es la tercera cita!

—Madre mía, entonces va en serio —ironizó Cesca.

—¿Y Alé?

—Anda otra vez con su hombre misterioso, el que sigue fingiendo que no existe.

—¿Y cómo sabes que sí existe?

—Porque casi le dio algo cuando recibió un mensaje suyo mientras cenábamos juntas la otra noche. Poco le faltó para meter el móvil en el gazpacho y que así no viera el nombre en la pantalla.

–Lo que probablemente quiere decir que está casado –comentó Guido, chascando la lengua.

Cesca suspiró con empatía, recordando que Guido había protagonizado un espinoso idilio con un hombre casado hacía unos meses.

–¿Y tú? ¿Has vuelto a ver a ese tipo sueco de la película? Te gustaba mucho.

–¿Hans? Sí, echaba una mano a los cámaras y los técnicos… ¡Ay, qué buena mano tenía! –Le guiñó un ojo, antes de que se le ensombreciera el rostro–. Por desgracia, no, me utilizó cruelmente y después me abandonó sin dejar rastro.

–Vaya, qué pena.

Cesca puso cara triste, exagerando.

–No es que no me lo viniese venir, que iban a trasladarse a Túnez para el siguiente escenario del rodaje, pero, aun así, habría estado bien pasar unos días más juntos.

–Nunca se sabe, puede que, cuando acabe de rodar en Túnez, vuelva aquí a buscarte…

Guido se echó a reír como si la mera idea le resultase increíble.

–No creo. Consiguió lo que quería. ¿Para qué volver?

Cesca hizo una mueca dramática.

–¡Ayyy! ¡Que alguien tan joven se haya vuelto tan cínico!

Él le dio unos golpecitos en la mano.

–No todos podemos ser unos románticos como tú.

–¿Yo? ¿Romántica? ¿Me tomas el pelo?

–Cesca, eres la definición de «romántica». No hay más que verte con tus enaguas *vintage*, tus vestidos de tardes y tus camisolas, tu pelo indomable al viento, ese pobre sombrerito que da una pena…

–Oye, no te engañes –se rio, acariciando de manera protectora el sombrero que descansaba en sus rodillas–, que durante dieciocho meses, en lo peor de mi fase Patti Smith, no vestí nada más que ropa de hombre, y me pasé tres años llevando peluca y toga en el trabajo. La ropa es un disfraz, no parte de tu identidad.

–Pues, en ese caso, ¿de qué te estás ocultando al disfrazarte de *lady* Chatterley en sus años más locos? –preguntó Guido.

Cesca puso cara de indignada.

–¡Cómo te atreves! ¡Protesto!

Él se echó a reír y Cesca recostó la cabeza contra la pared, pintada de color ocre oscuro. Se sentía feliz, ahí sentada, con aquella luz ambarina propia de una larga tarde de verano, en compañía de un amigo, al tiempo que los atrevidos gorriones, con sus cabecitas marrones, brincaban a sus pies, picoteando las migajas de las patatas que se habían comido. Nada tenía que ver con la lluvia gris de Hackney, con las luces azuladas que le iluminaban el semblante, con las radios pegadas a los oídos que hacían interferencia y con la bolsa cerrada en la que habían sacado el cadáver de la casa, con los pies por delante.

En momentos como esos, casi podía creer que aquella era la historia de otra persona, que era culpa de otra persona.

En momentos como esos, casi podía creer que nunca había sucedido tal cosa.

Capítulo 11

Lo oyó. También lo sintió. En lo más profundo de su sueño, la vibración se hizo eco por todo su cuerpo, pero no fue suficiente para despertarla. Luego, mientras tomaba el desayuno en su pequeña terraza, hizo caso omiso del bullicio, proveniente de una parte de la Piazza Angelica que no llegaba a ver, pensando que se trataba de un autobús turístico, pero, cuando dobló la esquina junto al seto de jazmín y vio las pequeñas furgonetas aparcadas en la zona peatonal de la plaza, al lado del edificio señorial, al fin reparó en los *carabinieri* que patrullaban con expresión solemne. Por extraño que fuera, la puerta principal del edificio estaba abierta de par en par y la gente se había detenido, por curiosidad, a observar a los trabajadores –desconocía, por el momento, de qué organización– subir y bajar las escaleras con premura, con cascos y chalecos reflectantes puestos. Alberto, que lo observaba todo desde lo alto de los peldaños con cara de estrés, por una vez se alegró de verla y tiró de ella, pasando entre los agentes de Policía, hasta meterla en el interior del edificio, para sorpresa de los transeúntes reunidos.

–Alberto, ¿qué ha sucedido? ¿Le ha pasado algo a Elena? ¿Se encuentra bien? –preguntó sin aliento mientras él avanzaba, siempre medio paso por delante de ella, por las largas galerías, dejando atrás las obras de arte de valor inestimable colgadas en las paredes y en las que también Cesca empezaba a no fijarse, y dejando atrás, también, su despacho.

–La *viscontessa* –subrayó– está muy bien, aunque algo sobresaltada. Es un milagro que no haya muerto nadie.

–¿Cómo que muerto?

Pero no le proporcionó más detalles y tuvo que esperar hasta llegar a la sala que daba al jardín, donde Cesca había realizado aquella segunda entrevista tan infructuosa el día anterior. Una de las puertas del fondo estaba abierta y por ella se filtraba una suave brisa; a lo lejos, justo enfrente, se veía un gentío reunido en torno a la cinta amarilla con la que se había precintado la zona.

—Un hundimiento de tierra.

Cesca miró a Alberto perpleja antes de volver la vista hacia el jardín: claramente, delante de ellos, podía ver el profundo abismo que se había abierto repentinamente en mitad del jardín; varios de los naranjos habían desaparecido por completo y el sofisticado parterre estaba hecho una ruina. Sintió un escalofrío. Era justo el sitio donde había visto al jardinero trabajar el otro día. Y pensar que la tierra podría haberse abierto bajo sus pies… Sintió otro escalofrío.

—¿Cómo de hondo es?

—Veinte metros.

—Madre mía.

Se llevó las manos a los labios, observando a un hombre que, tumbado en el suelo, se retorcía en el borde del agujero y hablaba hacia abajo. Elena estaba de pie al lado, escuchando atentamente lo que le decía un hombre con mono de trabajo y casco, apoyando un brazo en la cintura con serenidad y el otro, en el bastón. Se había puesto una bata azul claro abrochada con un cinturón sobre el pijama de lino blanco; tenía las gafas puestas y calzaba unas zapatillas planas de cuero blanco, pero, aun así, de alguna forma, lograba dar la impresión de que su atavío era más formal que el de su compañero.

—¿Hay algún herido? —quiso saber Cesca.

—No, pero podría haberlo habido fácilmente. Hemos tenido suerte de que haya pasado justo antes de las seis de la mañana porque el jardín estaba desierto.

—¿Tú lo has oído? —le preguntó.

—Me sorprende que tú no —se limitó a decir—: no estás tan lejos.

—Bueno, en realidad, quizá sí que me he enterado. —Arrugó la nariz—. Pero no estoy segura. Estaba durmiendo. Creo que sí que lo sentí, pero pensé que formaba parte del sueño.

El mayordomo enarcó una ceja, pero no dijo nada; por suerte, porque a ella no le apetecía nada contarle su sueño a Alberto. Ambos volvieron a centrarse en el ajetreo del jardín.

—Elena tiene que estar muy afectada. Se ha echado a perder su precioso jardín.

–Sí, aunque creo que, en estos momentos, simplemente está aliviada de que nadie haya salido herido.

Parecía que alguien –o varias personas– ya había bajado al socavón, porque de pronto hubo una conmoción y empezaron a tirar de las cuerdas.

El timbre de la puerta principal sonó con fuerza y Alberto chascó la lengua.

–Más periodistas, fijo –masculló agresivo, y se marchó malhumorado.

Cesca no lo vio irse, porque cruzó las puertas para salir al jardín, todavía sumido en las sombras, incapaz de reprimir la curiosidad. ¿Cómo era un agujero de veinte metros? Discretamente, tratando de pasar desapercibida, rodeó al grupo de personas hacia la dirección contraria donde Elena estaba hablando con el hombre del mono de trabajo.

Halló una esquina tranquila y despejada en la zona precintada y miró con prudencia por el borde del abismo, contemplando la negrura sin fondo. Aunque, en realidad, sí tenía fondo: se mezclaban grandes montones de tierra, trozos del pavimento y árboles destrozados, como si de una mezcla para un pastel se tratara, y algunos pedazos habían quedado a unos pocos metros del nivel del suelo.

–Dios…

–¡Oiga! ¿Cómo ha llegado hasta aquí! ¡No puede estar aquí!

Alzó la mirada, alarmada, y se encontró con el hombre del mono de trabajo y el casco, que se dirigía rabioso hacia ella. Se le hizo un nudo en el estómago cuando lo reconoció. A decir verdad, lo reconocería en cualquier parte.

–¡Es una zona restringida! –exclamó, echándosele encima; claramente él a ella no la reconocía–. ¡Vuelva aquí! ¿Tiene permiso para estar aquí?

–¡Otra vez usted! –exclamó ella, repentinamente acalorada–. ¡La pregunta es qué hace usted aquí!

El hombre parecía perplejo.

–¿Cómo?

–¡Francesca!

Desvió la mirada para encontrarse con Elena, que caminaba en su dirección.

–¿Te lo puedes creer? –le preguntó Elena en un tono que rozaba el entusiasmo.

–Eh, pues… –comenzó a decir Cesca, pero Elena la silenció con un beso cariñoso en cada mejilla, como si fuesen amigas, como si lo del día anterior nunca hubiera sucedido.

–Si hubiese pasado otros tres metros a la derecha, se habría venido abajo el ala este del edificio. ¡Podría haberme enterrado viva mientras dormía!

Cesca pensaba que ella, personalmente, estaría mucho menos emocionada y mucho más inquieta si nada más despertarse se encontrara con que la tierra se había tragado un pedazo de su jardín, pero para gustos, colores.

–Seguramente, no habría sido el caso, *viscontessa* –dijo el hombre con voz ronca; la hostilidad que le había profesado a Cesca había menguado en cierta manera ante el saludo efusivo de Elena–, pero es cierto que podría haber dañado un edificio histórico como este. Me temo que, hasta que terminemos la inspección, no podremos asegurar si el hundimiento de tierra ha afectado a los cimientos del edificio y tampoco podemos desechar la posibilidad de que haya nuevos hundimientos por la zona.

Elena abrió los ojos grises como platos.

–¿Deberíamos evacuar el edificio?

–Por ahora no, pero la mantendremos informada, naturalmente.

Elena volvió a mirar a Cesca y reparó en su cara de desconcierto.

–Perdona, Cesca, ¿conoces al *signor* Cantarelli? Trabaja en la Soprintendenza Archeologica di Roma. *Signor* Cantarelli, esta es Francesca Hackett, mi biógrafa.

A Cesca la cogió desprevenida que se refiriese a un trabajo que había aceptado para salir del paso de aquella forma tan fina.

–Un placer, *signorina*.

Él le ofreció la mano, como si unos instantes antes no le hubiese gritado a la cara y hubiese estado a punto de echarla. Cesca se lo quedó mirando. ¿De verdad esperaba que le estrechase la mano cuando él –¡él!– había estado a punto de atropellarla? Se había hecho sangre. ¡Le había salido costra! Pero Elena estaba presente, Elena era testigo, Elena era su jefa.

Lentamente, le estrechó la mano.

—En realidad, ya nos conocemos —dijo Cesca con serenidad y mirada pétrea.

—¿Ah, sí? —Frunció el ceño—. No, creo que me acordaría, te brilla mucho el pelo.

¿Que le brillaba? ¿La estaba insultando? Tragó saliva y se negó a dejar que la provocara.

—La semana pasada, cerca de la Fontana di Trevi, ¿recuerda que casi me atropella con la moto?

Él siguió mirándola con cara de póquer, con sus ojos marrón oscuro firmes y decididos, sin el más mínimo rastro de emoción en el rostro.

—Me confundes con otra persona.

Cesca se estiró todo lo que pudo. ¿Cómo que no se acordaba? ¡Si la había mirado a la cara!

—Para nada, yo nunca…

—Con permiso.

Se marchó y Cesca se lo quedó mirando boquiabierta. ¡Le estaba tomando el pelo! ¡No se podía creer lo que acababa de pasar! Le había faltado al respeto ¡otra vez! Lo observó mientras se reunía con el hombre al que acababan de subir del agujero y que se estaba quitando el arnés, con la luz del casco todavía encendida.

Qué curioso, su madre es amiga mía, aunque prácticamente no lo veo desde que era un niño, pero he de decir que parece muy profesional —comentó Elena, observando a los dos hombres conversar concentradamente.

«Pues a mí me parece un arrogante y un borde», pensó Cesca, echando chispas, pero se guardó su opinión. Se quedó mirando a Cantarelli y al otro hombre, que se dirigieron hacia donde habían colocado un portátil y se pusieron a estudiar absortos lo que fuese que saliese en la pantalla.

—Ya te puedes imaginar el susto que me llevé —prosiguió Elena, y Cesca se volvió hacia ella.

—Sí, tuvo que ser terrible.

Elena asintió. Todavía le brillaban los ojos de la emoción.

—Al principio, pensé que era un terremoto. No entendía lo que veía y no sabíamos si iría a más, ¿entiendes? Alberto ha estado impecable, por supuesto: tomó las riendas de la situación y llamó a las autoridades, que se presentaron en cuestión de minutos. Obviamente, son conscientes del valor histórico del edificio señorial.

–Claro –murmuró Cesca, que volvía a fijar la mirada en Cantarelli.

–Me dio la impresión de que tenía alguna especie de plan de contingencia preparado de antemano. Alberto, quiero decir: se puso a evacuar los tesoros más preciados de las galerías y llamó a los equipos de jardinería para que lo ayudasen a mover los objetos de valor, por si el edificio se volvía inestable.

–Bien pensado. ¿Dónde está todo ahora?

–En el ala norte, en el extremo opuesto al jardín, que nos pareció la zona más segura.

Cesca alzó la mirada hacia el cielo. Los aposentos privados de Elena estaban situados a cuatro pisos de altura, en la punta del ala este, que daba justo a donde se encontraban. Si se hundía la planta baja, los pisos superiores también se vendrían abajo. Sus impecables aposentos blancos…

–Eso mismo pienso yo –dijo Elena con un escalofrío, mirando hacia el último piso–, pero, en fin, no podemos hacer nada más a estas alturas. Que las autoridades hagan la inspección pertinente. Cuanto antes terminen, antes podrán cerrar este agujero y antes podré recuperar mi precioso jardín.

–¿Y cómo van a hacer eso? Cerrarlo, quiero decir.

–Con mortero, creo. Es rápido, estable y nos garantiza que no va a volver a suceder algo así.

–Ah.

–En fin, tengo que ir a vestirme, estoy horrenda. No me puedo creer que esté en mi jardín en pijama en presencia de todos estos desconocidos. –Ladeó la cabeza–. ¿Para cuándo hemos fijado nuestra próxima entrevista?

Cesca parpadeó, preguntándose si de verdad se había olvidado de la forma en la que había cortado abruptamente la entrevista de la tarde anterior.

–Eh…, no quedamos en nada.

Aquello pareció sorprenderla.

–Bueno, ¿qué tal esta tarde a las cuatro en punto?

Cesca asintió con la cabeza.

–Sí, perfecto. Me pondré a prepararla.

–Nos vemos luego, entonces. Estás haciendo un trabajo fantástico, Francesca.

–Gr-gracias...

Se quedó atónita por aquel giro repentino de ciento ochenta grados y contempló a Elena dirigirse –regia incluso en pijama– hacia las puertas francesas en el ala este, que eran exactamente iguales a las de la sala que daba al jardín. Cuando pasó junto a ellos, los hombres levantaron la mirada hacia ella antes de volver a concentrarse en la pantalla.

Cesca se giró y regresó a la sala que daba al jardín en el ala oeste. Recorrió las largas y majestuosas galerías en dirección a su despacho, ya cansada por la jornada de trabajo que le esperaba incluso antes de que comenzase.

Aquel hombre rubio tenía algo especial. Pese a no ser, obviamente, ni el padre ni un hermano de Elena, poseía la misma confianza irrefutable y la misma apariencia de ídolo de cine que los Valentine. En casi todas las instantáneas, se le retrataba como un hombre de acción. En una fotografía en concreto, se balanceaba del aparejo de un yate; llevaba unos pantalones cortos y un jersey azul marino, arremangado, que dejaba a la vista los antebrazos musculosos, morenos, y sonreía con unos dientes rectos, de un color más reluciente que el propio blanco. En otra, estaba junto a la hélice de un avión, con pantalones de vestir oscuros, un jersey de cuello alto, grueso y de color claro, y los ojos ocultos tras las gafas de sol de aviador. Tenía un porte imponente incluso en blanco y negro. Podría ser actor, meditó Cesca: claramente, le gustaban los focos y apenas había instantáneas en las que Elena apareciese junto a él; de ahí que se preguntara si ella fue la que sacó las fotos, como su padre.

Las imágenes de la boda eran, desde un punto de vista estético, fascinantes. La iglesia era sorprendentemente modesta –de un solo piso, con la fachada revestida de madera blanca–, pero las flores lo compensaban con creces: del ramo de Elena caían en cascada lirios de Casablanca y se entrelazaban en torno a la puerta unas rosas blancas tupidas. Parecía que los padres iban vestidos para una regata: George llevaba una *blazer* oscura y una camisa de franela color marfil; Whitney, un vestido color claro de falda plisada y estola de piel de zorro blanco. Elena estaba radiante con un vestido maravilloso que recordaba a *El lago de los cisnes*, con suaves plumas en la falda, los ojos relucientes bajo el velo emplumado y la figura rolliza de su cuerpo juvenil apretujada por el ceñido corsé. En casi todas las fotografías, ella se reía abiertamente y su lenguaje corporal resultaba mucho más expresivo que en las imágenes de su niñez. En estas últimas, reflexionaba Cesca –ahora que tenía algo con lo que compararlas directamente–, reinaba cierta represión y rigidez, con Elena mirando hacia la cámara alerta y Winnie colocada junto a ella devotamente, como si ambas estuviesen posando según las indicaciones del fotógrafo, pero, en estas, al lado del atractivo marido con el que se acababa de desposar, Elena transmitía un júbilo radiante. Y una juventud increíble.

Cesca frunció el ceño, fijándose en la imagen y tratando de adivinar la edad que tendría. ¿Dieciocho? ¿Diecinueve, tal vez? Era difícil de interpretar teniendo en cuenta que, por aquel entonces, alguien de veintiocho años ya aparentaba cuarenta. Sea como fuere, era evidente que estaba locamente enamorada y tenía toda una vida por delante. Resultaba manifiesto que el sueño americano seguía su curso.

Capítulo 12

Boston, septiembre de 1962

Laney alzó la cuchara de plata despacio. Normalmente, no ponía azúcar en el café, pero, cada vez que se caía de pequeña, Winnie añadía algún edulcorante a su bebida para ayudarla a superar el *shock*, y ahora ella estaba en *shock*.

–Señor Charles, ¿insinúa que, a no ser que revele al mundo los detalles más íntimos de mi matrimonio, no puedo divorciarme de Jack?

El abogado le devolvió la mirada a través de sus gafas de pasta gruesa. El tintineo de la porcelana y las risas de fondo contrastaban tanto con la gravedad de la conversación que mantenían que lo único que faltaba era que una bailarina de cancán se subiese a su mesa y se pusiese a levantar las piernas.

–Me temo, querida Laney, que algo tendremos que alegar y las causas clásicas de divorcio son el maltrato, ya sea físico o psicológico, el abandono y el adulterio. Legalmente, tenemos la obligación de justificar por qué mereces que te eximan de la obligación de permanecer con tu esposo hasta la muerte.

–Pero, señor Charles –comenzó–, en cuanto la prensa se entere de este divorcio, acaparará todas las portadas y cualquiera de esas causas no hará sino echar más leña al fuego. No pararán hasta que descubran la verdad. El abandono es todo lo opuesto a mi problema: él nunca me dejaría en paz y no le costaría nada decírselo a la prensa. ¿Adulterio? Bueno, sería dar pábulo a que investigaran a cualquier mujer que tenga la mala suerte de ser vista con él en público, ya sea su hermana, su contable o su secretaria. Y en cuanto al maltrato… –Le falló la voz y desvió la mirada rápidamente, mirando a la empleada en el guardarropa que cogía el abrigo de un hombre.

Fuera debía de hacer viento y probablemente también se había puesto a llover, pues el hombre sacó un peine del bolsillo del traje y se peinó hábilmente.

El señor Charles se inclinó un poco más hacia ella, de tal forma que pudo ver el brillo de la pomada que se había echado en el pelo cano e incluso oler su colonia. Bajó la voz:

—Sería de ayuda que me aclarases por qué no puedes seguir casada. Ten por seguro que todo lo que me cuentes será estrictamente confidencial.

Laney se recostó, echando un vistazo a la sala atestada. Todas las mesas estaban ocupadas y los camareros se deslizaban entre las mesas redondas con bandejas a juego, sirviendo cócteles. Volvió a mirarlo. Stanley Charles, el abogado de la familia Valentine, había sido parte de su vida desde el día en que nació. Había crecido mientras él se paseaba por el terreno con su padre y jugaba al *backgammon* con su madre; lo concebía como el guardián benevolente de su familia, el hombre al que siempre podrían pedir ayuda. Eran tan cercanos que incluso casi lo veía como un abuelo; de ahí que, precisamente, no pudiese confesarle la realidad íntima de su matrimonio. Si él se enterase, si cualquiera se enterase…

—No puedo seguir así, señor Charles —fue todo lo que dijo, con brusquedad—. Tendrá que inventarse algo.

La miró largo rato y ella le devolvió la mirada, decidida. Nadie se percataba, al verla, de todo el daño que le hacía Jack, pero la noche anterior había sido la peor hasta la fecha; la noche anterior había sido la última, porque no volvería a pasar por lo mismo. Independientemente de que el señor Charles percibiese algo de eso en su mirada o no, por la forma en la que asintió, ella supo que por fin comenzaba a verla como algo más que la hija de diecisiete años de su cliente.

—Bueno, se puede hacer, pero costará, por no mencionar la atención mediática, que me temo que será inevitable. La gente hablará del tema, sin importar la causa que aleguemos.

Ella desvió la mirada; sabía a la perfección lo que acarrearía la vergüenza del divorcio, no solo ante la prensa, sino entre los suyos. Sus padres expresarían, con los labios fruncidos, su descontento por que ella fuese incapaz de guardar las apariencias; de las pocas chicas con las que aún mantenía el contacto, recibiría invitaciones para comer, pero no para cenar, quedaría con ellas para jugar al tenis, pero no para bailar. Las divorciadas eran las mujeres más peligrosas.

–Que hablen.

Él asintió de nuevo.

–Propongo ofrecerle todo el dinero de golpe, una oferta irrepetible para conseguir que se marche, y luego aducimos abandono; para ti es humillante, pero, seguramente, es la opción más inofensiva. –Cogió aire unos instantes, mirándola con ojos muy fijos, muy preocupados–. Si te está haciendo lo que creo que te está haciendo, tendrá tantas ganas como tú de que la verdad salga a la luz.

Ella parpadeó; la sangre se le agolpaba en las mejillas y notaba cierta presión detrás de los ojos.

–¿Y si dice que no le importa que la verdad salga a la luz? –preguntó con voz trémula, pese a que estaba decidida a no delatarse a sí misma–. Quizá quiera más dinero. Incluso podría chantajearnos.

El señor Charles la miró con tanta dulzura que a punto estuvo de derrumbarse en directo.

–Laney, ¿te ha… te ha hecho algo que podría, solo en caso de que tú lo denunciaras, constituir un delito?

Ella guardó silencio largo rato antes de asentir.

–No… no estoy segura…, es posible.

Se le veía herido, pero le dio una palmada en la mano.

–Pues vayamos por ahí. Aunque me da rabia que vaya a sacar beneficio de esto, lo mejor para ti es que se marche. Con acusarlo ya deberíamos amenazarlo lo suficiente para que coja el dinero y huya, pero, con suerte, no hará falta llegar tan lejos: será sensato y entenderá que es una buena oferta.

–Bueno, teniendo en cuenta que se casó prácticamente con las manos vacías… –masculló con rencor.

El señor Charles le apretó la mano.

–Ahora lo importante es que se marche con el mínimo escándalo posible.

Laney inhaló hondo.

–Tiene razón, es que…

–¡Stan!

Ambos alzaron la mirada hacia un hombre que permanecía de pie junto a la mesa; era el mismo que había visto dejar su abrigo hacía unos instantes. El señor Charles se recostó en el asiento, al parecer contento de verlo.

–Leo Znowski. Bueno, bueno. Ver para creer. Pensaba que hoy por hoy no salías de la costa oeste.

–Y no salgo. He vuelto por la celebración del *bar mitzvá* de mi sobrino. –Ladeó la cabeza–. Y tal vez a hacer un poquito de negocios…

–¿Por qué no me sorprende? –El señor Charles se echó a reír–. Leo, quiero que conozcas a alguien muy especial para mí: Laney Mont…

–Laney Valentine –dijo directamente, ofreciéndole la mano. Al cogérsela, en vez de estrecharla, la besó, de la misma forma en la que ella había visto a los hombres besar la mano de su madre–. Un placer, señorita Valentine.

Le sostuvo la mano unos instantes más de lo necesario antes de permitirle que volviese a sentarse en su silla. Él era mayor de lo que le había parecido a lo lejos: ¿treinta y muchos o cuarenta y pocos, tal vez? Tenía el pelo negro como un cuervo y una barba cortada esmeradamente que dejaba entrever los dientes al reírse. Daba la impresión de que se le había roto la nariz en más de una ocasión y, por debajo de su traje de tres piezas, tenía una complexión corpulenta, más semejante a un luchador que al prototipo de marinero al que estaba acostumbrada con Jack.

–El Leo que tienes ante ti es el mejor representante de deportistas que he conocido en mi vida –dijo el señor Charles.

–¿Ah, sí?

Ella enarcó una ceja, evaluándolo sin reparos. Aquella afabilidad transmitía confianza: presto a sonreír, con unos ojos que parecían no solo mirar, sino también ver. Tampoco pareció reaccionar de ningún modo a su apellido de soltera.

–Es que soy el único representante de deportistas que ha conocido en su vida –bromeó Leo.

–Cierto. –El señor Charles se echó a reír–. Pero representa a ocho de los diez mejores jugadores de la NBA y los ha metido a todos en la universidad. Son fieles a este hombre por un motivo.

—Sí, por la cláusula de no rescisión de los contratos —volvió a bromear Leo, mirando a Laney cada vez—. ¿Le gusta el baloncesto, señorita Valentine?

—Pues sí —dijo, decidiendo en el momento que le gustaba.

—¿De qué equipo es?

—Del Boston Celtics —respondió; había oído hablar de ellos.

Él pareció complacido.

—Están haciendo una muy buena temporada. Creo que podrían llegar lejos.

—¿Representa usted a alguno de ellos?

—A Sam Jones.

—Increíble —sonriendo—: es mi jugador preferido.

—Bueno, si quisiera conocerlo, podría organizarlo. ¿Una cena, tal vez…?

Hubo una pausa; Laney era vagamente consciente de que el señor Charles los estaba mirando a los dos. Parpadeó. Al mirar a Charles a los ojos, tuvo la sensación de que la volvía a arrastrar otra corriente, de que la resaca la devolvía a la costa, a puerto seguro.

—Qué amable por su parte. Me encantaría —contestó, tratando de hablar con un tono lo más neutro posible.

—Le pediré su número a Stan y lo organizaré todo, entonces —dijo, apartándose un poco de la mesa en ademán de marcharse.

Ella se las arregló para no quedárselo mirando mientras él estrechaba la mano del señor Charles y se alejaba, y se puso a leer, en cambio, el menú, que llevaba en la mesa sin que lo hubiese tocado desde que llegaron.

El señor Charles se aclaró la garganta.

—Laney, escucha, Leo es un buen hombre, pero es mucho mayor que…

—¿Pedimos la comida, señor Charles? —lo interrumpió, sintiéndose repentinamente perspicaz como hacía meses que no se sentía—. Es que me muero de hambre. Qué rápido se me ha pasado el día. A ver, mi madre siempre dice que la ensalada de gambas que preparan aquí es para morirse. ¿La ha probado?

Capítulo 13

Roma, julio de 2017

–¿Que te casaste a los dieciséis años? –Cesca no podía ocultar la sorpresa en su voz, mientras volvía a contemplar la fotografía de la boda. A diferencia de las otras imágenes, que le habían suscitado una nostalgia punzante, Elena apenas le había echado un vistazo, dejándola en la mesa que había entre ellas.

–En los tiempos que corren, parece muy precoz, lo sé; éramos unos críos.

–Pero imagino que tus padres… –Se calló antes de volver a ofender a Elena.

La última vez que la contradijo al respecto de sus padres no le había ido nada bien, pero, obviamente, hasta Elena debía entender que tenía que preguntárselo: ¿qué demonios se les había pasado por la cabeza para permitir que su única hija, de dieciséis años, se casase tan joven?

–Eran tiempos distintos y no se esperaba mucho más de mí, de todos modos, más allá de encontrar un marido y tener hijos –dijo Elena, como si le hubiese leído la mente–. Ciertamente, a nadie se le ocurrió que podría «ponerme a trabajar». ¿Para qué, en realidad? Teníamos más dinero del que podríamos gastar en cien vidas. –Suspiró, fijando la mirada en un Caravaggio colgado en la pared, justo detrás de la oreja izquierda de Cesca–. Además, mi infancia no tenía nada de normal: venía a cenar el presidente Eisenhower, pasábamos parte de los veranos en la villa de Ari… Así que a los dieciséis, ya sentía que tenía cuarenta.

Cesca asintió con la cabeza, asumiendo que con Ari se refería Aristóteles Onassis. Había visto con sus propios ojos imágenes de Elena de pequeña en estrenos de películas, agarrando la mano de su madre, que llevaba abrigos de piel; saltando con manguitos de un yate que navegaba a toda vela, o sentada en un cochecito para niños de un modelo Bugatti. Efectivamente, aquella infancia no tenía nada de normal.

—¿Cómo era el presidente?

—Un encanto. Recuerdo que me preguntó cómo se llamaba mi muñeca. Jugaba mucho al golf con mi padre en Graystones.

¿Clases de golf en el jardín? ¿Con el presidente jugando en el hoyo cuatro? Cómo no, pensó Cesca, incapaz de reprimir la tentación de compararlo con lo emocionada y maravillada que había estado ella cuando sus padres le compraron una cama elástica para ella y sus dos hermanos, aunque ocupase casi la mitad de su estrecho jardín en la periferia de la ciudad. No, no había punto de comparación.

Y tampoco venía al caso, se recordó a sí misma, obligándose a centrarse de nuevo. Había, entre estas paredes, una definición distinta de lo que era normal.

—Bueno, pues háblame de él. ¿Por qué te enamoraste de Jack Montgomery?

Elena suspiró.

—Ay, el querido Jack. Qué encanto de chico. Qué encanto. Pero era demasiado guapo para su propio bien —añadió con una sonrisa sarcástica.

—Era tremendamente guapo —concordó Cesca—. ¿Fue amor a primera vista?

—Dios, no. Lo odié en cuerpo y alma los primeros cinco minutos.

—¿Los primeros cinco minutos? —Cesca esbozó una amplia sonrisa—. Pero ¿después, sí que fue amor?

—Oh, sí, qué bien besaba. —Suspiró—. Nos adorábamos mutuamente.

—¿Cómo os conocisteis?

Elena inhaló profundamente, haciendo memoria.

—Se coló en mi fiesta del decimosexto cumpleaños, lo cual no era tarea fácil, que conste. Como mi padre tenía el miedo perpetuo a que me secuestrasen y pidiesen un rescate, no escatimaba en seguridad.

—Entonces, ¿cómo se coló?

—Oh, usó la invitación de otra persona, creo, pero no recuerdo los detalles. Una vez que estuvo dentro, actuó con total normalidad y no levantó las sospechas de ninguno de los presentes. A nadie se le ocurrió pensar que pudiese haberse colado alguien.

A Cesca le impresionó su osadía, no solo por haber conseguido entrar, sino por saber estar: tuvo que comportarse como un miembro de *la crème de la crème*. Teniendo en cuenta la clase de invitados que tenían… Le habría ayudado la arrogancia de la juventud, supuso.

—Así que se coló. ¿Qué pasó después?

—Nos vimos por primera vez abajo, junto al lago. Yo estaba algo sobrecogida por toda la atención: todo el mundo quería hablar conmigo, llevaba bailando toda la noche y necesitaba unos minutos para recomponerme. Aún hoy, sigo sin saber si fue una coincidencia que los dos acabáramos ahí abajo o si, de alguna forma, él sabía que yo terminaría yendo hasta allí. El cobertizo de las embarcaciones había sido siempre mi refugio. De pequeña le tenía miedo al agua, por lo que a nadie se le ocurría buscarme allí abajo cuando me alteraba. Asumían que ese sería el último lugar al que querría ir. —Se encogió de hombros—. En fin, se pasó los cinco primeros minutos insultándome sin parar y, después, justo cuando pensé que iba a besarme, me agarró de la mano y me metió en el lago con él. Yo no sabía ni nadar, pero con él, que me llevaba a remolque, me sentí a salvo. ¡Ay, mi precioso vestido! ¡Mi pelo! Fue completamente apasionante. Me hizo sentir libre. —Se entusiasmó, mientras Cesca se quedaba sin aliento y se reía sorprendida—. La verdad, creo que mi vida cambió esa noche. Vislumbré otro mundo, uno que no estaba regido por la etiqueta y la reputación. Después de ese episodio, me obsesioné con él y me escabullía siempre que podía para verlo en la calle. Solo nos las arreglamos para tener unas pocas citas antes de que Winnie me descubriera. Nunca pude ocultarle nada. —Sonrió y negó con la cabeza—. Ay, me puse hecha una furia cuando se lo contó a mis padres; lo vi como una traición. Hasta entonces, ella y yo fuimos un pequeño equipo, dispuesto a enfrentarnos a todo el mundo o, por lo menos, a mis padres.

—¿Qué hicieron tus padres?

—Lo que siempre hacían cuando querían librarse de alguien: invitarlo a cenar.

Cesca volvió a reírse de la sorpresa.

—¿Para qué?

—Para intimidarlo. Mi padre era muy protector con nosotras. Sometía a examen a todas las personas que entraban en mi vida: era un crítico excelente y siempre adivinaba de inmediato si alguien se nos acercaba para aprovecharse.

—Pero ¿Jack aprobó el examen?

—¡Con nota! Se negó a perder al *backgammon* contra mi padre, a diferencia de la mayoría de la gente, que se dejaba ganar para que la volviese a invitar, y coqueteó descaradamente con mi madre. Para cuando nos sirvieron los postres, había pedido mi mano y le había sido concedida.

—¡Toma ya!

Elena echó la cabeza hacia atrás y se rio por la manera de hablar de Cesca.

—«Toma ya». Me gusta… Sí, mis padres lo adoraban. Creo que, en cierto sentido, lo veían como el hijo que nunca habían tenido: era como una versión en miniatura de mi padre, atlético y competitivo. Ambos eran ávidos navegantes y a menudo salían a cazar juntos.

—Parece que fueron tiempos felices.

—Sí, tuve mucha suerte de casarme con él. Mucha suerte, sin duda —dijo, asintiendo y esbozando una sonrisa radiante.

—Siempre ayuda que los padres consientan la relación.

—Sí, fue curioso, la verdad: diría que casi me ayudó a estrechar vínculos (¡incluso más!) con mis padres. Después de casarme, mi madre pasó a ser más bien una amiga, lo que le salía más natural: creo que el papel de madre siempre la había incomodado un poco.

—Ajá —concordó Cesca, pensando, con rostro impasible, en lo triste que era aquello—. ¿Y vivisteis en Graystones Jack y tú?

—¡Ay, no! Parte de la razón era, precisamente, salir de ahí —se apresuró a decir, y Cesca levantó la mirada, sorprendida.

—¿La razón por la que te casaste con él?

—Es decir, yo lo quería, obviamente. Por supuesto que sí, pero, como tú misma has señalado, también era muy joven; dieciséis años recién cumplidos. Tenía mucha prisa, como entenderás, por empezar a vivir mi vida y supongo que, en cierto sentido, me di cuenta de que casarme me brindaría esa oportunidad. Lo último que quería era seguir como estaba: necesitaba salir al mundo de verdad.

Cesca podía entender lo claustrofóbica que debía de ser la vida en Graystones. La habían mantenido oculta de la mirada curiosa de Estados Unidos –y de posibles secuestradores–, pero, aun así, había estado dolorosamente expuesta dentro de la propia villa, donde el personal observaba con mirada atenta todos sus movimientos. Carecía de privacidad, de libertad, de espontaneidad; Cesca se cuestionaba si todos aquellos terrenos y juguetes y fiestas glamurosas valían la pena.

–¿Y qué pasó?

–¿Cómo que qué pasó?

–Bueno, hasta la fecha, al referirte a tu marido, lo has llamado Vito, pero Jack es…, bueno, ¿Jack, supongo? Asumo que no son el mismo hombre, que el matrimonio no duró para siempre.

Elena se la quedó mirando unos instantes.

–Es cierto que no me has buscado en Google, ¿no?

–Pues no, me pediste que no lo hiciera. –Cesca tragó saliva, preguntándose si acababa de suspender algún tipo de prueba–. ¿Debería?

–No. –Elena negó con la cabeza–. Es que me sorprendo mucho cuando conozco a alguien de quien me pueda fiar de verdad. Cuántas barbaridades se han escrito sobre mí con el paso de los años, y prácticamente ninguna es verdad. Me disgustaría que te dejaras influenciar por las habladurías. –Elena miró al equipo de empleados con chalecos amarillos que trabajaba en el socavón del jardín, al otro lado de las puertas francesas–. Lo cierto es que Jack y yo nos queríamos mucho, pero éramos demasiado jóvenes. Fue el primer chico al que besé; debería haber sido mi novio, no mi marido.

–¿Puedes contarme algo más sobre vuestra vida de casados?

Elena suspiró, mirándose las manos fugazmente, y Cesca reparó en que se las estaba apretando con fuerza y tenía los nudillos blancos.

–Bueno, nos mudamos a Newport, tan solo a veinte kilómetros de Graystones. Era una casita pequeña, encantadora –explicó Elena, con la mirada brillante, una sonrisa en la boca y una venita que le sobresalía en la frente, en la que Cesca no se había fijado hasta ahora–. Jack se negó a recibir un centavo de mi padre; decía que quería mantenerme con sus propios medios, como cualquier otro marido, y mi padre respetó su decisión.

Cesca escogió sus palabras con cuidado.

–Pero ¿no le preocupaba a tu padre tu seguridad? Acabas de decir que le preocupaba que te secuestrasen…

–Sí, y yo debería haber sido más avispada. Pensaba que había conseguido escabullirme de verdad, pero, por supuesto, tendría que haberme dado cuenta de que… –Suspiró; un sonido hastiado y hondo–. A nuestras espaldas, mi padre compró casas en todas las esquinas de la nuestra, donde metió a su personal de seguridad, de forma clandestina, claro. Jack nunca se enteró de nada; yo tampoco, hasta que me encontré por casualidad con uno de ellos hablando con Davis, el guardaespaldas personal de mi padre.

–¿Te enfadaste con él?

–Sí, pero parte de mí también lo entendía. Había crecido en ese ambiente. Supongo que fue ingenuo por mi parte pensar que podría mudarme a la ciudad y convertirme en una persona normal y corriente.

–¿Y te convertiste en una persona normal y corriente?

–Creo que sí. Lo que está claro es que hice lo que pude. Me esmeré mucho en mantener la casa limpia y ordenada y en tener las comidas de Jack preparadas. Fue un proceso de aprendizaje enorme, por supuesto: tuve que aprender a cocinar, a limpiar, a zurcir y a hacer todas esas cosas que te otorgan cierta autonomía y que la gente da por sentadas. Durante toda mi vida, me lo habían dado todo hecho, pero por eso anhelaba convertirme en la señora de mi propia casa. Ni te imaginas lo emocionada que estaba por aprender a planchar una camisa y verlo a él ponérsela al día siguiente. Era la primera vez que se me permitía hacer tal cosa, era como una aventura; fue una maravilla tener la posibilidad de cuidar de él de esa manera.

Cesca trató de imaginarse a la novia sobreprotegida de dieciséis años jugando a ser ama de casa. Era la clase de juego a la que la propia Cesca jugaba de niña y de la que se aburrió sin más al empezar la escuela.

–Así que ¿tuviste que aprender a hacer la colada? ¿A cocinar?

Elena asintió.

—¿Te enseñó Winnie?

—¡Dios, no! Ella creía que me rebajaba al hacer todas esas cosas. Creo que le decepcionó mucho mi matrimonio.

—Pero a tus padres no...

—Bueno, también ellos se habían casado por amor, mientras que Winnie pensaba que yo no me merecía a nadie que no fuera un príncipe. —Se echó a reír de repente—. ¡Y resulta que tenía razón, como siempre! —Sonrió, señalando con un gesto de la mano el lujoso edificio señorial en el que nos encontrábamos—. No, ahora entiendo que mi vida con Jack no fue más que un sueño y que mi papel de ama de casa era parte de ello. Naturalmente, yo no estaba ni de lejos preparada para nada de eso; no tenía ni idea de dónde me estaba metiendo.

—¿Puedes darme un ejemplo de a qué te refieres?

—Bueno, me metí de lleno en la boca del lobo porque me puse a cocinar los platos que nos servían en casa, pese a que nunca hubiera puesto agua a hervir. —Se rio de nuevo—. Una vez, hice pato a la naranja, pero, cuando terminé la receta, el resultado no tenía nada que ver con el pato a la naranja, ¡te lo aseguro! Eso sí, lo hice lo mejor que pude. Después de pasarme horas en la cocina, lo puse delante de Jack y... ¡me di cuenta de que no tenía ni idea de cómo cortarlo!

Cesca esbozó una amplia sonrisa al imaginarse la escena.

—¿Qué hiciste?

—Nos lo tuvimos que comer directamente de la bandeja, arrancando trozos de carne del hueso como cavernícolas. Fue tan penoso como divertido. Yo no podía parar de pensar en qué cara habrían puesto mis padres si nos hubiesen visto. Y en Winnie. La pobre Winnie. Se había pasado años enseñándome a comer con modales y yo ahí, comiendo como una salvaje.

Volvió a soltar una risita al recordarlo.

—Parece que fue una época de libertad.

—Sí. Hice muchos grandes amigos en la ciudad y me uní a la Asociación de Mujeres, que se reunía cada dos semanas.

—¿Sabían quién eras tú? Que eras una Valentine, quiero decir.

Elena vaciló.

–No estoy segura, pero, si lo sabían, fueron muy discretas, lo cual agradecí. Nunca me trataron de manera diferente: para ellas, yo era una más del grupo.

Cesca asintió.

–Entonces, ¿cuándo empezaron a ir mal las cosas con Jack…?

–Oh, no pasó nada en concreto –respondió Elena con vaguedad–. Supongo que fue cosa del desgaste, tan triste como inevitable.

–¿Quién…? –Cesca vaciló, sin tener claro cómo expresarse–. ¿Quién dejó a quién?

Elena se quedó inmóvil.

–Me dejó él. Me abandonó.

–Cuánto lo siento… ¿Puedo preguntar por qué? ¿Había alguien más?

–No fue por eso. Es que Jack no sabía admitir la derrota; eso fue todo. Era un hacha jugando a las cartas; él y mi padre se quedaban a jugar hasta altas horas de la madrugada, pero, cuando le iba mal, no se desalentaba, sino que seguía jugando y aumentaba las apuestas cada vez más, convencido de que estaba a punto de terminar su mala racha.

–Y lo que pasó fue justo lo contrario: aumentaron sus deudas exponencialmente –intuyó Cesca con empatía.

–¿Tú también te las has tenido que ver con ludópatas?

–No es exactamente lo mismo: mi padre se enganchó un poco a la lotería durante un tiempo. En sus peores momentos, gastaba hasta cuarenta libras por semana.

Elena parecía atónita.

–Vaya. –Hubo un breve silencio, mientras seguía buceando por los oscuros pasillos de su pasado–. En nuestra noche de bodas, perdió el precioso Bentley que mi padre nos había dado como regalo de boda. Se enfadó muchísimo –hablaba en voz baja y vacía, con la mirada, otra vez perdida, fija en el Caravaggio–. En fin, supongo que tendría que haberme fijado en estas señales –prosiguió, recobrándose–, pero pensaba que podía ayudarlo, ¿entiendes? Yo era como cualquier otra chica de dieciséis años: creía que el amor podía con todo. Quería salvarlo de sus demonios y pensaba que yo era invencible: el dinero siempre me había escudado de la cruda realidad. Qué gran ironía que la pobreza hubiese sido el motivo de nuestra caída. Pero llegó un punto en el que se metió en problemas con los casinos y, la verdad, ahí ya no había nada que hacer.

–Entiendo que tus padres podrían haberle echado un cable.

–Por supuesto, si lo hubiesen sabido, pero Jack no quería ni oírlo: así de orgulloso era. La buena opinión que mi padre tenía de él era muy importante.

–Entonces…, ¿qué? Cuando dices que te abandonó, te refieres a que… ¿desapareció sin más?

–Ajá, un día se fue en coche por Newport y nunca regresó.

–Eso es terrible.

–Sí, lo es.

–¿Has vuelto a saber algo de él?

–Una vez. En un partido de baloncesto. Yo ya me había vuelto a casar y Jack estaba al otro lado de la cancha, sentado con una mujer de pelo negro. Recuerdo que pensé que se parecía un poco a mí… –Se calló, encogiéndose de hombros.

–¿Cuánto tiempo estuvisteis casados?

–Diecisiete meses en total. Casada a los dieciséis. Divorciada a los diecisiete –dijo Elena con sorna–. No era en absoluto como imaginaba que sería mi vida adulta.

Cesca se recostó en la silla, entristecida.

–No. La vida siempre te sorprende –señaló, reflexionando acerca de su propia vida adulta y de lo surrealista que era que estuviese sentada en un edificio señorial italiano con una princesa estadounidense, tomándose un té y escarbando en el pasado, con un socavón gigante al otro lado de la puerta. Nunca podría haberse imaginado tal cosa cuando de adolescente se sentaba en su cama en High Wycombe. Ni siquiera el año anterior, por esas fechas, podría haber presagiado nada de eso.

Capítulo 14

Malibú, agosto de 1968

El océano se rompía a sus pies, destrozándose a sí mismo como trozos de cristal conforme subía por la arena blanca antes de convertirse en espuma evanescente y escurrirse de nuevo. Laney se echó el cabello hacia atrás, sosteniendo la tabla de surf bajo el brazo y caminando por la orilla con la mirada fija en la figura de Leo, que estaba en la terraza de la casa. Había llegado antes de lo previsto: ella no lo esperaba hasta dos días después.

Comenzaba a acelerársele la respiración y notaba los muslos débiles por el esfuerzo físico bajo la luz del sol mientras subía al trote la playa en forma de curva hacia donde se encontraba él. Así era su día a día, pero siempre se le antojaba distinto cuando él estaba en casa. La miraba siempre desde la casa, muy orgulloso de la forma en que se torcía y giraba con tal gracilidad sobre el agua, lo que la convertía en una mujer de talento, inteligente, sensual. Había mejorado mucho desde aquellas primeras clases de natación de prueba en el océano, nada más casarse y mudarse aquí. Al fin y al cabo, fue Leo el que le enseñó a nadar y no Jack: otra de las promesas que no cumplió.

Alzó el brazo y lo saludó; él le devolvió el saludo, pero tenía el teléfono –ese maldito teléfono– en la otra mano, como siempre, y ella supo que la miraba a medias, que estaba pensando en otra cosa.

Se le estaba acercando otro surfista.

–No me digas que te vas a rendir tan pronto, Laney –dijo, deteniéndose frente a ella y clavando la punta de su tabla en la playa, dando a entender que quería hablar, que quería rezagarse.

–Si por mí fuera, me quedaría más tiempo –encogiéndose de hombros–, pero ha vuelto Leo.

–Pensaba que no volvía hasta el fin de semana.

–Yo también –dijo con alegría–. Nos vemos, Cliff.

–Sí –dijo él, observándola subir la playa a la carrera hasta las escaleras que daban a su terraza.

Leo la contempló apoyar la tabla contra las rejas al tiempo que agachaba la cabeza y se dirigía hacia la arena para preguntar, sin tener que recurrir a las palabras, por el chico de la playa. Ella dio un manotazo en el aire, restándole importancia con el gesto, y corrió hasta él, lo rodeó con los brazos por la cintura y apoyó la cabeza en su pecho, con los ojos cerrados de felicidad. Eso le parecía todo un lujo; escuchaba el latido firme de su corazón bajo la tela de su camiseta azul marino.

Él la apartó instantes después, con los hombros tensos y el ceño fruncido, reparando en que le había mojado el pecho con el pelo. Puso los ojos en blanco y señaló las manchas, por si ella no se había dado cuenta. Laney se encogió de hombros, feliz –¿qué más daba?– y, juguetona, se estiró para quitarle el móvil de la mano, pero él se apartó irritado y entró por las puertas correderas de cristal en su enorme salón.

Laney suspiró. Siempre estaba de mal humor cuando hablaba por teléfono, pero es que siempre estaba hablando por teléfono y siempre era un asunto importante. Lo siguió adentro, notando el aire frío proveniente de los ventiladores del techo, que zumbaban por encima de su cabeza. Sin interrumpir su conversación, Leo se quitó intencionadamente la camiseta mojada por la cabeza, hizo una bola con ella y la tiró a una esquina de la estancia, dedicándole a Laney una rápida mirada. Ella se quedó mirando la camiseta, consciente de lo enfadado que estaba.

Pero sabía cómo ponerle remedio. Se bajó los tirantes del bañador por los hombros, se lo quitó del todo, hizo una bola y lo tiró a la misma esquina que la camisa.

Enarcando una ceja, se quedó parada frente a él, goteante y desnuda. Leo dejó de hablar, con los ojos abiertos como platos mientras ella lo miraba fijamente, a la espera. Tras pasarse el verano surfeando, el bañador le había dejado unas marcas profundas y sabía que a él le excitaban, que le gustaba cómo resaltaban la blancura deslumbrante de sus senos, el rosa de sus pezones. Le gustaba que lo que permanecía oculto en las marcas del bañador fuese estrictamente suyo y de nadie más.

Ella sonrió, aún a la espera, y él abrió la boca, deseoso de decirle a su interlocutor –¿otro jugador?, ¿el presidente de algún club?– que ahora mismo no podía hablar, que ya lo llamaría.

Pero, entonces, levantó la mano y, estirando el dedo índice, le hizo un gesto para que esperara. ¡Ella! Se giró para concentrarse y prosiguió con la conversación, en voz baja, urgente y frustrada.

Durante unos segundos, Laney se quedó mirándole la espalda, tratando de asimilar lo que estaba pasando. ¿La había rechazado? ¿Por una llamada de teléfono? Humillada, salió corriendo de la estancia, se metió en el baño y echó el cerrojo. Pasaron otros quince minutos antes de que él viniese a llamar a la puerta.

Capítulo 15

Roma, julio de 2017

A pesar de que Cesca llevaba trabajando en un edificio señorial más de una semana, para entrar en el elegante patio del Hotel de Russie había que tener valor, y no ayudaba que el estilo contenido y puntilloso del local fuese el polo opuesto a su gusto personal. Por una vez, había abandonado sus queridas Converse amarillas en favor de un par de sandalias de cuero oscuro que se ataban en los tobillos, a juego con su vestido largo de algodón, amarillo y sesentero, de cuello redondo y mangas cortas ajustadas. También llevaba su sombrero desgastado, por supuesto: a mediodía, nunca salía al sol sin él, pero, al entrar en el hotel, se quitó y lo llevó en la mano, tapando las partes más deshilachadas.

El *maître* la guio hasta su mesa, donde la persona con la que había quedado ya la esperaba para comer. Cristina, la amiga de Elena, era alta y esbelta, de hombros anchos, caderas estrechas y cabello gris cortado a capas por la altura de los hombros. Vestía una mezcla perfecta de marrones grisáceos –una rebeca de lino fina por encima de una camiseta de capichola, pantalones ajustados de la talla S y zapatillas de marca Ferragamo– y tenía una apariencia tan sencilla y discreta que Cesca casi se podía creer que quería pasar desapercibida.

–Hola, señorita Hackett.

Le sonrió, levantándose del asiento y ofreciéndole una mano esbelta con la manicura hecha.

–Un placer conocerla.

Cesca le devolvió la sonrisa, estrechándole la mano con firmeza.

–Venga, siéntese –le indicó Cristina, y acto seguido se dirigió al *maître*–: Una botella de lo de siempre, por favor, Renato. –Miró a su invitada mientras Cesca se acomodaba en la silla–. Espere, no será usted una de esos impresentables que no beben con la comida, ¿no?

–En absoluto –respondió Cesca, relajándose un poco ante el inesperado sentido del humor de aquella mujer estirada y refinada que tanto la intimidaba.

–Excelente, y enfríanos las copas, por favor –añadió, mirando al *maître*, antes de volver a centrarse en Cesca, que se abanicaba levemente–. No me puedo creer que yo siga aquí en julio.

–Hoy parece un horno.

Anunciaban treinta y seis grados para aquella tarde.

–¿Le afectan mucho estas temperaturas? Está usted muy blanca –preguntó Cristina, fijándose abiertamente en la complexión pálida como los lirios de Cesca, en sus pecas, en su cabello color fuego.

–Bueno, por ese motivo, estos días siempre camino por la acera en la que da la sombra.

Cristina sonrió.

–Muy sensato por su parte.

Cesca miró al camarero, que vino a llenar su vaso de agua.

–¿Qué tal los preparativos de la gala?

–Lentos. –Cristina la miró con sorna–. Al *catering* le está costando encontrar suficientes trufas para *i primi piatti* y quizá tengamos que optar por algo diferente, lo cual, a su vez, afecta al vino y, potencialmente, a lo que teníamos planeado para *i secondi*… Y la mitad del recinto sigue lleno de andamios por las obras de restauración, que tienen que terminar antes de que nos pongamos en contacto con los asesores de iluminación. –Suspiró–. Son nimiedades, por supuesto, o «problemas del primer mundo», como me diría mi hijo, pero nosotras, las mujeres, sabemos bien que la perfección está en los detalles.

–Elena debe de estarle muy agradecida por organizar todo esto. Parece que va a ser un homenaje a su marido maravilloso.

–Bueno, eso espero. Nos ha costado mucho trabajo conseguir que saliera adelante el proyecto de restauración y esto no es más que una celebración merecida de todo ese esfuerzo. Además, a quién no le gustan las fiestas y septiembre es siempre un mes de renovación. Los días de más calor ya quedan atrás, todo el mundo regresa a la ciudad y la vida vuelve a la normalidad.

Cesca no estaba segura de a qué se refería esta mujer con «normalidad». ¿También vivía en un edificio señorial? ¿Poseía collares valorados en millones de euros?

–¿Y usted y Elena son amigas desde hace tiempo?

–Sí… Seguro que ninguna de las dos quiere admitir cuántos años han pasado desde que nos conocimos. –Cristina sonrió–. Creo que nos vimos por primera vez en 1979. Hicimos migas de inmediato. Fue una conexión mística. ¿Sabe a lo que me refiero?

Cesca asintió.

–Sí, lo sé.

–Simplemente nos entendimos. No nos hizo falta una colección de recuerdos y experiencias compartidas para conocernos de verdad al momento; no pasa a menudo con la gente que conocemos en esta vida.

–Estoy de acuerdo –murmuró Cesca. Era como se sentía con Alé.

–Pero, por supuesto, a su marido lo conocía desde mucho antes. Yo crecí con Vito y su hermano, Aurelio –añadió.

–Oh, ¿de verdad? ¿Eran amigos de la infancia?

–Somos primos muy lejanos. ¿Quintos, si no me equivoco? Algo por el estilo. Yo no tenía hermanos, por lo que pasé casi tanto tiempo en ese edificio señorial como ellos. Nos dedicábamos a corretear de un lado a otro. Era muy divertido. Sigo acordándome de esos tiempos, ¿entiende?

–Claro, parecen buenos recuerdos.

–Pero, cuénteme, ¿usted cómo conoció a Elena? –preguntó Cristina, que parecía interesada de verdad.

–Bueno, es una historia curiosa, la verdad: le devolví un bolso que le habían robado y tirado en mi contenedor de la basura. Resulta que vivo a una calle de ella.

–Ya veo. Y… –Cristina todavía parecía confundida–. ¿Empezó a colaborar con ella en este proyecto…?

–Me invitó a tomar algo en su casa y, hablando de todo un poco, le mencioné mi blog…

–¿Blog? –Cristina puso la misma cara de póquer que Elena en su momento.

–Sí, es un diario en internet, básicamente, sobre todas las cosas de Roma que voy descubriendo y que me gustan.

–Qué fascinante. Tengo que buscarlo. ¿Cómo se llama?

–*Un día en Roma para enamorarse.*

–¡Qué título tan intrigante! Lo leeré sin duda.

–Gracias.

–Bueno, prosiga. Le habló de su blog a Elena…

–Sí. En fin, la cosa es que al día siguiente ¡voy y me quedo sin trabajo! Trabajaba de guía turística y me quedé dormida. –Cesca suspiró, poniendo los ojos en blanco–. Es que no duermo muy bien. En fin, por suerte, cuando volví a casa, Elena me estaba esperando para proponerme esto.

Cristina colocó una mano sobre la mesa; una aguamarina de corte esmeralda le cubría casi por completo la mitad del dedo índice.

–Espere, ¿me está diciendo que se quedó sin trabajo justo al día siguiente de conocer a Elena y que, después, ella la estuvo esperando en su casa para ofrecerle un nuevo empleo?

–¡Sí! Fue un golpe de suerte extraordinario, algo que no me suele pasar a mí.

–Qué coincidencia –dijo Cristina, mirándola fijamente.

Cogió la servilleta del plato y la tendió sobre su regazo con gran esmero; sus palabras seguían pendiendo del aire.

Cesca se dio cuenta de la indirecta, de que era una coincidencia apenas creíble, pero sabía que había sido culpa suya y de nadie más que se hubiese quedado dormida –y no por primera vez y hubiese acabado despedida.

–Y bien, dígame, ¿cómo le va con ella?

–Muy bien. Creo que es una de las personas más fascinantes que he conocido.

–Ha tenido una vida extraordinaria, ¿verdad? Debo decir que me sorprendí mucho cuando me enteré de lo del libro. Ha sido siempre una persona con un gran sentido de la privacidad; casi nunca habla de su vida antes de trasladarse a Roma.

–Ah, ¿de verdad? ¿Trata el tema con secretismo? ¿Incluso entre amigas?

–Bueno, no diría que lo trata con secretismo, sino que… lo evita. Creo que quizá le avergüencen un poco los «años locos» de su juventud, por así decirlo –comentó Cristina secamente, recostándose en su silla, colocando tranquilamente los codos sobre los reposabrazos y juntando los dedos de la mano. En ese instante, volvió el *maître* con un cubo de plata lleno de hielo sobre una plataforma, una botella de Bollinger tapada con papel de oro y dos copas tan frías que casi echaban humo.

Cesca también se recostó y miró a su alrededor mientras Renato le quitaba el corcho con habilidad y se disponía a verter el champán. Abajo, en el bar Stravinsky, una mujer delgada con un vestido ceñido al cuerpo y zapatos de tacón alto paseaba finamente por los adoquines de la zona ajardinada; su sombra parecía un junco en comparación con los frondosos naranjos enanos que decoraban el patio. Todo el recinto estaba cerrado por paredes de color rosa caramelo que dividían la estancia al fondo, con unas escaleras balaustradas que llevaban a esta planta y cajas de piruletas dispuestas en macetas a intervalos equidistantes todo alrededor. El restaurante al aire libre se caracterizaba por sus senderos de grava acondicionados y mesas redondas cubiertas con manteles blancos, con charcos de sombras que arrojaban las sombrillas abiertas, pero lo que de verdad le encantaba a ella era el último piso: terrazas en cascada donde habían plantado cipreses, plátanos de sombra, eucaliptos y pinos patagónicos, hiedra en las paredes, bustos de jazmín grandes como camiones. Era descaradamente verde y denso, no tanto como un oasis sino como una jungla, y que se ubicase en el mismo centro de una ciudad lo volvía incluso más sorprendente. Justo como el jardín de Elena.

Renato se marchó; en las copas de cristal ya comenzaban a formarse gotas por la condensación.

–¿Qué sabías de ella antes de este proyecto? –preguntó Cristina, retomando el hilo de la conversación y cogiendo su copa para brindar con elegancia.

–Siéndole sincera, nada –dijo Cesca, imitándola.

–¿Nada de nada? ¿De verdad?

Parecía tan atónita como Alé, como si lo que decía fuese ridículo.

–O sea, me sonaban los Valentine. Como los Vanderbilt y los Rockefeller. Tan solo sabía que era una familia rica estadounidense, pero ¿de Elena, en concreto? –negando con la cabeza.

–Bueno, por supuesto, es usted mucho más joven, supongo, de una generación completamente distinta –reflexionó Cristina–, pero, hace cuarenta años, era una de las mujeres más célebres de Estados Unidos. Ha estado casada o, por lo menos, se ha codeado con casi toda persona de renombre de la segunda mitad del siglo XX, ya sean los que movían los hilos en Wall Street, actores de Hollywood, estrellas de *rock*... Ella era la que guardaba los secretos de todo el mundo; la confidente de los ricos y de los famosos. Toda su vida se ha basado en ser vista y observada.

Cesca volvió a percibir un doble sentido en sus palabras.

—¿Cambió eso cuando vino a Roma? Entiendo que las cosas son distintas aquí —dejó caer.

Si las familias de la nobleza negra eran tan conservadoras como había sugerido Elena, tendría que haber cierta fricción entre ellas. Las dos mujeres habían retratado la vida de la otra como si fueran polos opuestos.

Cristina ladeó la cabeza levemente.

—Diría que sí, sí, pero, a fin de cuentas, así es el amor verdadero, ¿no? Te otorga la mayor capacidad de transformación. Elena se ha convertido en una digna matriarca de la familia Damiani. Se ha vuelto una *romana di Roma*.

—*Romana di Roma* —repitió Cesca. Parecía un cumplido del más alto nivel—. ¿Y trabajan ustedes codo con codo en las obras benéficas de la fundación?

—Por supuesto, nunca le quito el ojo de encima a Elena.

Cristina le dedicó una sonrisa y Cesca se la devolvió, pero un escalofrío le recorrió la espalda. En cualquier otro lugar, en compañía de cualquier otra persona..., aquello habría sonado claramente como una amenaza.

Capítulo 16

Malibú, noviembre de 1969

–¡Jay! –Abrió un poco más la puerta, sorprendida–. ¡Qué alegría!

–¿Qué tal, Laney? –preguntó él, inclinándose para darle un beso en la mejilla.

Hizo ademán de entrar y ella se apartó para dejarle paso, mirando perpleja la botella de vino que sostenía en la mano.

–Eh…

Laney le sonrió cuando él se giró hacia ella.

–Qué tranquilo está todo. No me digas que soy el primero en llegar.

–Bueno, sí –respondió–. La cena es mañana.

Hubo una pausa.

–¿Cómo?

–La cena es mañana por la noche. Leo sigue en Chicago.

Jay enterró la cabeza en las manos.

–Ay, por Dios. No me lo puedo creer…

–Pero, oye, que no pasa nada. –Se rio–. No hay problema.

Él hizo una mueca a modo de disculpa.

–¿De verdad que no?

–¡No, claro que no! –Vaciló y, entonces, al reparar en la expresión de su rostro, cayó en la cuenta de lo que pretendía–. O sea, te prepararía un plato improvisado ahora mismo, pero como he quedado para cenar más tarde…

–Claro, claro –repitió él; parecía avergonzado–. Dios, qué tonto soy.

–¡En serio, no pasa nada!

Hubo un breve silencio.

—Bueno…, como mínimo, ¿nos tomamos una copa de este vino para que se vaya oxigenando? Quiero decir, ya que estoy aquí, pues… —dijo, encogiéndose de hombros.

Laney dudó unos instantes. Leo podía ser posesivo —no le gustaba que hablase con los demás surfistas de la playa—, y sabía que su inseguridad se debía a la diferencia de edad entre ellos, pero Jay era amigo de él, tenían la misma edad y habían ido a Stanford juntos; negarse a recibir a su amigo sería una grosería por su parte.

—Por supuesto.

Cerró la puerta principal y lo llevó hasta su sala de estar, diáfana.

—¿Y dónde dices que está Leo?

—En Chicago. Walt Bellamy está en baja forma y está intentando sacarlo de la crisis. —Puso los ojos en blanco mientras cogía dos copas de vino y las depositaba en la encimera, tras lo cual le pasó a Jay el sacacorchos—. No sé, siempre hay alguien en crisis. A veces pienso que, más que de representante, Leo hace de psicólogo.

Jay enarcó una ceja, mostrándose de acuerdo, mientras vertía el merlot.

—Pasa mucho tiempo fuera, ¿no?

—Siempre, o eso me parece.

Laney suspiró, alzando la copa y brindando con él.

—¿Por qué no lo acompañas, entonces? —preguntó Jay, siguiéndola hasta los sofás de cuero blanco, dispuestos en forma de U con vistas al mar, aunque, a causa de la negrura de la noche, nada podían ver salvo sus propios reflejos devolviéndoles la mirada.

Laney negó con la cabeza mientras se sentaba de rodillas, girándose hacia él.

—Antes lo acompañaba, pero, la verdad, creo que lo distraigo. Es su trabajo, a fin de cuentas. Se pasa la jornada en un partido o en un entrenamiento, y en las cenas no puedo seguir la conversación sobre deporte. A ver, me gusta el baloncesto, pero…

Jay se rio entre dientes.

—Yo te entiendo. En la vida hay algo más que baloncesto y contratos.

—¡No paro de repetírselo! —Se echó a reír, contenta de que alguien la comprendiese. Sorbió un poco más de vino; era añejo, de calidad–. En fin, no hablemos más de él. ¿Qué tal todo en el mundo académico?

–Pues… lento.

Laney sonrió.

–¿Y Barbara? Hace tiempo que no la veo.

–También lenta.

Se rio.

–¡Pobre Barbara!

Jay esbozó una amplia sonrisa.

–Ahora mismo está en Pasadena. Lleva ahí varios meses, en realidad; está tratando de animar a su madre, que se ha caído.

–Cuánto lo siento. ¿Lo está llevando bien?

–Demasiado bien, al parecer. Barbara no para quieta.

–Pobrecita. ¿Has ido a visitarla?

–Apenas tengo un hueco en la agenda para dormir, mucho menos para cuidar a la suegra.

–Bueno, mirando el lado positivo, supongo que, por lo menos, tienes un trabajo seguro. Leo siempre hace como si sus clientes lo fuesen a abandonar si no satisface todos sus caprichos.

Jay se la quedó mirando y dejó su copa a un lado.

–Míranos. Qué dos, ¿eh? Abandonados por nuestras medias naranjas, solos en casa, sin nadie que nos haga compañía…

La contempló con un atrevimiento repentino, osado, y el silencio se alargó mientras, en lo más hondo de sus entrañas, a Laney le entraron ganas de vomitar; notaba la náusea en la garganta. Trató de sonreír y de hacer caso omiso a la insinuación, aunque ahora comprendía, sin ningún género de duda, que la visita de él esa noche era deliberada.

–Bueno, yo no diría que me siento sola, Jay –respondió, aún sonriente, sin quitarse la máscara. Si algo había aprendido de su madre era a guardar la compostura.

Pero él no entendía nada de sutilezas. Ni de derrotas.

–Sería el remedio perfecto, ¿no crees? Divertido, inofensivo… –dijo con la vista fija en sus reflejos en los grandes ventanales de cristal.

Laney dejó su copa, al tiempo que se le borraba la sonrisa.

–No creo, Jay. –Su voz sonaba extraña, más menuda, en cierta manera. Quería que se fuera.

Él la miró directamente.

–¿Por qué no? La diferencia de edad no es un problema, a fin de cuentas; está claro que te gustan maduros.

Se encogió de hombros, insinuando, con una sola mirada, la otra parte de la ecuación: que a él «le gustaban jovencitas».

–Porque quiero a Leo.

–Y yo quiero a Barbara, pero eso no tiene nada que ver con que estemos y nos sintamos solos.

Alargó la mano y la colocó sobre el muslo de Laney, que trató de apartarla, pero, cuanto más lo intentaba, más fuerte la apretaba él con los dedos.

–Por favor, Jay, no –dijo con una voz callada, suplicante, que tampoco había funcionado nunca con Jack. Consciente de que oponer resistencia solo empeoraría las cosas, le soltó la mano.

–Laney, Laney –susurró, empezando a acariciarla con la mano, como si fuese un perro–. Nunca te habría tomado por una mojigata. Una chica libertina como tú, que siempre coquetea con los amigos de Leo…

–Yo no coqueteo con nadie.

–No te hagas la inocente. –Sonrió, pero su mirada era fría; ya había prescindido de la fachada bajo la que se había ocultado al comienzo de la velada. Ambos sabían cómo terminaría aquello: ella estaba sola, los vecinos más próximos estaban a cientos de metros de distancia, el sonido del mar taparía sus gritos–. Nadie se lo cree. Me has estado dando esperanzas desde el día que nos conocimos. Sabes perfectamente que me has citado aquí. Que me has engatusado para que viniera, ¿y ahora finges que no quieres?

Laney notó que algo en su interior comenzaba a cerrarse cuando él se arrastró hasta ponerse encima de ella, salvando el hueco entre sus cuerpos. Veía el reflejo de ambos en el largo ventanal, veía el cuerpo de Jay inclinándose sobre ella…

Pasó un instante antes de que también viese a Leo ahí de pie, espectral, en el cristal: la cara fantasmal, sosteniendo sin fuerza el maletín con la mano, el abrigo recogido en el brazo libre. ¿De verdad que era él? ¿Leo? El hombre que la rescató de su vida pasada, ¿de verdad que había regresado? ¿O acaso era su mente que la engañaba, que la incitaba a creérselo para poner fin a esto?

145

Sus ojos se encontraron en el reflejo y, por un instante, se detuvo el tiempo: a ella le parecieron todos juguetes de uno de esos móviles de cuna, girando en silencio en el aire.

Y, luego, volvieron a hacerse reales. Jay no se percató de nada antes de que Leo le diese un puñetazo en la mandíbula y de poco se percató después; arrastró los pies, tropezándose, cuando Leo lo empujó hacia la puerta, agarrándolo por la chaqueta, y lo tiró afuera.

—¡Oh, Leo! —gimió Laney, lanzándose a sus brazos cuando regresó—. No podía pararlo. No me escuchaba.

Había terminado. Gracias a Dios, había terminado.

Leo no dijo nada, con el cuerpo tenso, y ella se apartó para mirarlo.

—¿Leo?

Con mirarlo a la cara una sola vez, supo que no había terminado.

—¿Por qué me estás mintiendo? —bramó él—. ¡Lo conozco desde la universidad! Es mi amigo. No haría algo así… —La miró colérico, jadeante, con los primeros botones de la camisa desabrochados, con la corbata tirada por el suelo, entre la puerta principal y donde se encontraban ellos—. ¿Qué has hecho, Laney? Algo habrás hecho para que él pensase que…

—¡No he hecho nada!

—¡No me vengas con esas! Te he visto con esos tipos en la playa. ¿Tú te crees que estoy ciego?

—Leo, solo son amigos —gritó ella, exasperada—. Con alguien tengo que hablar cuando tú no estás. ¡Tú nunca estás! ¡Me volvería loca! Pero nunca en mi vida te he sido infiel. No hay nadie más que tú, ¡y lo sabes muy bien!

Él sacudió la cabeza, con las manos en las caderas.

—No, lo has engatusado. Has coqueteado, como siempre, y se te ha ido de las manos.

¿Cómo que como siempre? El comentario le sentó como una bofetada.

—Esto no es mi culpa —dijo en voz más baja, aún suplicante.

Pero él no se lo creía. No la escuchaba.

—¿Qué has hecho? —repitió, enarcando las cejas, escéptico, como si ella nunca fuese a contarle la verdad.

—Le ofrecí algo de beber por cortesía. Porque es tu amigo y sabía que querrías que lo recibiese. Porque quería que estuvieras orgulloso.

—¿Orgulloso? —se burló con desprecio—. ¿Te crees que estoy orgulloso de tener una mujer que se ve con otros hombres en mi ausencia? ¿Que se cree que, como tiene dinero, puede hacer lo que quiera? ¡Eres mi mujer! ¡Eres mía! —Se acercó a ella y la agarró de la muñeca—. ¡Dime lo que has hecho!

Ella lo miró fijamente, con las palabras atascadas en la garganta, como si la hubiese hecho tragar un corcho. No iba a creerla porque nunca la creía. Esa era la conversación de siempre, la pelea de siempre. No era nada nuevo, pero tampoco se había convertido en una costumbre todavía.

La sensación que había notado en el sofá, al ver a Leo observándolos en el ventanal, floreció de nuevo, temblando luminosamente como un espejismo, ganando color e intensidad. El flujo lineal de la vida pareció interrumpirse, como si la estuviesen obligando a tomar otro curso, como un tren que cambia de vía, como actores que, sobre el escenario, reciben repentinamente guiones nuevos y se disponen a interpretar otros papeles. En eso se habían convertido los dos.

Había terminado.

Capítulo 17

Roma, julio de 2017

Ya todos habían dado la jornada por concluida cuando hubo un nuevo temblor y la tierra se movió otra vez; Cesca notó la vibración en los huesos y la copa temblequeó sobre el platillo. Todos los especialistas, con sus cascos y chalecos reflectantes, habían recogido sus cosas; los había oído despedirse alegremente a gritos hacía poco, al marcharse, dejando el agujero en el suelo tal y como se lo habían encontrado unos días atrás: seguía siendo enorme, seguía ahí plantado, y a Elena la política de no intervención que había adoptado le estaba costando cada vez más. El agujero era «un engendro», exclamaba ella, molesta porque todas aquellas excavaciones de observación le daban dolor de cabeza; decía que estaba cansada de todos esos «trabajadores» que deambulaban por su jardín «como hormigas».

Cesca también los había visto toda la semana desde su despacho, cada vez que deambulaba hasta las ventanas durante las pausas del té para contemplar cómo bajaban a gente al agujero y luego la subían. Se preguntaba cómo se suponía que iban a rellenar exactamente un socavón de tales dimensiones. ¿Bastaba con traer más tierra con un camión? Elena había mencionado que lo taparían con mortero, pero la cantidad que haría falta era enorme.

No parecía que tuviesen prisa por cerrarlo de nuevo. ¿Era este el motivo? ¿Sabían de antemano que aún no había terminado, que habría réplicas? ¿Se haría más grande? Contuvo la respiración, sin atreverse a mover nada más que los ojos, que revisaban rápidamente el techo abovedado, en busca de grietas y trozos de yeso caídos, y el suelo, en busca de fisuras o algún indicio de que el socavón se hubiese desplazado peligrosamente hacia el edificio, lo que podría volverlo inestable y derrumbarlo. ¿Debería darse la vuelta y echar a correr?

Pero todo volvió a quedarse quieto. El movimiento no había durado más que unos pocos segundos; un leve temblor, más que un terremoto. Moviéndose con indecisión, se acercó a las puertas francesas y miró afuera. Para su desconcierto, todo estaba igual: el socavón no le parecía más grande que antes. ¿Se había vuelto más hondo, entonces? ¿Acaso la tierra se caía capa a capa continuamente?

Aguardó, pero no sucedió nada. Ningún temblor. Ninguna vibración. Casi le daba la impresión de que habían sido imaginaciones suyas.

La curiosidad hizo mella en ella. No había nadie: Elena se había ido a una boda en Florencia el fin de semana y, sin su jefa, hasta el austero Alberto se había relajado un poco con el calor agobiante que hacía en la ciudad. Cesca tenía ganas de disfrutar del fin de semana: para el premio que se había prometido a sí misma, salir a tomar algo el viernes por la noche con Alé y los chicos, tan solo quedaba una hora tentadora y Cesca llevaba todo el día esperando con impaciencia. Había sido una semana larga, a causa de los inexplicables e impredecibles cambios de humor de Elena, del almuerzo, en cierto modo inquietante, con Cristina y de lo aburrido que era cribar la historia de una vida por medio de fotografías, por no mencionar la tarea, que le quitaba mucho tiempo, de corroborar diligentemente la información que Elena le había revelado hasta el momento, labor tan transversal como solicitar una copia del certificado de matrimonio o comprobar el pedigrí del semental olímpico que había engendrado a su yegua condecorada, Midnight. Estaba siendo innecesariamente exhaustiva, sin duda, pero ya escribiese la edición de lujo de un libro o un documento legal, por orgullo profesional no escatimaría en esfuerzos a la hora de contar la verdad.

Pese a que seguía vertiéndose un rayo de luz solar al fondo de la sala que daba al jardín, este ya estaba plenamente sumido en la penumbra cuando salió para acercarse al borde del socavón. Agachándose por debajo de la cinta, volvió a echar un vistazo y se le hizo un nudo en el estómago ante aquella visión: tuberías y trozos de acero aplastados, árboles partidos, capas de piedra, de tierra y de hormigón entremezcladas como si no pesasen nada, cuerdas de neón pendiendo entre el polvo o enrolladas en el fondo. La escena tenía un toque apocalíptico: recordaba al estropicio que deja tras de sí un terremoto o una guerra; una cicatriz en ese jardín hermoso, un recordatorio brutal de que la naturaleza es indomable.

Dio un paso atrás. No parecía muy distinto a como lo había visto el otro día y no quería quedarse más tiempo en ese sitio, tan antinatural como una herida abierta en el costado de un animal. Emanaba una especie de amenaza primordial del agujero. Elena estaba en lo cierto: cuanto antes lo tapasen, mejor.

Se giró, dando la jornada por terminada. Era hora de reunirse con sus amigos…

—¿Hola?

Se quedó petrificada. La voz estaba lejos. Tan lejos que podría provenir de la calle, traspasando las gruesas paredes del edificio señorial, pero no era el caso, porque la voz provenía de debajo de ella.

—¿Hay alguien ahí?

Corrió de nuevo hasta el borde y echó otro vistazo, tratando frenéticamente de mirar más allá de los enormes bloques de tierra y de los trozos de hormigón, escudriñando los detalles en busca de un rostro, de una bota, de un casco, de algo humano que encajase con la voz, pero lo que vio fue un movimiento imperceptible en la tierra, como si un topo estuviese a punto de salir a la superficie para olisquear el aire.

Se quedó mirando la tierra fijamente, con el corazón latiéndole a mil por hora, sin tener ni idea de qué era lo que esperaba encontrarse. Si de repente emergiese un dragón echando fuego por la boca, igual no se sorprendería mucho, pero fue un dedo —lleno de polvo, de barro, con la uña rosa manchada de tierra rojiza— lo que horadó la tierra hasta hacer un pequeño agujero.

—¡Ay, madre! —dijo con voz ahogada.

Ahí abajo había una persona, enterrada bajo una capa de tierra de dos metros. La mayor parte de la tierra era clara y estaba seca tras toda una semana expuesta al sol, pero justo esa era más oscura, como si se hubiese desplazado hacía poco. Ahora entendía qué era lo que había oído: se había desprendido un poco de tierra.

No podía saltar abajo: era muy profundo, para empezar, y, como el suelo era inestable, con su peso podría empeorar incluso más el socavón.

—¡Ay, madre! ¡Auxilio! —gritó con un subidón de adrenalina, levantándose y mirando por doquier en busca de cualquier cosa, de cualquier persona.

Nada.

Ni una maldita persona…

Vio un arnés en el suelo, extendido en la hierba como tomando el sol y unido a la cuerda por un mosquetón; lo habían dejado preparado para ponerse a trabajar el lunes por la mañana. Se fijó en la longitud de la cuerda: llegaba hasta el fondo del socavón.

No había tiempo que perder. Se colocó el arnés, para lo cual tuvo que enrollarse la falda larga en las bragas. Estaba ridícula; parecía que llevara puesto un pañal. Cerró los mosquetones y tiró de la cuerda, para asegurarse de que soportaría el peso. Se tensó y ella se agachó de espaldas. No sabía si lo estaba haciendo bien, solo había visto hacerlo a los alpinistas en las películas —hacer fuerza en la espalda, apoyar las plantas de los pies—, pero parecía que funcionaba. La cuerda estaba unida a un trinquete que le proporcionaba estabilidad, y pese a que las paredes del socavón se curvaban hacia dentro, casi abruptamente, dejándola pendida en el aire, no se cayó.

Con manos temblorosas por el pánico —¿cuánto oxígeno le llegaba a aquella persona?—, descendió despacio y casi se encogió cuando tocó con cuidado el suelo con los pies momentos después. Tras desabrochar el arnés de la cuerda —que era más sencillo que quitárselo—, se dirigió atropelladamente hacia donde había visto o pensaba que había visto el dedo, pero ¿dónde estaba? Todo parecía distinto allí abajo; desde esa perspectiva, era difícil diferenciar los montones de escombros: cables al aire, tuberías de barro con los bordes serrados, varas de metal torcidas, todo ello clavado y tirado en torno a ella. De cerca contempló los destrozos de siglos de vida en Roma —tarros rotos, bolsas de la compra…— y percibió el olor a aguas residuales, a tierra podrida. Tuvo arcadas y le dieron ganas de vomitar, pero no podía pararse, no podía volverse.

Oyó algo y se giró hacia unos trozos de tierra y guijarros que se estaban desprendiendo de una masa sólida de tierra. De un dedo torcido había pasado a haber cuatro.

—¡Estoy aquí, estoy aquí! —gritó Cesca presa del pánico en italiano, corriendo hasta allí, y tuvo que saltar el tronco volcado de uno de los naranjos, cuyo ramaje le arañó las piernas desnudas—. ¿Puede oírme? —gritó, acercándose a los dedos y aferrándolos. Estos también se aferraron a ella y, por un instante, todo permaneció inmóvil: dos manos que se tocaban. Los apretó con más fuerza antes de soltarlos—. Voy a sacarle de aquí —exclamó, con la esperanza de que la persona pudiese oírla.

Al parecer sí, ya que levantó el dedo pulgar antes de enterrar de nuevo la mano.

Escarbando con las manos como una ardilla que esconde una nuez, consiguió arrancar y apartar la capa superior de tierra con rapidez, pero debajo había un montón de escombros, como si toda aquella tierra se hubiese caído sobre los desechos de una zona en obras.

—Madre mía —susurró, mirando los trozos enormes, algunos más grandes que ella.

Sin la capa extra de tierra, el brazo —sorprendentemente musculoso— pudo formar una grieta irregular entre los bloques serrados de hormigón casi hasta la altura del codo, pero el cuerpo seguía atascado bajo aquel peligroso muro, como en una tumba.

—No se preocupe, voy a ayudarle —dijo, tratando de sonar más valiente de lo que se sentía.

Tendría que haber ido a pedir ayuda primero. O haber llamado a Guido o a Matteo, que no trabajaban lejos de allí. Miró hacia arriba: tan solo se veía la parte más alta de las paredes del edificio señorial desde aquellas profundidades; el cielo estaba enrojecido, de color melocotón, salpicado intermitentemente por palomas perdidas que se dirigían a sus nidos para pasar la noche. ¿Cómo iba a salir ella de allí, para empezar?

Rápidamente, envió un mensaje a sus amigos para pedirles que acudiesen lo antes posible, antes de girarse hacia el brazo.

—¿Puede respirar bien? ¿Tiene oxígeno suficiente?

—Sí. —La voz, pese a la distancia, sonaba mucho más cerca. Era masculina y hablaba en inglés.

—Hay unos peñascos bastante grandes, así que puede que nos lleve algo de tiempo, pero no pienso irme, se lo prometo. He pedido ayuda –mintió.

–No pasa nada. Tengo espacio para moverme.

Tras trepar las rocas de al lado –con miedo de que le cayesen encima al hombre–, rodeó uno de los peñascos más altos con los brazos y, con un gruñido, se las arregló para apartarlo de lo alto del desprendimiento. Le arañó la piel de los brazos por dentro porque tardó demasiado en soltarlo y se levantó una espesa nube de polvo cuando cayó sobre los escombros y rebotó sobre la superficie rugosa.

«Uno menos», pensó con satisfacción, al mirar al montón que quedaba.

Volvió a acercarse, utilizando todo el peso de su cuerpo, moviendo y empujando los bloques serrados –lo que hiciera falta para derribarlos–, a veces apartándose a tiempo, a veces no del todo. En cuestión de minutos, acabó con las piernas rasguñadas y con la piel cubierta por una capa de polvo gris, pero, poco a poco, el montón de rocas comenzó a desmoronarse; los escombros cayeron sobre el nuevo fondo del agujero, lo que permitió la entrada de aire y luz por los pequeños resquicios de aquella tumba. Ella vislumbró unos rizos oscuros, ahora aclarados por el polvo; ojos soberbios, ahora humildes; una camiseta, ahora estropeada, unos músculos fuertes, ahora atrapados e inertes.

–Ya casi estamos –dijo con todo el ánimo que pudo, esperando sonar optimista mientras volvía a escarbar entre los escombros–. Solo falta mover estos últimos trozos.

Pero había dejado lo peor para el final: el último bloque que quedaba era diferente al resto de las rocas caídas. Era un trozo grande del parterre pavimentado que se había caído en el socavón, encerrando al hombre como si de una puerta se tratara, rígida como una pared y lisa por una de las caras. Arrimó el hombro contra uno de los lados, empujando con fuerza, utilizando todo su peso, pero, debido al montón de escombros y de tierra que había por debajo, no iba a moverse. Volvió a internarlo. Nada. Otro intento.

–Ay, madre –jadeó finalmente, apoyando las manos ensangrentadas en las rodillas rasguñadas. Llevaba excavando veinte minutos, estaba exhausta y ese hombre seguía atrapado. No iba a ser capaz ella sola–. No puedo… no puedo moverlo. Tengo que ir a pedir ayuda.

–¡Espere! –La voz del hombre sonaba mucho más cerca. Más fuerte.

Ella se enderezó al oír su tono de voz. No sonaba asustado, sino imperioso, convencido.

–Aquí hay una pequeña brecha.

Ella buscó con la mirada su mano; retorcía los dedos por una grieta estrecha entre las rocas.

–¿Hay algo que pueda usar para tirar, a modo de palanca?

–¿De… de palanca? –repitió ella, mirando a su alrededor frenéticamente, mirando los destrozos que la rodeaban.

Había tuberías rotas, pero eran de barro; troncos de árboles, pero eran demasiado largos y pesados para moverlos. No obstante, a unos pocos metros de distancia, vio una vara de metal, como las que empleaban los constructores de refuerzo. Una punta, que parecía letal, estaba afilada y la otra, tapada con los restos de un cilindro de hormigón.

Trepó hasta ella; los mosquetones del arnés tintineaban armoniosamente mientras trastabillaba sobre las rocas.

–Tengo esto –dijo jadeante, sujetándolo delante del hueco estrecho.

Los ojos del hombre parpadearon.

–Pruebe.

Deslizó la vara por el hueco. Cabía.

–Vale. Colóquese por encima de la vara y tire de ella –le indicó él–. Tire con todas sus fuerzas.

Cesca tiró. No pasó nada. El metal se le escurría entre las manos; las tenía resbaladizas por los restos de sangre.

–Voy a probar de la otra forma, es más fácil empujar –dijo; se metió debajo de la vara y se puso a empujar. Durante unos instantes, tampoco pasó nada: hundía los pies en la tierra, pero no sacaba nada de distancia. Y, de pronto…

La palanca se revirtió y ella se cayó de cara contra el montón de escombros. El sonido del bloque al caerse hacia delante le llegó un segundo o dos más tarde, como un zumbido amortiguado que provocó que el agujero temblase de nuevo, se desprendiesen más rocas y la tierra se desplazase. Una nube de polvo ovalada se esparció por toda la cavidad y Cesca tosió, ahogándose con el aire infestado de partículas del hormigón sólido.

Notó que unas manos le tocaban la espalda.

–¿Se encuentra bien?

Pero no podía dejar de toser; se le había metido la gravilla en los pulmones y en los ojos. Le escocía la mejilla y se la tapó con una mano, notando las marcas de las cicatrices nuevas en la piel. Alzó la mirada y lo que vio fue un fantasma: lo primero que le vino a la mente era si ella estaría tan pálida como él y lo segundo…

–¡Tú! –No se lo podía creer. Se levantó de una manera nada elegante, y los mosquetones del arnés tintinearon ruidosamente mientras ella trataba de mantener el equilibrio sobre el suelo inestable–. Si hubiese sabido que eras tú… –jadeó, mirándolo colérica.

–¿Cómo?

Las escleróticas de Cantarelli contrastaban con su piel sucia; tenía los labios muy rosados y los ojos incluso más oscuros e intentaba procesar la rabia de Cesca.

Pero ella no pudo terminar la oración; por muy cabreada que estuviese, no era cierto lo que decía. No habría dejado desamparado a nadie allí abajo.

–Estás… –Cantarelli se llevó una mano a la mejilla y se la limpió con cuidado. Ella, al imitar el movimiento, acabó con los dedos rojos. Le escocía–. Deberíamos limpiártelo.

–Yo estoy bien –respondió indignada, negándose a darle la oportunidad de tomar las riendas de la situación, de invertir los papeles, como si allí la víctima fuese ella–. A mí no ha tenido que rescatarme nadie.

Cesca reparó en la vulnerabilidad que transmitieron los ojos de Cantarelli al oír aquellas palabras. La miró a la cara con esa mirada directa tan inquietante que tenía.

–Gracias…

Era como obligar a un niño pequeño a devolver un helado.

–Pero no hacía falta.

Cesca se quedó boquiabierta.

–¿Perdona?

–No tendrías que haberte molestado. Me las habría arreglado para salir solo.

–¡Ah! Conque esas tenemos –dijo sarcásticamente, señalando el nuevo montón de tierra y roca desplazadas, el bloque enorme del parterre que tenían a sus pies–. Supongo que por eso preguntabas si había alguien ahí, ¿no?

No le respondió, pero la complació la cara de disgusto que puso. Le debía una y ambos lo sabían.

–¿Qué estabas haciendo tú solo aquí dentro, para empezar? ¿No se supone que está prohibido?

–Anduve con cuidado.

–Sí, ya se ve. –Se llevó las manos a las caderas–. ¿Eres consciente de que todo el mundo se ha marchado? Alberto nunca te habría oído desde dentro. Elena no está. Tienes suerte de que yo anduviese cerca.

Él enarcó una ceja.

–¿Suerte?

Cesca contuvo la respiración, boquiabierta, completamente indignada.

–¡Podrías haber muerto!

–No.

–¿Cómo?

–Que no habría muerto. Había otra forma de salir.

Señaló la cavidad donde había estado atrapado; por detrás, la superficie era plana y lisa.

Boquiabierta, Cesca se acercó para inspeccionarlo. El pasadizo se extendía por detrás hacia el ala oeste, a su derecha, y hacia el ala este, a su izquierda. Había pequeños nichos en las paredes a intervalos equidistantes, manchados de negro por las quemaduras ahí donde se habían colocado antaño las velas para iluminar el camino. Presumiblemente, habría algún tipo de puerta o entrada al edificio señorial.

Volvió a mirarlo a él, montando en cólera de nuevo. Se había puesto en peligro por su culpa, se había hecho daño por su culpa. Se miró las piernas, desnudas y sangrantes, y la falda enrollada, ahora destrozada. Y, aun así, él no le estaba agradecido. Le decía que no había hecho falta.

—Cuéntame, entonces, ¿por qué demonios se te ocurrió meterte por ahí?

—Eso no te lo puedo decir. Es confidencial.

Cesca volvió a quedarse boquiabierta. Estaba tan frustrada que tenía ganas de gritar. Tenía ganas de darle una bofetada, de darle una patada, de darle una buena paliza. ¿Cómo se atrevía a comportarse así si ella había hecho todo lo posible por ayudarlo?

—¿Y eso es todo lo que me tienes que decir después de que moviera toda esta mierda para sacarte? ¡Pensaba que te estabas quedando sin aire! ¡Pensaba que te ibas a morir! ¿Y no me puedes dar una razón para que entienda por qué me he tomado la molestia porque es «confidencial»?

Él reparó en su cara de estrés, en sus ojos rojos, en sus labios temblorosos, en sus rodillas sangrantes, en sus nudillos rasguñados. Cesca vio que cerraba el puño.

—Y te doy las gracias…

—¿Qué tienes ahí? —preguntó, señalando el puño cerrado.

—También es confidencial.

—¿Y por eso has puesto en peligro tu vida, por no decir que también la mía, posiblemente?

—Nadie se iba a morir.

Ella se enderezó. Ya estaba harta de eso, de él y de su intransigencia sin sentido.

—Enséñamelo. Enséñamelo, si no quieres que informe a tus superiores de todo este despropósito. Me da igual lo que digas. No hay manera de que los responsables de seguridad de tu equipo te hayan permitido bajar aquí tú solo.

La fulminó con la mirada. Seguía tan cubierto de polvo que podría pasar por una estatua de piedra; lo único que insuflaba vida en él era la rabia de sus ojos. Lentamente y con patente animadversión, alzó el brazo y abrió el puño.

Cesca bajó la mirada hasta el diminuto fragmento de baldosa que tenía en la palma de la mano.

—¿Eso es todo?

Él se encogió de hombros, frunciendo los labios sombríamente.

—¡Eh!

Ambos levantaron la vista y se encontraron con tres rostros que los miraban: Alberto, Guido y Matteo.

–¿Qué está pasando ahí? –inquirió Alberto, que parecía furioso.

–¿Es una fiesta privada o podemos unirnos? –preguntó Matteo, esbozando una amplia sonrisa, sonrisa que se fue desvaneciendo conforme reparaba en la expresión de Cesca–. Eh, cariño, ¿qué ha ocurrido?

–¿Estás bien, Chess? –preguntó Guido, inmediatamente protector.

Ella negó con la cabeza, notando que las lágrimas amenazaban con derramarse al ver a sus queridos amigos. Estaba harta de ese hombre, que no solo era un ingrato, sino un grosero y un arrogante de primera. Por no decir que la había hecho sangrar otra vez. ¡Le iban a salir más costras por su culpa!

–Sacadme de aquí –dijo, trastabillando sobre los escombros en dirección a la cuerda y tratando de volver a abrochar con manos temblorosas los mosquetones al arnés, con los ojos de Cantarelli aguijoneándole la espalda.

Capítulo 18

Nueva York, diciembre de 1977

La luz estroboscópica resaltaba su vestido plateado –el que le recordaba a uno de su madre, hace ya media vida–, así como los brazos desnudos y morenos que alzaba sobre la cabeza y el cabello oscuro rizado que se ondulaba por su espalda. Steve estaba sentado a la mesa de banco corrido con Andy y ambos miraban algo –a alguien– que no era ella; Steve tenía los ojos hundidos y caídos, con un brazo en el respaldo del banco y un cigarrillo colgando descuidadamente entre sus dedos. Laney se meció al son de Donna Summer, henchida de amor mientras contemplaba a su pareja. Incluso en la penumbra parecía una estrella de cine, con los tres primeros botones de la camisa desabrochados y el pelo negro que se le caía por delante cada pocos minutos y que tenía que echarse hacia atrás; un buen pretexto para alardear de sus espectaculares pómulos, que lo coronaban como un actor de ensueño. Acababa de estrenarse su nueva película y estaba arrasando en taquilla: le sacaba ventaja al nuevo filme de John Travolta y estaba causando tanto revuelo que, en ocasiones, ella se desvelaba en mitad de la noche y se quedaba mirando el techo hasta el alba. ¿Acaso no había ya suficiente locura en sus vidas?

Estar casada con él era como aferrarse al sol. Todos eran iguales –una vez entrabas en su círculo–, pero algunos eran más iguales que otros; ¿no era así el dicho? Allí estaba Mick con su nueva novia modelo, Jerry Hall; Liza ya estaba en la pista de baile, y también había visto a Elza, conversando con la cabeza agachada con Halston y Truman, y la nueva estrella preadolescente, Brooke Shields –cuya película, *Pretty Baby*, a punto de estrenarse, ya había despertado el fervor de la industria–, se había presentado brevemente con su madre. Sin embargo, el centro de gravedad en la sala era Steve; las mujeres con pantalones ajustados se paraban en su mesa para charlar, para reírse a carcajadas, para dejar que los tirantes de sus camisolas se les cayesen por los hombros mientras se toqueteaban el pelo…

Laney contempló a una –rubia, alta, como una modelo– deslizarse en el banco corrido junto a él, con un vestido azul sin tirantes ceñido al torso estrecho y los hombros relucientes a la vista. Parecía que se conocían: Steve se estiró para servirle una copa de champán –no todo el mundo era digno de tanta cortesía– y ambos sonrieron, con una dentadura blanca a juego, al tiempo que brindaban.

Laney se giró al momento, meneando el cabello, meneando sus pensamientos para pensar en otra cosa, meneando más las caderas mientras la música se transformaba en la canción *Staying Alive*. Alguien la cogió de las manos y se puso a bailar con ella, torciéndola, girándola, y Laney notó que el latido del corazón se le disparaba. Hacía mucho calor allí dentro, pese a que afuera cayese una nieve espesa, y se llevó los dedos a la nariz de nuevo –ahora un hábito, casi un tic–, en busca de cualquier rastro del polvo blanco.

El hombre se perdió de vista y pasó ante ella toda una multitud de desconocidos, una masa de gente que no paraba de cambiar –había demasiadas caras nuevas esa noche–, y sus amigos, su pandilla, se dispersaron esporádicamente, dejándola sola y expuesta entre extraños: un público al que la habían educado para temer. Se giró hacia Steve, en busca de un rostro conocido, de un ancla.

La rubia le había puesto la mano en el muslo y él se inclinaba hacia ella, con la boca a pocos metros de su oreja. Se había apartado seductoramente el largo cabello rubio para dejar a la vista el cuello, la clavícula hermosa, casi escultural, y los hombros desnudos. Andy, junto a ellos, contemplaba el gentío con aquella mirada alucinada de siempre, parpadeando lentamente bajo aquellas gafas de pasta, y con aquel cabello rubio tirando a blanco que resaltaban los focos.

Laney no podía quitarle los ojos de encima a su marido. Era suyo, pese a lo que pudiese pensar aquella rubita, y nunca la abandonaría: su apellido le había abierto muchas puertas y su propio dinero incluso le hacía sombra a las ganancias de él. Juntos, eran pura dinamita. Una pareja empoderada. Superior a la suma de las partes. Se necesitaban mutuamente.

Siguió mirándolo, pero también siguió bailando; le daban ganas de acercarse y tirar a la chica al suelo, de poner las manos de Steve en su propio cuerpo, pero sus sandalias plateadas estaban clavadas en el sitio. Estaba atrapada, en cierto modo, en ese juego en el que habían caído ambos. Llevaban tanto tiempo con esa dinámica que no recordaba cómo o dónde había comenzado. Había muchas cosas que no recordaba, como en qué momento empezaron a ser más felices separados que juntos. ¿Fue cuando formaron una familia? Porque aquello no tenía mucho sentido; se suponía que tendrían que haber estrechado lazos. ¿Por qué no había sido así?

Cerró los ojos para que la música la embargase, consciente de que todo lo que veía debería sentirlo también, pero no. Estaba insensibilizada. Blindada.

Notó unas manos en las caderas, manos que ralentizaron sus movimientos y, rítmicamente, la unieron a otro cuerpo. No opuso resistencia. Se encontraba bien; se encontraba en un lugar muy lejano. El hombre se le acercó más y la giró hacia él: a ella le sonaba la cara, pero no recordaba cómo se llamaba, y frunció el ceño antes de relajar los músculos y esbozar una sonrisa lánguida. ¿Qué importaba, a fin de cuentas? Los detalles, los nombres eran irrelevantes. No existía nada más que el presente. Que esa noche.

–¡Quiero champán! –le gritó al chico por encima de la música y, antes de que pudiese responderle, lo cogió de la mano y lo metió tras ella en la mesa del banco corrido. La modelo se apartó ligeramente del marido de Laney para estirarse por toda la mesa y coger su copa de champán–. Eh, cariño, ¿te lo estás pasando bien? –dijo, balanceándose un poco por haber dejado de bailar de repente.

–No te importa, ¿no, Laney? –le preguntó, apretando el muslo delgado de la modelo–. Parece que tú también estás ocupada.

–Lo estoy.

Se encogió de hombros, mirando de nuevo a su pareja de baile y preguntándose si debería recordar su nombre. Ya se conocían, de eso estaba segura. Ay, pero conocía a tanta gente que era difícil acordarse. Todos se reían y bailaban, gritaban por encima de la música, todos se movían muy rápido…

Se envaró, súbitamente cansada. Exhausta. Se abrió, de súbito, la rendija de otro mundo –de otra vida– en este, con una fuerza excesiva, con un fulgor excesivo. Los colores comenzaban a deslumbrarla, a hacerle daño en la vista. Apoyó una de las nalgas sobre la mesa y bajó la copa. Steve le estaba diciendo algo en voz baja a la rubia y ella esbozó una sonrisa íntima en el más público de los lugares y ambos se levantaron: su marido cogió su chaqueta y se la colgó de uno de los hombros.

–Nos vemos mañana, cariño –murmuró, parándose frente a Laney para besarla en la boca y compartiendo una mirada efímera con ella. Otro momento íntimo mostrado al público.

Ella asintió, mirando a su marido marcharse con la mano en el trasero escuálido de otra mujer y al público haciéndose a un lado conforme se dirigían a la puerta.

Su pareja de baile –del que casi se había olvidado– dio un paso hacia ella, le llenó la copa rápidamente y bebió un sorbo él mismo antes de llevársela a los labios de Laney, a quien se le escapó algo del líquido por las comisuras. Él se agachó para besarle los restos de la bebida y, en las profundidades de su ser, lo que sintió fue disgusto. No, más que eso: asco. Pero no era más que una sensación abstracta: en ese momento, ella no era capaz de sentir nada. No podía sentir nada de verdad allí dentro, en esas condiciones. No podía sentir el terror que sabía que debería sentir por que su marido se hubiese marchado con otra mujer. Cerró los ojos: se encontraba bien; se encontraba en un lugar muy lejano. Era parte del gentío. Una de los afortunados, como siempre.

Capítulo 19

Incluso de día, el resplandor de los aposentos blancos resultaba sorprendente. La estancia parecía brillar con una serenidad robusta, parecía desafiar los cielos nublados, erróneos para la época del año, y parecía ignorar sin más el jardín en ruinas ubicado cuatro pisos más abajo. Elena todavía se estaba vistiendo en su dormitorio, pero Alberto la había llevado hasta allí arriba para la entrevista, alegando que la *principessa* –habían vuelto a adecuarse al protocolo después de la transgresión del viernes pasado, cuando él la pilló con las manos en la masa en el jardín– estaba cansada tras un fin de semana de viaje y prefería no acercarse mucho al ruido y al alboroto de fuera.

Cesca estaba de pie junto a la ventana, tirando levemente de su trenza, que se había echado sobre un hombro, y miraba el ajetreo de abajo. Veía todo el agujero desde lo alto, claramente más grande que como lo habían dejado los trabajadores el viernes por la tarde. Había visto a los primeros de ellos llegar y echar un vistazo, primero estupefactos, luego alarmados: sacaron sus láseres y sus instrumentos de medición y se pusieron a calcular la forma y las dimensiones nuevas. La llegada de Cantarelli poco después, con dos dedos vendados y un corte en el brazo que pintaba mal, causó gran conmoción –negaban con la cabeza, se daban palmaditas en los hombros, estiraban los brazos para expresar desconcierto–, y supo que le estaban preguntando lo mismo que le había preguntado ella: ¿qué había pasado? ¿Admitiría que había bajado allí a solas? Se preguntó cuándo se habría roto los dedos: ¿al caer las rocas? ¿O al salir? No mencionó nada en su momento y no dio ningún indicio de que estuviese herido, pero, a decir verdad, ella tampoco le dio la oportunidad. Los chicos se burlaron de ella toda la noche del viernes, narrando lo divertido que había sido echar un vistazo en lo alto del agujero monstruoso y encontrárselos a los dos en el fondo, discutiendo como si llevasen años casados. Prácticamente, Cesca subió trepando por la cuerda, le habían dicho, con la falda aún enrollada como si fuera un pañal.

Suspiró, tratando de desechar aquella imagen humillante de la mente, mientras veía a Cantarelli pasearse por el recinto como si fuese de su propiedad. Le daba igual lo que le pasara a aquel hombre. La próxima vez, que se desenterrase él solito. O que usara la maldita puerta del fondo…

—Buenos días, Francesca —dijo Elena con voz cantarina—. Siento haberte hecho esperar. Espero que hayas tenido un buen… —Se quedó sin aliento—. Madre mía, ¿qué te ha pasado?

—¿Perdona? —preguntó Cesca, antes de reparar en que Elena tenía la mirada fija en su mejilla—. Ah. —Se llevó la mano hasta la mejilla, a la defensiva—. Me caí.

—¿De dónde? ¿De un acantilado? —preguntó Elena, aunque hablaba en tono desenfadado.

Cesca soltó una risita, restándole importancia, queriendo pasar a otro tema y echando un último vistazo, entretanto, por la ventana. Para su sorpresa, Cantarelli estaba parado en el jardín y la miraba fijamente. La risa se paró en seco en sus labios.

Se apartó rápidamente del campo de visión para volver al resplandor blanco del cuarto.

—¿Y qué tal la boda? —preguntó, rodeando el sofá en el que se había sentado aquella primera noche hacía tan solo doce días, aunque parecía que habían pasado meses.

—Oh, fue el paraíso. Adoro Florencia. Siempre que voy, me hospedo donde los Medici. Son un encanto y me dan la misma *suite* cada vez que voy.

—¿Quién se casó?

—Una de las ahijadas de Vito. Mi marido conocía a sus padres desde niño. Hago lo que puedo para no perder el contacto, porque sé que es lo que él querría. De hecho, le concerté una cita a la novia en el estudio Valentino para que escogiese un vestido. Fue mi regalo de bodas. Soy una clienta especial y siempre me hacen favores. Ella estuvo radiante, por supuesto. –Se percató de que Cesca seguía en pie–. Por favor, siéntate, siéntate. ¿Ha ido Alberto a por el té?

–Sí, dijo que haría té de jazmín.

–Bien, ese sienta mejor para tiempos como este…

Cesca observó a Elena acomodarse en la silla de enfrente, hoy con un aspecto más pálido, más frágil: el color azul oscuro de sus venas contrastaba con su piel de papel.

–Fue un encuentro maravilloso, claro está, pero, por Dios, cuántas caras y nombres que cuadrar, cuántas anécdotas que recordar, cuánta charla… Estoy bastante agotada.

Cesca asintió, pero no estaba segura de cómo le sentaría la entrevista de ese día, ya que tendría que sumergirse en las profundidades de su propio pasado. Se estiró hacia delante y extendió la pequeña selección de fotografías que había escogido para la ocasión, protagonizadas por un hombre fornido, con barba y pelo oscuro que a Cesca no le parecía especialmente atractivo, pero sí que poseía un carisma evidente, con aquellos ojos intensos y vívidos y una sonrisa aparentemente dispuesta. En la mayoría de las instantáneas que había visto de los dos juntos, Elena parecía colgarse de él, rodeándole el cuello con los brazos, acurrucándose en su regazo, subida a su espalda o sentada en sus hombros…

–He pensado que hoy podríamos empezar por este hombre –dijo, señalándolo y recostándose en el sofá, con la grabadora de voz encendida.

Elena se inclinó para contemplar las imágenes y guardó silencio largo rato, asintiendo lentamente y tocándose los labios con un dedo al ritmo del pulso.

–Mi querido Leo, qué buen hombre. –Alzó la mirada hacia Cesca–. Fue mi segundo marido. Nos conocimos gracias a un amigo en común en Boston.

–¿Y cuándo fue eso?

–Justo después de que me abandonara Jack, la verdad.

–Así que tenías… ¿diecisiete años?

–Algo así.

–Parece mucho mayor que tú –dijo Cesca con diplomacia, y Elena se encogió de hombros.

–Sí, causó bastante revuelo. A mis padres no les gustó tanto esta boda. Nunca superaron del todo lo de Jack.

–Pero ¿no les contaste el problema que tenía con los juegos de apuestas?

–Por supuesto. –Suspiró–. Pero mi madre ya tenía su opinión formada y se mantuvo en sus trece. Como le parecía un buen chico, la culpa tenía que ser mía. ¡Yo había sido una mala esposa! ¡Yo lo había decepcionado de algún modo…!

Alberto entró con la bandeja del té.

–Eso es injusto.

–Para ellos fue más fácil creer lo que les convenía. Yo, mientras tanto, seguí con mi vida. Maduré mucho en lo que duró mi matrimonio con Jack: sabía que Leo era justo lo que necesitaba, aunque a ellos no les gustase.

Cesca volvió a fijar la mirada en las fotografías, centrándose en una en la que Elena estaba montada sobre la espalda de Leo en la playa.

–¿Dirías que para ti era una figura paterna?

–Bueno, en su época no lo habría expresado de una forma tan llana, claro, pero reconozco que me brindaba seguridad.

El radar de Cesca, un vestigio de su antigua carrera, de su antigua vida, registró la palabra.

–¿Por qué necesitabas seguridad?

Elena pareció quedarse inmóvil, como un animal oculto entre los arbustos, rezando para que nadie lo viera.

–Me criaron para que le tuviera miedo al mundo, Francesca. Yo no era como el resto de la gente. La riqueza de mi familia me aislaba y me convertía en un blanco. Aprendí rápido a filtrar a las personas y a reconocer de cuáles debía desconfiar, lo que significa que también me daba cuenta de cuándo encontraba a alguien en quien podía confiar. Como Leo. Y tú.

Cesca se ruborizó, sorprendida de que la incluyera en el tema, en el círculo íntimo.

–E-entonces, ¿lo veías como un protector?

–Exacto. Él ya se había labrado por su cuenta un éxito exorbitante; no necesitaba mi dinero y tampoco tenía nada que demostrar.

Se estremecieron y miraron hacia las ventanas cuando, de repente, alguien soltó un grito en el exterior, seguido de varios más.

Cesca quería correr a ver lo que estaba sucediendo, pero Elena no mostró tanta curiosidad y se vio obligada a permanecer en su sitio.

–Habrán encontrado otra horquilla de hueso, seguro –suspiró Elena, hastiada.

Cesca asintió y trató de retomar el hilo de la conversación.

–¿Lo invitaron a cenar tus padres, entonces? –preguntó al fin, y Elena se echó a reír.

–¡No! Creo que sabían que con él no funcionaría. Nos fugamos a Santa Bárbara, nos casamos discretamente y después de la boda les llamé por teléfono.

–No he encontrado ninguna fotografía de la boda.

–No estoy segura de que haya ninguna. Después de todo el revuelo que causó mi boda con Jack, lo último que quería era otro alboroto. Les pedimos a dos personas que pasaban por la calle que fuesen nuestros testigos y, después, fuimos hasta Big Sur en coche y lo celebramos con perritos calientes y champán. Fue perfecto.

Sonrió mientras volvía a contemplar las imágenes, y Cesca notó una clara diferencia en su actitud respecto a la forma en que había hablado de su primer matrimonio: con Jack, pese a haber usado palabras como «dulce», «encantador» y «libertad», sus ojos habían estado petrificados, su voz vacía, como si los recuerdos se hubiesen despegado de su cuerpo y se hubiesen convertido en imágenes puramente abstractas, pero, con Leo, parecía vivificarla el afecto rememorado, parecía que los rescoldos de su amor seguían acariciándola por dentro.

–¿Qué fue lo mejor de vuestra relación?

–La falta de pretenciosidad, sin duda. Tuvimos una vida marcadamente normal. Compramos una casa en la playa en Malibú y no teníamos personal, más allá de una criada que vivía fuera. Organizábamos barbacoas, invitábamos a los amigos, íbamos a surfear... Bueno, iba yo.

–Entonces, ¿superaste el miedo al agua?

–Sí, me enseñó Leo, aunque tampoco a él le entusiasmaba mucho el agua. Me adapté como pez en el agua; no me podía creer lo que me había perdido durante tanto tiempo, pero él prefería mirar. Me indicaba qué olas coger. –Se echó a reír, alegre–. Si no me daba buena espina, simplemente la dejaba pasar y fingía que no lo había oído.

Cesca sonrió.

—Por favor, no me malinterpretes, pero de verdad que no soy capaz de imaginarte surfeando.

—No, claro que no. Ya no parezco la reina de la playa, ¿verdad? Con este pelo… —Se señaló el cabello corto y liso peinado con el secador—. Con esta piel en la que llevo treinta años untando crema de sol…

Era cierto: según Cesca, su aspecto impecable no cuadraba con el pelo enmarañado y lleno de arena y la piel salada de los surfistas.

—No, he cambiado mucho desde entonces. —Suspiró—. Pero, a fin de cuentas, ¡el mundo también ha cambiado! Esto fue a finales de los años sesenta. Malibú era el lugar de moda: teníamos a The Beach Boys y acababa de estrenarse esa película tan maravillosa, *The Endless Summer*. Fue la gloria. Por cierto, creo que aún conservo mi vestido preferido de esa época. A Leo le encantaba. Debería buscarlo y enseñártelo.

—Me encantaría verlo. ¿Sigue vivo Leo?

—No, murió hace años, en un accidente de helicóptero, acompañado por uno de sus jugadores, a las afueras de Chicago, en 1982. Yo me derrumbé. Me derrumbé. —Tenía los ojos llorosos y una mano en el pecho huesudo—. Todavía hoy lo añoro.

—¿Enviudaste, entonces?

Elena negó con la cabeza.

—No, por Dios. No divorciamos en 1975, unos pocos años antes.

Cesca intentó procesarlo.

—Pero está claro que aún le profesas mucho cariño, incluso después de tantos años. ¿Qué os pasó?

—Pasó algo muy triste por el peor de los motivos; un sinsentido. —Negó con la cabeza amargamente—. Los celos. Era incapaz de creerse que no me interesaba ningún otro hombre. Viajaba mucho por trabajo y… se torturaba a sí mismo con conjeturas que no tenían nada de fundamento. Únicamente existían en su mente, pero, cuando volvía a casa, se ponía a hacer tonterías, locuras.

—¿Como qué?

—Como comprobar si había dos copas de vino en el fregadero en vez de una, olisquear las sábanas por si olían a *aftershave*, rebuscar en la colada por si me había puesto un vestido sexi o lencería. Era muy… humillante –dijo, tensa–. No soportaba ver cómo se iba troceando a sí mismo en versiones más y más pequeñas de lo que de verdad era, hasta volverse insignificante y ridículo.

–Entonces, ¿lo dejaste?

–Tuve que dejarlo por el bien de los dos. Él no se iba a volver más joven, así que el problema no iba a desaparecer. Era la única opción que tenía yo.

–¿Volvió a casarse?

–No. –Frunció los labios–. Quedamos como amigos. Bueno, hicimos lo que pudimos; nos escribíamos de vez en cuando, nos enviábamos postales navideñas, pero no podíamos olvidar que le había roto el corazón. Es una cruz pesada con la que cargar.

Cesca parpadeó y desvió la mirada. Sabía muy bien lo que era destrozar a una persona.

–Me gustaría profundizar en…

Las dos se giraron cuando llamaron repentinamente a la puerta y un hombre bajo, enjuto y manchado de polvo con casco y botas con puntera de acero se asomó para mirarlas, al parecer más sorprendido de verlas que ellas de verlo a él. Cesca reparó en que el hombre echaba una ojeada a la estancia minimalista, cuyo vacío resultaba desconcertante en comparación con el derroche de color, de patrones y de texturas que lo precedían en las largas galerías.

–¿Sí? –preguntó Elena con una sonrisa cortés en la boca, pero con ojos fríos.

–Le ruego que me disculpe, *principessa* –dijo el hombre, quitándose el casco y sosteniéndolo contra el pecho, a modo de súplica–, pero hay algo que tiene que ver.

–¿«Tengo»? –repitió Elena, claramente disgustada por el empleo imprudente del imperativo.

Él agachó ligeramente la cabeza, disculpándose, sin dejar de mirar el cuarto, maravillado.

–Lo ha pedido el *signor* Cantarelli.

Elena suspiró.

–Bueno, supongo que si el *signor* Cantarelli reclama nuestra presencia, debemos ir. –Se alzó, tan regia como si llevase puesto un abrigo de armiño–. Francesca, ¿vamos?

Cesca parpadeó.

–¿Quieres que yo también vaya?

–Ya no ando con paso firme como antes. Te agradecería que me llevases del brazo, por si acaso.

–Oh, sí, por supuesto.

El hombre polvoriento corrió delante, mientras Alberto lo observaba casi al borde del paroxismo de pura indignación, ya que a cada paso sus botas iban dejando un rastro de barro. Elena colocó ligeramente la mano en el brazo de Cesca y recorrieron despacio las galerías abovedadas color escarlata y esmeralda, magenta y turquesa, pasando por los ojos sin vida de miles de estatuas de mármol, por los enormes espejos bañados en oro, más grandes que la mayoría de las puertas y colgados tan alto que no se podían ver reflejadas en ellos.

El sonido lento de los zapatos de Elena sobre el suelo de mármol era el único indicio de vida que se oía mientras Cesca caminaba junto a ella con gracia y en silencio –con lo alta que era, uno solo de sus pasos equivalía a dos de Elena–; su falda de volantes setentera, marrón y azul, se hinchaba por detrás de sus piernas al tiempo que la brisa soplaba por las ventanas abiertas.

–¿Por qué esa silla está mirando hacia la pared? –preguntó Cesca al pasar por un cuarto especialmente recargado, apuntando hacia una silla de oro con un brocado muy aterciopelado.

–Esta es la *suite* papal y ese, el trono papal. Únicamente se gira hacia la sala cuando el papa viene de visita.

–Oh –murmuró Cesca, mirándolo fijamente. Qué raro quedaba de espaldas a la habitación–. ¿Y cuándo fue la última vez que el papa vino de visita?

–En 1873. –Elena se rio, echando la cabeza hacia atrás, gloriosamente divertida, casi como si hubiese esperado que Cesca se lo preguntase–. ¡Ciento cuarenta y cuatro años lleva esa silla del revés! ¡Me saca de quicio! Malditas tradiciones. Siempre he dicho que acabarán conmigo.

Se deslizaron por la magnífica escalera y, a medida que descendían, la cacofonía de los obreros se volvía más perceptible, unida a los estridentes gritos de la plaza que se colaban por las ventanas abiertas de todos los pisos del edificio señorial, ruinoso por un lado y ruidoso por otro, reflexionó Cesca conforme seguía a Elena y a Alberto por las galerías de la planta baja del ala este hasta salir al jardín.

Cantarelli era el jefe del cotarro, como de costumbre: su ceño fruncido le arruinaba el día a todo el mundo mientras señalaba a algunos y echaba a otros. ¿Sorprendía que se hubiese mostrado tan ingrato cuando lo salvó? Ese hombre estaba obsesionado con el control. Recibir ayuda debió de herirle bien el ego.

Cruzándose de brazos, Cesca también frunció el ceño y observó cómo se hacía el simpático con la princesa y la llevaba hasta la escalera que habían colocado para bajar al socavón.

—¿Que quiere que baje yo? —preguntó Elena atónita, enfatizando la última palabra, antes de negar con la cabeza firmemente y recular un paso—. Ni hablar.

—Pero, *signora*…

—*Signor* Cantarelli, como ve, he necesitado ayuda para llegar hasta aquí. No pienso bajar por una escalera. Sea lo que sea, mejor que me lo describa. O que me lo traiga.

—No es algo que pueda traerle hasta aquí, *signora*. Es un hallazgo importante. De verdad que debería verlo.

Elena enarcó las cejas antes de volverse para mirar a Cesca de repente.

—Pues enséñeselo a ella —volvió a enfatizar la última palabra.

Cesca dejó caer los brazos.

—¿Eh?

—Francesca será mis ojos. Me fío de ella ciegamente.

A Cantarelli tampoco pareció gustarle mucho la propuesta, pero se encogió de hombros e hizo un gesto a Cesca para que se le uniese junto a la escalera. Tras soltar un suspiro de frustración, se acercó y volvió a mirar el agujero, cuya pendiente escarpada le dio escalofríos al recordar cómo había tenido que escarbar la tierra con las manos desnudas, esforzándose por mover las rocas y los bloques de hormigón para nada.

Después de entregarle un casco y una linterna, Cantarelli por lo menos se molestó en desviar la vista cuando ella lo miró acusadoramente antes de poner un pie en el primer peldaño.

—No será otro trocito de baldosa, ¿verdad? —preguntó—. Porque como sea…

—Ay, el maldito mapa —masculló Elena—. Espero que no sea eso. Me está arruinando la vida.

Cesca no sabía a lo que se refería Elena, pero, como ya colgaba de lo alto de una escalera muy larga, no era el momento oportuno para preguntar. Con cuidado, empezó a bajar.

—Por Dios —masculló por lo bajo una vez que Elena quedó fuera del campo de visión. ¿Cómo había pasado de llevar peluca de abogada a casco de obrero? Pero sabía la respuesta con pelos y señales, así que se olvidó rápidamente de la pregunta.

Cantarelli la seguía a poca distancia, abriéndose paso por la larga escalera como un bombero antes de saltar los últimos peldaños y torcer la cabeza hacia un pequeño túnel que habían construido, sosteniéndolo con varas de andamios y tablas de madera, en uno de los lados del socavón. Era justo el sitio de donde lo había rescatado Cesca.

—Por aquí.

El camino, al comienzo, era escabroso y estaba desnivelado, con enormes bloques de hormigón que había que trepar en varios tramos, los muros húmedos y malolientes y el techo del túnel, bajo e inestable; inquietantemente, daba la impresión de que se iba a derrumbar en cualquier momento. «¿En qué universo paralelo se había pensado él que Elena bajaría hasta allí?», se preguntaba Cesca mientras seguía los rebotes de la luz de la linterna de Cantarelli.

Pero, justo cuando se olvidó de aquel último pensamiento, llegaron a una arteria y el paisaje se volvió súbitamente ameno y plano: una construcción humana. Era el túnel subterráneo que había vislumbrado el viernes al salvar a ese energúmeno. El lugar era tan estrecho que inconscientemente quiso contener la respiración; no había espacio para estirar los dos brazos y los muros curvos, bajo un techo abovedado, no tenían ni un metro de altura. Había algunos huecos para velas, las marcas de quemaduras seguían ennegreciendo las paredes y aún quedaban en el suelo pequeños charcos de cera.

—Increíble —dijo Cesca en un susurro, porque, por algún motivo, en los túneles subterráneos había que hablar en voz baja; eran lugares colmados de secretos. Parecía sacado de un libro de Enid Blyton, de Dan Brown...

Cantarelli le tendió la mano para ayudarla y ella la cogió, olvidándose de fruncir el ceño.

—Vas a tener que encenderla —dijo, acercándose para activarle la luz del casco.

Cesca, tratando de no envararse, se quedó muy quieta, con la vista fija en un punto a la izquierda de la cabeza de Cantarelli. Si ya era malo tener que compartir espacio con ese hombre, cuánto peor en la oscuridad.

—No me digas que esto es lo que le querías mostrar. Si lo encontraste el otro día —dijo con brusquedad.

—No, de esto está al tanto —contestó, haciendo caso omiso a su tono de voz provocador—. No es más que el túnel de servicio que recorre el ala este y oeste, pero la *principessa* dice que hace muchos años que no se usa. Está bloqueado a causa de la humedad.

—Conque bloqueado, ¿no? —inquirió, encantada ahora que había caído en la cuenta del asunto, de lo incongruente que era, pues ese era el mismo túnel que él había estado investigando antes del desprendimiento de tierra el viernes por la tarde, pero ¿no había dicho que había una puerta trasera que podría haber usado? ¡Estaba bloqueada! Había necesitado que ella lo rescatase.

No tuvo que expresarlo en voz alta, ya que su cara era un poema y él volvió a fruncir el ceño.

—Ven, es por aquí.

Cantarelli se giró a la izquierda, hacia el ala este, y la guio por el túnel de servicio. Muchos de los huecos estaban ahora iluminados por velas.

—Hemos puesto velas en parte por la luz, pero, sobre todo, porque es una manera fácil de cerciorarnos de que nos queda oxígeno suficiente mientras trabajemos aquí abajo y las salidas estén bloqueadas —dijo sin girarse.

—Tiene sentido —masculló, pensando que no le gustaría que se sacrificase ni un solo canario por el bienestar de ese tipo.

Lo siguió, escuchando el sonido de los pasos y la respiración de Cantarelli y tratando de no apoyar las manos en las ásperas paredes de piedra. Un minuto después aproximadamente, él se paró de repente y Cesca tuvo que detenerse para no tropezar con su espalda.

–¿Qué? ¿Qué pasa? –preguntó ella.

–Mira. –Señaló el suelo a sus pies y lo restregó levemente con la bota. Habían andado por el suelo polvoriento, con restos de hormigón, del túnel de servicio, pero, en el borde mismo del sendero, se veían los bordes redondeados de adoquines antiguos que traspasaban la pared–. Esto es lo que hemos descubierto.

Cesca sintió un ramalazo de emoción en las entrañas mientras los examinaba con mayor atención, acuclillándose para iluminarlas con la luz del casco.

–¿Creéis que hay algo al otro lado?

Él la buscó con la mirada: firme, resuelto.

–Sabemos que sí. Hemos estado al otro lado.

Cesca se quedó mirando, estupefacta, la pared, tratando de visualizar la intersección en forma de T que, según él, existía.

–Pero… ¿cómo?

Le dio un golpecito, para comprobar si, con un túnel oculto al otro lado, sonaría como si estuviese vacío, pero sus nudillos desnudos apenas hicieron ruido alguno en la pared de piedra. La empujó, en busca de una línea, una marca, una fisura, una palanca que, al estilo de Agatha Christie, derrumbara toda la pared para revelar una biblioteca oculta con el coronel Mustard dentro, pero nada. La roca estaba dura.

Se giró para mirar a Cantarelli, atónita.

Para su sorpresa, sonreía apuntando al techo, y, cuando ella alzó la mirada, vio un pequeño agujero redondo en la roca, con barras de acero dispuestas a ambos lados.

–Me tomas el pelo –susurró.

A causa del suelo escabroso y de la negrura penetrante, no había mucho que mirar: si no le hubiesen indicado que se detuviera justo allí, habría pasado de largo.

Cantarelli se rio de la expresión de su cara y ella le devolvió la mirada, incluso más sorprendida. No sabía que tuviese la capacidad de sonreír, mucho menos de reírse; le cambiaba radicalmente el aspecto.

–¿Quieres echar una ojeada?

–Lo que quiero saber es cómo llegaste a pensar que la *viscontessa* habría subido por aquí… –se burló, metiéndose en la cavidad para echar un vistazo.

–Tenemos un espejo, un periscopio, pero, si te apetece, míralo tú solita.

–¡No! ¿Cómo voy a…? O sea…, no hay manera de subirme ahí.

Cantarelli juntó los dedos de las manos.

–Te apoyas con la pierna, te agarras a las barras y te impulsas hacia arriba.

–No puedo…

–Sí, yo te empujo.

Bajó las manos unidas, a la espera de que ella apoyase el pie.

–Pero, luego, ¿cómo piensas subir tú?

La pregunta pareció desconcertarlo.

–Yo me impulso solo. ¿Qué otra opción hay? Venga.

Cesca se apoyó en sus manos y, notando el cuerpo inestable, alcanzó las barras y metió de lleno la cabeza y los hombros en el agujero. Le sorprendió lo fácil que fue aferrarse a ellas e impulsarse hacia dentro del túnel que llevaba a la izquierda. Menos mal que llevaba una falda larga.

–Ahora túmbate boca abajo y sigue adelante. –La voz de Cantarelli, por detrás de ella, hacía eco–. Cuando llegues al otro agujero, intenta girarte para sacar primero las piernas.

A Cesca no le pareció muy buena idea –él no la había visto nunca intentando dar la vuelta con el coche–, pero, sorprendentemente, había espacio suficiente para maniobrar e, instantes después, se arrojó por el otro lado del túnel.

Seguía jadeando cuando Cantarelli se le unió pocos segundos después.

–Increíble, ¿no? –le preguntó este, caminando por el amplio espacio con los brazos estirados.

Era casi el doble de ancho y unos treinta centímetros más alto que el túnel anterior. Estaba hecho con los finos ladrillos rojos tan característicos de muchos edificios antiguos de Roma. Al fondo, acaso a veinte metros, el túnel se dividía en cuatro direcciones.

–Me paso toda mi carrera esperando momentos como este.

Cesca se giró sobre sus talones; apenas era capaz de procesar lo mucho que había cambiado el día. Veinte minutos antes, estaba tomándose un té de jazmín y escuchando los recuerdos de una heredera de la ruptura de su segundo matrimonio –¿cuántas veces se había casado exactamente?, empezaba a preguntarse– y, en ese momento, allí estaba, en un antiguo túnel subterráneo prácticamente impecable.

–Nunca he visto nada igual –dijo Cesca sin aliento–. ¿Cuántos años creéis que tiene?

–Creemos que es de la época de Adriano; es decir, de hace casi dos mil años.

Cesca hizo una pausa.

–Pero, entonces, es mucho más antiguo que el edificio señorial.

Según sus propios cálculos, a raíz de lo que sabía como guía turística, el edificio señorial era, como muy temprano, del siglo XIV.

–Sí. Esto debió de construirse para la vivienda que había aquí antes.

–¿Y el túnel en el que estábamos antes? ¿Es más reciente?

–Parece que ese se construyó al mismo tiempo que el edificio señorial. Creemos que, cuando se construyó el edificio, o derrumbaron el resto de este túnel para dejar espacio al túnel que va de este a oeste, o ya estaba en ruinas y simplemente construyeron enfrente.

Cesca reflexionó acerca de los adoquines de ese túnel que sobresalían por el otro. No podía estar en ruinas si llegaba hasta el túnel de servicio del edificio señorial.

–¿No te parece extraño que, cuando construyeron la pared del túnel de servicio, crearan un acceso a este por el techo? Seguramente, podrían haber unido los dos, como hicieron más abajo –comentó, señalando los túneles divididos en cuatro direcciones–. ¿Por qué lo habrán bloqueado, pero conservando un punto de acceso?

Cantarelli se encogió de hombros.

–Es posible que esos túneles comprometieran la seguridad del edificio señorial. La colección de arte Damiani es de un valor inestimable: al hacernos creer que el túnel está bloqueado, cualquiera que acabase aquí extraviado pensaría que no había forma de seguir adelante y daría media vuelta.

–Mmm –murmuró Cesca, y se puso a andar–. ¿Habéis bajado por ahí ya? ¿Sabéis adónde llevan?

—Todavía no —respondió él, agarrándola del codo para que no siguiese avanzando—. Y tendremos que analizarlos y cartografiarlos antes de seguir. Es importante para cerciorarnos de que son seguros.

—Parecen seguros.

—Eso no lo sabes. Tantos miles de años de construcciones, de inundaciones, de tráfico podrían haber debilitado la estructura, que podría derrumbarse con un simple estornudo.

Cesca reculó, sumisa. Al decirlo de esa forma…

—¿Y cómo vais a comprobar que son seguros, entonces?

—Tenemos robots con cámaras y escáneres que controlamos a distancia.

Cesca se lo quedó mirando, impresionada. Y pensar que, durante todo ese tiempo, ella había creído que simplemente se habían dedicado a cavar de aquí para allá.

—Es una sensación increíble estar aquí abajo. Me encanta.

Cantarelli volvió a sonreír.

—Sí, a menudo estas redes subterráneas son las únicas que nos pueden dar indicios de cómo vivían nuestros ancestros. Cuando se desintegró el imperio, todas las grandes villas quedaron abandonadas o fueron saqueadas por la cantidad de piedras que poseían, pero estas redes quedaron intactas. Cuanto más compleja es la red de túneles subterráneos, más grande era la villa sobre la superficie, para mantener ocultos a los esclavos que servían al Estado trasladando leña o comida a donde fuera necesario. En Caracalla, los túneles tenían cinco pisos de profundidad.

—Madre mía. —Asentía con la cabeza, maravillada, pensando en lo mucho que se alegraba de haber cambiado la peluca por el casco. Luego, de repente, entrecerró los ojos—. Un momento, ¿tiene que ver algo de esto con ese trocito de baldosa por el que arriesgaste el pellejo?

—Puede ser.

—¿Sí o no?

Cantarelli se la quedó mirando largo rato.

—Muy bien, si no me lo quieres decir, ya me lo dirá Elena —dijo exasperada—. Me lo cuenta todo con pelos y señales, ¿sabes? Soy su biógrafa. No entiendo qué valor puede tener un trocito de baldosa.

—Vale, te lo digo, pero tomando unas *pizzas*.

Si se hubiera puesto a bailar claqué, Cesca no se habría sorprendido tanto.

—¿*Pizzas*?

—¿No comes *pizzas*?

—Pues claro que como *pizzas*. Todo el mundo come *pizzas*.

—Los celíacos no.

—¿Qué me estás llamando? ¿Paliducha?

La miró solemne, pero en aquellos ojos oscuros asomaba la diversión.

—Eres peleona.

—Y que lo digas.

Suspiró.

—¿Eso es un sí?

Cesca abrió la boca… y la volvió a cerrar.

—Bueno, pues claro. Tengo hambre y curiosidad.

—¿Por la baldosa?

—Por la baldosa.

Capítulo 20

Nueva York, mayo de 1978

El cajón se soltó de las correderas y cayó al suelo de un golpe seco, muy cerca del pie desnudo de Laney.

–¡Mierda! –masculló enojada cuando las prendas de ropa se desperdigaron por la alfombra, uniéndose a las demás que había sacado y descartado mientras corría de habitación en habitación para llenar las maletas de los objetos imprescindibles que necesitarían hasta asentarse.

Había mandado a Matilda, su niñera, a recoger al pequeño Stevie de la guardería. Puede que Steve estuviese en Los Ángeles, pero no quería subestimarlo: había jurado que nunca permitiría que ella se quedase con su hijo y Laney sabía de lo que era capaz. Aquellas palabras frías todavía le ardían en los oídos. La granada del divorcio, que llevaba mucho tiempo sosteniendo y que por fin había lanzado después del último titular sobre el bebé de esa mañana, había explotado en su propia cara cuando él, maliciosamente, cogió la sartén por el mango y le plantó cara presentándole una imagen de sí misma que a ella no le gustaba, pero que, de todos modos, conocía: la fiestera que iba a las discotecas todas las noches, la chica de moda que salía en los periódicos todas las mañanas, no era más que una rica adicta, una zorra de esa sociedad, incapacitada para ser madre, le había espetado con rabia. Nada importaba que todo aquello fuese obra de él, que fuese su idea, su plan, que hubiese sido él el que la inflaba a champán y a cocaína para que se pusiese algo «alegre» cuando salían, que le hubiese dado medicamentos recetados para que estuviese «tranquilita» cuando se quedaban en casa. La justicia no tendría eso en cuenta porque no aparecía en la prensa, porque no era un titular atractivo. Así le quitaban a ella su dignidad, como siempre: en blanco y negro y leída por doquier.

Él la había doblegado en presencia de todo el mundo, en presencia de sí misma. Aquel hombre era actor, a fin de cuentas, un maestro de la manipulación: la controlaba con drogas, destruía su imagen pública y le minaba su autoestima. Estaba en lo cierto: ¿qué clase de juez le permitiría quedarse con la custodia de su hijo? El espectáculo que había montado ella lo había visto todo el mundo en Estados Unidos. Ni Stanley Charles lo hubiera hecho tan bien.

El piloto de su *jet* privado ya había sido informado y ya estaba metiendo en el registro la trayectoria del vuelo; el avión ya había repostado y estaba preparado para el despegue. Laney corrió hasta la caja fuerte y cogió los pasaportes. Se giró *ipso facto*, presa el pánico, tratando de pensar en qué más podría necesitar. Normalmente, era Fatima la que se encargaba de hacer las maletas, pero ese día no tenía tiempo de llamarla para pedirle ayuda.

Posó la mirada en el periódico, abierto por la sexta página en la cama. Ah, qué ganas tenía de meterse en cama, de dormir, de huir de esa pesadilla viviente. Las sábanas todavía estaban calientes por la última vez que se tumbó exhausta, pero hacía años que no descansaba bien. Comer, beber, dormir: nada la fortalecía.

Hizo una breve pausa, tratando de liberarse del pánico, tratando de sobreponerse a las mentiras que había publicado él: la estaba poniendo histérica de nuevo –se le daba muy bien, incluso desde la otra punta del país–, pero… un momento. ¿Qué repercusiones tendría ese bebé que aún estaba por nacer en la reputación de él? Su carrera había llegado tan alto única y exclusivamente por el renombre que le había dado su matrimonio. Había tenido cuidado con sus innumerables aventuras: solo se acostaba, dentro de las instalaciones del rodaje, con sus amiguitas, a las que nunca se les ocurriría contar la verdad en público, o con modelos cuya palabra no valía nada.

Pero Steve había pasado un detalle por alto: aquel bebé lo cambiaba todo. Lo que otrora no fue más que un rumor ahora se materializaría en carne y hueso. Aun así, la iba a arrastrar con él: la fachada de familia feliz que habían erigido se iba a revelar como la farsa que era. No habría cantidad suficiente de lustrosos reportajes de ellos «en casa» en las revistas *Harper's Bazaar* o *Cosmopolitan* capaz de chillar más que los berrinches de un bebé.

Se hundió en la cama, al tiempo que, en otro rincón del piso, oía el sonido del ascensor. Sería el portero, que subía para llevar las maletas hasta el coche que los estaba esperando. Matilda había recibido la orden de esperar con el pequeño Stevie abajo, ya que no quería que el niño subiese a ese escenario devastador ni tampoco quería retrasar la huida un solo segundo.

Enderezó la espalda e inspiró hondo, tratando de evadir la mente del cuerpo. Consiguió calmarse. En primer lugar, tenía que llamar a Charles: quizá tuviese más opciones de las que pensaba Steve. Tal vez simplemente la estaba engañando con sus amenazas, tal y como la había engañado durante todo su matrimonio. El divorcio había cambiado, lo sabía: el gobernador de California, Reagan, había modificado las leyes. No había que alegar causa alguna, le habían comentado; no había que demostrar nada, le habían explicado, sino que bastaba con alegar «diferencias irreconciliables» o una «ruptura irreparable»…, lo que equivalía a lo siguiente: ese matrimonio se podía romper con la misma facilidad que el papel de liar.

Abandonó el dormitorio y bajó hasta la entrada, donde se encontró con tres agentes de Policía uniformados que se dirigían hacia ella. Fatima corría tras ellos; parecía agobiada y enfadada, pero Laney veía la hoja de papel que sostenía el oficial de Policía en la mano; la sirvienta no podía hacer nada para detenerlos.

–¿Es usted la señora Easton? –preguntó el oficial, que sabía claramente quién era ella.

–Sí –respondió, muerta de miedo.

–Soy el oficial de Policía Delaney, del departamento de Narcóticos, de la comisaría número diecinueve de Nueva York. –Alzó la hoja de papel–. Tenemos una orden de registro de esta vivienda; es usted sospechosa de tenencia de drogas de clase A.

–¿Cómo? –gritó–. ¡Eso es absurdo! ¡Cómo se atreven! ¡Qué demonios le hacen pensar que…!

–Entiendo que los dormitorios están por ahí –dijo el oficial de Policía, señalando la dirección por la que había venido ella.

–Sí, pero…

Él asintió con la cabeza a los otros dos agentes de Policía, que se separaron y desaparecieron en las dos habitaciones de al lado.

–Con permiso –dijo el oficial de Policía, dejándola a ella atrás. Echó un vistazo a los dos cuartos de invitados –intachables, intactos–, pero se paró con mayor detenimiento ante el escenario de puro caos de la *suite* principal. Se giró para mirarla, con una ceja enarcada, como si aquel mismo escenario confirmase que era culpable–. ¿Iba a alguna parte, señora Easton?

Laney se enderezó, resuelta a no mostrar miedo.

–¿Hay algo que me lo impida?

No se molestó en responder, no por el momento. Quería conseguir las pruebas que había ido a buscar. Se limitó a darle la espalda y a recorrer el resto del pasillo hasta la habitación del pequeño Stevie.

–¡Espere! ¿Qué hace ahí? –le gritó, echando a correr cuando él desapareció en el interior. Casi daba la impresión de que había estado buscando aquel cuarto en concreto–. ¡Oficial!

No estaba en la habitación, sino en el baño que había dentro con la luz encendida, y, al irrumpir en la estancia, se encontró con el policía agachado junto al lavabo, con un brazo estirado hacia el armario. Había ido directo hasta allí.

–¡No puede hacer esto! ¡Es el baño de mi hijo! –chilló, notando que la histeria se apoderaba de ella, que la ponía pálida, que le perforaba el corazón–. ¿Cómo se le ocurre pensar que…?

Las palabras se desintegraron en su garganta cuando el oficial de Policía retiró el brazo y alzó un pequeño estuche de maquillaje de Elizabeth Arden que había extraviado unas semanas atrás. La cinta adhesiva se quedó descolgada cuando el policía la despegó del lavabo. Sabía a la perfección lo que iban a encontrar en el interior.

No habían tenido ni que pensar, ni que buscar: ya lo sabían. Qué pronto habían conseguido esa orden judicial, qué pronto se habían presentado en su casa… Nada de lo que hacía Steve era una casualidad. No había pasado por alto ningún detalle: sabía qué titular iba a salir en la prensa. No fue a él a quien sorprendieron in fraganti; se iba a cumplir su plan al pie de la letra. La fiestera. La adicta.

Incapacitada para ser madre.

Capítulo 21

Roma, julio de 2017

—¡Eh, Cesca! —le gritó alegremente Silvano cuando se encontraron—. Hacía muchisísimo que no te veíamos.

—He estado trabajando. Duro. —Esbozó una amplia sonrisa, apoyándose en la barra mientras, detrás, el hermano de Silvano, Luciano, lanzaba la masa de la *pizza* por el aire—. Hola, Luciano.

—¡Hola, *bella*! —la saludó con una sonrisa, lanzando la masa de una forma un poco más espectacular en su honor.

—Tendrás hambre, ¿no? —preguntó Silvano, esparciendo hábilmente la *passata* sobre la base de la masa que tenía extendida ante él.

—Yo siempre.

—No me lo digas: *salsiccia e friarielli* —dijo, aderezando rápidamente los trozos de salchicha y los floretes de los brócolis con hinojo, albahaca y chile rojo frescos.

—Qué bien me conoces. —Se echó a reír: era una criatura de hábitos—. ¿Qué quieres tomar, Cantarelli? —le preguntó a la ligera, mirándolo rápidamente: parecía disgustado por el encuentro y había vuelto a fruncir el ceño como siempre.

—*Ciao*, Silvano —masculló—. *Margherita con bufala*.

—*Ciao*. No sabía que vosotros dos fueseis... amigos —les dijo Silvano, guiñándoles el ojo de forma pícara, con una cara que no ocultaba la curiosidad que sentía, mientras cogía los condimentos precocinados de los envases y decoraba las *pizzas* con un toque artesanal. Miró a Cantarelli—. ¿Cómo lo has hecho para quedarte con la mujer renacentista más guapa de Roma?

—No somos amigos —respondió él.

—Bueno, no es que no seamos amigos... —trastabilló Cesca, avergonzada, mirando primero a Cantarelli y luego a Silvano otra vez–. Somos… colegas, en cierto sentido, supong…

–Trabajamos en el mismo edificio –dijo Cantarelli, resuelto–. Punto.

–Vale –contestó Silvano, arrepentido de haber preguntado, mientras usaba su enorme pala para introducir las *pizzas* en el horno de leña.

Se hizo un silencio incómodo; Cesca desvió la mirada, dolida por su comentario. ¿Por qué le había pedido Cantarelli que fuesen a comer juntos si tenía pensado ponerse tan grosero? No había sido una buena idea. La alegría momentánea que los había embargado a ambos por la emoción y la maravilla del hallazgo subterráneo se disipó rápidamente al regresar a la superficie, cuando la luz del sol, de algún modo, fracturó el buen humor de Cantarelli. La escuchó contarle todo sobre los túneles a Elena, y, como esta no parecía nada emocionada, él subrayó la inmensa relevancia arqueológica que podía tener el descubrimiento, pero resultaba evidente que lo único que quería la *viscontessa* era recuperar su jardín. ¿Qué le importaban a ella unos túneles subterráneos si su parterre estaba en ruinas? Cesca suponía que no había ayudado en nada que algunos de los hombres del equipo de Cantarelli se burlasen de ellos cuando salieron para comer estas *pizzas*, aullando y haciendo soniditos a sus espaldas. Si se pensaban que la oferta del almuerzo tenía un trasfondo romántico, no podían estar más equivocados.

Silvano apoyó la pala contra la pared rugosa y se giró hacia ellos, con las manos cerradas en puños sobre las caderas.

–¿Y fuisteis a ver el partido anoche? –preguntó emocionado.

Mientras los dos hombres se enfrascaban en aquella conversación sobre deportes, Cesca volvió a mirar la pequeña plaza: vio a la *signora* Accardo en la *osteria*, al otro lado, llevando una garrafa y unos vasos a una de las mesas; la *signora* Dutti, que iba de camino a Campo de' Fiori a comprar hierbas y pasta –puede que Cesca fuese predecible a la hora de escoger una *pizza*, pero no había quien moviese a la *signora* Dutti de sus hábitos de compra–, se paró a hablar con ella por encima del pequeño busto de jazmín que delimitaba la terraza de la *osteria*. Los toldos de mimbre cumplían su función conforme la sombra del mediodía comenzaba a retirarse de la plaza como una sábana y los adoquines empezaban a tostarse al sol.

Las dos acostumbraban a colocar las sillas juntas y a sentarse una al lado de la otra en los ratos muertos, cuando el restaurante estaba cerrado y la *signora* Dutti había terminado sus quehaceres, y parloteaban sin parar. Los turistas siempre pasaban junto a ellas sin prestarles atención, con la mirada fija en la esquina del gran edificio señorial o las hermosas macetas de los balcones de las casas; echaban un vistazo, asimismo, a las ventanas de la pastelería, antes de caer en la tentación y entrar para comprarse varias bolsas de papel de *bomboloni* y *cannoli*, pero Cesca se fijaba siempre en las dos mujeres, pues lo que le interesaban eran las personas, no los edificios, y le parecía una maravilla tener la oportunidad de vivir en un sitio donde las amistades se forjaban para toda la vida y donde se podía juntar a toda una comunidad en una plaza diminuta.

Tres minutos después, mientras las señoras seguían dándolo todo sobre el seto de jazmín, les sirvieron las *pizzas*, de una masa fina con burbujas chamuscadas a la perfección y con queso *mozzarella* que rezumaba.

Silvano se negó a cobrarle cuando Cantarelli hizo ademán de pagar.

—Corre por cuenta *della* casa. ¡Recaudamos el quíntuple gracias al blog de Cesca!

—¡Cuánto me alegro! —Cesca sonrió, encantada de enterarse de que la respuesta había sido tan positiva—. Os lo merecéis, sin duda. ¡No tenía ningún sentido, desde un punto de vista financiero, que el local fuese una joya tan bien guardada! *Ciao*, Silvano —se despidió, cogiendo su caja de la *pizza*.

—*Ciao*, Cesca, ¡y dile a Matteo que me debe diez euros por el partido de anoche!

—Se lo diré. —Esbozó una amplia sonrisa, saliendo de nuevo a la plaza—. ¿Nos sentamos ahí? —sugirió, señalando las escaleras de su propia vivienda, mientras Cantarelli la alcanzaba. Estaba más callado que de costumbre. Parecía que algo le había vuelto a molestar. Otra vez. Negó con la cabeza.

—No, es propiedad privada.

Giró la cabeza hacia la sombra del olivo y el pequeño muro que lo rodeaba.

–Bueno, son mis escaleras… –Cantarelli parecía tan sorprendido que casi le dio pena–. Pero podemos sentarnos en el muro, si lo prefieres.

Durante unos instantes, pareció indeciso.

–No, las escaleras me parecen bien.

Lo guio hacia lo alto de las escaleras, pasando por el laberinto de geranios, y cogió la llave de debajo de la maceta más cercana.

–Eso no es nada seguro –comentó él, frunciendo el ceño.

–Lo sé –contestó ella, haciendo una mueca, y abrió la puerta–. Pero, por otro lado, tampoco tengo nada que valga la pena robar. La mitad de las veces, ni me molesto en cerrar la puerta ni mucho menos echar el cerrojo. Y mi casera deja entrar a cualquiera que pase por la calle la mitad de las veces, así que… –Se encogió de hombros, mientras recordaba que había encontrado a Elena ahí sentada en la luz tenue del atardecer–. ¿Te apetece una cerveza? –le ofreció, dirigiéndose directamente al frigorífico, agradecida por la frialdad inmediata del piso, que permanecía a oscuras y a la sombra. Como siempre, había dejado la ventana abierta, pero con las contraventanas cerradas, para que se filtrase la brisa, pero no el calor; las cortinas se mecían levemente de vez en cuando.

Cantarelli, de pie en la entrada, sin hacer ademán de pasar, asintió: se asemejaba a una figura de cartón; el sol lo iluminaba a la perfección desde atrás y parecía presa de una curiosa vacilación.

–Si quieres, entra para quitarte un poco el polvo; estás en tu casa –dijo ella, abriendo los grifos y echándose agua en la cara y en las manos.

Era un gusto asearse después de estar bajo tierra; no se había dado cuenta de lo sucia que estaba hasta volver a la luz del sol.

Cantarelli entró y la imitó, mientras Cesca contemplaba cómo su piel pasaba de gris al color moreno de siempre otra vez. Si no fuera por el ceño constante y la suciedad, hasta le parecería atractivo.

–Venga –dijo, y enseguida abrió dos botellas de cerveza y le dio una–. Vayamos a comer fuera.

–No sabía que vivías aquí.

–Bueno, ¿y cómo ibas a saberlo? –preguntó, saliendo a la luz del sol. Se sentó apoyada contra la pared, de cara a la pequeña plaza–. Yo tampoco sé dónde vives.

Se subió la falda larga para dejar las piernas al aire, que estaban muy morenas –bueno, para los estándares celtas, todo sea dicho–. Sus rodillas todavía conservaban las costras de los varios encontronazos que había tenido con él.

–Lo que quiero decir es que, de haberlo sabido, no te habría propuesto venir a comer *pizza* aquí –se explicó Cantarelli, uniéndosele en el pequeño patio de hormigón–. Podríamos haber ido a cualquier otro sitio, pero, como este quedaba a mano y…

–Y las *pizzas* de Franco son las mejores de la ciudad. –Sonrió, tomando un buen bocado de *pizza* y esbozando una amplia sonrisa mientras el queso se negaba a partirse, alargándose más y más incluso aunque estirase los brazos del todo–. Me niego a comer ninguna *pizza* que no sea la suya –comentó con una sonrisa y la boca llena.

–¿Ha dicho que escribes un blog? –preguntó, mirándola con cara de desconcierto mientras seguía forcejeando con el queso, como si estuviese devanando hilo en un telar.

–Sí, se llama *Un día en Roma para enamorarse* –dijo, echándose a reír por el embrollo en el que se estaba metiendo.

–*Un día en Roma para enamorarse* –repitió él vagamente, con la vista todavía fija en ella.

Cesca supuso que no era así como las italianas comían las *pizzas*.

–Escribo sobre las cosas que más me gustan y que voy descubriendo.

Pareció alarmarse.

–No puedes hablar de lo que está sucediendo en el edificio señorial.

–Pues claro que no –se quejó–. Dios, ¿por quién me tomas?

Él se la quedó mirando, penetrándola con los ojos como si no fuese una pregunta retórica: ¿por quién la tomaba exactamente?

–Vives muy cerca de donde trabajas –optó por decir, recostándose y fijando los ojos en el edificio señorial.

–Sí. –Cesca lo miró de soslayo; era difícil diferenciar entre acusaciones y meros comentarios, pero ahora comía tranquilamente y miraba al frente, a dos niños que correteaban por delante de su madre con las bolsas de la compra–. ¿Dónde vives? –le preguntó.

–En Parioli.

Ella enarcó una ceja.

–Qué lujo –murmuró con la boca llena.

–No es para tanto. Crecí allí. Es mi hogar.

–¿Cuánto te lleva llegar al trabajo?

–Diez minutos en moto.

Cesca pensó en cuántos otros sitios más estaría trabajando.

–Háblame de tu trabajo. No llego a entender del todo a qué te dedicas exactamente.

–Lo mismo te digo. No me creo que seas escritora.

–¿Por qué no?

Se encogió de hombros.

–No lo sé. No sabría decir por qué. Es una sensación que tengo.

–Muy bien, pues digamos que soy escritora… de momento. –Él le lanzó una mirada escéptica y ella se preguntó por qué parecía tan convencido de que no era escritora y si debería ofenderle que no encajase en su nuevo perfil–. Pero yo he preguntado primero. ¿Te dedicas solo a los socavones? ¿Eres un burócrata de los socavones? –bromeó.

–Soy espeleólogo urbano –contestó, al parecer sin pillar el sentido del humor de la pregunta–. Voy allá donde se abra un socavón en la ciudad, pero no me dedico a eso en exclusiva: cada vez que se descubren ruinas, ya sea en obras de construcción o de restauración, me llaman. Mi función es evaluar e investigar si ha quedado algo de valor arqueológico expuesto cuando hay un socavón. Roma, como bien sabes, se erige sobre las ruinas de su propio pasado.

–La verdad es que no lo sabía. Soy de Londres.

En realidad, sí que lo sabía. Trabajar de guía turística implicaba saber más que la mayoría acerca de la ciudad que la había adoptado, pero no quería que él –ni nadie– se pusiese a elucubrar sobre su vida.

–Bueno, pues sí. ¿Sabías, por ejemplo, que hay un estadio de estilo griego bajo la Piazza Navona?

–¡No!

Era verdad que no lo sabía.

–Sí. Las capas de tierra nos van revelando la evolución de esta ciudad, desde su fundación hasta la república, desde el Imperio hasta la Edad Media. Roma, en sí, ha sido construida con las propias rocas sobre las que se alza hoy en día. Se han hallado canteras enormes debajo de buena parte de la ciudad.

–¿Justo debajo? –preguntó, interrumpiéndolo, porque no le parecía muy buena idea.

–Sí, y si bien los constructores más antiguos tenían cuidado de hacer túneles estrechos, los más tardíos no eran tan precavidos, por lo que hay edificios de varias plantas por toda la ciudad que descansan sobre estas canteras inestables. Efectivamente, Roma se yergue sobre toda una serie de agujeros, como si fueran paneles de abejas, ¿lo sabías?

Hizo una mueca.

–No pinta muy bien.

–No.

–¿Cuántos socavones ves al año?

–Unos ochenta, pero el número no para de aumentar. En caso de que encontremos algo importante ahí abajo, el socavón no podrá cerrarse hasta que terminemos nuestro estudio.

–Eso explica por qué Elena puso cara de pocos amigos cuando le contamos que habíamos encontrado túneles nuevos. –A Cesca le sorprendió el agobio con el que había reaccionado su jefa, que había rozado el estado de rabieta y, finalmente, se había marchado echando chispas–. Creo que esperaba que le enseñases un artefacto de valor inestimable, no un túnel lleno de humedades.

Él asintió.

–Esa reacción no es infrecuente. La gente quiere que le arreglen el agujero y seguir con su vida y me culpa a mí de frustrar sus planes. Verás que iré perdiendo más y más popularidad con la *principessa* con cada día que pase.

Cesca lo observó coger algunas migas de la masa de su *pizza* y tirárselas a unos gorriones que brincaban bajo la barandilla. Ese pequeño gesto la ablandó. Le encantaban esos gorriones.

–Tendrás que prepararte para lo peor, entonces.

Él la miró.

–No me importa lo que piense la gente de mí, si a eso te refieres. Yo tengo que hacer mi trabajo. ¿Te has enterado de la nueva línea de metro que tienen planificada para el centro de la ciudad?

–¿La que ha costado cuatro mil millones de euros y, diez años después, sigue sin construirse? –gruñó–. Sí, estoy bien enterada. Cada vez que salgo a cenar sacan el tema. Cada vez que se ponen a excavar, encuentran rui… –Cesca contuvo la respiración–. Ay, Dios, ¿no serás tú el tipo que lo tiene todo paralizado?

Se encogió de hombros.

–Es mi trabajo.

–Será como ser guardia de tráfico. –Hizo una mueca–. Todo el mundo te odia.

Cantarelli no respondió.

–Ya sabes por qué lo digo –añadió Cesca, con un poco más de tacto, esperando que así fuese.

Los dos tomaron un trago de cerveza, contemplando a los turistas que iban llegando desde la Piazza Angelica y tropezaban con esa pequeña plaza, cuya entrada quedaba tapada en parte por la aparatosa higuera.

–¿Y por qué está aumentando el número de socavones? –preguntó, tratando de redirigir la conversación a puerto seguro, por así decirlo.

–Por muchos motivos: desbordamientos del río, fuertes lluvias, movimientos sísmicos y, por supuesto, la acción humana; vertidos de tuberías de agua, vibraciones del tráfico, excavaciones de redes para el gas o para la línea telefónica… Todo esto provoca que los cimientos de las estructuras acaben deslizándose como yeso líquido. En ocasiones, la membrana que separa el mundo subterráneo de la ciudad es tan fina que, por debajo de la superficie, hasta se oyen las voces de las personas que pasean por las calles. –Enarcó una ceja, con aquellos ojos hundidos fijos en ella–. Una vez oí a una pareja… Ejem, tú ya me entiendes –dejó caer finamente.

–Me tomas el pelo –masculló con la boca llena, olvidándose de masticar–. ¿Y la…?

–¿La cama?

–¿La cama… estaba justo encima de la cavidad?

Qué horror.

–Prácticamente sí. –Se ablandó, sonriente–. Pero no te preocupes, que estoy trabajando de asesor en un proyecto de socavones en Roma, reuniendo información para que podamos identificar posibles zonas de riesgo y clasificarlas según la…, ¿cómo se dice?, ¿«probabilidá»?, ¿la «probabilidá» de derrumbamiento?

—«Probabilidad» –asintió.

—Ahora las autoridades disponen de un mapa completo en 3D de la ciudad, en el que se muestran todas las estructuras superiores e inferiores a la vez. Saben dónde se encuentran las zonas de mayor riesgo.

—¿Son muchas?

—Dentro del área metropolitana, hay unos cuarenta kilómetros cuadrados de terreno con una probabilidad muy alta de propiciar un socavón.

A Cesca le dio un escalofrío.

—Bueno, pues si no te importa, me pasas una copia del mapa ese…

Cantarelli rio entre dientes antes de mirarla fijamente.

—De hecho, llevo tiempo buscando un mapa en concreto –dijo pasados unos instantes; se terminó la *pizza* y se llevó las rodillas al pecho, estirando los codos–. El *Forma Urbis Romae*.

—No me suena –dijo ausente, llevándose a la boca otra tira de queso.

—Es un mapa de mármol antiguo, datado en el siglo III, que ocupaba toda una pared dentro del Templum Pacis. Era enorme, casi doscientos cincuenta metros cuadrados, y en él estaban tallados los planos de todos los edificios y elementos arquitectónicos de la ciudad, incluidas las escaleras; de ahí que sea tan importante. Todo lo que encontremos e identifiquemos del mapa lo podemos verificar *a posteriori* con un estudio subterráneo.

—Espera, a ver si lo he entendido: ¿me estás diciendo que podéis descifrar el plano original de la antigua Roma mediante análisis subterráneos?

—Con el mapa a modo de guía, sí.

—Pero ¡qué pasada! –dijo Cesca emocionada–. ¿Y habéis encontrado una parte en el edificio señorial?

—Sí. Hay fragmentos esparcidos por toda la ciudad, pero nunca lograremos reconstruirlo por completo. Se cree que tan solo se conserva el diez por ciento.

—¡Vaya! ¿Qué le ha pasado al resto?

Cesca frunció el ceño, mientras se terminaba por fin la *pizza* y se chupaba los dedos hasta dejarlos limpios.

–La mayor parte fue destruida en la Edad Media, época en la que se quemaba el mármol para obtener materiales de construcción como la caliza y la cal, y lo poco que sobrevivió lo reciclaron los constructores del Renacimiento, que pintaban la otra cara y la aprovechaban para revestir las paredes.

Cesca se lo quedó mirando.

–¿Me estás diciendo que podría estar cubriendo las paredes de los edificios señoriales por toda la ciudad?

–Podría ser, pero nunca lo sabremos. Muy de vez en cuando, tenemos suerte y encontramos un trozo. Tratar de localizarlo es una misión particular mía.

–¿Y crees que hay más en el edificio señorial? –preguntó, volviendo a mirar hacia la imponente fachada de color azul de enfrente, con las ventanas cerradas a cal y canto. Había estado en lo cierto: aquel lugar guardaba secretos, pero ¿quién decía que fuesen secretos malos?

–Eso espero. Tenemos muchas probabilidades de sacar algo en claro, creo. Coincide con la antigüedad del edificio señorial.

Él también tenía la mirada fija en el edificio.

–¿Y Elena está al tanto de la baldosa y del mapa?

Recordó el comentario mordaz de Elena en lo alto de las escaleras.

–Sí, la he informado, pero me ha pedido confidencialidad. Todo lo que te he contado hoy es secreto.

–Por supuesto. Pero ¿y si encontráis más trozos? ¿Podéis llevároslos o son propiedad de ella?

–En el caso del socavón, que es donde encontré la baldosa, ha pasado a ser propiedad del Estado, pero, si descubriéramos más pedazos dentro del recinto del edificio, todo dependería de la generosidad de la *principessa*.

–Estoy segura de que sería generosa; se lo puede permitir.

–Eso está por ver. A la gente no le suele entusiasmar mucho la restauración histórica si hay que poner sus casas patas arriba.

–Y si luego se dejan del revés –bromeó.

Él la miró.

–Exacto. Mirando el lado positivo, ahora que tenemos que analizar los túneles nuevos, he ganado el tiempo que necesito para seguir investigando el *Forma Urbis Romae*.

–Parece que vas a estar muy ocupado de ahora en adelante –comentó, pensando en lo emocionante que era que todo eso estuviese sucediendo bajo el mismo edificio en el que trabajaba ella y en si le permitiría volver a bajar a los túneles.

¿Volverían a hacer algo así?

Como si le leyese la mente, miró la hora en el reloj.

–Sí, de hecho, debería regresar.

–¡¿De verdad?!

A Cesca le sorprendió lo mucho que la entristeció aquello. Ese almuerzo había sido… interesante. Cantarelli tenía una perspectiva diferente, única, sobre el mundo; como abogada –¡exabogada!, se recordó a sí misma–, la habían entrenado para ver las cosas desde dos puntos de vista distintos, pero nunca había conocido a alguien para quien el presente se pudiese explicar con tal exhaustividad a partir del pasado, donde lo visible era menos importante, menos preciado, que lo oculto.

Lo mismo pasaba con él, suponía ella: bajo aquella fachada brusca, en lo más hondo, en lo más hondo de su ser, tenía un lado más o menos amable; alimentaba a los gorriones, buscaba mapas del tesoro, sus ojos se iluminaban con un fulgor especial al mostrarle los túneles…

Cantarelli se puso de pie y la miró desde lo alto. Ella hizo ademán de levantarse también, pero él negó con la cabeza.

–Disfruta del sol y de lo que te quede de la pausa para el almuerzo.

Cesca abrió la boca, repentinamente sin saber qué decir.

–Bueno, gracias por la *pizza*.

Él asintió.

–Era lo menos que podía hacer. ¿Que me salvas la vida? Pues te invito a una *pizza*.

Pasó un segundo antes de que ella se riese, tan poco acostumbrada como estaba a ese humor seco suyo. Suponía que era una forma de darle las gracias.

–Y gracias por la charla –le gritó cuando él hubo bajado mitad de las escaleras. Cantarelli levantó una mano a modo de respuesta–. ¡Y por el *tour*! –volvió a gritar mientras él cruzaba la plaza, con los pantalones cortos aún sucios, una mancha de sudor en la parte de atrás de la camiseta y las botas con suela de clavos que no encajaban para nada con las chanclas que llevaba el resto del mundo.

Él no volvió la vista y ella no sabía qué más decir, por qué más darle las gracias. Se había quedado sin motivos para retenerlo, sin excusas para que no se marchara. Y, en un abrir y cerrar de ojos, desapareció de su vista.

Capítulo 22

Isquia, agosto de 1980

El hermoso pueblo de Casamicciola, con sus muros blancos y techos rojos, se mecía en las portillas de su *suite* y el mar color turquesa relucía al sol del mediodía. Laney se cepillaba el cabello para apartárselo de la cara; seguía mojado por el baño que se había dado en el mar, pero prefería no secárselo debido al calor que hacía. Tampoco llevaba maquillaje. He ahí dos motivos por los que tanto le gustaba el verano: era toda una rebelión personal contra la vida de lujo que debía llevar en su día a día, un discreto saludo militar a la brigada de Park Avenue.

Lanzó el cepillo sobre cobertor acolchado y estiró y alisó su traje azul marino de tirantes de felpa, al tiempo que se alegraba del peso que había perdido –casi dos kilos en tres días– gracias a la dieta a base de pomelo que estaba en boga por aquel entonces. Era un reto para los indisciplinados; muy a menudo, se sentía mareada y débil, se olvidaba de lo que iba a decir a mitad de frase y siempre tenía ganas de echarse una siesta, pero valía la pena con tal de sentirse más esbelta de lo normal al ponerse los bikinis en presencia de su escuálida anfitriona, Allegra Santi.

Con el mentón alzado y las gafas cuadradas Chloé puestas, abandonó su camarote y subió los peldaños de caoba en dirección a la cubierta de la hermosa goleta color claro, *Serena*. La zona de los asientos estaba a la sombra ahora que habían bajado los toldos, y en las mesas habían servido bandejas con trozos de fruta fresca tan coloridos como un arreglo floral; todos se había duchado y cambiado y ahora se sentaban ociosos en los bancos acolchados, hablando a gritos y sorbiendo margaritas. Pese a ser trece personas, conformaban un grupo bastante grande. A la mayoría ya los conocía, a unos más que otros, de sus varias excursiones anuales: a los Mongiardino, los conocía de esquiar en Saint Moritz, a los Packford, del comité de una organización benéfica de Palm Beach, a Yves Saint Laurent y su musa, Loulou de la Falaise, de París, por supuesto. A las dos parejas que no conocía de antemano las podría sobrellevar sin problemas en ese crucero de ocho días de duración.

–¡Laney! –Adolfo Santi la saludó, admirado, evaluándola con la mirada, como de costumbre. Le puso una copa fría en la mano y le indicó que se sentase en el asiento libre a su lado–. Me preguntaba dónde te habías metido. Pero mírate: radiante como siempre. Pareces una ninfa del agua. Siempre llevas el pelo mojado.

–El cáncer es mi signo del zodíaco, querido. Este es mi elemento. Además… –Hizo un gesto con la mano, señalando las aguas verdes, heladas, que los rodeaban–. ¿Cómo resistirse a esto? Es el paraíso.

–Bueno, me alegro de que por fin hayas venido a visitarnos para contemplarlo con tus propios ojos. Igual pensabas que me lo estaba inventando.

Enarcó una de sus cejas oscuras. Ella había rechazado sus invitaciones en innumerables ocasiones, poniendo la excusa de que tenía viajes programados a Marrakech o a Kenia. Le sonrió, plenamente consciente de por qué se había negado tantas veces: las intenciones de Adolfo eran muy evidentes –un desliz que tuvieron hacía años lo había dejado con ganas de más–, pero ella había simplificado su vida desde que le arrebataron a su hijo, como si una existencia ascética pudiese quitarle el dolor al mismo tiempo que la tontería. Parecía que no estaba surtiendo efecto, pero se había quedado sin ideas: Steve había jugado sucio y había ganado; el perfil difamatorio al que la había asociado el juez ahora era inexpugnable y todo artículo, entrevista o incluso fotografía de ella lo reproducía con total fidelidad. Le habían dado caza, la habían obligado a escapar de todos aquellos desconocidos que la reconocían sin conocerla, que la juzgaban sin saber nada de su vida.

Y lo cierto era que nunca habían sabido nada. Ella no era más que una imagen, una simple idea. Ni sabían ni les importaba que su corazón se hubiese vuelto de piedra, que el mundo la hubiese castigado perversamente: siempre estaba sola, aunque estuviese rodeada de gente, siempre tenía frío al sol, siempre estaba alerta mientras dormía, siempre tenía ganas de vomitar pese a estar muerta de hambre. Al perder a Stevie por primera vez, fue como si le hubiesen arrancado la piel, como si su sistema nervioso hubiese quedado expuesto a los elementos y cada roce, mirada o sonido los sintiese como un azote, pero perderlo por segunda vez la había dejado paralizada, insensibilizada, como si se lo hubiesen extirpado de las entrañas, como cuando se arrancan las espinas a un pescado, limpias y de una sola pieza.

¿Por eso estaba allí entonces? ¿Para sentir algo?

—Yo nunca pondría en duda tu opinión, Dolfy. Eres un hombre de gustos exquisitos.

—Espero que vuelvas muchas más veces. Tienes a Serena a tu disposición para cuando la necesites. Solo tienes que pedírmelo.

La buscó con la mirada.

—Qué bueno eres, querido.

—¿Has ido a nado hasta la ensenada de los pulpos?

Ella negó con la cabeza, sorbiendo la bebida fría.

—Pues insisto en llevarte esta tarde. Cogeremos la lancha motora nosotros mismos. Le diré a Carlo que prepare los depósitos.

Laney lo miró. ¿«Nosotros»? ¿Acaso iban a ir ellos dos solos?

Chasqueó los dedos para que les trajesen más bebidas, pero Laney aferró su copa con firmeza.

—Más vale que me porte bien y deje de beber si vamos bucear –dijo.

—Primero tenemos que comer. No te pasará nada. Tranquila, que yo te cuido. Tengo mucha experiencia.

Laney desvió la mirada, al tiempo que el tequila comenzaba a hacer efecto. Se sentía débil y quería que le sirviesen ya la comida; más pescado, pasta…, cualquier cosa que le diese energía, aunque fuese como comer cartón. A veces pensaba que, un día, se marcharía flotando como un globo perdido; así de desconectada estaba de la vida.

Oyó el ruido lejano de un barco que cruzaba la bahía. El suyo era el único yate anclado en aguas profundas, pero, al fondo, unas embarcaciones más pequeñas salpicaban el mar como nubes bajas. Observó el barco, que ya quedaba a la vista, y en cuya popa ondeaba erráticamente una pequeña bandera al viento. Todo el mundo pareció animarse con la llegada inminente; resultaba indudable que el barco se dirigía directamente hacia ellos.

—¿Carne fresca para comer? —preguntó Laney, arrastrando las palabras con cierta ironía, como de costumbre, y enarcando una ceja mientras observaba a los demás, que comenzaban a soltar gritos en torno a los peldaños.

Adolfo encendió un cigarrillo, con un pie moreno y descalzo apoyado contra la mesa, cerca del de Laney.

—Es un viejo amigo de la familia. Gianvito Damiani. —Adolfo se encogió de hombros—. El príncipe Gianvito Damiani, mejor dicho.

—¿Debería hacerle una reverencia?

—No, pero a él le gustaría. Le encanta el protocolo. Es romano.

—Entiendo. —Laney entrecerró los ojos, con ganas de contemplar a ese invitado que tanta conmoción estaba provocando entre el grupo—. ¿Debería gustarme?

—Físicamente, tal vez. Es guapo, pero serio, demasiado serio para ti, Laney, querida.

—Vaya, qué pena —suspiró, como si le importase lo más mínimo—. ¿Y he de suponer que lo has invitado para que cuadren los números? Sé que es un inconveniente presentarme sin acompañante. Debo de estar rompiéndole a Allegra todos los esquemas con lo de colocarnos a la mesa.

—Sabes que yo nunca me interpondría entre mi esposa y su plan perfecto para la mesa. —Esbozó una amplia sonrisa—. Pero te prefiero así mil veces.

—¿Soltera y sola?

La miró como un depredador, apretándole discretamente la parte alta del muslo con la mano.

—Soltera, pero sola no, querida.

Ella parpadeó, más que acostumbrada a su jueguecito. Eran muchos los hombres que la deseaban como amante.

Vieron cómo el barco, que había trazado una línea recta en la superficie del mar desde la costa, formaba una curva repentina, revolvía el agua a su paso y parecía que se apoyaba sobre un costado, perfectamente equilibrado.

—¡Increíble! —oyó que exclamaba Sylvia Ginsberger; como era la primera vez que iba en yate, no paraba de repetir la palabra «In-

198

creíble» con cualquier cosa. Tony, su marido, era un pez gordo de materias primas, si bien los dos provenían de un pueblecito de Minnesota; novios de la infancia, aunque no es que eso impidiese a Tony perder el control en los clubs de Manhattan, según Allegra, que sin cortarse le había contado todos los cotilleos obscenos ese mismo día, mientras se daban un masaje juntas.

El piloto redujo la marcha e, instantes después, la embarcación atracó junto a Serena, saliendo del campo de visión de donde se sentaba Laney, que no estiró el cuello para verlo; el resto de los presentes ya estaba lo suficientemente embobado.

–¿No deberías ir a recibir a tu invitado? –urgió a Adolfo, quitándole el cigarrillo de los labios y dando una calada.

Notaba su mirada fija en ella, en su perfil, en las mejillas tensas mientras chupaba, en los labios abultados...

–Vuelvo enseguida.

Ella sabía que volvería; volvería hasta que cediese, pero ¿llegaría a ceder? Era la opción más fácil, claro.

Dio otra calada y otra más, hundiéndose en su propio silencio, alejándose del clamor de las escaleras. La dosis de tabaco se mezcló con el margarita que ya se le arremolinaba en la sangre, y la falta de alimento aumentaba la sensación de mareo, así que tardó unos instantes en abrir los ojos y ver al príncipe Gianvito Damiani ahí de pie, mirándola.

Efectivamente, era guapo. Llevaba un polo azul marino y pantalones cortos blancos. Tenía una mandíbula robusta, ojos marrones hundidos, grandes, una nariz larga, rota con elegancia, y una boca ancha. Le pareció más griego que romano y, al momento, se sintió atraída por él con toda la fuerza de su ser.

–Hola –se limitó a decir, notando que al fin despertaba, mientras estiraba perezosamente un brazo por el respaldo del banco y alzaba la vista para mirarlo con interés–, soy Laney.

El agua rompía contra la proa conforme el pequeño barco nodriza se adentraba en la bahía. Las rocas lisas yacían muy por debajo de la superficie, que parecía hecha de vidrio, unos peces plateados pasaban a toda velocidad por debajo de los pies colgantes de Laney mientras le indicaba a Adolfo que siguiese avanzando.

–Para –le dijo pocos minutos después, cuando el color del agua clareaba sobre la arena.

Echaron el ancla y soltaron la cadena, que produjo gran estruendo a medida que se fue desenrollando.

Metió las piernas en el barco, se puso en pie y caminó –con los brazos abiertos– hasta la popa, donde Adolfo, Allegra, Gianvito y los Ginsberger estaban sentados. Eran unos cuantos, gracias a que Laney había invitado con entusiasmo a los demás. Adolfo, a su vez, estaba serio; se habían suspendido sus planes de seducirla discretamente.

Dado que los Ginsberger no hacían submarinismo, en aras de la sociabilidad, se había acordado que harían *snorkel* en su lugar. Laney se había quitado el mono que llevaba puesto, dejando a la vista su complexión incluso más delgada –la emoción repentina que había suscitado la llegada de Gianvito le había quitado el hambre voraz a la hora del almuerzo–, y se puso la máscara y el tubo de buceo.

Fue la primera en meterse en el agua: se zambulló sin llegar a salpicar y emergió instantes después con una sonrisa radiante.

–¡Venid todos, el agua está perfecta!

Adolfo, Allegra y Tony se metieron sin reparo, pero Sylvia prefirió bajar las escaleras lentamente y acabó flotando en la superficie del agua como un chaleco salvavidas, tratando de que no se le mojara el pelo.

–¿Príncipe? –lo llamó Laney, nadando y volviendo la mirada hacia el barco, a la espera de que se les uniese–. ¿No vienes?

–Por favor, llámame Gianvito –hablaba con un acento dulce que había esculpido durante sus tres años en Oxford y varios en Londres.

En el almuerzo se habían sentado demasiado lejos el uno del otro como para compartir nada más que unos pocos comentarios formales (siguiendo, sospechaba ella, el plan de colocación en la mesa orquestado por Adolfo), pero lo llamaba por su título a propósito cada vez que se dirigía a él, pues veía que le avergonzaba. Ya le había pedido que lo llamase Gianvito en varias ocasiones.

–Pero no me gusta llamarte Gianvito –lo provocó.

–¿Por qué no?

–Es un nombre muy… aparatoso.

Él se la quedó mirando, al parecer sin ser consciente de lo atractivo que estaba con ese bañador blanco, con ese cuerpo levemente musculoso y moreno, con ese pecho cubierto de una gruesa capa de pelo.

–Pues llámame Vito.

Laney se lo pensó.

–¿Quién más te llama Vito?

–Mi círculo más íntimo.

–¿Vamos a ser íntimos, entonces? –preguntó ella.

La miró fijamente y ella comprendió que le incomodaba su franqueza estadounidense, lo imprudente que era con su rango, y parecía que no sabía cómo tratar con ella, que, como pez en el agua, Laney lo privaba sin reparos de su formalidad.

Se metió en el agua, con un movimiento perfecto, tan preciso como el de ella, y se quedó flotando a medio metro. A Laney se le disparó el latido del corazón ante aquella proximidad repentina; la excitaba su habilidad atlética, tan opuesta a lo reservado y cortés que era. Cruzaron la mirada unos segundos, con los rostros mojados, los cuerpos ocultos por el agua, pero cerca...

–Vamos a nadar –dijo él.

Laney lo vio alejarse, nadando a crol con brazadas circulares hasta llegar junto a los demás. Se frustró; él la confundía tanto como ella a él. Vito también notaba la atracción que había entre ellos, estaba convencida, pero era distinto a los hombres que conocía. El dinero de Laney no le confería un rango mayor que el del título de él y resultaba evidente que a Vito lo definía la educación, más que la ambición.

Se pasaron la mayor parte de la tarde nadando de espaldas al sol mientras miraban a través de las máscaras el mundo submarino. Tal y como había prometido Adolfo, había pulpos en abundancia, así como peces espada, anguilas y estrellas de mar.

Vito anduvo cerca, pero nunca demasiado cerca; hablaba con Sylvia y Allegra, pero la buscaba con la mirada en cuanto los demás se distraían con cualquier cosa, lo cual sucedía a menudo. Adolfo, a su vez, alardeaba, buceando a pulmón diez o veinte metros para señalar un pececito eléctrico de color azul o para coger una concha y ofrecérsela a una de las damas.

Laney se mantuvo en la retaguardia; notaba que los dos hombres la rodeaban, ambos conscientes de la amenaza inmaterializada del otro. Cuando al fin se dirigieron a nado hasta la playa, ella se rezagó a propósito en la orilla, esperando a ver cuál de ellos se quedaría con ella y, para su decepción, fue Adolfo el que ganó esa batalla al fingir que se ponía a recoger galletas de mar para regalárselas, pero Allegra no tardó en llamarlo.

Laney caminó sola por la arena hacia la sombra de los acantilados con forma de cúpula. El paisaje estaba salpicado de cipreses y olivos, sin que se viese ni un solo edificio en la pequeña bahía; otro motivo por el que Adolfo quiso llevarla allí, sin duda. Se adentró en la sombra de uno de los acantilados y se tumbó sobre la arena, cansada y acalorada. Notaba un tirón en la piel de la espalda. La pequeña embarcación –y, en su interior, las botellas de agua– se mecía en el mar más lejos de lo que había pensado. No debería haberse tomado tantos margaritas en el almuerzo; tendría que haberse echado una cabezada en su camarote. Había sido un día largo y un año incluso más largo. Oyó el zumbido de una abeja y la ahuyentó lánguidamente. ¿A qué venía, de todos modos, lo de ponerse a jugar con ese hombre…?

El zumbido, hondo e insistente, ganó en intensidad. ¿Qué era eso?

Se giró, se puso en pie y le frunció el ceño a lo que parecía un enjambre de moscas procedente de una pequeña cueva en el acantilado, pero… eran demasiado grandes para ser moscas. Demasiado grandes.

Le picó una.

–¡Ay!

Dio un brinco y se frotó el brazo. Comenzó a recular justo cuando le volvieron a picar, esta vez en el hombro.

Gritó.

–¡Por Dios!

Se puso a correr, pero le volvieron a picar en el muslo, y la masa oscura de insectos la siguió playa abajo. De soslayo, vio que los demás la miraban.

–¡Abejas! –gritó a pleno pulmón–. ¡Abejas! ¡Meteos en el agua!

Debieron de oírla, porque todos fueron corriendo hacia el mar; Tony Ginsberger aferró a su esposa menuda de la mano y la arrastró con él, con Adolfo y Allegra a la cabeza, avanzando a grandes zancadas. El único que corrió hacia ella fue Vito.

Las abejas la rodeaban y le impedían seguir corriendo; conformaban una masa negra que le picaba una y otra vez, de tal manera que no podía moverse ni podía ver hacia dónde ir. Él la alcanzó en cuestión de segundos, agarrándola del brazo mientras Laney, presa del pánico, trataba de aplastar al enjambre que la atacaba, y tiró de ella con fuerza, para que moviese los pies, sin importar que no pudiese ver dónde los ponía.

Siete pasos después, notó el contacto del agua con los pies. Vito tiraba de ella tan rápido que apenas si procesaba lo que estaba sucediendo, y luego le puso las manos en la cintura para levantarla y lanzarla a aguas más profundas.

Se hundió en el agua fría y reconfortante, quitándose de encima el enjambre *ipso facto*. Se le escapó una pequeña corriente de burbujas por la boca y abrió los ojos, mirando hacia la superficie del agua justo cuando Vito irrumpió en las profundidades, como si rompiera un espejo de cristal al sumergirse. Lo vio retorcerse y girarse, con varias picaduras rojas en el pecho y en los brazos, mientras se libraba de sus atacantes.

Una vez que se hubo calmado el agua, reparó en que el cielo en lo alto estaba despejado. Al quedarse sin aire, subió a la superficie para respirar y, un segundo después, Vito hizo lo mismo.

–¿Estás bien? Déjame ver –inquirió él, olvidándose de la compostura y tomándola en brazos para verle las picaduras.

–Gr-gracias –tartamudeó; le castañeteaban los dientes, pese a lo acalorada que estaba.

Él la miró como un padre mira a su hija.

–Tenemos que ir al barco.

Adolfo y compañía –ya estaban en la embarcación, izando el ancla– arrancaron el motor y se acercaron hasta ellos. En modo heroico, se inclinó por el lado del barco, la agarró por los brazos y la sacó del agua. Ella se desplomó en la pequeña cubierta como un salmón y todos trajinaron a su alrededor, mientras Sylvia soltaba un «Increíble» con cada picadura descubierta.

Vito se subió a la embarcación sin decir palabra y Adolfo aceleró. El barquito avanzó por el agua mientras el pelo mojado les chocaba contra la piel y el viento les azotaba la cara, rumbo al Serena y a la seguridad que les brindaba.

Laney contemplaba el pueblecito de Casamicciola a través de las portillas redondas; tenía la almohada mojada y, embargada como estaba por la soledad, el oído puesto en los pasos de los demás en la cubierta, justo por encima de su camarote.

Quería dormir, pero no podía relajarse: parecía que habían vuelto a cablearle el sistema nervioso después de tanto tiempo y todavía le hormigueaba todo el cuerpo por las ciento catorce picaduras que tenía. Todos habían sido muy atentos, por supuesto. Adolfo había enviado el barco nodriza a buscar al médico más cercano en la isla, que la había examinado y le había sacado varios aguijones del tamaño de una astilla, antes de ordenarle que descansara y de darle unos analgésicos, una dosis potente de antihistamínicos y una crema anestésica de uso tópico.

Cerró los ojos, dolorida, humillada. Quería irse a casa, pero el problema era que no tenía ni idea de cuál era su casa: ni Graystones —hacía más de diecinueve años que no iba por allí– ni Newport ni Malibú ni Nueva York. Desde que perdió a Stevie, había vivido en toda una sucesión de hoteles, yendo de ciudad en ciudad, de país en país, quedando con amigos en una vertiginosa espiral de fiestas, bailes y discotecas, donde se podía ocultar detrás de un bonito vestido y un martini.

Llamaron a la puerta con un cuidado tal que, en un primer momento, ni lo oyó, pero él entró de todos modos. El colchón se hundió cuando se sentó junto a ella, mirándola con aquellos ojos claros suyos. Laney hizo ademán de moverse, de reincorporarse, pero él le puso una mano en el hombro y negó con la cabeza.

—He venido a despedirme.

Se lo quedó mirando, con esa camiseta azul marino y esos pantalones cortos blancos que llevaba, preguntándose por qué le dolían tanto aquellas palabras.

—Un hola y adiós el mismo día –respondió en voz baja–. Qué curioso. Pensaba que tendríamos más tiempo.

Él la miró, como si hubiera algo que quisiera decir, y luego se miró las manos. Ella siguió el curso de su mirada, como si con eso fuese a hallar las respuestas que buscaba. Reparó en que en sus manos también tenía picaduras.

Se reincorporó, tomándole las manos para escudriñarlas. En la parte más carnosa de una, vio que todavía tenía un aguijón clavado.

–¿No te ha visto el médico a ti también? –preguntó con el ceño fruncido, inspeccionando las picaduras incluso más de cerca.

–No pasa nada.

–No, no digas eso. Mira, aún tienes el aguijón clavado. Tienes que sacártelo.

Él se miró la mano con curiosidad, pero, antes de que pudiese evitarlo, Laney se la llevó a la boca para chuparla. Tenía la piel salada, con un leve sabor agrio.

–Ya está, ¿ves? –le dijo, quitándose el aguijón de la lengua para mostrárselo, pero a él no le interesaba el aguijón: la contemplaba con anhelo claro, con anhelo puro.

Ella se quedó sin aliento (ningún hombre la había mirado jamás de aquella forma) y, acto seguido, él la atrajo contra sí y la besó.

Lo que él no quería –o podía– formular con palabras lo expresó con el beso. Cuando al fin se separaron, ella supo que el mundo había vuelto a cambiar.

–Ven a casa conmigo –le pidió él.

Laney sonrió. ¡A casa! Con Vito.

–Sí.

Capítulo 23

Roma, julio de 2017

El resto de la semana, Cesca almorzó en las escaleras de su piso, mientras se bronceaba las piernas y alimentaba a los gorriones. El resto de la semana, trabajó hasta tarde, encorvada sobre las cajas abiertas, revisando los miles de fotografías que encontraba en cada una de ellas, transcribiendo entrevistas y creando una línea del tiempo de los principales acontecimientos de la vida de Elena, lo que la ayudaría a organizar los capítulos y el ritmo del libro. Miraba por las ventanas cada vez que oía un grito procedente del exterior…, pero, el resto de la semana, no volvió a verlo.

Sabía que seguía yendo a trabajar —prueba de ello era el malhumor de Elena, que iba *in crescendo* conforme se ponían más instalaciones en el agujero del jardín, con soportes y escaleras y un cabrestante con un equipo de escáner incorporado—, pero odiaba, no, detestaba lo devastada que se sentía, porque le decepcionaba que él no hubiera vuelto a buscarla después de almorzar juntos. Claramente, esa chispa que creyó detectar entre ellos, si bien intermitentemente, solo la había notado ella. Era una estúpida y una tonta y no entendía por qué le molestaba tanto cuando, por regla general, ese tipo ni siquiera le caía bien.

—Estás irritada —dijo Alé, cuya voz hizo eco en el manos libres del teléfono de Cesca.

Cesca estaba sentada en el suelo, de piernas cruzadas y con los bombachos de la época victoriana que le gustaba ponerse a modo de pantalones cortos. La galería tenía una acústica fantástica.

—No estoy irritada —negó—. Es que estoy… cansada.

—Pobrecita mía. ¿Es muy agotadora la vida en palacio? —se burló

Alé–. Deberías pasar un día en el aula de literatura con mis alumnos de catorce años, a ver cómo te sentaba.

–Tienes razón. Tú eres una santa y yo no valgo para nada.

Hubo una pausa.

–Bueno, ya está bien: quedamos.

–No puedo quedar, sigo trabajando.

–Pero si ya te conoces las reglas. ¿Qué hacemos ante el primer indicio de sarcasmo? Tomarnos un tequila.

–Alé…

–Ni Alé ni nada, es viernes por la noche. ¿Qué otra cosa te pensabas que íbamos a hacer? Llegaré al bar dentro de veinte minutos.

Colgó.

Cesca volvió a mirar el jardín desierto por la ventana: habían dejado los cascos en fila sobre la hierba, como una hilera de patos de plástico. Todo el mundo se había marchado para descansar el fin de semana; la única luz encendida era la de los aposentos de Elena en el piso superior, y la verdad es que no le apetecía nada ponerse a hablar de su vida maravillosa a esas horas de la noche. Alé estaba en lo cierto: ¿qué pintaba ella allí, esperando ver a un tipo al que, claramente, no le importaba nada verla o dejar de verla y que la había invitado a una *pizza* simplemente para darle las gracias por salvarle la vida, un tipo que la cabreaba tanto como la fascinaba, del que conocía únicamente su apellido? Era un viernes por la noche en Roma, estaba cansada, empezaba a ponerse sarcástica y tenía veintisiete años. ¿Qué otra cosa iba a hacer?

Se filtraba una luz azulada por las calles, donde la brisa nocturna refrescaba a la gente acalorada. Alé había conseguido una mesa al fondo, al lado de los baños; no era lo ideal, pero, por lo menos, podían sentarse. Seguramente, los chicos se les unirían más tarde, pero las dos sabían que aquello dependía de la suerte que tuviesen en el lugar donde se encontrasen en estos momentos.

Llevaban ahí una hora e iban por la cuarta ronda cuando Alé fue al grano.

–Tengo que contarte algo –dijo, inclinándose hacia ella con ánimo; las pupilas comenzaban a dilatársele mientras el licor le recorría la sangre.

Se había recogido el cabello indómito en un moño improvisado, se le veía el tirante azul turquesa del sujetador por debajo de la camiseta sin mangas blanca y por el borde inferior de sus pantalones vaqueros muy cortos se asomaba el interior de los bolsillos. Cesca estaba convencida de que debía de ser la profesora más sexi que hubiesen visto sus alumnos en sus vidas. Sin duda alguna, era todo lo contrario a ella, que llevaba una trenza desgreñada y el panamá, unos bombachos de algodón blanco a modo de pantalones cortos y una camisola eduardiana.

–Desembucha –dijo Cesca, que alzó el chupito, se lo bebió y, como toque final, hipó.

Alé dejó la boca abierta largo rato antes de pronunciar las palabras.

–Tengo una aventura.

Cesca se quedó boquiabierta, pero no porque la revelación la sorprendiese. ¿De verdad Alé se creía que no lo sabía?

–Nooooo. Lo malo viene ahora –la interrumpió Alé antes de que pudiese decir nada, arrastrando las palabras–. Con el director.

–Ay, Dios, Alé, pero ¡¿por qué!? –chilló Cesca, golpeándose la frente con la mano y cayendo en la cuenta, hasta cierto punto, de que su propia reacción era de borracha de libro.

–Porque quería probar a estar con un tío maduro. Tú ya me entiendes, para ver si es verdad lo que dicen… –enarcando una ceja.

–No, quiero decir, ¿por qué tiene que ser con él?

Alé se encogió de hombros.

–Pues ¿porque se me presentó la oportunidad tal vez?

Cesca curvó el labio como respuesta.

–¿Cuántos años tiene?

–Cincuenta y cuatro.

–¡Puaj! –gritó Cesca, riéndose a medias, mientras Alé le agarraba la mano y se la apretaba, desternillándose de la risa–. ¿Y es verdad?

–¡Sí!

Las dos se rieron a carcajadas de nuevo, echando la cabeza hacia atrás.

–Bueno, ¡pues algo es algo!

Cesca negó con la cabeza, mirando a su amiga, alocada e independiente, que volvía a llenar las copas. El tequila se vertió por los lados.

–Cómo te quiero, Alé –soltó con efusividad, arrastrando las palabras ella también–. Qué gran amiga has sido este último año.

–Ay, yo también te quiero, cariño –arrulló Alé–. No sé ni cómo me iba de fiesta sin ti. Somos las mejores.

–No, no, pero no es solo por eso. –Cesca consiguió dar un golpe a la mesa para mayor énfasis, tratando de centrarse–. Es que te admiro mucho, Alé. Ojalá me pareciera más a ti.

–¿Y eso por qué?

–Porque eres libre, eres fiel a ti misma, sabes lo que quieres y lo consigues, pero yo no soy capaz de cruzar una habitación sin cambiar de idea.

–Eso no es verdad.

–Lo es, lo es –dijo, negando con la cabeza–. No puedo ni discutir sin cambiar de bando.

–Bueno, ¿y eso de qué te serviría?

Cesca hundió los hombros.

–Sí, ¿de qué?

El suelo vibraba a causa del zumbido del bajo y lo miró preocupada.

–¿Sabías que, ahora mismo, debajo de nosotras podría haber unos pocos centímetros de tierra y una cantera antigua? ¿Y que cada uno de esos redobles de tambor podría estar descolocándola, pedazo a pedazo, hasta que…? ¡Catapún! –Sopló aire y estiró los brazos.

Alé la miró espantada.

–¡No!

–¡Sí! –dijo Cesca, negando con la cabeza como una erudita–. Podríamos estar a segundos del desastre.

–Aquí no –la interrumpió una voz–. Esta zona entra dentro del primer nivel de riesgo.

Cesca alzó la mirada y se encontró de bruces con un hombre inclinado sobre su mesa.

–¡Cantarelli! –exclamó Cesca, a punto de caerse hacia atrás de la silla–. ¿Qué estás haciendo tú…? ¿Tú qué estás haciendo aquí?

Le parecía extremadamente incongruente verlo relejarse en un bar.

–Me estoy tomando algo con unos amigos –explicó, torciendo la cabeza hacia un grupo de chicos junto a la barra, pero sus ojos la miraban fijamente, evaluando su estado de embriaguez y probablemente asignándola al cuarto nivel de riesgo.

–¿Tienes amigos?

–Serás borde. –Pero sonrió, sonrió de verdad. Claramente, este era un Cantarelli fuera de servicio–. Sí, tengo amigos.

–Tú… –Quería decirle varias cosas. Que era guapo. Sexi. Interesante. Un cascarrabias. Olvidadizo. Un mandón–. No estás sucio –alcanzó a decir.

Esbozó otra sonrisa, claramente divertido por el estado alterado en el que se encontraba ella.

–No, me he dado una ducha.

–Ah.

Intentó no imaginárselo. No podía controlar la expresión de su cara en esos momentos.

Él se disculpó con Alé con una mirada.

–Lo siento, no quería interrumpir –le dijo en italiano.

–No, faltaría más, prosigue. Qué maravilla. Soy Alessandra, pero llámame Alé.

–Encantado, Alé. Soy Nico.

–Siéntate. Únete a nosotras.

–Bueno, solo un minuto. Gracias.

–¿Nico? –repitió Cesca, que a duras penas se enteraba de la conversación–. Oye, eso sí que no lo sabía.

Él volvió a mirar a Cesca y, luego, le enarcó una ceja a Alé.

–¿Lleváis mucho tiempo aquí?

–No lo suficiente. Cesca estaba a punto de decirme por qué es incapaz de guardarle rencor a la gente.

–¿Eh? –Cesca hipó.

–Qué interesante. ¿A quién quieres guardarle rencor? –preguntó él, mirándola de nuevo.

Ella prefería que no la mirase: era imposible concentrarse.

–A nadie.

La aguijoneó con otra de esas miradas suyas.

–No te creo.

–Es una p-persona…

–¿Sí?

Nico sonrió, más divertido con cada minuto que pasaba.

–Que es un… incordio –terminó la frase con un hipo.

–¿Y por qué es un incordio? –preguntó Alé, acercándosele y aparentando profunda simpatía.

–Porque es un borde. Y luego un encanto –alzó la voz al pronunciar la última palabra, subrayando lo confusa que estaba–. O sea, que si quiero odiarle, que me deje odiarle y punto. ¿Qué es eso de volverse un encanto y ponerse sexi? Que siga odioso. Todo el tiempo.

–Entonces, este incordio es un hombre –dijo Nico, observándola.

–Suele ser el caso. –Alé asintió con franqueza–. Y si son un incordio, entonces borrón y cuenta nueva: esa es mi regla. Eso es lo que le he dicho a mi chico. Que no me venga con esa mierda de que se ha enamorado de mí.

–Alé tiene una aventura. Con un hombre maduro –dijo Cesca con dramatismo.

–Enhorabuena –la felicitó Nico diplomáticamente–. ¿Cómo de maduro?

–Me saca veinticinco años.

–Ah.

–Quería comprobar si es verdad que…

–Sí, ya, lo pillo –respondió con rapidez.

–¿Y cuántos años tienes tú? –le preguntó Alé después de una pausa.

–Treinta y seis.

Alé abrió los ojos como platos.

–¡Si es un hombre maduro! –le dijo a Cesca, como si Nico no estuviese ahí sentado.

–¡Alé! –farfulló Cesca.

–No te olvides de que primero Cesca tiene que resolver lo del incordio –dijo Nico.

–Ah, sí. –Alé hizo un puchero–. Qué pena, con lo bueno que estás.

Él sonrió.

–Gracias. –Se dio cuenta de que Cesca lo miraba–. ¿Qué?

Frunció el ceño, observándolo intensamente.

–¿Te había visto alguna vez… sin casco?

Él se echó a reír otra vez.

–Sí, en el almuerzo, ¿recuerdas?

Pero Cesca no lo recordaba. No era capaz de pensar con claridad en esos momentos.

–No, yo creo que no. Creo que pensaba que se lo habían cosido a la cabeza con cirugía –le dijo a Alé atónita.

–Pues sin casco está de maravilla. Me gusta el pelo –dijo Alé, estirándose para revolvérselo, antes de recular de nuevo y contemplarlo entero–. Me gusta todo.

–Estás de maravilla sin casco –le dijo Cesca.

–Gracias. Tú también. Tienes un pelo bonito.

Cesca se quedó boquiabierta y frunció el ceño al recordar algo.

–Pero ¡si me has dicho que me brilla el pelo!

–Es que te brilla. Es brillante y bonito.

–Eres un incordio.

Suspiró, apoyando la mejilla en la mano y notando lo cansada que estaba.

Nico parpadeó.

–Hubo una época en la que Cesca ocultaba su brillante y bonito pelo con una peluca todo el día. ¿Te lo puedes creer? –le preguntó Alé.

–¿Una peluca?

–Era abogada.

Nico volvió a mirar a Cesca, pero sus ojos eran inescrutables.

–Entonces, ¿por qué te pasas el día hablando de cuentos de hadas con esa vieja tonta? –Sonaba enfadado, sonaba como Guido. Se había vuelto a poner en modo trabajo–. ¿Por qué has tirado por la borda una carrera así?

No le ofreció ninguna respuesta salvo abrir los ojos con renuencia, entornándolos bajo las luces estridentes del bar. ¿Tenía un vaso delante de ella? ¿O dos?

–Porque sí –contestó, encogiéndose de hombros. Ahora le estaba entrando el sueño.

–Pero ¿por qué? –le preguntó, tocándole el brazo, como para que estuviera atenta, como para que no se durmiera–. ¿Cesca? ¿Estás loca? ¿Por qué has hecho algo así?

–Bueno, tú también lo habrías hecho si hubieses matado a alguien –murmuró.

Él retiró la mano y Cesca notó la falta de su piel caliente sobre la suya.

–¿Cómo? –susurró–. ¿Tú…?

En algún lugar de su mente, Cesca sabía que acababa de suceder algo terrible, pero no era capaz de identificarlo del todo. Sentía que estaba muy lejos. La inconsciencia la reclamaba.

Hubo un largo silencio. Ni siquiera Alé hablaba.

—Vamos, tenemos que llevarla a dormir —dijo Nico.

—La llevo yo —se ofreció Alé, balanceándose levemente cuando intentó ponerse de pie.

—No, tú también tienes que irte a casa.

—¿Qué está pasando aquí? ¿Alé? ¿Cesca?

Cesca oía vagamente la voz de Matteo.

—Están borrachas. Tienen que irse a casa. —Ese era Nico.

Hubo una pausa.

—No pasa nada —oyó que decía Matteo—. Nosotros nos encargamos.

—Voy a llamar a un taxi —dijo Guido, algo más lejos.

—No me importa llevar a Cesca. Sé dónde vive —dijo Nico.

—¿Ah, sí? —A Cesca le dio la impresión de que Matteo estaba enojado—. Bueno, gracias, pero ya nos ocupamos nosotros.

—Vale, como queráis. Solo quiero ayudar.

Cesca notó que la rodeaban unos brazos para ponerla en pie y abrió los ojos: Matteo la rodeaba por la cintura y le había puesto el brazo sobre su hombro.

—¿Estás bien, Cesca? Vamos a llevarte a casa.

—¿Matty?

—Sí. Parece que habéis empezado la fiesta sin nosotros.

Se dispuso a sacarla del local.

—¿Dónde… dónde está Nico?

—Estoy aquí.

Lo vio de pie justo al lado, con las manos metidas en los bolsillos y unos ojos que volvían a destilar rabia.

Ella lo señaló.

—Tú… —Vaciló, tratando de recordar las palabras—. Eres un incordio de hombre.

Él asintió.

—Eso me has dicho.

—¿De verdad?

Hizo un puchero, incapaz de recordar, incapaz de pensar, y él la siguió con la mirada hasta que Matteo se la llevó.

Capítulo 24

Roma, agosto de 1980

Incluso teniendo en cuenta a lo que ella estaba acostumbrada, el edificio señorial era magnífico. Uno de los lados, de un yeso encantador azul claro, salpicado de contraventanas color marfil, daba a la majestuosa Piazza Angelica; era una casa de campo en la ciudad, una fortaleza entre cafeterías: un lugar donde estaba a salvo. A su padre le habría gustado, pero nunca lo sabría. Su muerte –dieciocho meses atrás– seguía desconcertándola. ¿De verdad que había fallecido? ¿Podía ser cierto?

Durante la primera semana, mientras Vito se ocupaba de sus negocios, recorrió el edificio en su totalidad acompañada por el ama de llaves, Maria, tratando de memorizar los nombres de cada una de las casi mil salas: la *suite* papal, la galería de los susurros –con paredes revestidas plenamente de ónice–, la galería de los espejos… Aquella descarada riqueza barroca suponía toda una barrera cultural para sus gustos pijos y sencillos, y que las salas estuviesen exactamente igual que hacía seiscientos años era un concepto difícil de entender para una mujer habituada a despertarse cada semana en un hotel diferente y a redecorar sus casas dos veces al año.

Los aposentos privados de Vito no conformaban más que diez *suites* en el piso superior del ala este. No necesitaba más espacio, le había dicho. A Laney le encantaba lo modesto que era; ambos estaban habituados al exceso, pero admiraba a este hombre que no quería más de lo necesario. Aparte de algunas fotos en blanco y negro de sus padres y de sí mismo, así como de la bolsa de lino blanca con sus iniciales bordadas en la que guardaba su pijama en la esquina de la cama, el único indicio de que fuese una zona de acceso restringido al resto del edificio señorial era que los muebles eran de color marrón, no de oro. Al permanecer de pie protegida por las paredes de piedra de un metro de grosor, contemplando el color y el clamor de los mercados por las ventanas a un lado de la estancia y, luego, deleitándose en la paz bucólica que transmitía el jardín al otro lado, Laney supo que había encontrado el refugio que había estado buscando.

El jardín ocupaba unos veinte mil metros cuadrados de perfección simétrica; comenzaba con un parterre formal y un vergel de naranjas y limoneros dispuesto entre las columnatas de las alas del edificio, antes de abrirse en hileras de campos repletos de bojes podados en forma de cono y estanques en los que se reflejaba el cielo. Cada vez que lo contemplaba desde lo alto —como siempre hacía cuando Vito estaba en una reunión o al teléfono—, se imaginaba a sí misma paseando con una cesta llena de flores recién cortadas en un brazo, se imaginaba las fiestas que organizarían, como la de sus padres en Graystones, se imaginaba a sus hijos correteando por aquel laberinto... Estaba germinando una nueva vida, lo presentía: tras tantos falsos comienzos y pérdidas y lágrimas y príncipes rana, por fin había hallado lo que buscaba, y a partir de ese momento su vida estaría allí. Sería la esposa de Vito, la *principessa* Elena dei Damiani Pignatelli della Mirandola —Elena era muchísimo más elegante, había razonado Vito.

Por primera vez, sintió que era lo que llevaban toda la vida diciéndole que era: una afortunada.

Septiembre de 1980

—Es mi amiga de toda la vida. Te va a encantar, te lo prometo. Es un espíritu rebelde como tú. Cuando éramos niños, correteábamos como lobos por los pasillos y jugábamos al fútbol en la sala de baile. —Le tocó la nariz con el dedo índice—. Una vez, cuando vino Maria Callas, incluso se coló en su dormitorio y le puso una rana en el vaso de agua al lado de la cama.

Laney sonrió, rodeándole la cintura con los brazos.

—Bueno, si es así, ya me gusta.

—Acabaréis siendo amigas íntimas, ya lo verás. Os enfrascaréis tanto en vuestras charlas y planes que ya no tendrás tiempo para mí.

Lo ciñó, apoyando el mentón en su camisa elegante y alzando la mirada hacia él; sabía que nunca se cansaría de contemplar su hermoso rostro.

—Eso jamás.

—Ya le he contado todo sobre ti; arde en deseos de conocerte.

—¿Cómo se llamaba su marido?

Él sonrió.

—Ya te lo he dicho cinco veces. Sigmundo. Es el conde de Carbonana.

—Es que me gusta como lo pronuncias. Sigmundo, conde de Carbonana —repitió Laney con el mejor acento italiano que podía poner.

Llevaba un mes yendo a clases, pero no paraba de entonar mal las palabras y nunca era capaz de recordar cómo pronunciar la «cc» y la «ch».

—Trabaja aquí, de agregado comercial para la embajada de los Estados Unidos, pero parece que lo van a nombrar embajador en Madrid.

—¿Está al tanto del pasado rebelde de su esposa? —bromeó con cara de espanto, y al apartarse, se percató de que le había manchado la camisa con el maquillaje—. Vaya, a ver si puedo…

—No, ya se encarga Maria. —Tocó la campana conectada con la zona del personal y, mientras esperaba, se desabrochó la camisa y cogió otra limpia de una percha. Maria se presentó ante ellos antes de que transcurriera un minuto—. ¿Puedes hacer el favor de arreglar esto, Maria? —le pidió, tendiéndole la camisa.

Laney cruzó la estancia para ponerse los pendientes ovalados de esmeraldas de Bulgari que le había ofrecido Vito como regalo de compromiso, y también se puso el collar, una cadena larga de esmeraldas, rubíes y diamantes con una esmeralda colgante, hexagonal y de casi cuarenta y cinco quilates.

—Cariño, ¿me echas una mano? —le pidió, apartándose el cabello de la nuca.

—No, el collar no —dijo Vito, alzando la mirada, mientras se ataba los cordones de sus elegantes zapatos; le habían sacado brillo con una finura tal que había espejos menos nítidos.

–Pero escogí este vestido por el collar. El escote…

–Es excesivo, Elena. La pulsera es más discreta. No querrás parecer ostentosa, ¿verdad?

–No, por supuesto que no.

Laney volvió a mirar el colgante de la esmeralda, colocado dentro de su funda de terciopelo negra. A diferencia de las discretas cadenas de malla de oro de Tiffany que confeccionaba su amiga Elsa Peretti y que había llevado todo el verano, las joyas de Bulgari resultaban irremediablemente ostentosas, sin importar la poca cantidad que una se pusiera. La confundía esa nueva etiqueta, según la cual más se entendía, de algún modo, como menos.

Vito se levantó de la cama, sacó la exquisita pulsera de diamantes y esmeraldas de la funda y se la abrochó.

–Así mejor –dijo, besándole la parte interna de la muñeca y mirándola con orgullo–. Te adorarán, cariño mío, como yo te adoro.

Cristina era todo lo que Laney no era. Era alta y morena y tenía el pelo corto peinado hacia atrás, para resaltar el cuello largo y una clavícula que le había costado generaciones conseguir. A su lado, Elena se sentía escuálida, más que delicada, y se arrepintió de no haber invertido más tiempo en ponerse morena.

No obstante, tenían algo en común: las dos adoraban a Vito, lo que se sobreponía a cualquier discrepancia que hubiera entre ellas.

–¡Me encantan tus pendientes! –le dijo Elena cuando se presentaron y Cristina la saludó con una sonrisa deslumbrante propia de una chica Bond.

–Elena, Dios mío, ¡estás espectacular! –comentó Cristina efusivamente, agarrándola con los brazos abiertos para verla mejor–. Cuando Vito me contó que se había enamorado de esta exquisita estadounidense, casi no me lo creí. ¿Al fin habría encontrado el amor mi queridísimo amigo? Empezaba a temer que no llegaría a suceder nunca. –Sonrió–. Tenía muchas ganas de conocerte.

–Y yo a ti. Me ha hablado tanto de ti que siento que ya somos amigas.

–Fue todo un gesto por su parte organizar esta fiestecilla en tu honor –señaló Cristina, apuntando hacia la grandiosa galería de los espejos en la que se encontraban y en la que Elena notaba penosamente cien pares de ojos fijos en ella, grupos de gente orbitando en torno a ellas como satélites, a la espera de tener un momento con ella.

–Es nuestra fiesta de compromiso –aclaró Vito–. Además, quería alardear de ella –dijo, en voz baja pero con orgullo, rozándole los dedos, de pie junto a ella. Sería lo más próximo a una demostración pública de afecto que recibiría, Elena lo sabía, pero lo entendía; después de todo lo que había sucedido con Steve, le gustaba aquella nueva dinámica.

Un hombre con una banda roja ceremonial se les unió y Cristina lo agarró del brazo.

–Elena, este es mi marido, Sigmundo. Es un agregado de la embajada. –Se inclinó con cierto secretismo–. No te preocupes, que ya ha movido algunos hilos. No deberías tener problemas con el visado de ahora en adelante.

Se echó a reír antes de que Elena tuviese tiempo de fruncir el ceño, pues, efectivamente, había tenido un problema con el visado –las acusaciones de consumo de drogas de Steve le habían causado problemas que iban más allá de la custodia de su hijo–, pero se percató de que no era más que una broma sin importancia y también se rio, si bien con cierta inquietud.

–Es un placer conocerte –dijo Sigmundo, inclinando la cabeza–. Estábamos convencidos de que Vito tenía que estar exagerando cuando te describía, pero ahora veo que, en todo caso, se ha quedado corto.

–Ah, gracias. –Elena sonrió, relajándose–. Es muy amable por tu parte.

–Cuéntame otra vez cómo os conocisteis –inquirió Cristina, mirándola por encima de su copa de vino con ojos oscuros pero relucientes–. Vito dijo algo de unas abejas asesinas.

Elena se echó a reír.

–Vaya ridiculez, ¿verdad? Es el comienzo más improbable de una historia de amor. –Alzó la mirada hacia su prometido y lo agarró del brazo–. Pero me salvó. Mientras todos los demás se centraban en salvar su propio pellejo, él se puso en peligro para rescatarme.

–Es tu héroe. –Cristina esbozó una amplia sonrisa, mirando a su amigo con orgullo–. Es un buen hombre. El mejor de todos.

–Sí, así es –concordó Elena–. Soy muy afortunada. –Volvió a mirar a Cristina–. Y me encantaría pasar más tiempo contigo y enterarme de cómo era él de niño. A saber la de historias que tienes para contar. Parece que tuvisteis una infancia idílica.

–Sí, de verdad que sí –respondió Cristina, mirando con nostalgia aquella galería divina–. Nos colábamos por la noche para jugar a los fantasmas aquí dentro, ¿te acuerdas?

–¿Cuando taparon los muebles con sábanas antes de que nos marcháramos a la Toscana para pasar el verano? Sí, lo recuerdo. –Vito se rio entre dientes y miró a Elena para explicárselo–. Nos escondíamos debajo de las sábanas y nos turnábamos para asustar a los demás. Nunca sabías dónde estaba cada quien. –Se rio–. Mis pobres padres se despertaban con nuestros gritos.

–¡Pobre Maria, más bien! Creo que le dio un ataque al corazón más de una vez –añadió Cristina–. Aunque creo que a tu madre le gustaba. Decía que, con nuestro ruido de fondo, esto parecía más un hogar…

Un ramalazo de dolor le perforó el corazón a Elena al pensar en Stevie.

–Y le daba más vida. Tenía razón. De otro modo, se habría parecido más bien a un mausoleo.

–¿Dónde creciste tú, Elena? –preguntó Sigmundo.

–En Newport, en Rhode Island, en la costa este de los Estados Unidos. Un mundo completamente distinto, en varios sentidos.

–¿De verdad? ¿Por qué?

–Bueno, por el peso que aquí tiene la historia, por ejemplo. En casa, si repito bolso más de dos temporadas, se considera una antigüedad.

Cristina se echó a reír.

–Entonces, ¿te gusta este sitio? ¿Te acostumbrarás?

–Sin duda alguna. Siempre me ha gustado Roma, pero nunca pensé que tendría la suerte de convertirla en mi hogar.

–Bueno, para nosotros es un privilegio compartir nuestra preciosa ciudad contigo. Espero que me permitas presentarte a mis amistades más queridas. Puede llegar a ser… difícil introducirse en la sociedad romana. ¿Tienes vínculos con alguna organización benéfica? Creo que Vito mencionó que tu familia tiene una fundación.

—Bueno, yo no tengo nada que ver. Se encarga mi madre.

Cristina frunció el ceño levemente.

—Por cierto, creo que puede que coincidiéramos con ella en una gala de Tusk Force en Beverly Hills. ¿Te acuerdas, cariño? —preguntó, girándose hacia su marido—. Teñían los colmillos de los elefantes de colores chillones, porque así el marfil pierde todo el valor para los cazadores furtivos, ¿entiendes? —le explicó a Vito, que parecía alarmado por lo que decía—. ¿Cómo se llama tu madre, si no te importa que te lo pregunte…?

—Señoras, con permiso, me gustaría presentar a Sigmundo a una persona; un contacto de negocios —intervino Vito, apretándole el brazo y lanzándole una mirada discreta para preguntarle si le importaba que la dejase sola. Ella le guiñó el ojo como respuesta.

—Claro, chicos, adelante, a por vuestros contactos. —Cristina sonrió, echándolos—. Dejadnos a nosotras la tarea indispensable de organizar algún que otro almuerzo para que esta ave del paraíso se convierta en uno de los nuestros. —Volvió a mirar a Elena—. ¿Y bien? ¿Cómo se llama tu madre?

—Whitney Valentine —respondió Elena. Pronto pasaría a ser Whitney Shaffer, pero no tenía pensado llamarla así nunca.

—Ah, sí, Valentine. Valentine, claro.

Los hombres ya se habían alejado, pero hubo algo en el tono de Cristina que le llamó la atención, por la forma en que había enfatizado el apellido de su familia, como si tuviese connotaciones implícitas.

—Me pregunto por qué no has vuelto a usar ese apellido desde el divorcio —prosiguió Cristina—. A fin de cuentas, como bien sabe todo el mundo, tu último marido y tú no quedasteis en buenos términos.

¿Su último marido? Elena se tensó ante aquel dardo, si eso es lo que era. En realidad, conservar el apellido de Steve era como ceñirse una corona de espinas a diario; de ser por ella, no volvería ni a oír ni a decir su apellido de nuevo, pero también era el apellido de su hijo y conservarlo le parecía una de las pocas maneras de mantener el vínculo con él.

Pero no podía ser cierto que Cristina quisiese herirla. Debía de haber entendido mal. Quizá su nivel de inglés no era tan impecable como le había parecido en un primer momento.

–Dime. –Cristina sonrió, acercándosele un poco más–. ¿Cómo pudiste caer tan bajo como para que los tribunales le concedieran la custodia de tu hijo a un actor libertino y drogadicto antes que a ti? ¿Cómo?

–Ese pobre niño… Las cosas podrían haber sido muy diferentes. Tendrían que haber sido muy diferentes. Nació con todo y, sin embargo, se quedó sin nada. Yo lloré cuando me enteré; no tendría que haber pasado lo que pasó y, si tú hubieses estado capacitada para ser madre, nunca habría pasado.

A Elena le sentó como si le hubiesen dado un golpe en la cabeza. La estancia comenzó a girar: caras, caras de desconocidos, reflejadas en los espejos, todos mirándola, todos enterados, todos juzgándola… Cristina había reconocido la cara de Elena de los titulares escabrosos; sabía todos y cada uno de los detalles de la desgracia de Elena y, si el resto aún no estaba al tanto, pronto se enteraría.

–No te creerás de verdad que voy a dejar que esto pase, ¿no? ¿Que me voy a quedar de brazos cruzados y ver cómo mi amigo de toda la vida desperdicia su corazón y su reputación con alguien como tú?

Elena no podía respirar, pero Cristina seguía sonriendo; su hermosa expresión seguía siendo la misma que en presencia de los hombres.

–Cristina, lo que dijo la prensa… no es verdad.

–Ah, ya lo creo que sí. Sigmundo conoce al juez.

–Pero Steve mintió. Juró en falso. Me tendió una trampa.

–No me sorprende que digas algo así. ¿Cómo si no ibas a convencer a un hombre bueno como Vito de que no eres un monstruo?

–Porque no lo soy. Le he contado todo a Vito; sabe la verdad y me cree.

Era cierto que le había contado todo sobre las mentiras de Steve, que este había exagerado la cantidad de cocaína que consumía, que la había tachado de drogadicta cuando no tomaba más que las demás personas de su círculo, que había hecho que encontraran un alijo en el baño de Stevie cuando, en realidad, le pertenecía a él. También le había explicado que se iba con otros hombres porque su propio marido se lo pedía…, cuando, en el fondo, le había servido para justificar sus propias aventuras y tacharla a ella de zorra. Sin embargo, lo que no le había contado a Vito era que la historia no estaba tan clara, pues ni siquiera ella misma sabía exactamente dónde acababa la verdad y comenzaban las mentiras. Todos sus recuerdos de aquella época eran sombríos y aquellas lagunas indicaban que cualquier cosa era posible. No podía asegurar que las peores atrocidades que sostuvo Steve que había cometido ella, para vergüenza suya, no fuesen ciertas… Pero Vito era bueno, la había rescatado y ella ahora era una persona diferente. Le había dado esperanza, le había proporcionado un foco de luz con el que guiarse cuando se hundió en la desesperación más negra tras la pérdida de Stevie.

—En realidad, da igual —dijo Cristina con desdén—. Según la opinión pública, ahora eres una fracasada y ese es el único parecer que importa. Vito es descendiente de una de las familias más nobles de Roma. Ha nacido para ser grande. No se le puede vincular con tus escándalos sórdidos. Puede que le hayas lavado el cerebro con, en fin, Dios sabe qué artimañas —dijo, aún sonriente—, pero no va a durar. Ya me encargaré yo. Vito conoce sus obligaciones; su sentido del deber se sobrepondrá a cualquier sentimiento que haya albergado por ti temporalmente.

—Cristina, por favor, somos felices juntos. Yo le hago feliz.

—No, lo vas a destruir y quiero que tengas claro que no lo voy a permitir. —Cristina ladeó la cabeza, mirando a toda la sala, como si le estuviese haciendo un cumplido a Elena por su vestido—. Bueno, tenemos que socializar, pero me alegro de que hayamos tenido la oportunidad de tener esta charla. Es bueno saber que nos entendemos.

Se sostuvieron la mirada y Cristina parpadeó una única vez antes de marcharse, dejando a Elena a solas en una sala repleta de desconocidos, una compañía menos deseable ahora que ni Vito ni Cristina estaban dentro de su órbita. Le dieron la espalda mientras sus ojos se anegaban en lágrimas y acabó sola en mitad de la fiesta. Ya había estado en circunstancias similares una vez, recordó, una velada diecinueve años atrás: todo el dolor y todas las mentiras durante de los años transcurridos no habían servido para nada.

Capítulo 25

Roma, agosto de 2017

—Te digo que no me lo creo —murmuró Cesca—. No es una caja fuerte. Es una cámara acorazada.

—Sí, bueno, cuando vives en un edificio que alberga una de las colecciones de arte privadas más importantes del país, no puedes escatimar en cuestiones como el seguro. Me temo que no me han dejado otra opción —dijo Elena, entrando en la sala de acero hasta los armarios de cristal por la parte frontal, que llegaban del suelo al techo. Automáticamente, se encendieron las luces (por los paneles detectores en el suelo, le explicó Elena) y quedaron a la vista las deslumbrantes joyas, colocadas en bandejas de terciopelo.

—Yo pensaba que algo como esto se protegía con guardias armados o, yo qué sé, en un banco suizo y con unos cuantos dóbermans agresivos, como mínimo.

Cesca se quedó boquiabierta al ver las filas de zafiros y rubíes, de esmeraldas y diamantes, de perlas y aguamarinas… Era como estar dentro de Asprey en Bond Street o Tiffany en la Quinta Avenida o…

—Ya, parece la tienda de Bulgari en la Via Condotti. —Elena sonrió, abrió uno de los armarios y alzó con cuidado un colgante de zafiros—. Los de Bulgari siempre me dicen que tengo más artículos de su colección que ellos. No dejan de pedirme que les revenda algunas joyas para su colección privada. —Suspiró—. Pero no sé. Quizá acabe vendiéndoselas. A fin de cuentas, no tengo ninguna hija a la que dejárselas.

—¿No? ¿Y tu nuera?

—Es progresista. —Por el tono en el que lo dijo, Cesca se preguntó si, en realidad, habría querido decir «radical»—. No cree que sea «ético» gastarse estas cantidades de dinero en joyas. No entiende o no quiere entender que es una clase de inversión tan seria y sensata como el arte, el vino o los inmuebles. Pero, claro, es que es bioquímica; las cosas que ve con su microscopio le parecen más interesantes que todo esto.

—Es una pena que piense que una cosa quita la otra –dijo Cesca con cuidado.

—Eso mismo pienso yo, Francesca. Nunca he entendido la filosofía de la «ropa de domingo». La belleza es una fuerza que te eleva, ¿no crees? Deberíamos lucir nuestras mejores galas todos los días.

—Bueno, me lo apunto, por si algún día da la extraña casualidad de que me regalen una joya la mitad de bonita que cualquiera de las que hay aquí, lo cual, claramente, no sucederá nunca.

Elena le echó una mirada rápida, reparando en la forma en la que sus ojos recorrían las estanterías, absorbiendo los colores, deseando tocarlos.

—Pruébate algo.

—¿Qué? –Cesca parecía alarmada–. Ah, no, no quería decir... No puedo aceptarlo.

—¿Por qué no?

—Porque son objetos de mucho valor –respondió, riéndose y juntando las manos por detrás de la espalda como medida de precaución.

Elena se giró y se le acercó.

—¿Para una chica guapa como tú? Tonterías. A ver, deja que te lo ponga.

Tuvo que estirarse –y Cesca tuvo que flexionar las piernas y apartarse la trenza– para abrocharle al cuello el torques de diamantes entrecruzados.

—Madre mía, es precioso –susurró Cesca, tocándolo con los dedos con cuidado y notando el metal frío en la piel.

—Este es de Tiffany. De platino, con diamantes de treinta y dos quilates.

—¿Te sabes la ficha técnica de todos? –preguntó Cesca.

—Pues claro. Cada artículo tiene una historia que contar. Ese, por ejemplo, fue un regalo que le hizo mi padre a mi madre por las bodas de plata. –Se acercó al armario abierto y alzó un collar de esmeraldas, diamantes y rubíes del que colgaba otro diamante–. Y

Vito me ofreció esta cadena como regalo de compromiso; 44,90 quilates. Esta sí que era una joya especial, pero, normalmente, para uso diario, lo que me ponía era la pulsera.

¿Para uso diario? ¿Como si fuese una pulsera de hilos que se intercambian los amigos?

Cogió una pulsera de zafiros.

–Y este era de mi querida amiga Elizabeth Taylor.

–Increíble –murmuró Cesca, mirándola de cerca, pero sin atreverse a tocarla, y pensando en que Guido mataría por estar en su lugar en estos momentos–. He visto algunas fotografías de ti y de Elizabeth Taylor juntas. Deberíamos incluirlas en el libro sin falta.

–Por supuesto, estoy de acuerdo. A todo el mundo le ha gustado siempre mirar a Elizabeth.

–¿Cuál es tu preferida? –preguntó Cesca, mientras se desabrochaba con reticencia el collar del cuello para devolvérselo. Ya empezaba a calentársele contra la piel y no le convenía acostumbrarse a tales menesteres.

–Buena pregunta –dijo Elena, echándose hacia atrás para contemplar su propia cámara acorazada de joyas. Cesca no podía imaginarse ni por asomo el valor neto que tenía toda esta sala–, y quizá esperas que me cueste responder, pero, en realidad, tengo claro que es esta –contestó, señalando una cadena en la que Cesca ni siquiera se había fijado: un colgante de cuya base pendían discretamente unas joyas del rosa más claro.

–¿Esa? –preguntó Cesca, desconcertada. Veía diamantes amarillos, zafiros rosas y perlas negras, ¿y de verdad que esa cadena de joyas humildes, rozando lo sencillo, era la preferida de Elena?

–No es la más valiosa. Ni de lejos. De hecho… –Elena reflexionó, reculando y mirando a su alrededor–. Creo que igual es la menos valiosa…, pero significa mucho para mí. –Lo sacó de la funda de terciopelo y lo alzó–. Me lo regalo Vito. Me lo puse todos los días que estuvimos casados. –Se lo entregó a Cesca–. ¿Te importa…?

Cesca se lo abrochó y admiró su sencillez modesta en el espejo de cuerpo entero. También era, con diferencia, el artículo que más encajaba con sus propios gustos.

–Ópalo –murmuró Elena, tocándolo con cuidado–. Es curioso; algunas personas son supersticiosas con el ópalo. En la Europa del

Este, los joyeros ni tan siquiera lo comercializan. La gente cree que trae mala suerte al matrimonio, mientras que los romanos pensaban justo lo contrario: los césares se lo daban a sus esposas, como amuletos de la buena suerte. Hay quien dice que un senador romano llamado Nonio prefirió el exilio a vender su ópalo a Marco Antonio, que quería regalárselo a su amada Cleopatra. –Se encogió de hombros–. Y luego están los griegos, que creían que brindaba segundas oportunidades a quien lo llevara.

–¿Segundas oportunidades? –repitió Cesca.

–A mí me parece bonito.

Elena sonrió, se lo quitó y lo besó con ternura antes de volver a colocarlo sobre la superficie de terciopelo.

–¿Y cuál te vas a poner esta noche? –le preguntó Cesca, hundiéndose en la otomana abotonada de seda y terciopelo color marfil que había en mitad de la estancia. Apoyó los codos en las rodillas y el mentón en las manos.

–Bueno, el *signor* Armani ha tenido la amabilidad de hacerme una falda de seda color rosa claro, así que tal vez… esta –dijo, seleccionando una cadena de grandes perlas de oro–. Son del mar del Sur y favorecen mucho a mi cutis. A mi edad, Francesca, menos es más, sin duda.

–Son maravillosas.

Cesca sonrió, contemplándolas como en un ensueño. Ni en un millón de años volvería a estar tan cerca de tal belleza.

Elena se paró y se la quedó mirando.

–A ti te quedarían bien unas esmeraldas.

–¿A mí? –Cesca se echó a reír–. Sí, bueno, no creo que llegue a tener que decidir algo así en la vida.

–Por tu pelo y tono de piel, es, sin duda alguna, la piedra idónea para ti.

–Bueno, qué amable, pero…

–Pruébate esto.

Elena cogió un artículo aparatoso que tenía más de prenda que de joya: un entramado recargado, cubierto de diamantes blancos y esmeraldas, que cubría un cuello alto, victoriano, hasta los hombros y el pecho, casi como un collar.

–Dios, no, imposible –se quejó Cesca, que parecía horrorizada.

–¿Y por qué no? –Elena se echó a reír, divertida por su reacción–. Venga, que no muerde.

–Pero…

–Nada de peros. Insisto.

Cesca se levantó, apartándose la trenza de nuevo, y quedó maravillada cuando Elena le extendió el collar por la piel.

–No podemos ponerle una trenza a juego –dijo, quitándole la goma del pelo para deshacerle la trenza–. Así mejor.

El cabello de Cesca, ahora suelto, parecía arder en llamas contra las joyas radiantes.

–Nunca… nunca he visto… –tartamudeó, tocando las piedras con los dedos.

–Yo tampoco –dijo Elena, pensativa–. Hay que combinarlo con algo sencillo. Sin tirantes.

–¿Negro?

–No. Blanco. –Miró a Cesca en el espejo y sus miradas se encontraron–. Espera aquí.

Cesca se quedó mirando embobada a Elena, que abandonó la habitación y la dejó ahí de pie, con una joya puesta que debía de costar varios millones de libras, y sus Converse.

Regresó al cabo de pocos minutos.

–Hecho. El *signor* Valentino nos lo va a traer.

–¿El qué?

–Tu vestido para esta noche.

–¿Cómo que para esta noche?

–Para la fiesta de Bulgari.

–Pero no me han invitado.

–Pues claro que sí. Serás mi acompañante, Francesca. No hay ningún problema porque vengas conmigo. Todas las chicas deberían tener la oportunidad de llevar un collar de cuatro millones de dólares como mínimo una noche de sus vidas.

–Pero…

¿Cuatro millones de dólares? Era peor de lo que pensaba, entonces. Necesitaría un guardia, un fusil AK-47 o un pelotón de geos para salir así a la calle.

Elena sonrió, quitándole el collar.

–¿A qué esperas? Vete a casa a ducharte. Tendrás el vestido listo dentro de cuarenta minutos. Les he dado tu dirección. Prepárate y vuelve en una hora para ponerte el collar. Es el protocolo del seguro, por desgracia.

–No sé qué decir.

–No hay nada que decir –contestó Elena, dándole un golpecito en el hombro–. Últimamente hemos trabajado duro, Francesca. Esta noche nos toca divertirnos.

Solo el traje ya valía más que el coche que tenía en casa, un Golf de doce años destartalado que chirriaba cada vez que se sentaba en el asiento y en el que solo podía meter quinta desde tercera. El vestido, de encaje blanco y largo hasta los pies, con un lazo negro de terciopelo en la cintura, le realzaba la figura de una forma que nunca antes había visto en su propio cuerpo. Por una vez, se peinó el cabello con secador y hasta se puso un poco de lápiz de ojos verde y rímel en las pestañas, así como un brillo de color en los labios.

Se paró frente al espejo en su pisito; el dobladillo del encaje, al rozar las baldosas de terracota, parecía completamente fuera de lugar, y no sabía si sería un problema que las uñas de los pies –sobresalían por los zapatos negros de ante que le habían entregado junto con el vestido, todo, milagrosamente, de su talla– estuviesen sin pintar.

En fin, tampoco tenía tiempo de arreglarlo. Con un hondo suspiro, cerró la puerta del piso y con cuidado bajó las escaleras de puntillas, levantando ligeramente los bajos del vestido para que no rozase las macetas de los geranios recién regados. Sentía que llamaba demasiado la atención al cruzar la corta distancia que separaba el piso del edificio señorial; ojalá hubiera una puerta trasera que diese a la pequeña plaza, ya que la gente se paraba para mirarla caminar apresuradamente sobre los adoquines. Se sentía demasiado alta con aquellos tacones y, aferrando el encaje con una mano, su cabello relucía en la luz ardiente del crepúsculo.

–¡Francesca!

El grito la obligó a frenar en seco. La *signora* Accardo salió atropelladamente de la *osteria* en su dirección, abandonando a sus comensales, que se giraron todos para mirarla. El moño canoso de la pequeña anciana no se meneaba lo más mínimo mientras avanzaba a toda prisa hacia ella, sacudiendo las manos en un gesto que podría interpretarse como una bendición de los cielos o como una maldición.

–*Cara, cara*, ¿adónde vas? Pareces una princesa.

–Y me siento como una princesa. –Cesca se encogió de hombros con timidez, reparando en que incluso el *signor* Accardo las observaba de pie junto a la higuera, limpiándose las manos en el largo delantal blanco. ¿Había salido de la cocina? Pues sí que la debían de notar distinta...–. Me han invitado a la fiesta de Bulgari en la Via Condotti esta noche. Van a exponer su nueva colección. O algo así.

–Pareces sacada de un cuento –dijo la *signora* Accardo, rodeándola y suspirando–. *Madonna, madonna*. ¿Dónde está la *signora* Dutti?

–No lo s...

–Debería verte. ¡Otto! –llamó a su marido, en la otra punta de la plaza–. ¡Vete a por ella! ¡Vete a por ella! –le gritó, señalando la puerta cerrada bajo el piso de Cesca.

–La verdad es que debería irme. Tengo que...

Pero a la *signora* Dutti la habían despertado los gritos del exterior y ya se estaba acercando a ellas apresuradamente.

–*Madonna, madonna* –comenzó a gritar, llevándose las manos al corazón al tiempo que también ella se ponía a admirar el vestido de cuento de hadas de Cesca, y las dos mujeres empezaron a parlotear en italiano a toda mecha.

Cesca no se atrevía a mencionarles que estaba a punto de ponerse unas esmeraldas valoradas en cuatro millones de dólares.

–Lo siento, pero de verdad que tengo que irme –dijo, señalando la dirección con el pulgar–. Voy a llegar tarde.

–¿Vas con tu novio? –preguntó la *signora* Dutti, con la mirada ida por todo el romanticismo de la situación.

–Con mi jefa, la *principessa*.

A las dos mujeres les cambió la cara *ipso facto*.

–Bah.

–Ejem.

–Es una mujer perversa, Francesca. Mala. ¿Por qué estás con ella? –inquirió la *signora* Dutti.

–Porque es mi trabajo. Y necesito un trabajo. La verdad es que no entiendo por qué no les gusta. Si es buena.

Pero la *signora* Accardo negó con la cabeza, resuelta.

–Es mala, Francesca. Trae *problemi*.

Cesca asintió, consciente de que las intenciones eran buenas.

–Gracias por preocuparse, pero estoy bien. No pasa nada. De verdad. Solo es un trabajo. No pasa nada. Pero gracias. Sé que solo se preocupan por mí. Pero de verdad que tengo que marcharme. Lo siento. Gracias… Vale…

Casi tuvo que salir corriendo de la pequeña plaza hasta la Piazza Angelica. Subió las escaleras del edificio y la puerta se abrió al llegar al último peldaño, como si Alberto la hubiese estado esperando, que era, por supuesto, el caso.

También Elena la estaba esperando; el collar, colocado sobre un banco de satén, estaba preparado. En cuestión de tres minutos, ya iban de camino a la fiesta en una limusina negra de ventanas blindadas, seguida por guardias de seguridad en moto. Con los dedos en el cuello, Cesca miraba por las ventanas tintadas mientras recorrían la ciudad y pasaban por los majestuosos monumentos de mármol de Mussolini, por las ruinas destrozadas de un antiguo imperio, por los ángeles alados del Castel Sant'Angelo y las columnas de los santos de la Ciudad del Vaticano, y supo, entonces, que esa noche formaría parte de una Roma diferente, una donde casi podía olvidarse de que bajo toda aquella pompa y grandeza, había canteras, agujeros y brechas que podrían romper el suelo que pisaba de un momento a otro.

Capítulo 26

El cura, que aplaudía por cortesía, tendría que hacer las veces de la melodía ceremoniosa de las campanas. Las flores que sostenía ella en las manos no eran sus preferidas, las anticuadas rosas Blanche de Belgique, sino tulipanes de un color rosa claro que habían comprado en el mercado esa misma mañana; su vestido, blanco, recto y sencillo, lo decoraba únicamente el velo de comunión corto de encaje blanco que había tomado prestado de la ahijada de Vito, cuyos padres eran sus únicos testigos. Nadie más lo sabía. Era su secreto.

Así tenía que ser.

Cuando el cura concluyó la ceremonia y Elena miró con cariño a su nuevo marido a través del grueso encaje, la embargó el alivio de que al final se hubiese salido con la suya. Había derrotado a Cristina. Fiel a su palabra, aquella mujer había lanzado una insidiosa campaña a base de susurros, gracias a la cual las sonrisas que le dedicaba la gente cuando iba del brazo de Vito se convertían en muecas de desdén cuando estaba sola. Cristina sabía a la perfección como conciliar traición y lealtad, y había alegado otros compromisos en su casa de campo cada vez que Vito le preguntaba por qué no los invitaba a cenar tanto como cabía esperar. Elena, en cambio, sabía lo que estaba sucediendo. Se estaban distanciando y, antes o después, Vito también caería en la cuenta y tendría que elegir.

Había conseguido convencerle de que, debido a sus «antecedentes» como novia por partida triple, lo más conveniente para la imagen de su familia sería organizar una boda discreta. No quería avergonzarlo, le había dicho, y, pese a que le había respondido que ella nunca podría avergonzarlo, que se enorgullecía de tenerla como esposa, había aceptado fugarse con mucho gusto. Era la única prueba que necesitaba para entender que Cristina estaba en lo cierto: el renombre de la familia primaba sobre todo lo demás.

De ahí que, cuando Vito le apartó el velo hacia atrás y le sostuvo el rostro con cuidado entre las manos, para besarla delicadamente en los labios, la sobrecogiese la sensación de victoria. Por mucho que la odiasen aquellas zorras, por mucho que no mirasen con buenos ojos su riqueza obscena y su escabroso pasado romántico, ella por fin estaba a salvo. Como la esposa de Vito, como la *principessa* de Damiani Pignatelli della Mirandola, casada con el vástago de una de las principales familias de la nobleza negra de Roma, ahora era intocable.

Una vida afortunada. Había ganado.

Roma, Nochebuena de 1982

–¿Ahora me das la razón? –le preguntó Elena mientras recorría despacio las galerías a su lado. Las alargadas velas de cera de abeja, provenientes de la iglesia, parpadeaban en todas y cada una de las ventanas.

–Sigo pensando que, en sus ochocientos años de historia, no ha habido en el edificio señorial mayor riesgo de incendio –dijo Vito con cuidado, antes de apretarle la mano–, pero sí que es precioso.

–Maria y Giulio han hecho hasta lo imposible para que quedase bien. Así se crea un ambiente perfecto, ¿no te parece? Y seguro que está precioso desde la plaza; unas vistas acogedoras –suspiró.

–Y extravagantes, tal vez.

–Bueno, estoy convencida de que tu madre me daría la razón. Siempre me dices que quería que este sitio pareciese un hogar, no un museo.

Vito se detuvo y se giró hacia ella.

–Sé a qué viene todo esto, Elena, pero deja de preocuparte. Le va a gustar –le dijo Vito, infundiéndole ánimos–. Tú le vas a gustar.

Pero Elena no hallaba consuelo alguno en sus palabras. ¿No le había dicho justo lo mismo sobre Cristina? ¿No iba a guardarle rencor

Aurelio por haber desviado a su hermano de su principal deber al insistir en que se fugasen? ¿No iba a tener él la misma opinión de ella que los demás? ¿Una estadounidense ostentosa, sin clase pero con dinero? Comenzaba a parecer que su victoria contra Cristina había sido pírrica. Habían comenzado a recibir las invitaciones de siempre a cenas y cócteles, a bailes y a la ópera; un número suficiente, en todo caso, para convencer a Vito de que, pese al desconcierto generado por la fuga, habían aceptado su matrimonio, pero a Elena no la engañaban. A las mujeres no se les escapaban los pormenores del comportamiento social de las demás: ojos fríos y sonrisas fingidas, apretones de mano flojos y mejillas que apartaban levemente, susurros aparte y cruces de miradas. Si bien para el espectador general ella se había posicionado en la cúspide del círculo, desde lo alto le habían dejado bien claro que nunca sería una de ellos.

Pero, por otro lado…, ¿acaso no había sido así siempre? Llevaba toda la vida siendo una extraña; la habían excluido las mujeres de clase media en Newport a causa de su riqueza, los conocidos de Leo a causa de su juventud, los de Steve a causa de su maternidad, y ahora, más de lo mismo.

Se habría sentido más segura si estuviese más convencida de la firmeza del afecto que Vito le profesaba. Sabía que la amaba –jamás, quizá, había amado él a alguien con tanta pasión–, pero, de todos modos, su deber se anteponía a sus sentimientos. Al igual que ella, era producto de la educación que había recibido, de la que no podía librarse. Si bien a ella la habían formado para que viviese aislada y no se mezclase con las masas, anhelando perversamente un sentimiento de pertenencia pero sin llegar nunca a dar el paso, a Vito –en calidad de primogénito y heredero– lo habían entrenado para que sometiese sus propias pasiones y ya no reconocía tal sumisión como un sacrificio; la necesidad de hacer «lo correcto» para él era automática.

Como consecuencia, a menudo parecía distante e impenetrable; se negaba a cogerla de la mano en público y se empeñaba en respetar el protocolo de la aristocracia y dormir en habitaciones separadas, aunque iba a visitarla casi todas las noches. Y, pese a que técnicamente en la cama era competente, también era muy intransigente. Le costaba juguetear, y si ella estaba sentada sobre su regazo o le acariciaba el cuello con la nariz cuando entraba Maria en la habitación, se la quitaba de encima con educación. No le gustaba que se pusiera ropa ni muy corta ni muy ajustada ni muy escotada y, por supuesto, nada de llevar muchas joyas. La modestia era la mayor virtud, al parecer.

El vestido cruzado de seda negra de Yves Saint Laurent que se había puesto ese día rozaba el límite con gran atrevimiento. Le llegaba hasta las rodillas y era de manga larga, pero, aun así, tenía un escote en forma de pico con el que no se podía poner un sujetador. Él no le había hecho comentario alguno –a fin de cuentas, era una cena privada con la familia–, pero tendría que sentarse recta como un palo a la mesa mientras socializaban con el hijo derrochador.

Pese a las suposiciones de Vito, esa noche no estaba así por los nervios. Aurelio era todo lo que Vito nunca se podría permitir ser y –velando por el bienestar de su marido– le guardaba rencor por ello. Al ser el hijo «de repuesto» en vez del heredero, no llevaba sobre los hombros la carga de las expectativas, de tener que preservar la reputación de la familia, gestionar el patrimonio y ejercer de patriarca de una familia a la que se estimaba por encima de todo. Al contrario, era un consentido y su madre lo había malcriado; le había permitido vivir libremente y liberarse de los lastres que, para su hermano mayor, eran ineludibles.

A los diecisiete años, le había contado Vito, Aurelio se fugó del internado para participar en la carrera de Mille Miglia de 1957 con un vehículo ganador, un Alfa Romeo 750 Competizione, que tomó de la colección de su padre y estrelló a kilómetro y medio de Rimini. A los diecinueve, jugando al polo en Argentina, se vio envuelto en un escándalo con una de las hijas de un capo de un cartel de la droga y tuvo que salir del país en la caja de un camión que transportaba café. Siguió, voluble, en la misma línea hasta la defunción de su anciano padre en 1974, episodio que le hizo madurar. Durante una breve temporada, pareció que se había moderado y ayudaba a Vito con la imponente tarea de gestionar las propiedades; eso hasta hacía cuatro años, cuando hizo las maletas para un safari de una semana de duración en Kenia y, simple y llanamente, no regresó. Según Maria –que podía ser una fuente de información útil si se la manejaba con cuidado–, Vito estaba furioso y desganado a partes iguales, pero su rabia se fue endureciendo conforme pasaban los años sin contacto alguno. No era de extrañar que Vito no tuviese ninguna fotografía de él en sus aposentos y que la repentina reaparición de Aurelio –con un telegrama en el que informaba de que volvería «a casa por Navidad»– fuera tan inesperada como indeseada.

Era la primera Navidad que ella y Vito pasaban juntos como marido y mujer, la primera Navidad que pasaban juntos, punto, y ardía en deseos de que Aurelio prosiguiese con su estilo de vida nómada y que se encerrase en su *suite* de habitaciones –actualmente cerrada con llave–, ubicada justo en el lado contrario a la suya, en el ala oeste. Quería intimidad, mucha. Esperaba quedarse embarazada en las fiestas, para consolidar esa relación formando una familia. Una nueva. Vito necesitaba un heredero y ella, a otro Stevie, a un niño al que acunar en brazos.

El árbol de Navidad en la sala de estar de sus aposentos privados era enorme, de cuatro metros de alto y casi lo mismo de ancho. Maria lo había decorado con tiras de satén rojas con forma de lazo, y a sus pies había varias cajas empaquetadas con más lazos, incluida una que debía abrirse en la intimidad, más tarde. Había reducido la luz de las lámparas, para una iluminación parpadeante acorde con la escena, y había añadido racimos de muérdago enormes en todas las puertas, una tradición que no entendía, pero que le proporcionaba el pretexto perfecto para coquetear con su propio marido.

Sonó la campana y Vito la miró. Ella percibió la tensión que destilaba su rostro y, de pronto, cayó en la cuenta de que no era a ella a quien había tratado de calmar antes.

–Cariño, deja de preocuparte. –Se rio, corrió hasta él y le tomó el rostro en las manos para besarle levemente los labios–. Es tu hermano. Claro que me va a gustar.

Él asintió, pero el gesto era forzado; había enterrado sus sentimientos a mucha profundidad y a ella la embargó el amor que profesaba a su marido. El cariño que este le tenía a su hermano era hondo pero complicado.

–Os dejaré unos minutos a solas primero. Ve a recibirlo. Yo me voy a dar los últimos retoques –le dijo, apretándole la mano antes de dirigirse al aseo.

Contempló su reflejo en el espejo que abarcaba toda la pared. Se había recogido el cabello –otra vez teñido de un color oscuro– en un moño ceñido y lacado y se había pintado los labios de rojo. Se retocó la sombra de ojos dorada y se paseó por donde había esparcido un poco de colonia Shalimar.

Con un último vistazo, se dio el visto bueno, inspiró hondo y salió.

Oía sus voces mientras cruzaba los cuartos, junto con el sonido de sus tacones de aguja sobre el suelo de parqué al pasar por encima de las alfombras.

Los hermanos estaban hablando, sosteniendo unas bebidas en la mano, ambos ataviados con sus elegantes chaquetas. Vito, frente a ella, alzó la mirada cuando entró y esbozó una sonrisa relajada nada más verla. Ella sintió alivio: claramente, la reunión había sido un éxito y Vito se había mostrado tan benévolo y magnánimo como siempre. También ella podía permitirse ser así.

–Hola, Aurelio –le dijo de espaldas.

Lentamente, casi con indolencia, él se volvió y ella se encontró cara a cara con la única persona en el mundo con la que podría competir por el amor de Vito. Tenía una mandíbula robusta, ojos marrones hundidos, grandes, una nariz larga, rota con elegancia, y una boca ancha. Le pareció más griego que romano.

Y, al momento, se sintió atraída por él con toda la fuerza de su ser.

–Cariño, no has comido nada –le dijo Vito, reparando en que apenas había tocado el plato.

–No, lo siento, es que… ha sido un día muy largo. Debo de estar más cansada de lo que pensaba.

Les sonrió, colocando el cuchillo junto al tenedor y dejando de fingir que tenía ganas de comer.

–Será por haber encendido todas esas velas, sin duda –dijo Aurelio con sarcasmo, pinchando un trozo del *baccalà* con el tenedor–. Pensé que el edificio señorial estaba en llamas cuando llegué a la plaza.

–Es para crear un buen ambiente –dijo Vito fielmente–. Elena quería crear un entorno festivo que también pudiese disfrutar la gente al otro lado de las paredes.

–¿Ah, sí?

—Vito me contó lo mucho que se esforzó vuestra madre para convertir este sitio en el hogar de la familia –dijo, pasando por alto el trasfondo del tono de voz de él–. He oído todo tipo de historias de vosotros dos y Cristina, que correteabais de aquí para allá y jugabais al fútbol en las galerías.

—¿Cristina? –Aurelio miró a su hermano–. ¿Cómo está? ¿Sigue casada con ese viejales aburrido?

—Da la casualidad de que a algunos nos cae bien Sigmundo –dijo Vito, tenso.

—Bueno, pues a otros no –respondió Aurelio secamente, llevándose un trozo de bacalao a la boca y masticándolo–. ¿Se ha portado Cristina como una buena amiga contigo, Elena?

—Como la mejor. Me ha recibido con los brazos bien abiertos.

Aurelio se la quedó mirando, inspeccionando su rostro sin reparos mientras ella mentía.

—Ya, ya –masculló, sin llegar a revelar si la creía o no.

—Y… ¿qué tal Kenia? –preguntó Vito después de una pausa alargada–. ¿Has disfrutado del viaje?

Aurelio se rio entre dientes y tomó su copa de vino blanco de Borgoña, captando claramente el mensaje subliminal de su hermano, ya que, según Maria, Aurelio se había visto obligado a abandonar el país atropelladamente, después de que el airado marido de su amante actual intentase matarlo. Con un rifle.

—Mucho, gracias. Son gente interesante los masáis. Deberías ir algún día.

—Bueno, si en algún momento tengo un hueco, lo haré.

—Vamos. No puedes portarte bien todo el tiempo, ¿no, hermano? –se mofó, negándose a satisfacer la curiosidad que tenían por saber los detalles de la operación que le había salvado la vida–. ¿Cómo hiciste para conocer a tu esposa en este sitio?

Vito suspiró.

—La conocí en Ischia, cuando fui a visitar a los Santi.

Aurelio se atragantó con la bebida.

—Dios, no me digas que siguen dando vueltas a rastras por ahí. ¿Cómo se llama ella? La modelo.

—Allegra. Y yo no diría que van a rastras de ninguna de las maneras –contestó Vito, mirando muy fugazmente a Elena–. Tienen un yate nuevo, el *Serena*. Parece que les va de maravilla, la verdad.

Aurelio, que no parecía convencido, miró a Elena con un fulgor hostil que comenzaba a brillar en sus ojos.

–¿Y tú también estabas en el yate ese, Elena?

–Sí, los conozco de Nueva York. Tenemos muchos amigos en común.

–Cómo no –masculló por lo bajo–. Bueno, coincidisteis en el yate ¿y qué? ¿Cruzasteis la mirada comiendo una caldereta de bogavante?

Vito se rio entre dientes.

–No fue en una escena tan corriente. Tuve que salvar a Elena de un enjambre de abejas asesinas para que, por lo menos, se fijase en mí.

–Cariño, si yo ya me había fijado en ti –protestó Elena.

–Conque detrás de ella iba alguien más que unas simples abejas, ¿no? –preguntó Aurelio, enarcando una ceja a su hermano, y Elena vislumbró, repentinamente, la conexión que tenían los hermanos, como dos gotas de agua: parecían entender más de lo que era necesario expresar con palabras; al igual que un iceberg, la mayor parte de la comunicación permanecía oculta bajo la superficie.

–Podría decirse que sí –dijo Vito, cortante–, pero, afortunadamente, las abejas me vinieron como anillo al dedo y ella se sintió en la obligación de casarse conmigo como muestra de agradecimiento por haberle salvado la vida.

–Fue amor a primera vista y lo sabes –se rio Elena, sosteniéndole la mirada a su marido.

Aurelio no dijo nada, y se levantó levemente del asiento para coger la botella de vino y llenar las copas de todos, en especial la suya.

–¿Y qué te parece el edificio señorial? ¿Te impone?

–No, la verdad.

Elena se encogió de hombros, quitándole todo el hierro al asunto que fuese posible.

–Elena es una Valentine. Se ha criado en una casa de estas proporciones.

–Pero no tan antigua –añadió ella sin darle importancia, mostrándose humilde, como siempre que se sacaba el tema de la herencia.

–Ah, conque una Valentine. Pues, entonces, sí que es amor. No te has casado con él por su dinero. –La voz de Aurelio estaba cargada de rencor.

–Aurelio, te has pasado de la raya –le advirtió Vito tajantemente.

–¿De verdad? Pues yo creo que hay que decirlo. El riesgo siempre ha estado ahí. Los dos sabemos que somos el blanco de un tipo en concreto de persona.

–Bueno, Elena no es así. Si acaso, al que podrían acusar de casarse por dinero es a mí.

–Oye, ¿no sería eso un bombazo? –Aurelio esbozó una amplia sonrisa, apartó el plato y se recostó en el asiento–. Bueno, me alegro de saber que la vuestra es una historia de amor verdadero. Bienvenida a la familia, querida hermana.

Aquellas palabras cayeron de sus labios como una burla, con ojos firmes, aguardando la reacción de ella.

–Gracias –respondió en voz baja.

Maria entró para retirar los platos y los tres guardaron silencio mientras lo hacía. Elena no borró la sonrisa de su rostro y fijó los ojos en la mesa, consciente de que Vito comenzaba a fulminar a su hermano con la mirada.

Aurelio juntó las manos cuando Maria salió de la estancia.

–Bueno, como seguro que sabrás, es tradición abrir un regalo en Nochebuena –le hablaba directamente a ella, obligándola, retándola, a mirarlo.

–No, no lo sabía.

–¿No lo hacéis en Estados Unidos?

Negó con la cabeza.

–Bueno, allá voy…

Abandonó la mesa, momento que aprovechó Vito para infundirle ánimos con una sonrisa, y regresó instantes después con un regalo en cada mano. Elena cogió el suyo.

–Gracias.

–Tenéis que abrirlos ahora. Insisto. Los dos.

Volvió a tomar asiento y la observó mientras tiraba del lazo. Levantó la tapa y encontró una tarjeta colocada sobre papel de seda: «Para mi querida Elena, con cariño, Vito».

–¿Es de Vito? –preguntó, desconcertada–. Pensaba que era…

–¿Mío? –completó Aurelio?–. No, por desgracia, no he tenido

tiempo para ir de compras. Además, primero tenía que conocerte. No podría comprarle un buen regalo a mi nueva hermana sin siquiera conocerla de antemano.

Elena miró hacia otro lado, incapaz de sostenerle la mirada; parecía que quería incomodarla intencionadamente. Abrió el papel y sacó una caja de música plateada con forma de tiovivo.

—¡Oh, Vito! Es precioso.

—Es *Mockingbird*, la nana que me dijiste que siempre te cantaban tus padres. Así, si en algún momento echas de menos tu casa…

—Cariño, me encanta. Qué detalle —dijo con afecto, decidida a excluir a Aurelio de la escena y a no dar pábulo a su cinismo mordaz.

—Ahora abre el tuyo, hermano —le indicó Aurelio, al tiempo que ella volvía a colocar cuidadosamente el tiovivo en la caja y lo dejaba en el suelo.

Alzó la mirada. Y ahogó un grito.

—Espera. ¡No! —chilló, al ver que ya había roto el papel de regalo.

Pero era demasiado tarde. Tras apartar las numerosas capas de papel de seda de color rosa claro, Vito sacó un camisón de encaje negro tan corto que parecía que faltaba la mitad. Los dos hermanos se quedaron boquiabiertos.

—Iba a dártelo en la intimidad —balbuceó Elena, colorada como un tomate, mirando a Vito y rogándole que comprendiese que no era su intención mostrar la prenda en público.

Aurelio se quedó quieto, con la mirada fija en ella, mientras Vito se apresuraba a envolverla de nuevo en el papel de seda para ocultarla.

—Por Dios, Aurelio —soltó Vito—, ¿por qué has tenido que meterte donde no te llaman?

—¿Y cómo lo iba a saber yo?

—Tendrías que haberlo dejado donde estaba. Lo teníamos todo pensado.

—No, si eso está claro —contestó, alargando las sílabas. Comenzaba a acalorarse.

Maria volvió con los *dolci* y los tres permanecieron sentados en silencio otra vez, a la espera de que se marchase del cuarto.

—¿Y estás de visita o has venido… para quedarte? —preguntó Elena, tratando de hablar con tono jovial mientras hundía la cuchara en los *struffoli*.

–¿A qué viene eso? ¿Estorbaría si me quedase?

–Aurelio, basta ya –soltó Vito–. Elena solo está tratando de ser cortés. Además, no es nada descabellado preguntarte qué planes tienes.

–¿No hay espacio suficiente en este lugar para los tres? –Hubo un silencio antes de que se echase a reír de repente–. Tranquilo, hermano. La respuesta es que no lo sé. Pensaba quedarme una temporada, pero, si hay mucho… ajetreo por aquí o si surge cualquier otra cosa…

Se encogió de hombros y Elena lo miró fijamente. Era un nómada, sin raíces, como una hoja que viajaba allá donde la llevase el viento, y no sabía qué era lo que la inquietaría más: que se quedara o que se marchase.

Capítulo 27

Roma, agosto de 2017

Eran colores caleidoscópicos; no solo los de las joyas, sino los de los trajes de las mujeres: chifón rojo y seda del color de la medianoche, terciopelo de pavo real y satén amarillo claro. Al lado de Elena, símbolo del minimalismo de Armani, Cesca había temido que su atuendo resultase excesivo, pero, para su sorpresa, le quedaba perfecto. Al parecer, para esa gente era normal llevar ropa de alta costura y joyas que costaban tanto como una casa entera en plena noche de martes.

Los *flashes* lanzaban destellos conforme recorrían la corta distancia que había entre el coche y la *boutique*. Atisbó las escaleras de la Piazza di Spagna al fondo, mientras el personal de seguridad les indicaba que pasasen por las alfombras rojas sin pedirles ni los nombres ni la invitación. Aunque no fuese la acompañante de uno de los personajes más célebres de la élite de la ciudad, Cesca sospechaba que, con el collar que llevaba puesto, no necesitaba más preámbulo para acceder a un sitio como ese.

Les colocaron unas copas de champán en la mano y Cesca siguió a Elena en un señorial desfile por el centro de la sala, en la que la gente se abalanzaba para besarla y hablarle en voz baja rápidamente a su paso.

Cesca hizo caso omiso de los cumplidos. Al sacarle casi una cabeza a la mayoría, gozaba de una buena perspectiva de la sala y la escudriñó con interés –reparando en Carla Bruni, Carine Roitfeld, Monica Bellucci… Dios, ¿esa no era la mismísima Sophia Loren?–, sin esperar lo más mínimo que reconocería a alguien que no fuese de una revista.

Pero así fue.

Nico Cantarelli estaba de pie junto a un pequeño grupo al lado de un armario de cristal que colgaba del techo. De no ser por su cabellera –que seguía revuelta– y su expresión de cierta contrariedad, no lo habría reconocido, pues llevaba puesto un traje de gala de un corte impecable –como era el caso de todos los hombres; ¿sería un requisito para obtener la ciudadanía italiana?–. Parecía más un actor de película que un… ¿espeleólogo, no?

Como no quería que la viera, se giró enseguida. No se acordaba mucho de la noche del viernes –de hecho, no estaba cien por cien segura de que hubiese llegado a verlo, por lo que hasta podría haberlo soñado–, pero tenía la sensación de que algo malo había pasado, y era una sensación tan intensa que lo había estado evitando desde entonces. El lunes por la mañana había llegado temprano y, poniendo como excusa que el ruido de los obreros la distraía, había movido atropelladamente su «despacho» en el ala oeste a la biblioteca de la segunda planta en el ala central del norte. Había casi mil salas en el edificio señorial, de modo que, a no ser que fuese a invertir las cuatro horas que hacían falta para pasar por todas y cada una de ellas en su busca –lo cual sabía que no haría–, estaría a salvo.

Pero allí no.

¿Qué estaba haciendo él allí? De día, ¡parecía un obrero normal y corriente! ¿Por qué estaba tan guapo y sabía sostener bien la copa de champán? Y lo más importante, ¿quién era la morena que lo acompañaba?

Volvió a echar un vistazo de soslayo, pero acabó mirándolo de frente. La expresión de Nico Cantarelli cambió en cuanto reparó en ella.

Se volvió hacia Elena rápidamente de nuevo, cerrando los ojos y regañándose a sí misma. ¿Por qué había hecho eso? ¿Por qué? ¿¡Por qué!?

–¿Estás bien, Francesca? –le preguntó Elena, que parecía preocupada.

Cesca volvió a abrir los ojos.

–Ah, sí, genial, gracias.

–Estás pálida.

–Es que estoy un poco acalorada –vaciló.

–Hola, *viscontessa*, *signorina* Hackett.

Ahí estaba él y, a medida que su presencia la envolvía como un manto cálido, notó ese tirón repentino, extraño, que la impulsaba hacia él y que no llegaba a comprender. No llegaba a entender por qué le estaba pasando eso, aunque había visto que les pasaba a otros. Como abogada, había conocido a bastantes personas –víctimas–, a bastantes mujeres que se habían enamorado de los hombres equivocados, de chicos malos que las trataban mal pero las engatusaban, dándoles la dosis de afecto o atención justa y necesaria para mantenerlas pendientes como perros a la espera de recibir las sobras. «Madre mía», pensó horrorizada. ¿Por qué le estaba pasando a ella? ¿Con un trozo de *pizza* y una sonrisita ya la tenía en el bote?

–Hola, *signor* Cantarelli –lo saludó Elena animadamente, permitiéndole que le diese dos leves besos en las mejillas, como si fuese un buen amigo suyo y no, como en realidad era, el hombre que la estaba sacando de quicio por agrandar incluso más el agujero enorme que tenía en su precioso jardín–. ¿Está aquí su madre?

–Por desgracia, no. Esta semana está en la Toscana. Yo he venido en su lugar.

–Qué detalle por su parte.

–Hola, Francesca –le dijo, centrando la atención (y aquellos ojos directos) en ella.

Cesca imitó a su jefa y le permitió que le diera dos besos en las mejillas, como si fuese un buen amigo y no, como en realidad era, el culpable de que se hubiese pasado los últimos días escondiéndose en un edificio de mil habitaciones.

–¿Qué le parece nuestra Cenicienta? –le preguntó Elena, enarcando ligeramente una ceja–. Es la más bella de la fiesta, ¿no cree?

Nico la evaluó con la mirada.

–En un primer momento, no me podía creer que fuese Francesca –dijo–, pero, claro, con ese pelo, ¿quién más iba a ser? No hay nadie más en Roma con el pelo…

Cesca se tensó, viendo venir la palabra «brillante».

–De ese color –prosiguió, contemplándola.

–¿Y le gusta su vestido? –le preguntó Elena.

Cesca, para sus adentros, quería que se la tragase la tierra. Cada pregunta daba a Nico un pretexto para mirarla –casi para examinarla– cuando lo único que quería ella era ocultarse de él. ¿Qué había hecho el viernes anterior? ¿Por qué, si no podía recordar nada, arrasaba con su paz interior como una bestia desatada?

–Es de Valentino –continuó Elena–. Muy amablemente, el taller nos lo ha prestado para esta noche. Recuerdo verlo en los desfiles de moda la semana pasada; por suerte, esta bonita criatura usa la misma talla del traje modelo. Está encantadora, ¿no cree? Es un gusto verla vestida con algo nuevo y que le quede bien.

–Sí –concordó Nico, asintiendo, igual que Elena, antes de volver a mirarla–. No entiendo tu estilo de ropa.

–Bueno, y yo no entiendo… el tuyo –se la devolvió, vacilando al contemplar el corte impecable de su traje. Debería cambiar de trabajo. Tenía que tener una excusa para ir vestido de aquel modo todos los días.

Él la observaba, percatándose de que se retorcía por lo nerviosa que estaba.

–Estás muy guapa, eso quería decir. Todo el mundo te está mirando.

–Sí, ya, pero igual no quiero que me mire todo el mundo –masculló, agachando la cabeza y colocándose el pelo detrás de la oreja.

Hubo una breve pausa.

–Bueno, con permiso, veo que Paolo Bulgari está por aquí y tengo que hablar con él –dijo Elena, y se marchó hasta perderse entre la multitud.

Cesca se la quedó mirando mientras se alejaba, presa del pánico. ¿Cómo se atrevía a dejarla sola? ¡Con él!

–¿Estás disfrutando de la fiesta? –le preguntó él instantes después.

–No está mal. –Cesca contempló la infinidad de caras famosas. ¿Por qué se había dejado convencer por Elena? Habría preferido sentarse en sus escaleras, para comer *pizza* y beber una cerveza con Guido–. ¿Tú qué haces aquí?

Parpadeó, al parecer ofendido.

–Me han invitado.

Cesca tenía el vago recuerdo de que le había comentado que se había criado en uno de los distritos más distinguidos de la ciudad, pero le parecía incongruente verlo allí, con ese aspecto, acostumbrada como estaba a verlo colgando de cuerdas, cubierto de barro y de polvo, con un porte más propio de un obrero.

—Cesca, en cuanto a la otra noche…

Ay, Dios, ya no había escapatoria. Se volvió de lado.

—Mira, me pasé con la bebida. Te pido perdón si te avergoncé de alguna forma.

—No, no me…

—Me estaba desahogando.

—No fue por eso. Fue por algo que dijiste.

¡Se acordó! «Incordio». Le había dicho que era un incordio. Era lo último que recordaba antes de que Matteo la sacase prácticamente a rastras. Dios, qué borde había sido.

—Lo siento mucho. No hagas caso a lo que diga después de tomarme un tequila, que soy capaz de hacerte creer que soy el papa.

—No…

Se acercó una mujer —la morena con la que lo había visto— y apoyó ligeramente una mano en su hombro. Él se giró hacia ella.

—Isabella, te presento a Francesca. Trabajamos… en el mismo edificio.

—Un placer —dijo Cesca, aunque no fuera cierto.

En comparación con la seductora belleza italiana de Isabella, sus rasgos celtas parecían demacrados e insípidos.

—Qué collar más bonito. —Isabella sonrió, radiante, con un colgante de diamantes puesto—. Llevo un rato admirándolo.

—Me temo que no es mío; lo he tomado prestado para esta noche.

—Como todos. —Isabella se rio delicadamente—. Siento la interrupción. —Miró a Cantarelli—. Es que necesito las llaves —le dijo en voz baja.

—Claro —contestó él, rebuscando en el bolsillo de la chaqueta.

A Cesca se le hizo un nudo en el estómago al ser testigo de aquella intimidad discreta y trató de echar un vistazo a la mano izquierda de Isabella, por si tenía un anillo de compromiso o de boda, pero, desde donde estaba, no podía ver bien, a no ser que cambiase de postura y se pusiese a mirarla con descaro.

—Con permiso, debería volver con Elena, que igual está cansada —susurró.

—Pero… —empezó a decir Cantarelli.

—Me alegro de verte —dijo rápidamente—, y ha sido un gusto conocerte, Isabella.

—Lo mismo digo —respondió Isabella, sorprendida, mientras Cesca se marchaba apuradamente.

Notaba los ojos de los dos —¿o los de él?— fijos en su espalda mientras se colaba entre los demás invitados, con el corazón latiéndole con fuerza contra las costillas y el cuello estirado, en busca de Elena. Quería marcharse, y lo habría hecho si no hubiera sido por el collar, que la retenía allí como una prisionera. No podía marcharse como si nada con cuatro millones de dólares colgados del cuello.

Encontró a su jefa junto a un pequeño grupo selecto en la siguiente galería, al lado de unas elegantes joyas de colores brillantes. Había una serie de divanes estrechos colocados sobre el parqué barnizado, y de las paredes pendían varios retratos en blanco y negro de grandes proporciones de algunas de las mujeres más hermosas y célebres del mundo, incluida Elizabeth Taylor en el papel de Cleopatra y, junto a ella, Elena, vistiendo lo que parecía ser un abrigo de piel de lince blanco y diamantes. Era una imagen asombrosa que consolidaba la reputación de Elena como miembro destacado de la élite, y Cesca se preguntó si sería necesario pedir permiso para reproducir la imagen en el libro.

—Ah, hablando del rey de Roma. Francesca, ven, que te presento al *signor* Bulgari. Justo le estaba explicando el trabajo maravilloso que estás haciendo —le dijo Elena con el mismo tono alegre que había empleado al saludar a Nico.

—*Piacere* —dijo Paolo Bulgari, besándole el dorso de la mano levemente—. Está radiante, *signorina*. Me alegro mucho de que lleve puesto un collar fabricado por nuestros artesanos. Esta noche es el centro de atención. Nos pasaremos semanas alardeando de usted.

—Gracias, pero el mérito no es mío. Todo lo que ve es fruto de la generosidad y el buen gusto de la *principessa*.

—Justo estábamos comentando lo interesados que estamos en ese libro, puesto que también será, sin duda alguna, y sin buscarlo, un objeto de gran valor para Bulgari.

—Lo sé. Justo esta mañana tuve la suerte de ver la colección de la *principessa*. Aún sigo maravillada —dijo Cesca alegremente, siguiéndoles el juego.

–Somos muy afortunados; la *principessa* es una de nuestros clientes más devotos.

–Bueno, junto con Elizabeth –intervino Elena–. ¿Qué fue lo que dijo su marido?

El *signor* Bulgari miró a Cesca, que ya estaba en el ajo, y ella sospechó que aquellas palabras ya se habían pronunciado muchas veces con anterioridad.

–Lo que dijo Richard Burton fue: «La única palabra que conoce Elizabeth en italiano es Bulgari».

Todos se rieron, también Cesca, pero la suya fue una risa vacía; inspeccionaba la galería en busca de Nico, pero seguía en la sala de al lado. ¡Con esa tal Isabella!

–Bueno, es que si hubiera que escoger una única palabra en italiano… –Cesca sonrió–. Sus artículos son increíbles. –Señaló un reluciente anillo de zafiro azul cielo–. No hay más que ver ese color. Es espectacular.

–Sí, ese se llama el Diamante Azul Vívido. Una de las joyas de nuestra corona –bromeó.

–¿Cómo? ¿Que eso es un diamante?

–Efectivamente. El azul vívido es uno de los colores más codiciados, pero es muy difícil de encontrar en la actualidad, en especial en cantidades como esta. Es prácticamente imposible, en los tiempos que corren, conseguir más de diez quilates. –Miró a Elena–. Tú, si no me falla la memoria, posees el más hermoso de todos. El Azul Bulgari.

Por el rabillo del ojo, Cesca vio que Nico entraba en la sala. Iba acompañado de Isabella, que le hablaba, pero sus miradas se cruzaron de nuevo, como si él también la estuviese buscando. Como si la estuviese siguiendo.

–Cuénteme más –se apresuró a decir Cesca, centrándose de lleno en su anfitrión.

–Bueno, simple y llanamente, el Azul Bulgari es uno de los diamantes más famosos del mundo. La GIA lo ha clasificado como un «diamante vívido de lujo», que es el mayor de los honores. Únicamente uno entre un millón entra en la clasificación.

–¿La GIA? –preguntó Cesca, notando que Nico se le acercaba, conforme él e Isabella admiraban los artículos expuestos y se paraban a charlar y a estrechar la mano de la gente.

–El Instituto Gemológico de América. El anillo de la *principesa*, en realidad, está hecho de dos diamantes; uno impecable, incoloro, de 9,87 quilates, y otro azul, de 10,95. Tu marido te lo compró para conmemorar el nacimiento de vuestro hijo, si no me equivoco.

–Así es. –Elena suspiró–. Qué suerte tuve de casarme con un hombre tan romántico. Qué dulces eran esos pequeños gestos suyos.

¿«Dulces»? ¿«Pequeños gestos»? A Cesca no le parecía que en ese gesto hubiese nada pequeño. Sin contar todas las joyas, que valían una fortuna, ese anillo podría costar lo mismo que un yate.

Ahora Nico estaba enfrente de ella, al otro lado de la sala. Sabía que, de mirar al frente, se cruzarían sus miradas.

–¿Te lo pones muy a menudo? –le preguntó, girándose hacia Elena decididamente, para aparentar que estaba absorta en la conversación–. Podrías habértelo puesto esta noche.

–Ay, no –respondió Elena–. Tendría que haber traído a la Guardia Suiza al completo. No, por desgracia, he tenido que meterlo en una caja fuerte en Suiza. Ese sí que es demasiado precioso como para correr el riesgo.

Cesca recordó la caja fuerte –la cámara acorazada– del edificio señorial, con sus paredes de acero reforzadas con tres capas, puertas de catorce toneladas, controles de humedad y detectores de peso instalados en el suelo. Era inflamable y, puesto que contaba con una línea directa con los *carabinieri* y dos cámaras de seguridad con sonido, Elena había dicho que también podía hacer las veces de habitación del pánico, aunque nunca había sido ni nunca sería necesario. Si aquello no era seguridad suficiente para un anillo pequeño –de valor incalculable, cierto era–, no se imaginaba qué más podría hacer falta.

–Oh –murmuró Elena, que se contorsionó de repente, como si le hubiese dado un tirón en los músculos o se hubiese quedado sin fuerzas.

–Elena, ¿estás bien? –le preguntó Cesca, acercándose a ella para ofrecerle la mano. Parecía que estaba a punto de caerse al suelo.

–Estoy bien, de maravilla. Un poquito cansada, quizá. Ayer no tendría que haber ido y vuelto de Londres en un solo día, pero ardía en deseos de ver el Lesedi La Rona antes de que lo subastasen.

–Elena se enderezó, cambiando de tema hábilmente–. ¿A vosotros qué os parece, Paolo?

Cesca había oído hablar de la joya: el segundo diamante puro más grande de la historia, a punto de subastarse en Sotheby's.

–Bueno, lo hemos visto, claro está –dijo, quitándole importancia discretamente–. *È magnifico*.

–¿Pensáis hacer una oferta? –preguntó Elena, y él le sonrió.

–Si me dices que tienes algo en mente que quieres que te fabriquemos, entonces, no hay más que hablar.

Elena se echó a reír.

–Ay, serás retorcido. Por desgracia, ya no compro diamantes de lujo. Una mujer solo debería recibir joyas de ese calibre de parte de un hombre que la ama. –Sonrió con amargura–. Mi querido Vito…

El *signor* Bulgari le dio una palmadita en la mano con cariño.

–Nosotros también lo echamos de menos. Era un hombre maravilloso.

–El mejor.

Elena se puso pálida de nuevo y el cuerpo pareció temblarle. Cesca se le acercó otra vez.

–¿No crees que deberías volver a casa? –le preguntó en voz baja.

–Puede que tengas razón –concordó Elena–. Paolo, ¿te lo tomarías muy mal si nos fuésemos tan pronto?

–Todo lo contrario, ha sido un honor tenerte aquí esta noche, *principessa*. Quedemos para comer un día de estos.

–Sí, quedemos.

El *signor* Bulgari se volvió hacia Cesca.

–Y ha sido un placer conocerla, jovencita. Ojalá pudiese quedarse más tiempo para que nos deleitásemos en toda esta riqueza y en su belleza.

–Me parece que ya va siendo hora de quitarme esta joya –objetó–. Ya casi es medianoche para esta Cenicienta; ha llegado la hora de volver a la calabaza y al polvo.

Atravesaron lentamente el gentío, con Elena apoyando sin fuerza el brazo en el de Cesca y despidiéndose regiamente con un gesto de la cabeza.

–Nos vemos mañana, *signor* Cantarelli –dijo Elena cuando pasaron junto a Nico e Isabella, en un tono algo menos ameno que antes.

—Sí, *signora* —contestó él, pero tenía los ojos fijos en Cesca, y por la forma en que la buscaba con la mirada, supo que necesitaría más de mil habitaciones para esconderse de este hombre.

Capítulo 28

Roma, Nochevieja de 1980

La estancia estaba llena de vida, palpitante de energía. Vibrante. Exótica. Seductora. Los hombres llevaban corbatas blancas y las mujeres, vestidos extravagantes, atrevidos, que tenían guardados en sus armarios para una noche como esa. Bajo su máscara de plumas, Elena lo contemplaba todo desde la periferia. Ese era su mayor triunfo: un baile del que se seguiría hablando generación tras generación. Incluso quienes no habían sido invitados trataban de sacar provecho del evento, con multitudes de personas reunidas en el exterior que se paraban para admirar la procesión de invitados subiendo las escaleras, mientras que otros estiraban el cuello para vislumbrar el baile del interior, conforme los bailarines y los asistentes pasaban dando giros frente a las ventanas. Cristina había sido derrotada de una vez por todas. El regreso de Aurelio había avivado la sangre de Roma; las mujeres –las casadas– hacían caso omiso de los dictados de la reina y trataban de privar a Elena de cualquier oportunidad de pasarse la noche flirteando con él en sus brazos, aunque tan solo fueran unos instantes, en la pista de baile.

Había tenido menos de una semana para organizarlo, después de que Aurelio dejase caer la idea por casualidad durante el desayuno el día de Navidad –era la clase de hombre que pensaba que tales acontecimientos se podían organizar en menos de una semana–, pero tal era la atracción que ejercía él que la ciudad lo hizo posible. Una vez repasados sus compromisos, todos enviaron sus disculpas a los anfitriones a los que dejarían plantados, y las confirmaciones de asistencia empezaron a llegar atropelladamente como las crecidas del Tíber.

Vito se había mostrado renuente, por supuesto. Era precipitado, insensato; ese tipo de cosas había que organizarlas bien, pero el edificio señorial ya se había puesto en marcha, incluido todo el personal, que se había apurado a limpiar los espejos, abrillantar el oro, fregar las escaleras y sacar el polvo a los bustos de mármol, pues aquel brote de locura había sido el aliciente –el único aliciente– necesario para que cuadrase todo ese esquema doméstico. En cuanto las palabras salieron de la boca de Aurelio, ella supo que le había proporcionado los recursos necesarios para que todos pudiesen permanecer entre las paredes del edificio señorial sin que estallase una guerra, o algo peor.

Elena nunca se había esmerado tanto: se levantaba al salir el sol y se metía en cama después de que apareciera la luna, supervisando hasta el último detalle, para que Vito no pudiese seguirle el rastro a ella y mucho menos a su hermano. Todos los días, recorría kilómetros de distancia, pasando por los pasillos para dar órdenes a Maria –mueve aquellas sillas, baja aquel candelabro, retira las alfombras–; todas las noches, caía rendida a solas en su cama y dormía sin sueños, ahí donde no la pudiesen alcanzar los brazos de su marido ni la sombra de su hermano.

Había funcionado durante una semana, pero ¿ahora qué?

Observaba a Cristina bailar, que era quizá lo que más disfrutaba. No le había quedado otra opción que aceptar la invitación: había acudido todo el mundo y ella sabía tan bien como Elena que su ausencia habría suscitado demasiadas preguntas directas, y la suya era una guerra que no se podía librar a los cuatro vientos.

–¿Ves como la tienes a tus pies? –le murmuró una voz al oído, y el olor a cuero y a canela la embargó como neblina.

Elena se enderezó, ciñéndose la máscara a la cara incluso más conforme se giraba. Él le guiñó aquellos ojos hundidos, grandes, que tan bien conocía por debajo del terciopelo negro. No era un disfraz. Lo reconocería en cualquier lugar. En cualquier vida.

–No sé de qué me hablas –objetó.

–Claro que no. Si ha sido un encanto desde que llegaste: te ha abierto las puertas y acogido bajo su ala protectora.

Elena no ofreció respuesta alguna. ¿Cómo lo sabía? Cristina no había pisado el edificio señorial desde que él llegara. A no ser que… se hubiese enterado de las cosas que Cristina iba diciendo por ahí de ella.

—Bravo, hermana. La has derrotado.

—No me llames así.

—Pero es lo que eres.

Notó que se le rompía el corazón, como un pájaro atrapado en una jaula.

—Soy la esposa de tu hermano —dijo con cuidado. Con decisión.

Él se la quedó mirando, endureciendo la expresión antes de desviar la mirada repentinamente, de pie junto a ella, en un frío silencio, contemplando el desarrollo de la fiesta.

—¿Dónde está Vito, a todo esto? No lo he visto en toda la noche.

—Dando la mano a todos los que llegan, supongo. Lo da todo de sí como anfitrión.

¿Percibió él la connotación de amargura que destilaba su voz? Por el rabillo del ojo, vio que él volvía a mirarla con brusquedad.

—¿Ha bailado contigo?

—Todavía no. —Lo miró—. No me importa… No nos dejamos ver en público.

—No, preferís la intimidad, ¿verdad? —dijo, rememorando el episodio vergonzoso de Nochebuena.

—Para ya —espetó, notando que se le constreñía la garganta.

Todavía no se había puesto el famoso camisón y su proyecto de seducción nocturna para quedarse embarazada con efecto inmediato seguía sin materializarse. ¿Esa noche, tal vez? No podía seguir desanimando a Vito, pero solo de pensar en ponérselo cuando Aurelio estaba en sus aposentos al otro lado del jardín, con las luces encendidas…

—Bueno, es todo un éxito —comentó él al cabo de un rato, reculando—. Tu legado. Se pasarán años hablando de esto. Supera con creces a la de Capote en Nueva York.

—¿El Black and White Hall? Yo estuve presente. —Se volvió hacia él, sin aliento, con el corazón paralizado. Aquello era un riesgo. Apenas se atrevía formular la pregunta—. ¿Y tú?

—Yo también. —Ella reparó en que dilataba los orificios de la nariz, en que apretaba la mandíbula, en que sus iris marrón chocolate ardían intensamente—. Es increíble que no coincidiésemos.

Su voz transmitía un cruel sarcasmo y sus palabras, inquietud. ¿Y si se hubieran conocido aquella noche, hacía catorce años? Antes de Vito. De Steve. Justo antes de casarse con Leo. ¿Y si él hubiera sido el primer hermano al que conociera? ¿Cuán diferente habría sido su vida?

—Sí —dijo, apartando rápidamente la mirada y tratando de adoptar el mismo desinterés monótono que irradiaba él—. Increíble.

Él, de repente, la cogió de la mano.

—Elena…

—¡Aurelio!

Una mujer con una llamativa máscara roja de plumas se contoneó hasta llegar a ellos, con un traje con corsé que le dejaba el pecho casi al descubierto. Elena inclinó la cabeza a modo de saludo, al tiempo que Aurelio le soltaba la mano.

—Aurelio, baila conmigo —dijo alegre, alzando una mano coquetamente.

—No es buena idea, ya hemos bailado juntos, *signora* Bertorelli… ¿Qué pensaría su marido?

La mujer bajó la mano; la máscara —si bien velaba su identidad con eficacia— no fue lo suficientemente grande para ocultar lo consternada que estaba cuando agarró la falda del vestido y se marchó precipitadamente entre sollozos.

—Serás cabrón —dijo Elena en voz baja—. No hacía falta humillarla de esa manera.

Lo oyó coger aire y, al mirarlo, se percató de que la contemplaba con ojos fulgurantes.

—Al contrario, diría que la que se humilla es ella. Yo estoy soltero, ella no. Su marido acabaría retándome a duelo en el jardín al amanecer.

—Bueno, dudo que fuese el único. Esta noche has causado mucho revuelo entre todas las esposas.

No pudo evitar lanzar la indirecta. Desde el primer baile, había flirteado con todas las mujeres presentes en el edificio señorial, haciéndolas reír y temblar con una intensidad que rozaba el salvajismo. ¿Acaso le sorprendía que todas ellas estuviesen haciendo cola para pedirle otro baile?

—Me sorprende que te hayas dado cuenta.

–No me he dado cuenta –respondió, restándole importancia a propósito–; he oído lo que decían algunas damas en los aseos. Eres la comidilla de todas.

Él la miró con unos ojos que le abrasaban la piel de las mejillas, pero se negó a devolverle la mirada.

–Bueno, imagino que estás acostumbrada a ese tipo de cosas.

Ella contuvo el aliento y se volvió rápidamente hacia él.

–¿Qué has dicho?

Con un movimiento hábil, la agarró de la cintura y la arrimó contra la columna, por el otro lado, en un rincón profundo, oscuro. La música dejó de oírse, el silencio los embargó a ambos, amarrándolos el uno al otro; los ojos de él estaban a unos pocos centímetros de los de ella y sus caras, ensombrecidas, pero la verdad, de algún modo, claramente manifiesta. Se paró el tiempo, chocaron mundos.

–Es mi marido, Aurelio –dijo ella con voz rota–. Le quiero.

–Lo sé –dijo él, con la mirada fija en su boca–. Yo también.

Estaba sentada a la mesa del jardín, a la sombra del naranjo, con una manta ceñida en torno a ella y unas ojeras hondas bajo los ojos. No había dormido, sino que había yacido sobre las sábanas toda la noche, tras cerrar la puerta con pestillo para que Vito no pudiese entrar mientras barajaba las opciones que tenía. Pero, en realidad, tan solo tenía una.

Percibió un movimiento al otro lado del cristal y vio a Vito –ya vestido– tras las ventanas, recorriendo las galerías y evaluando los desperdicios de la noche anterior. La fiesta se había prolongado hasta las tres de la mañana; la leyenda ya se había consolidado. Aurelio había estado en lo cierto: ese baile estaría en boca de todos durante años. Cristina no tenía nada que hacer.

Cristina. Parecía que había pasado mucho tiempo desde los días en que fue su principal preocupación.

Contempló a Vito coger una máscara de lentejuelas que habían dejado en el rostro inmóvil del busto de Nerón. Lo veía chascar la lengua: había restos de brillantina en el mármol, que limpió con sus manos grandes, elegantes.

Era un hombre bueno. Firme y honrado. Leal y con principios.

Se merecía algo mejor.

Apartó la mirada y se centró en el jardín, en la hierba dura cubierta de blanco por la escarcha, en las siluetas de la topiaria, que emergían de la neblina. Al oír un fuerte graznido, alzó la mirada hacia los nidos de los grajos en los pinos, en los confines lejanos. Los pájaros eran libres: podían volar lejos, irse sin más.

¿Y ella no? Podía ir a donde quisiese. Tenía los recursos necesarios, tenía casas.

Cruzó el cielo un avión, cuya estela cortó las últimas nubes lóbregas que quedaban de la noche anterior. Podía marcharse a cualquier lado, comenzar de nuevo y retomar la vida que había dejado antes de subirse a aquel barco. Tampoco sería la primera vez. Una llamada de teléfono –al sucesor del señor Charles– y un billete de avión: ese era, por regla general, el *modus operandi*. ¿Adónde esta vez? ¿A París? ¿Berlín? ¿Saint Moritz? ¿Londres?

Pero pensó en Vito y en lo que tendría que decirle, pensó en la cara que pondría él cuando se lo dijese… y no lo comprendiese, porque ¿cómo iba a comprenderlo, si la verdad no era una opción?

En algún lugar del edificio señorial, dieron un portazo y alzó la mirada al oír un grito repentino. Vito estaba en el último piso del ala oeste, abriendo una ventana.

–¡No me lo puedo creer! –gritó, presa de una rabia que ella jamás había visto en él, con la cara colorada, pese a lo lejos que se encontraba–. ¡Lo ha vuelto a hacer!

Elena se enderezó y la manta le cayó de los hombros.

–¿A hacer el qué, Vito? ¿Qué ocurre?

Pero la consternación comenzaba a hacer mella en ella. Porque ya lo sabía.

–Se ha marchado.

Capítulo 29

Roma, agosto de 2017

Era ridículo, en cierto sentido, pasearse por una galería de mármol con una taza de té. Era un escenario idóneo para el champán Krug y los calzados Jimmy Choo de la noche anterior, no para tomarse un English Breakfast con unas zapatillas amarillas Converse con un agujero en la suela izquierda, por debajo del dedo gordo del pie, pero ahí estaba ella, como siempre: Cenicienta había vuelto a ponerse sus trapos de segunda mano, como si la noche anterior hubiese sido un sueño. Un mal sueño. La brisa se colaba por las ventanas abiertas y le dio un leve escalofrío al sentirla contra la piel, apartándole el cabello del cuello y ciñéndole al cuerpo su vestido, holgado y largo, hecho con retales de los años setenta, estilo Holly Hobbie. Se lo había comprado el fin de semana anterior en su *boutique* preferida de ropa *vintage* cerca de la Piazza Navona, alentada por Alé, a la que le gustaban las tiras «sexis» que se cruzaban por la espalda.

A Elena, sin duda alguna, le costaría reprimir la mirada de desconcierto que le lanzaba normalmente en cuanto viese el atuendo de Cesca en la entrevista de esa tarde. En cuanto a Cantarelli, ¿qué era lo que le había dicho la noche anterior? «No entiendo tu estilo de ropa». ¿Qué quería decir exactamente? ¿Qué era lo que había que entender? Seguro que no le costaba tanto entender la ropa de Isabella, que era la clase de mujer que se ponía sujetadores y bragas a juego para los hombres.

«Sea como sea, no es que tuviese la intención de volver a verlo», se dijo a sí misma, antes de apartarlo de sus pensamientos —¡otra vez!— y cerrar los ojos cuando le llegó una ráfaga de aire frío. No le daría la oportunidad para que se rompiese la cabeza intentando «entender» el conjunto de hoy: había espacio suficiente en ese lugar para los dos y se encargaría personalmente de que…

—¡Ah! —Se le vertió el té que sostenía en las manos, que acabó salpicando el suelo, cuando ella, repentinamente, chocó contra algo duro y se echó hacia atrás—. ¡Maldita sea! —gritó, soltando la taza rápidamente y quitándose los restos de té de la piel con el vestido antes de que le quemasen la piel.

Nico, que estaba haciendo lo mismo y se apartaba el polo del vientre, la observaba.

—¿Estás bien?

Ella alzó la mirada, incrédula. ¿En serio? ¿De entre todas las personas…?

—Sí. Gracias —dijo, cortante.

—Eso te pasa por no mirar por dónde vas.

Dejó de frotarse el brazo y lo fulminó con la mirada.

—Vaya, y encima me echas a mí la culpa —dijo sarcásticamente, recogiendo la taza y caminando hasta dejarlo atrás.

—No era mi intención… ¡Cesca!

Ella no se detuvo; oía su propia sangre correr por las orejas. ¿De qué iba ese hombre?

—Cesca, espera.

Le puso una mano en el brazo.

—¿¡Qué!? Tengo que trabajar.

—Me gustaría hablar contigo.

—Ya hablamos anoche. Tú, yo e Isabella, ¿te acuerdas?

¿Por qué había dicho eso? Detectó cierta confusión en sus ojos antes de que cayera en la cuenta.

—Cierto —dijo, llevándose la mano al bolsillo de los pantalones—, y a mi hermana le encantó conocerte.

—¿Tu her…?

La contemplaba, con ojos duros e inquisidores, como si tratase de ver en su interior, pero Cesca notaba que no la entendía en absoluto. Ella era un acertijo incapaz de resolver.

—Claro, qué pena que tu novio no se nos uniese. Habríamos sido cuatro.

Ahora era ella la que estaba desconcertada.

—¿Cómo que mi novio?

—Sí, Matteo, ¿no se llama así? Te llevó a casa el viernes. ¿Le transmitiste el mensaje de Silvano, por cierto?

—¡Matteo no es mi novio! —bufó—. Es un ligón de primera, pero solo es un amigo.

—Entiendo. —Nico asintió, pero la miraba divertido y algo perplejo, y ella cayó en la cuenta de que había sido una pregunta trampa, una especie de emboscada. Seguía mirándola con diversión. ¿Estaban… flirteando?

—Bueno, se lo puedo presentar a tu hermana si qui…

—No.

Nico negó con la cabeza firmemente; seguía mirándola divertido.

Cesca tensó los músculos por la manera en que la miraba. ¿A qué venía eso?

—Te estaba buscando… —reveló él al fin.

Ella se puso tensa al recordar la conversación que había tratado de comenzar él anoche: una conversación sobre el viernes, para ahondar en algo que había dicho ella, cuyo recuerdo seguía eludiéndola, pero, aun así, le revolvía el estómago.

—Hemos cartografiado el primer túnel.

—¡Vaya!

—¿Te gustaría verlo?

—E-eh… —tartamudeó. La idea de estar a solas y a oscuras con él le emocionaba y aterrorizaba a la vez.

—Ahora no puede ser. La zona está restringida, naturalmente. Tendría que ser esta tarde.

—No sé qué decir. —Se miró el vestido manchado de té—. No llevo la ropa adecuada.

Él también le miró el vestido.

—No. —Hubo un silencio desconcertante antes de que añadiese lo siguiente—: Pero podríamos prestarte un traje.

Se refería a un mono de trabajo, no a una chaqueta de franela gris con botones. Había visto a algunos de los obreros con uno —un mono azul marino resistente—, pero no podía dejar de pensar en lo atractivo que estuvo con aquel traje de gala anoche.

—Te va a gustar…

¿El traje o el túnel?

—Nos vemos a las seis de la tarde. A esa hora, ya no habrá nadie.

No aguardó su respuesta, sino que se giró y desapareció por la esquina antes de que ella pudiese decir sí o no.

—Supongo que es una cita, entonces —murmuró, escuchando los pasos de sus botas pesadas por el mármol, que encajaban tan poco en ese sitio como ella misma.

—Lo que tiene que entender la gente, Francesca, es que yo nunca los vi como una «colección» de maridos. Yo nunca, en mi vida, pensé que me llegaría a divorciar, ni mucho menos en tres ocasiones. Yo no era más que una mujer joven que cometió errores, como todo el mundo. Al hacer memoria, veo que hasta casi hay un patrón: me casé muy joven, de modo que me fui al otro extremo y me casé con alguien muy mayor, y, como no funcionó, dejé de buscar el modo de escapar de la vida que conocía y probé a casarme con alguien que era como yo: famoso y rico, pero aislado, marginalizado. Steve y yo habríamos sido la pareja perfecta de no ser por un detalle: pese a que frecuentábamos los mismos círculos cuando nos conocimos, él no pertenecía a ese tipo de vida por nacimiento y aquella diferencia lo cambiaba todo; ahora lo entiendo. Yo estaba harta y cansada: quería sentar la cabeza, formar una familia y tener un hogar propio, pero él quería más y más; nunca se saciaba. La fama, el dinero eran como una droga para él. Quería que lo viesen con la gente oportuna en las fiestas oportunas. Ni hablar de pasar una noche en casa a solas. Desde el comienzo, los dos fuimos por caminos diferentes.

Elena, de pie junto a la estantería, se volvió para mirarla. Ese día parecía más anciana, en cierto modo, por aquellos ojos pálidos y llorosos. Negó con la cabeza, con pena.

—Yo estaba desesperada por conseguir que funcionase. Hice todo lo que pude. La vergüenza que me daba que mi tercer matrimonio se estuviese rompiendo era inmensa. Mi padre acababa de morir y yo me sentía sola y un fracaso.

Inhaló, llenándose de aire —de energía—, y comenzó a caminar de nuevo, mientras Cesca la observaba desde el sofá.

—Pero, centrándonos en lo positivo (que era mucho), Steve era… era un hombre cariñoso. De un talento tremendo, por supuesto, pero eso a menudo se pasaba por alto; Redford tuvo el mismo problema. Acababa de ganar el premio al mejor actor de reparto por su papel en *Luces de la ciudad* cuando comenzamos a salir, pero no dejaban de ofrecerle los mismos papeles: el amante, el camarero sexi, y él quería que se le conociese por algo más que por su apariencia. Le frustraba muchísimo e, incluso por aquel entonces, ya barajaba la opción de ponerse a trabajar detrás de las cámaras. Era la única manera de que nos tomasen en serio.

Cesca había contemplado las fotografías de Steve Easton largo rato, un nombre que le sonaba, pese a que no le ponía necesariamente cara, ya que, a lo largo de su vida, había trabajado únicamente como director. No obstante, la cámara lo adoraba y era quizá el más apuesto de los maridos de Elena hasta la fecha, si bien en su apariencia parecía percibirse cierta arrogancia impasible. Miraba a la cámara en casi todas las imágenes, desafiándola –o a la persona que la sostenía–, en cierto modo.

–¿Vivíais en Hollywood?

–La verdad es que no. Nunca me gustó ese lugar. Además, Steve firmó un contrato de larga duración en Broadway, de modo que durante la mayor parte de nuestro matrimonio vivimos en Nueva York. Era el lugar de moda por aquel entonces, en todo caso. Studio 54, el Madison Square Guarden, donde actuaban los peces gordos… Nuestro matrimonio se caía a pedazos, pero nos íbamos a bailar. Qué ironía, ¿verdad?

Cesca tuvo que darle la razón. El tercer matrimonio y divorcio había aportado la que quizá era la colección de imágenes más atractiva hasta el momento. Cesca supo al instante, nada más sumergirse en la caja titulada «Nueva York 1975-1979», que contenía justo el tipo de material que querrían los editores. Todos los famosos de la época aparecían en una imagen o en otra: Andy Warhol, Mick y Bianca Jagger, Liza Minnelli, Calvin Klein y Halston en Studio 54, gigantes del *rock and roll* como los Rolling Stones, los Eagles y Fleetwood Mac –algunos entre bastidores, en mitad de una gira–, así como instantáneas de John Lennon y Yoko en el estudio, la realeza de Manhattan con Jackie Onassis y sus emblemáticas gafas de sol, Truman Capote y Rudolf Nuréyev, y las estrellas de Hollywood Barbra Streisand, John Travolta, Jane Fonda, Robert Redford…

–¿Cómo era Warhol? –preguntó Cesca, más por pura curiosidad que por rigor profesional.

Ya estaban bien acostumbradas a su rutina: con una tetera y unas fotografías seleccionadas con acierto, las historias se sucedían unas a otras, pero ese día Elena la había sorprendido con su franqueza, al revelar cierta vulnerabilidad por una vez, en lugar de limitarse a forzar la imagen de felicidad plena. Tenía la sensación de que Elena comenzaba a confiar en ella, de que comenzaban a entenderse la una a la otra. ¡Si hasta se iban de fiesta juntas! Elena no había mentido, aquel primer día en el piso de Cesca, cuando dijo que llegarían a hacerse amigas.

–Un poco peculiar. Una vez, vino a una cena y se quedó sentado en una esquina toda la noche sin decir ni mu.

Cesca contuvo la respiración y soltó una risita.

–¡Qué borde!

Elena se encogió de hombros.

–Era artista. Siempre me ha parecido que hay que respetar lo sensibles que son.

Las dos se sobresaltaron al oír una colisión repentina proveniente del exterior.

–Madre mía, ¿qué ha sido eso? –dijo Cesca sin aliento, y corrió hacia la ventana.

Una pequeña grúa, que bajaba los andamios al socavón, se había volcado y el brazo hidráulico seguía moviéndose, dejando unas marcas más y más profundas en lo que quedaba del jardín.

–¡Ay, no! ¡Mi jardín! –se quejó Elena, tapándose la boca con las manos, mientras contemplaban al conductor salir a tientas de la cabina volcada–. ¿Estará bien?

–Parece que sí. Igual un poco alterado –dijo Cesca, viendo al propio Nico meterse en la cabina para apagar el motor y frenar el brazo, que se balanceaba peligrosamente, antes de ordenar al equipo que ayudase al conductor a sentarse, que fuese a buscarle agua…

–Esto volverá a retrasarlo todo, está claro. –Elena chascó la lengua, alejándose del cristal–. De verdad, ¿por qué no acaban ya y punto? Si no fuese porque soy amiga de su madre, le habría plantado cara hace semanas. No pueden quedarse ahí acampados el resto del verano.

–Dijo que es por tu propia seguridad. Prácticamente, la ciudad se erige sobre toda una serie de agujeros, como si fueran panales de abeja: dijo que, tras el hallazgo de los túneles que atraviesan tu jardín y, tal vez, también el edificio señorial por debajo, tienen que cerciorarse de que son estables antes de cerrar el socavón de nuevo.

Elena parecía confundida.

–Parece que estás bien enterada, Francesca. ¿Has pasado mucho tiempo en compañía del *signor* Cantarelli?

Cesca se ruborizó.

–No, por supuesto que no. Fue lo que dijo el otro día, cuando bajé en tu lugar.

–Ya veo, ya –dijo Elena, que parecía ver muchas más cosas, cuando se apartó de la ventana y regresó a las sillas.

–Nic… El *signor* Cantarelli –se corrigió a sí misma– dijo que tú ya estabas al tanto del túnel de servicio.

–Por supuesto. A Vito le encantaba contarme que él y su hermano jugaban en el túnel de pequeños. Era uno de sus juegos preferidos: se escondían de sus padres a la hora de dormir, escabulléndose por el ala este y saliendo instantes después por el ala oeste. Su padre se enfadaba mucho, al parecer. Era una persona estricta, según parece.

–Un padre victoriano –comentó Cesca, sonriente.

–¿Perdón? –Elena parecía que no la había oído.

–Los padres estrictos me recuerdan a la época victoriana. –Se encogió de hombros–. Es lo que solemos pensar en el Reino Unido.

–Ya…

Parecía distraída.

–¿Llegaste a conocerlo? ¿Al padre de Vito?

–No, falleció cuando los chicos eran adolescentes. Pobre hombre. Tengo la impresión de que, mientras Vito crecía, a él lo encadenaban todas sus responsabilidades.

–¿A qué te refieres con que lo encadenaban? –inquirió Cesca. Era una palabra fuerte.

–La gente se piensa que tener un título y ser propietario de algo como esto no brinda más que glamur, pero también requiere gran responsabilidad: cuando Vito tomó las riendas de la gestión del edificio señorial, contaba con una plantilla de más de cien trabajadores. Te convierte en un personaje, no en una persona. Cuando yo llegué aquí, pensaba que lo mejor de haberme casado con un miembro de la *nobilità nera* era tener permiso de aparcamiento en la Ciudad del Vaticano –bromeó sarcásticamente–. Pero en esta ciudad todo depende del estatus social y no se debe infravalorar la importancia que tiene, todavía hoy, cuando tantas familias de la nobleza han perdido sus fortunas y han tenido que vender sus propiedades. El compromiso sigue siendo el mismo: la caridad, el deber, la discreción por encima de todo. –Suspiró; parecía cansada–. Antes pensaba que el deber era un concepto insignificante, casi aburrido, en cierto sentido, e impuesto contra la voluntad propia, pero, conforme he ido envejeciendo, he comenzado a verlo como una forma de amor, una fuerza pasional, ardiente.

–¿Podrías explicármelo con un ejemplo?

–Bueno, pongamos al padre de Vito como ejemplo. Trabajaba para la Resistencia italiana, primero en contra de Mussolini, que trató de desvalijar la colección de arte del edificio señorial, y, luego, para la Waffen-SS, que convirtió el edificio en su sede en 1943. Durante dos años, colgaron banderas nazis de esas ventanas que dan a la plaza, deshonrando el apellido Damiani, pero el padre de Vito ideó un plan, que consistía en pasar bombas por ese mismo túnel de servicio. Tal era su sentido del deber: estaba dispuesto a sacrificarse y destruir el hogar de su familia, este edificio majestuoso, para echar a los invasores alemanes de la ciudad. ¿Te imaginas poseer tal convicción, tal amor por algo, como para poner una bomba debajo de tu propia vida por su bien? –Elena veía sin mirar la plaza, al otro lado de las ventanas del fondo. Tanto tiempo estuvo con la mirada perdida que Cesca empezó a pensar que le pasaba algo–. A eso me refiero cuando digo que el deber puede ser una forma de amor y puede ser una fuerza pasional, ardiente.

–¿Qué fue lo que pasó?

Pero Elena no respondió; ni siquiera parecía oírla, sumida como estaba en sus pensamientos.

–Perdona, ¿qué?

–Bueno, no pudo funcionar. El plan. O sea, el edificio señorial sigue en pie. ¿Descubrieron al padre de Vito?

–No. –Negó con la cabeza y, lentamente, regresó al pequeño sillón y se sentó con cuidado–. Me temo que la historia es mucho más aburrida. Ganaron los aliados. Al final, no hizo falta llevar a cabo el plan de su padre. –Cerró los ojos; parecía agotada–. Aurelio siempre decía que la mayor tragedia de la vida de su padre fue que le hubiesen privado de su momento en la historia y que, en su lugar, hubiese tenido que sentar la cabeza como padre y marido responsable.

–¿Aurelio?

–El hermano gemelo de Vito –murmuró Elena, recostando la cabeza y cerrando los ojos unos instantes.

–Ah, vale –dijo Cesca, sorprendida–. ¿Eran iguales?

–Como dos gotas de agua.

–¿Los diferenciabas? –preguntó Elena. Siempre le había fascinado el concepto de los hermanos gemelos, desde que, como zurda, leyó que los gemelos zurdos tenían más probabilidades de ser los que sobreviviesen a un aborto–. ¿Elena?

Pero, para su sorpresa, reparó en que Elena se había quedado dormida. Aquella entrevista –y todas las respuestas a sus preguntas– tendría que esperar.

–Conque talla única, ¿eh? –preguntó Cesca, subiéndose las mangas y las piernas del mono. Además de ser enorme, también daba muchísimo calor–. Creo que prefiero llevar mi ropa, gracias.

–No, tienes que ponértelo. Para proteger la piel.

Cesca lo miró mientras se ponía el casco que le había entregado. ¿Conque ahora le importaba su piel, después de provocar dos accidentes y hacerle innumerables rasguños?

De alguna forma, habían vuelto a enderezar la grúa, que ahora permanecía inmóvil en el crepúsculo.

–Hoy habéis tenido un accidente; lo he visto.

Nico, que estaba cerciorándose de que la escalera fuese estable, alzó la mirada.

–¿Lo has visto?

–Sí, ha sido muy valiente por tu parte meterte en la cabina cuando el brazo seguía moviéndose de esa manera.

Él desvió la mirada, contrariado, y ella suspiró y dejó caer los brazos a ambos lados. Fuera lo que fuese que se hubiera esperado para esa tarde, ya tenía claro que no era eso. Nico estaba distante, apenas la miraba e incluso pareció sorprendido de que hubiera aparecido, y, hasta el momento, se había pasado más tiempo estudiando las imágenes de su querido ordenador que hablando con ella.

–Venga, acabemos de una vez –lo urgió ella.

Él se la quedó mirando al oír aquellas palabras, pero Cesca se dirigió a la escalera; esa parte del procedimiento, por lo menos, la tenía controlada. Al llegar al fondo, lo esperó, encendiendo la luz de su casco sin ayuda esta vez, y se dejó guiar por él al recorrer la corta distancia hasta el hueco provisional que daba al túnel de servicio.

Treparon la cavidad estrecha y baja en silencio, más allá de algún que otro aviso de Nico para que tuviera «cuidado» con algo. La ayudó a impulsarse por el pie de nuevo para meterse en el túnel del techo y lo esperó al otro lado, maravillándose, una vez más, con el espacio amplio que se abría en aquel lugar, que casi parecía una estación de metro. ¿Cómo podía tener miles de años de antigüedad?

–¿Estás lista? –le preguntó Nico, cayendo junto a ella. Volvía a esbozar aquella amplia sonrisa ahora que estaban allí abajo, aquella que casi nunca dejaba ver en la superficie. Parecía un niño pequeño en una tienda de chucherías.

–Todo lo lista que puedo estar –respondió, y lo siguió esbozando, en contra de su voluntad, una sonrisa confundida. Por su culpa, sus sentimientos no paraban de rebotar como un yoyó.

–¿Ves esto? –le preguntó en cuanto llegaron al delta de los túneles, señalando una cuerda tirante al lado de una línea pintada con tiza azul que se extendía por uno de los túneles hasta perderse de vista. La tocó, y ella reparó en que la tiza esbozaba una línea a lo largo de la pared de ladrillo–. Es un mecanismo de seguridad para salir en caso de que la cuerda nos falle.

–¿Por qué tendría que fallaros?

Se encogió de hombros.

–Por las ratas.

Cesca sintió un escalofrío.

–Culpa mía por preguntar –murmuró, mirando al frente de nuevo.

–¿Ves lo ancho que es? –dijo, adelantándose y estirando los brazos a ambos lados: no alcanzaba a tocar ninguna de las paredes–. Es para que pasen carros. Probablemente, para transportar leña.

«Cabría sin problema un sedán familiar», pensó Cesca.

Siguieron caminando, con Nico al frente, aunque fuese lo bastante ancho como para andar uno al lado del otro. Estaba tan oscuro que únicamente veía lo que iluminaba la luz de su casco.

–¿Estás bien? –le preguntaba él de vez en cuando.

–Ajá –respondía ella, pensando en que tenía suerte de no tener miedo de la oscuridad o de los lugares cerrados o de estar bajo tierra con un cascarrabias al que apenas conocía.

Chilló al oír un ruido sordo, como si el propio túnel se estuviese moviendo, elevando y desplazando.

–Perdón –gimió, cubriéndose la boca con la mano, y se avergonzó cuando el sonido dejó de oírse pocos segundos después–. Me… me he asustado de verdad.

Nico, que había retrocedido precipitadamente, se la quedó mirando, cegándola con la luz de su casco.

–Es el metro.

–Ya. Es que no me lo esperaba.

–No.

Él vaciló, antes de volverse y seguir avanzando por el túnel.

–Bueno, ¿y adónde lleva, entonces? –preguntó Cesca.

–Es una sorpresa –le pareció detectar cierta sonrisa (incluso cierta ilusión reprimida) en su voz.

–¿Qué hay ahí abajo? –preguntó, deteniéndose y señalando con la luz hacia un túnel nuevo que se desviaba abruptamente a la derecha.

–Todavía no lo sabemos; no lo hemos cartografiado.

–Casi parece que se curva sobre sí mismo.

–Cesca, tienes que venir por aquí. Este es el túnel que hemos analizado. Te llevarás una grata sorpresa, creo. He…

–Pero me parece que… –Apagó la luz del casco y entrecerró los ojos–. Sí, mira. Por ahí hay luz.

Señaló un leve fulgor, casi indiscernible incluso en esa negrura total; habría sido del todo imposible detectarlo a la luz del día.

Nico, que seguía inmóvil donde se había detenido, negó con la cabeza.

–Cesca, no podemos ir por ahí. Puede que no sea seguro.

–Pero ¿por qué no? Las partes del túnel que hemos recorrido hasta el momento están en excelentes condiciones. A su manera.

–Lo cual no quiere decir que vaya a ser así en otras partes. Ya te lo he explicado: los daños o los puntos débiles no tienen por qué verse a simple vista. Primero tenemos que bajar los escáneres 3D. Venga, vamos –dijo Nico, que sonaba impaciente, y reanudó la marcha.

–Pero es que está justo al pasar esa curva de ahí. No queda muy lejos y veo claramente que no hay ningún obstáculo por el camino; nada de rocas, nada de grietas… Creo que no hay nada.

–Te estoy diciendo que es por aquí –dijo Nico con voz firme, y siguió andando, claramente convencido de que ella lo seguiría. Claramente equivocado, porque no la conocía en absoluto.

Estaba llegando a la curva cuando Nico se dio cuenta de que no iba tras él.

–¡Cesca! –Sus pasos resonaban mucho a medida que corría, con la luz del casco rebotando de arriba abajo a cada movimiento, avanzando furiosamente hacia ella–. ¿Qué demonios te crees que estás haciendo? –inquirió, agarrándola del brazo–. ¿Te das cuenta de lo peligroso que es esto? Toda esta estructura podría venirse abajo de un momento a otro.

–Bueno, no le va a quedar más remedio si sigues gritando de esa manera –respondió Cesca, insolente–. Por no decir que, si se ha mantenido en pie durante dos milenios, es poco probable que vaya a derrumbarse justo ahora.

–Se ha mantenido en pie durante dos milenios porque nadie lo ha tocado. No tienes derecho a pasearte por aquí abajo como te venga en gana. En teoría, ni siquiera deberías estar aquí. Si te he traído es solo porque…

Se detuvo de pronto, respirando con dificultad.

–¿Qué? A ver, ¿por qué me has traído, Nico?

Se la quedó mirando, incapaz de articular palabra. Pasado un momento, negó con la cabeza.

–Esto ha sido un error. Volvamos.

Se giró para marcharse.

–No es cierto que nadie lo haya tocado –le dijo a su espalda.

Él se detuvo de nuevo y se giró para mirarla, ceñudo, casi fulminándola con la mirada.

–¿Cómo?

Señaló un punto del techo, justo por encima de su cabeza.

–Creo que tiene que haber algún punto de acceso por ahí… Se oyen voces.

–¿Qué? ¿Dónde? Déjame ver.

Corrió hasta dejarla atrás, apuntando la luz del casco hacia arriba, donde se escondía un agujero redondo hasta llegar a una tapa, primitiva y artificial, con asideros de hierro en las paredes, como en el caso del otro agujero. Se estiró hasta uno y se colgó de él, para comprobar si podía con su peso. El hierro chirrió levemente contra el soporte y cayeron unas piedrecitas de la superficie. Volvió a mirarla.

–Tienes que alejarte.

–Pero…

–Cesca, no es una petición. Te digo que te alejes.

Se abstuvo de discutir esta vez, amedrentada por su tono de voz, e hizo lo que le pedía.

–Aléjate más.

Reculó, al menos diez metros de donde estaba él, y la penumbra la envolvió con sus brazos húmedos.

–¿Qué vas a hacer?

–Examinarlo, claro está, pero, si empieza a ceder, tienes que correr por donde hemos venido. Sigue la cuerda. ¿Lo has entendido?

–Mira, igual esto no es buena idea –dijo; no le gustaba el sonido que hacían las piedrecitas al seguir cayendo. Eran minúsculas, pero ¿no había dicho él que se desplazaban como yeso líquido? El metro sonaba como si estuviese justo al otro lado de la pared, y el túnel llevaba muchos años soportando esas vibraciones… Seguramente, ese era el motivo por el que se abrió el socavón. Las paredes de ese túnel podrían tener el grosor de un papel… Él tenía razón. ¿Qué demonios se pensaba ella, que se paseaba por aquí abajo como en una aventura de *Los cinco*?–. Lo siento, ¿vale? Por favor, vámonos…

Pero los gruñidos que emitía él, fruto del esfuerzo, le indicaban que ya se había subido al agujero. La luz del casco apuntaba hacia arriba y, metido como estaba en la cavidad del techo, hacia abajo tan solo se desprendía un levísimo fulgor. Cesca oía el sonido sordo y metálico de las barras de los peldaños, a medida que, lenta y cuidadosamente, Nico trepaba, haciendo una prueba con cada barra antes cargar todo su peso en ella.

–¿Nico? –preguntó.

No hubo respuesta. Tampoco lo veía. Ya no se oían pasos, aunque sí que seguía oyéndolo gruñir y dar un golpeteo. Miró hacia atrás, balanceando la luz del casco a su alrededor, para cerciorarse de que estaba sola. Sabía que era una tontería pensar lo contrario. Claro que estaba sola. Era un túnel subterráneo secreto. La soledad era lo único que estaba garantizado aquí abajo, pero, aun así, le resultaba muy imponente estar aquí sola en la penumbra.

Cuando volvió a mirar en su dirección, el fulgor de la luz del casco de Nico había desaparecido.

–Nico, ¿estás bien? –preguntó, dando unos pocos pasos–. ¿Nico…?

–Estoy aquí mismo.

Cesca se detuvo bajo el agujero de acceso y alzó la mirada: estaba apoyado boca abajo, en algún lugar oscuro, con un brazo extendido hacia ella.

–Sube.

Le permitió que la agarrase de la cadera para poner los pies en la primera barra.

–Ten cuidado con la segunda, que está muy floja –la avisó, justo cuando se desprendió otra oleada de piedras.

Trepó ejerciendo la menor fuerza posible, con el corazón latiéndole como tambores de guerra. Nico la ayudó a subir por la abertura artificial, la cual, ahora lo veía, habían cubierto con tablas de madera medio podridas fijadas con un marco de hierro. Tras meter únicamente la cabeza y los hombros, miró a su alrededor con curiosidad: estaban en un cuarto oscuro, una bodega, quizá, donde olía a humedad y las botellas de vino amontonadas refulgían como los ojos de criaturas nocturnas. Por encima, se oían pasos como truenos, las voces amortiguadas caían entre las grietas de las tarimas y el cerrojo de una puerta traqueteaba levemente.

Nico ya estaba registrando el cuarto. Cogió una botella de *chianti* y examinó la etiqueta.

–¿Dónde estamos? –preguntó maravillada, justo cuando se oyó un grito repentino, que sonaba muy cerca, al otro lado de la puerta.

Se quedó sin aliento y alzó la mirada cuando, instantes después, se abrió de par en par y quedó a la vista la silueta de un cuerpo en el marco. Nico, atónito, soltó la botella y el cristal se rompió en añicos en el suelo de piedra, al tiempo que se oyó otro grito que casi les perforó el tímpano. Se encendió una luz, que inundó la sala y los cegó a ambos.

–*Francesca?*

Atropelladamente, Cesca apagó la luz del casco y levantó la mirada.

–*Signora Accardo?*

Salir a cenar no entraba dentro de los planes de esa noche, pero, a decir verdad, tampoco el allanamiento de morada en el sótano de la *osteria* había sido parte del plan, por no decir que la *signora* Accardo no iba a aceptar un no por respuesta.

Tuvieron que sentarse en una mesa en el interior; la *osteria* estaba atestada con las primeras rondas de la noche y todas las mesas de la terraza ya estaban ocupadas. Cesca observaba el ventilador del techo girar, tratando de apreciar el aire fresco contra el calor agobiante que hacía, pero se estaba asando con el mono puesto y se moría de ganas de quitárselo. Su piso quedaba a unos pocos metros de allí. Podría irse a casa, cambiarse y regresar en cuestión de minutos...

Nico –tras insistir en pagar la botella que había tirado– había pedido otra botella para los dos y estaba dando unos golpecitos con el dedo al tallo de su copa, con la mirada perdida en la sala. No hablaba y ella sabía que estaba enfadado porque se había puesto a deambular por los túneles. También notaba que estaba inquieto, que quería seguir hablando con la *signora* Accardo, pero, como siempre, esta estaba ocupada atendiendo a los clientes del restaurante. Pasaba junto a ellos, ajetreada, cada pocos minutos, asintiendo en su dirección para indicarles que enseguida los atendía, enseguida...

–Bueno, eso sí que no nos lo esperábamos –comentó Cesca, tratando de romper el hielo–. ¿Quién habría pensado que el túnel llevaba hasta aquí?

Él la miró con ojos negros como el carbón, inescrutables.

–A algún sitio tenía que llevar.

–Bueno, ya, pero... –Vaciló–. ¿Estaría la *signora* Accardo al tanto?

–¿Y cómo no iba a estarlo? Estaba en mitad del suelo de su bodega.

–Supongo que la mayor parte de la gente no se molesta en analizar estas cosas, ¿no te parece? Dan por sentado que es un acceso al alcantarillado o algo así y punto. Con el tiempo, probablemente ni se fijan y, al final, se acaban olvidando… –Estaba hablando por hablar y lo sabía.

–Sí, sí, ya veo por dónde vas –espetó él.

Cesca hundió los hombros.

–Mira, lo siento. No debería haberme ido así por mi cuenta.

–Pues no, no deberías –la abroncó, con aquellos ojos negros relucientes.

–Pero no ha pasado nada, ¿a que no?

–Has tenido suerte –dijo, cabreado–. Podría haber salido mal fácilmente. Has tenido mucha suerte.

–Vale, te he pedido perdón. Ya lo he pillado.

Desvió la mirada, disgustada porque la rabia de él la molestaba.

–Pues no, me parece que no lo pillas. ¿Te crees que hay protocolos porque sí? ¿Te crees que no he perdido a gente en el pasado que también se pasó de lista? Podrías haber muerto fácilmente, Cesca. Los dos podríamos haber muerto.

–¡Que sí, Nico! Me ha quedado claro. ¿Cuántas veces tengo que decírtelo? Lo siento. ¡Lo siento, lo siento, lo siento! –Se recostó, escarmentada, como si acabasen de darle una paliza–. Por Dios, siempre estás cabreado conmigo.

–¡Pues sí! Porque…

Se detuvo, desviando la mirada, y empezó a dar golpecitos al cristal más rápido.

–¿Porque qué? –Enarcó una ceja–. ¿Es un *hobby* tuyo?

Apareció la *signora* Accardo con un plato que echaba humo en ambas manos.

–Aquí está –dijo, depositando los platos en la mesa, y luego apartó la silla que quedaba vacía–. *Ossobuco*.

Cesca sonrió sin ánimo. La furia de Nico le había quitado el apetito por completo, por no mencionar que se estaba muriendo de calor con aquel maldito mono puesto. ¿Por qué no podía comerse una ensalada y punto?

—Gracias, *signora*, qué bien huele –respondió Nico, con una mirada de nuevo luminosa–. Por favor… Sé que está muy ocupada, pero ¿qué nos puede contar sobre el túnel? ¿Sabía de su existencia?

–¡Por supuesto! Se usaba para almacenar bombas en la guerra.

–¿Ha bajado alguna vez?

–¿Yo? No, pero Umberto… plantó setas un tiempo. –La *signora* Accardo bajó la voz, con ojos cautos.

Nico miró a Cesca, adivinando que tendría que explicarlo.

–Se cultivaban setas ilegalmente en los túneles abandonados, no solo en las antiguas canteras de aquí, de Roma, sino también en otras ciudades de Europa, como las catacumbas de París. La oscuridad y la humedad proporcionan las condiciones perfectas para el cultivo, difícil de encontrar para las autoridades, pero se endureció la ley en los años ochenta y se cerró la mayoría.

–Y desde entonces… –La *signora* Accardo se encogió de hombros–. ¿De qué nos sirve bajar ahí? Está oscuro, sucio y hace frío.

–¿Cuándo fue la última vez que accedió su marido al túnel? –preguntó Nico, cortando la carne del plato.

–No lo usaba para bajar él, sino para que subiesen otros.

–¿Qué otros?

La *signora* Accardo miró rápidamente hacia la pequeña plaza.

–¿Los del edificio señorial? –preguntó Nico.

–Los príncipes. Siempre correteaban por ahí debajo de niños. A veces, los oíamos desde la bodega. –Sonrió, indulgente, negando con la cabeza al hacer memoria–. Salían por aquí porque sabían que nosotros no diríamos nada.

–¿Así que Vito estaba al tanto? –murmuró Cesca–. Qué curioso. Elena dice que solo sabía de la existencia del túnel de servicio.

–Correcto. El acceso a este túnel de aquí –dijo la *signora* Accardo, dando un leve pisotón al suelo– desde el túnel privado del edificio señorial se selló hace veintiocho años por orden del *visconte*, tras la muerte de su hermano.

Nico frunció el ceño.

–¿Por qué?

Ella se encogió de hombros.

–Le traía malos recuerdos.

–También tuvo que ser por motivos de seguridad del edificio señorial –comentó Cesca, meditabunda–: si los príncipes podían salir, ¿no podrían entrar del mismo modo ladrones? Tienen una de las colecciones de arte más importantes de toda Europa entre esas paredes –recordó.

–¿Sabe adónde llevan los túneles? –preguntó Nico.

–A todas partes. Algunos al jardín…

Nico desvió la mirada hacia Cesca.

–Otros a la placita de aquí.

–¿Insinúa que hay puntos de acceso como el suyo desde otros edificios? –preguntó Cesca.

–Por supuesto. –La *signora* Accardo miró a Cesca y se le ensombrecieron las facciones–. El tuyo, por ejemplo.

–¿El mío?

El punto de acceso debía de dar al piso de la *signora* Dutti, entonces, ya que estaba ubicado en la planta baja.

–Los Damiani siguen siendo los propietarios de todos los inmuebles de la Piazzetta Palombella.

–No lo sabía –dijo Cesca.

La *signora* Accardo se encogió de hombros, frotándose las manos con el delantal y haciendo ademán de ponerse en pie: veía que una pareja del exterior la estaba buscando.

–Seguid comiendo. Os traeré *i secondi*.

Volvió a marcharse.

–Bueno, qué interesante –dijo Cesca, viéndola marchar.

–Sí.

–Pero parece que estás decepcionado.

–Solo porque los túneles no son un hallazgo tan nuevo como esperábamos.

–¿Lo dices por el valor arqueológico?

Se encogió de hombros.

–Bueno, al menos aún podéis cartografiarlos. Seguro que vale la pena. Podéis añadirlos a vuestro enorme mapa subterráneo en 3D y atar los cabos sueltos, por así decirlo.

Se rio de su propio chiste y Nico contempló cómo se levantaba el cabello para airear el cuello.

–¿Qué?

Ella se sentía cohibida y él apartó la mirada, negando con la cabeza, fijándose de nuevo en el edificio señorial.

—Nada.

Cesca suspiró, frustrada.

—Algo te pasa, obviamente. No paras de mirarme como si… como si me odiaras.

—Yo no te odio —refutó—. Lo que pasa es que no… —Su voz se apagó de nuevo—. No te entiendo.

—¿Como tampoco entiendes mi estilo de ropa?

Se inclinó hacia ella de súbito.

—No puedes decir lo que dijiste y hacer como si nada —bufó—. ¿Qué se supone que tengo que pensar?

Ella soltó un gemido.

—Mira, ya me he disculpado por decir que eres un incordio. Te he dicho que estaba borracha.

—No es por eso.

—¿Y entonces por qué? —La forma en que la miraba… Cesca se quedó petrificada, notando que unos dedos fríos empezaban a agarrársele a la piel—. ¿Qué es lo que dije, Nico?

—Dijiste… —Inhaló y contuvo la respiración, tanteándola con la mirada—. Dijiste que habías matado a una persona.

La sala se quedó sin aire, como si lo hubiese absorbido todo una aspiradora, y el ventilador del techo hacía tanto ruido como un avión. Bajó la mirada, de sus ojos al suelo, a las paredes, al exterior, a donde fuese, con tal de no tener que mirarlo y ver aquella expresión de sus ojos.

—¿Cesca? No tiene sentido. No me lo creo, pero ¿por qué te inventarías algo así?

Notó que temblaba, que las lágrimas se le agolpaban en los ojos. Había sido un largo día, estaba cansada, todo aquello la superaba.

—No, nunca dije eso.

—Cesca, lo dijiste.

—No, no lo dije. Sé que no lo dije —dijo, levantándose y arrastrando la silla con tanta fuerza al hacerlo que se volcó. Salió corriendo del restaurante, pero no fue al puerto seguro que era su piso, a cincuenta metros, adonde él podría haberla seguido sin dificultad, sino que dobló la esquina y penetró en la amalgama de callejuelas, corriendo tan rápido como podía, tratando de extraviarse.

Sabía que no había dicho tal cosa porque era incorrecto, una mentira. No había matado a una persona.

Había matado a dos.

Capítulo 30

Roma, mayo de 1982

—¿Ese de la tercera fila no es Philippe Santana? —le murmuró Vito al oído.

Elena no necesitaba girar la cabeza para ver mejor, ya que el palco de la familia Damiani les daba una panorámica excelente y nadie podía escapar de su escrutinio. Por otro lado, no es que se molestase en observar a la gente: el objetivo de sentarse allí era que la mirasen a ella.

—¿De verdad?

—Creo que sí. —Hizo una pausa—. Pensaba que estaban en Verona.

—¿Y eso por qué?

—Por las hostiles maneras de las que te hablé.

Ella se removió en el asiento.

—Ah, sí, claro.

—Deberíamos tratar de hablar con ellos luego.

—Mmm.

Atenuaron las luces y el zumbido de la conversación se disolvió en el silencio con el primer toque de cuerdas cuando se alzó el telón de terciopelo.

—¿Quieres el programa? —le preguntó él, inclinándose hacia delante de nuevo.

—Es *Così fan tutte*, Vito. —Suspiró—. Lo he visto mil veces. Me lo sé mejor que esa soprano de ahí.

Las luces del escenario se intensificaron y ella inclinó la cabeza, como siempre hacía cuando tenía que soportar un mal trago. Había perfeccionado el arte de sentarse como una estatua. Tenía la habilidad de inmovilizar todas las partes del cuerpo, de tal forma que lo único que se movía era su corazón, lo cual no dejaba de ser irónico, teniendo en cuenta lo muerto que parecía estar por aquel entonces. En ocasiones, pensaba que se asemejaba a un oso negro, capaz de ralentizar el latido de su corazón hasta que apenas palpitase, cayendo en una especie de estado de hibernación, viva, pero no despierta.

Tras ella, se abrió y se cerró la puerta: era Vito, que iba al baño, pausa que no podía hacer en el intermedio, cuando todos ardían en deseos de hablar con ellos, y un filo de luz cayó sobre su asiento y la parte frontal del balcón.

Se puso a pensar en las musarañas, haciendo caso omiso de las desgracias de Despina en el escenario y centrándose en lo que tendría que hacer al día siguiente. Tenía programada una reunión con la Cruz Roja, con el objetivo de comentar las iniciativas de recaudación de fondos destinadas a la crisis creciente en Etiopía, así como un almuerzo con su amigo editor, Max Everstein, que se quedaría en la ciudad tres días, almuerzo en el que, sin duda alguna, le imploraría que aceptase la idea que tenía para un libro, pese a que ambos supiesen que la respuesta sería negativa. Acto seguido, a las tres de la tarde, tenía una prueba de vestuario con el señor Armani para una gala benéfica del sida programada para el mes siguiente y luego había quedado para tomar algo con Cristina y Sigmundo a las siete, seguida de una cena en la embajada con el nuevo embajador estadounidense en Roma. Esperaba que Maria hubiese sacado su traje pantalón blanco para el almuerzo, puesto que siempre había que airearlo unas cuantas horas antes de ponérselo; tendría que cerciorarse al llegar a casa.

Ladeó la cabeza hacia el otro lado y se preguntó si Vito iría a verla esa noche. Esperaba que no. Era jueves. Normalmente, no iba a su cama los jueves –su patrón preferido era martes, viernes y sábado–, pero empezaba a preocuparse porque no lograba quedarse embarazada y, últimamente, la sorprendía con visitas inesperadas, y la sorprendía incluso más con posturas nuevas, alegando que, quizá, lo que estaba entorpeciendo la concepción era que ella no alcanzase el clímax. Nada tenía que ver con que ya casi tuviese treinta y siete años.

Se preguntaba si Vito ya habría elegido los vinos para la cena que habían organizado para el sábado, ya que el cocinero no podía preparar el menú sin saber qué vinos se servirían y la comida tendrían que pedirla al día siguiente. Una cena de setenta y dos personas no podía organizarse de la noche a la mañana.

¿Y en qué habían quedado respecto a Cannes? Si el yate no iba a llegar a tiempo desde Mustique, ¿qué sentido ten…?

Cual perro olisqueando el viento, de repente percibió algo. Giró la cabeza un poco. ¿Qué era?

Sobre el escenario, las chicas bobas coqueteaban con sus pretendientes, pero no podía oírlas; era como si hubiesen subido el silencio al máximo y se hubiese apoderado de todo el auditorio. Sus otros sentidos se agudizaron: los colores adquirieron una intensidad casi hiriente para sus ojos, notaba cada una de las fibras del terciopelo de su silla contra la pierna, perduraba el sabor amanzanado del *prosecco* en su lengua, olía los perfumes Shalimar y Poison, los cigarrillos, percibía en la nariz un toque a cuero y canela a la vez.

Se enderezó, cayendo en la cuenta de inmediato, y su cuerpo respondió ciega y calladamente. Sentía la mirada de él puesta sobre ella como miles de dedos sobre la piel, sobre el pelo.

La puerta volvió a abrirse y Vito regresó en silencio a su asiento, colocado un poco más atrás que el de ella, tosiendo discretamente contra el puño. Siempre correcto. Siempre cortés.

Elena, sin mover la cabeza, observaba al público a la luz mortecina, en busca del rostro que soñaba con ver de nuevo, aunque lo veía todos los días. El rostro que había amado a primera vista y, luego, a segunda vista.

Estaba sentado en el palco de platea, no del todo situado enfrente de ellos, y su mirada ardiente estaba fija en ella. Lo atisbó todo: su rabia, su lascivia, su desesperación, porque, aquel día, un año y medio después, todo seguía exactamente igual que antes. Nada había cambiado. Él se había sacrificado en vano.

Estaba muy moreno, reparó Elena, y a su derecha se sentaba una rubia con un traje de chifón azul marino, que se inclinó hacia él, susurrándole algo al oído, obligándole a apartar la mirada, y a Elena aquella liberación repentina le sentó como si la hubiesen arrojado desde una gran altura; tenía el estómago vacío y el pánico hacía mella en ella. Se encontraban en un callejón sin salida: a ambos los unía y separaba una fuerza gravitatoria de la que jamás se librarían.

Porque él se había marchado por ella.

Y ella se había quedado por él.

—Cariño, estás ardiendo.

Notaba la mano fría de Vito en la piel.

—Lo sé, lo… lo siento.

—No seas tonta. —Se inclinó para besarla con ternura en los labios resecos—. No es culpa tuya. Podemos irnos en cualquier momento: basta con hacer una llamada y reorganizar la agenda. Lo entenderán.

—¡No! —Sonrió a modo de disculpa—. Quiero decir, vete tú, no hay necesidad de que los dos nos lo perdamos. Seguro que tiene un montón de historias que contar, y hace mucho tiempo que no os veis. Ya conoces a Aurelio, no hay forma de saber cuándo volverá a desaparecer de nuevo. Pasa tiempo con él mientras puedas.

Vito se hundió en el borde de la cama.

—Pero no me gusta dejarte en este estado.

—Si yo estoy bien y tengo a Maria para que me cuide.

—Bueno… —No parecía convencido—. Si insistes.

—Sí. —Le apretó la mano—. Además, tienes que contármelo todo de su nueva novia sexi, pero no te enamores tú también —bromeó, y él se rio entre dientes.

—Como si tuviera ojos para alguien más.

Le besó de nuevo la frente.

—¿Crees que van en serio?

Vito suspiró.

—Tal vez. Lo cierto es que nunca se ha molestado en presentarme a ninguna mujer. ¿Quién sabe? Igual ha conseguido amansarlo. Supongo que tenía que pasar, tarde o temprano.

—¿Se puede amansar a un tigre? —se burló.

Él le dio una palmadita en la mano y se puso en pie, tan elegante como siempre con aquella chaqueta gris claro de Zegna y aquellos pantalones azul marino, conjuntados con un pañuelo del mismo color que sobresalía del bolsillo del pecho.

—Volveré pronto.

—Tómate tu tiempo; de todos modos, dentro de nada me habré quedado dormida.

–No me sorprende que estés exhausta. Te has sobrecargado de trabajo últimamente, como una posesa.

–Sí, bueno…, he aprendido la lección.

La puerta se cerró tras él y ella oyó sus pasos a medida que se alejaban por los pasillos interminables. Sabía, por el número de silencios cada vez que pasaba por una alfombra, en qué galería estaba exactamente, hasta que un silencio sin fin evidenció que se había marchado.

Se quedó mirando el techo, el fresco de querubines retozando sobre nubes rosas que siempre había odiado, y se puso de lado, de cara a las ventanas que daban al jardín y las ventanas opacas del ala oeste. Estas llevaban a oscuras, como si de un desafío se tratara, tres días. Él había ocultado a Vito su presencia en la ópera y había desaparecido después de la función, sin contacto alguno, sin indicio alguno de que estuviese en la ciudad, hasta el día anterior, cuando lo telefoneó como si nada para invitarlo a cenar en el piso, situado en la colina del Aventino, de su nuevo amor, Milana Novelli. Era una actriz revelación de veintitantos años en la cresta de la ola, gracias a un papel secundario en la última película de Fellini con el que se había ganado el beneplácito del público.

Elena cerró los ojos; cayó, de sus pestañas, una única lágrima hasta las sábanas de Frette. ¿De verdad se había pensado él que iría hasta allí esa noche, para sentarse delante de ellos en la mesa mientras aquel nuevo amor les iluminaba la mirada y Milana le colocaba la mano esbelta, tersa, sobre el muslo?

Probablemente no. Comprendía el significado implícito de sus actos tan bien como él: un guante arrojado al suelo, una declaración de intenciones. Milana era la más hermosa de las diversiones, un comodín, cuya función era reforzar la distancia que tenía que haber necesariamente entre ellos. Y estaba en lo cierto. Tenía que ser así. Ella quería que fuese así. Los dos necesitaban que fuese así.

Pero eso no quería decir que tuviese que gustarle.

Capítulo 31

Roma, agosto de 2017

Despacio pero confiada, Cesca comenzaba a reconocer las mil salas del edificio señorial. La entrevista de ese día se había programado en una estancia hasta el momento desconocida: la sala de estar privada de Elena. Estaba justo después de la gran sala de estar blanca, la cual, acababa de enterarse, simplemente se usaba en momentos de «ocio».

Resultaba evidente que se encontraban en una zona de acceso restringido. La sala daba directamente al dormitorio de Elena; por la abertura de la puerta, se entreveía una exquisita cama de estilo Napoleón, con un dosel abovedado y vistas al jardín y al ala oeste. La decoración era de estilo *chinoiserie*, discreta y serena, con paredes de seda azul pastel, cortinas gris claro y divanes rosados. Cesca se sintió como en un sueño. Había rosas anticuadas, procedentes del jardín, en un jarrón de cristal de Lalique, fotografías en blanco y negro amontonadas y enmarcadas en plata, y sobre una otomana, alargada y redonda, decorada con borlas, se almacenaban cuidadosamente ediciones de libros de lujo sobre Richard Avedon, los jardines reales de Inglaterra, la joyería de Bulgari, la cerámica de Delft, los pisos modernos de París… El cuarto se diferenciaba tanto del resto del edificio señorial como la habitación blanca: simbolizaba más la personalidad de Elena que el edificio en el que se situaba. Era una estancia que encajaría perfectamente en el barrio de Chelsea, en Londres, o en el Upper East Side, en Manhattan: de buen gusto, discreto, sutil, privado de aquella suntuosidad casi brutal que caracterizaba el resto del edificio señorial. Cesca sentía que, allí, se respiraba mejor, que los secretos que palpitaban detrás de cada tapiz, de cada estatua, de cada retrato, se detenían en la puerta.

Elena, que llevaba unos pantalones holgados de color claro y un jersey suave al tacto, se había instalado en el sofá, con una manta de casimir sobre las piernas, aunque fuera hacía casi treinta grados. Estaba gravemente resfriada: «Uno de los peores incordios de envejecer es enfermar a la primera de cambio», le había murmurado a Alberto mientras servía el té.

—Bueno, ¿por dónde vamos? —preguntó, mirando vagamente las fotografías que Cesca le mostraba.

Esta última sonrió.

—Por Vito.

Elena inhaló hondo y se hundió en los cojines, con una sonrisa radiante en los labios.

—Ay, mi querido Vito. ¡Por fin! Ahí es cuando comenzó mi vida de verdad. Todo lo anterior no fue más que un ensayo.

También Cesca se recostó en el asiento; a duras penas se creía que le estuviesen pagando por eso, por tomarse un té y charlar. Casi le parecía mal aceptar el dinero.

—Cuéntame cómo empezasteis a salir.

—Bueno, formalmente, fue en la Nochebuena de 1980, en una recepción que se organizó aquí, con bebidas incluidas. Sé que fue en 1980 porque Yves acababa de sacar su colección Diaghilev y yo me lo compré prácticamente todo. —Negó con la cabeza con desdén—. No suelo ser tan extravagante.

—Siempre hablas de él como si fuera el amor de tu vida.

—¿Quién? ¿Yves? —Elena se echó a reír, disfrutando de su bromita.

—Vito. —Cesca esbozó una amplia sonrisa—. ¿Hubo una conexión inmediata entre vosotros?

—Querida mía, ¡fue amor a primera vista! Nos casamos en cuestión de semanas. Nos fugamos a Venecia, ¿sabes? Nos moríamos de ganas de ser marido y mujer.

—¿Os fugasteis? Vaya, ¡sí que te enamoraste perdidamente! ¿Adónde fuisteis de luna de miel?

—A Mustique. *Lord* Snowdon era amigo nuestro y muy amablemente nos prestó su casa de campo como regalo de boda. Qué encantador.

Cesca frunció un poco el ceño.

–Mmm, pero no recuerdo haber visto fotos de nada de eso, y creo que ya voy por 1985 o 1986.

–Qué extraño. Le pediré a Alberto que vuelva a mirar. –Elena frunció el ceño–. Quizá el archivista las guardó por separado por algún motivo, pero no veo por qué habría hecho tal cosa… Ay, espero que no se hayan extraviado.

–Seguro que no. Y yo volveré a revisar las cajas; quizá me ha quedado una carpeta sin ver. Tu archivista realizó un trabajo de lo más exhaustivo: todo está clasificado por fecha en sobres separados.

–Bueno, le pagamos bien. –Elena cerró los ojos–. Si te soy sincera, Francesca, acabé harta. Tuve que darle listas de todos los lugares a los que habíamos ido, año por año. ¿Te lo imaginas?

¿Para una trotamundos como Elena? ¡No!

–¿Y cómo diantres lo hiciste?

–Tuve que repasar todos y cada uno de mis diarios. Mi madre le daba mucha importancia; fue de las pocas cosas en las que insistió de verdad: que, simple y llanamente, tenía que poner por escrito mis días, porque, algún día, se convertiría en un documento histórico, pero me parece que sobrevaloraba la importancia de nuestra familia.

A Cesca no se le pasó por alto el detalle.

–¿Tienes diarios? Pero qué maravilla…

–Ay, por Dios, no, ¡no puedes usarlos! –dijo Elena, echando a perder sus planes–. Te morirías de puro aburrimiento: no son más que los garabatos de una muchachita rica y afortunada que se convirtió en princesa.

–¡Pues precisamente!

–No, no, me halaga tu ofrecimiento, pero es que no quiero que la gente lea cómo me quejaba de las trivialidades más mundanas a las que me tenía que enfrentar. La gente como yo no tiene derecho a quejarse, Francesca, por la buena suerte que tenemos. La ingratitud desmejora nuestra imagen.

Cesca entendía que llevaba parte de razón, ya que nadie iba a compadecerse de ellos si se quedaban sin leche en el yate, pero, aun así, su historia necesitaba cierto equilibrio. Iban a tener que darle algo de peso al libro; si no, acabaría siendo una historia superficial que lo único que haría sería agrandar el ego de Elena sin ningún tipo de credibilidad. Una vez que terminasen con las entrevistas de las fotografías y delimitase la cronología preliminar de la vida de Elena, el siguiente paso consistiría en corroborar la información y ponerse a investigar, y aquellos diarios podrían tener un valor inestimable para contextualizar con mayor atino los acontecimientos tal y como habían sucedido de verdad. El problema de rememorar los hechos del pasado para la posteridad era que se tendía a verlo todo de color rosa.

—De verdad creo que valdría la pena echarles un vistazo rápido, como mínimo. Seguro que hay un montón de anécdotas de las que te has olvidado y que podrían añadir mucho color al libro.

—Créeme, te estoy haciendo un favor, Francesca. No aportarían nada digno de mención.

Pese a que estaba sonriendo, sus ojos eran de acero, y Cesca ya había aprendido que lo mejor era no forzar las cosas. Así y todo, en su mente comenzó a echar raíces la semilla de otra idea: si no podían emplear los diarios para el libro, ¿podría ser la exclusiva para su blog que estaba buscando? No tenía duda de que nada gustaría más a sus lectores que unos fragmentos editados del diario de una de las personalidades más notables de la élite de Roma.

Mordiéndose la lengua, consciente de que no era el momento de proponérselo, optó por señalar una foto de Elena y Vito sentados en el capó de un Ferrari plateado. Ella estaba un poco más atrás que su marido, con el mentón apoyado en el cuello de él, mientras los dos miraban a la cámara. Llevaba unos vaqueros campana y una camiseta azul marino, así como una pañoleta que le cubría el largo cabello. Lo cierto era que parecía feliz de verdad; le brillaban los ojos. Vito, en cambio, tenía un aspecto más relajado, con un pie sobre el guardabarros y agarrando con la mano el brazo con el que ella le rodeaba cariñosamente el cuello. Daba la impresión de que no podían quitarse las manos de encima.

—Hacíais una pareja encantadora.

Elena se inclinó hacia la imagen y la contempló con ojos llorosos.

—Gracias. Así es el amor, ¿verdad? Te hace… brillar, por dentro y por fuera. Aquel día viajábamos a Positano y él acababa de recoger el coche en Maranello. Nunca dejó de ser un niño pequeño, en el fondo.

—Hablando de niños pequeños —dijo Cesca, acordándose de pronto. El otro día, habían interrumpido la entrevista de golpe—. ¿Mencionaste que Vito tenía un hermano gemelo?

—Así es. Su hermano se llamaba Aurelio y era catorce minutos más joven que él. —Chascó la lengua, negando con la cabeza—. Extraordinario, ¿verdad? Se pasaron nueve meses juntos en el útero, pero, como Vito fue el primero en salir, heredó los títulos, las propiedades…, absolutamente todo. Esos catorce minutos cambiaron por completo el rumbo de las vidas de ambos.

—¿A qué se dedicaba Aurelio? Entiendo que no le hacía falta trabajar.

—No, pero a los que no trabajan no les suele ir muy bien. Ah, buena pregunta. ¿A qué se dedicaba? Bueno, déjame pensar: hacia el final de su vida, trabajó de banquero en Hong Kong, pero, antes de que yo conociera a Vito, se dedicó una temporada a participar en carreras de coches con Alfa Romeo, y, luego, trabajó de doble en un rodaje. Vito lo contrató para gestionar los viñedos en Chianti una temporada, pero se marchó pasado un año, más o menos, y, en la época en la que conocí a mi marido, dirigía una empresa de safaris en Kenia, aunque, según parece, lo que hacía, más que nada, era sentarse en la cubierta de un barco a tomarse ginebras y tener aventuras con las esposas de sus amigos.

—Mira tú qué bien —dijo Cesca, pensando justo lo contrario.

—Eran todos iguales; ya sabes cómo son las cosas en las colonias. Acabó marchándose cuando un marido especialmente airado le disparó en el pecho.

—Madre mía.

—Sí. —Elena suspiró—. Tuvo suerte de salir con vida.

—¿Denunció al marido que le disparó?

—No, por Dios. Reli entendía que el pobre hombre estaba en todo su derecho.

—¿De dispararle en el pecho?

—Claro. Tenía un romance con su esposa; ¿qué se esperaba? Se veía venir. Así era Reli, la verdad: poseía cierto glamur cargado de peligro.

—¿Fue el único desliz que tuvo?

—Ni por asomo. Tuvo que salir a escondidas de Argentina a los diecinueve años por liarse con la hija de un capo. Creo que usaron un camión de patatas; no volvió a comer una patata en su vida. —Elena sonrió con cariño—. En cierto modo, tuvo una vida más larga que la mayoría de la gente.

—¿Os llevabais bien?

—En general, sí, aunque a veces me sacaba de quicio. Bueno, a mí y a Vito. Era arrogante y egoísta. Supongo que ese es el defecto de las personas como él: que no se atienen a las reglas. A la pobre Maria, nuestra ama de llaves por aquel entonces, la sacaba de sus casillas, porque era incapaz de colgar una mísera camisa; ella decía siempre que su dormitorio parecía sacado de una escena posapocalíptica.

—¿Tenían una relación estrecha Vito y él?

—No se pasaban el día pegados ni completaban las frases que el otro dejaba a medias, si a eso te refieres. De hecho, en muchos sentidos, eran como la noche y el día. Vito tenía una imagen que mantener, tú ya me entiendes; no estaba en posición de elegir el rumbo de su propia vida, mientras que Aurelio tenía la libertad de vivir como quisiese. A mí no me parecía muy justo. Su madre decía siempre que tenían la misma cara, pero dos corazones. No obstante, se notaba que tenían un vínculo especial, como si estuviesen conectados por una cuerda de terciopelo. No había duda de que se querían el uno al otro más que a nada en este planeta.

Cesca enarcó una ceja.

—¿Incluso más que a ti?

—Claramente. Yo era el segundo plato con diferencia.

—¿Te molestaba?

—Bueno, de haber sido el tercer plato, habríamos tenido un problema. —Se echó a reír, sacando un pañuelo de la manga y sonándose los mocos con cuidado—. Pero no, así son los hermanos gemelos. Podríamos decir que hasta tenías que quererlos a los dos. Eran inseparables, la verdad.

Cesca contempló la única fotografía que había visto de los dos gemelos juntos, en la que había dos motos: Elena iba montada en el sillín de una moto azul marino, con Vito al frente, y una rubia estaba sentada a horcajadas en la otra, de color rojo. Aurelio estaba apoyado de lado, con los tobillos cruzados, recostado contra un bolardo. Las chicas y Vito sostenían unos helados, mientras que Aurelio fumaba y no miraba a la cámara, sino a su hermano y a Elena.

Incluso tras analizarla detenidamente, Cesca fue incapaz de encontrar una única diferencia tangible entre los gemelos: los dos parecían medir lo mismo y tener la misma complexión, con el mismo corte de pelo, tradicional, corto por los lados y más largo por encima. Si acaso, los ojos de Vito eran ligeramente más grandes, pero también podría deberse a que se estaba riendo. Posiblemente, Aurelio tenía un aura algo más libertina, pero también podría deberse al cigarrillo que pendía de sus dedos.

—Háblame de esta foto —le pidió, dando un toquecito a la fotografía.

—Oh. —Elena se puso pálida al verla y se estiró para cogerla con una mano visiblemente temblorosa—. Bueno, ese día… ese día, creo recordar que Vito y yo tuvimos nuestra peor discusión.

—Lo siento —se compadeció Cesca. En su fuero interno, estaba que echaba chispas: la foto era fantástica, pero ya sabía lo que iba a suceder.

Se prolongó el silencio, mientras Elena continuaba observando la imagen. Parecía… ida, en cierto sentido.

—¿Recuerdas si discutisteis después de que os sacaran la foto? —le preguntó Cesca.

Los ojos de Elena parecían distantes en la instantánea, como si se hubiese olvidado de decir «Patata» al posar.

—¿Qué? Ah, sí, creo que sí.

Cesca se preguntaba cuál podía ser el motivo de la discusión para que todavía le afectase así pasados tantos años.

—La cosa es que me encantaría utilizarla, de ser posible, porque es la única foto que he encontrado, por el momento, de Vito y su hermano juntos.

Elena la miró.

—Bueno, no me parece que sea crucial para el libro. No creo que a nadie le importe mucho que mi cuarto marido tuviese un hermano gemelo.

—No, supongo que no —concedió Cesca con reticencia—, pero es una imagen fantástica, una imagen prototípica de Italia. Y estás tan divina. Resume a la perfección el espíritu de tu vida en la Ciudad Eterna. Tenemos las fotos del yate en Newport, las imágenes del surf y de las playas en Malibú, instantáneas de las discotecas en Nueva York, y esta…

—No me gusta.

¿Así sin más? ¿Fin de la conversación? A Cesca le molestó que no fuesen a hablar más del tema. Al igual que con los diarios, Elena no ponía nada de su parte y eso hería su orgullo profesional, que resurgió durante unos instantes. No estaba acostumbrada a tener que decir que sí a todo.

—Bueno, ¿y si lo dejamos en el montón de las fotos «posibles»? —persistió, manteniéndose en sus trece.

—No hay ningún montón de fotos «posibles», Francesca; solo las seleccionadas, y no quiero incluir, en un libro sobre mi vida, una fotografía que me traiga malos recuerdos.

—Lo siento, es que yo…

Hubo una repentina conmoción fuera de la estancia —oyeron a Alberto alzar la voz, enfadado— e, instantes después, la puerta se abrió de par en par y Nico irrumpió en la habitación, sacándose a Alberto de encima con esfuerzo. Hubo un segundo en el que el mayordomo retrocedió y Nico permaneció encorvado, con la ropa desaliñada; él y Cesca se miraron y su cena desastrosa en la *osteria*, tres días antes, brotó entre ellos. Desde entonces, ella se había mantenido oculta y la había aliviado tanto como devastado que él no hubiese hecho amago alguno de buscarla. Se le ensombrecieron los rasgos al mirarla. «Has matado a una persona».

—*Signor Cantarelli!* —exclamó Elena, alarmada—. ¿Se puede saber qué diantres está pasando?

Nico apartó la mirada de Cesca, al parecer sorprendido de que Elena también estuviese ahí sentada, pese a que era por ella por quien se había debatido para entrar.

—Siento la intrusión, pero tenía que verla.

—¿Y no podía esperar? —inquirió ella, que parecía disgustada.

—No.

Se enderezó, a punto de golpear al mayordomo, que lo único que podía hacer era dedicar a su jefa una mirada de disconformidad e impotencia. Elena, a su vez, fulminó a Nico con la mirada, pero, pasado un rato, soltó un suspiro, derrotada por la curiosidad.

—Muy bien, no pasa nada, Alberto. —Aguardó a que cerrase la puerta tras marcharse—. ¿Por qué tenía que verme con tanta urgencia?

Nico miró a Cesca, más ceñudo que nunca.

—Será mejor que prosigamos esta conversación en privado.

Cesca, ofendida, se enderezó en el asiento. ¿En serio? ¿Se iba a poner en ese plan?

—Ay, por el amor de Dios. —Elena chascó la lengua, obviamente pensando lo mismo—. Francesca es mi biógrafa. ¿No es evidente que no le oculto nada?

No pareció detectar lo irónico de sus palabras, pues justo acababa de hacer lo contrario en la entrevista, antes de que Nico las interrumpiese.

Este miraba a las dos mujeres. Ese día se le veía especialmente descontento, pensó Cesca.

—Muy bien. Le interesará saber que… hemos encontrado esto.

Y del gran bolsillo con fuelle del muslo derecho, sacó algo pequeño envuelto en un trapo que desempaquetó acto seguido.

—¡Santo cielo! —gritó Cesca, llevándose las manos a la boca al ver un anillo de proporciones enormes con dos piedras triangulares: un diamante y un zafiro color claro. Nunca había visto nada igual, ni por su tamaño ni por su brillo. Pese a estar claramente sucio, era más deslumbrante que ningún otro objeto que hubiese visto antes.

Nico lo elevó hacia la luz, observando detenidamente a Elena.

—Entiendo que es suyo.

Elena ya se había puesto de pie, con las piernas temblorosas, con la cara pálida.

—¿Se puede saber dónde lo ha encontrado? Le exijo que me lo diga.

—Como he dicho, estaba en el túnel, *principessa*. Debía de llevar allí unos cuantos años.

—Sí —susurró Elena, que parecía que se iba a desmayar.

Cesca nunca había visto a nadie ponerse tan pálido. Elena cogió el anillo y se lo puso: le quedaba un poco flojo, pero, como las piedras eran tan grandes, la sortija no se le movía en el dedo.

—Si este anillo es suyo, hay una cosa que no entiendo, *principes-*

291

sa, y he de preguntárselo. Si no estaba usted familiarizada con los túneles, tal como me ha dicho, ¿cómo es posible que su anillo acabase ahí abajo?

Era una buena pregunta, pensó Cesca, mirando a su jefa.

–Bueno, está más que claro que alguien ha intentado robarme –respondió Elena secamente.

–¿Robarle?

–Sí. Habrán tratado de usar el túnel como vía de escape y… se les habrá caído en algún lugar.

–¿Y luego dieron media vuelta al ver que no había otra salida? –sugirió Nico.

–Exacto.

–No.

–¿No?

–Sí que hay una salida. Sabemos que uno de los túneles lleva a la bodega de la *osteria* en la Piazzetta Palombella.

Miró a Cesca y ella se percató de que aguantaba la respiración. Elena enarcó una ceja.

–Ya, entiendo. –Guardó silencio unos instantes antes de reparar en la presencia de Cesca–. Pensándolo bien, será mejor que hablemos en privado, *signor* Cantarelli. Francesca, ¿nos disculpas? Retomaremos la entrevista luego.

–C-claro –murmuró Cesca, mirándolos mientras Elena se volvía a levantar y conducía a Nico hasta la otra habitación. La mirada sombría de este fue lo último que vio Cesca antes de que cerrase la puerta con cuidado después de entrar.

¡Pero bueno! Estaba irritada porque se moría de curiosidad y porque la inquietaba aquella nueva indiferencia de Nico. Amontonó las fotografías en una pila, las devolvió al sobre y apagó la grabadora digital. La fotografía de los cuatro con las motos seguía en la silla de Elena, donde la había tirado cuando Nico irrumpió en la estancia, y Cesca se acercó para recuperarla; fue entonces cuando su mirada tropezó con las fotografías en blanco y negro enmarcadas en la mesilla junto al asiento. Desde donde había estado sentada, tan solo podía verlas por detrás.

Pero la cosa había cambiado y Cesca se quedó petrificada al ver una, consciente de que, si se parase a contemplarla con mayor detalle, rebasaría el límite de sus competencias profesionales: eso no era investigar, era fisgonear. Tenía permiso para ver las fotografías de las cajas, pero esa de ahí… quizá no tendría que haberla visto nunca. Esos eran los aposentos privados de Elena; Cesca estaba allí únicamente porque ese día Elena se encontraba mal y no quería moverse mucho.

Con manos temblorosas, cogió el pesado marco de plata de Tiffany. La iluminación de la imagen en blanco y negro provenía de atrás, ya que la luz se filtraba por una ventana situada al fondo, lo que le confería un aura celestial a la instantánea. En ella, Elena sostenía a un bebé recién nacido, con la piel todavía arrugada y los ojos entrecerrados contra la luz. Con dulzura, apoyaba los labios contra la mejilla del bebé, con los ojos cerrados. En el marco habían grabado una inscripción: «Steve Easton, 14 de marzo de 1974».

Elena se hundió en la silla al caer en la cuenta. Elena tuvo un hijo con su anterior marido y no le había contado nada sobre él. ¿Estaba escribiendo un libro sobre su vida y no se le había ocurrido ni tan siquiera mencionar que había tenido otro hijo?

Miró de nuevo a su alrededor, a la hermosa habitación, percatándose de que se había equivocado por completo: los secretos no se detenían en la puerta, sino que era ahí donde comenzaban. Todas las mentiras estaban metidas allí dentro.

Capítulo 32

Roma, junio de 1982

—He hablado con mi agente por teléfono. Quieren darme un papel en la nueva película de Scorsese —decía Milana, cuyo cigarrillo refulgía por la punta. Volvió a dar una honda calada, dejando las marcas rosas del pintalabios en el papel—, pero no sé.

Vito alzó la mirada hacia ella con incredulidad.

—¿Cómo que no sabes si trabajar con Scorsese o no?

—No sé si me conviene hacer las maletas y mudarme a Nueva York seis meses, no me puedo fiar de tu hermano.

Vito y Elena miraron a Aurelio, imaginando que pondría cara de enfado. Estaba mojando un trozo de pan en aceite de oliva.

—¿Qué? —preguntó, al ver que todos lo miraban, al ver que todos aguardaban—. ¿Queréis que responda? —Aurelio miró a su novia—. Haz lo que te parezca, cariño.

Milana enarcó una ceja.

—¿Ves a lo que me refiero? —Se movió en el asiento para mirarlo más de frente—. Nunca me transmites confianza, Reli, nunca me dices que puedo fiarme de ti, y por eso mismo no puedo.

—No empieces otra vez —suspiró, devolviendo el resto de pan a la cesta y estirándose para coger sus propios cigarrillos de la mesa. Miró fugazmente a Elena y desvió la mirada, lo cual casi se había convertido en un tic.

—¿Por qué haces eso? —inquirió Milana, que empezaba a chillar—. Engañarme. Tú siempre…

Una chica joven, de unos trece o catorce años, se acercó a la mesa con un trozo de papel cuadrado en las manos.

—Disculpe, *signorina*. Siento interrumpir, pero soy una gran admiradora suya. ¿Podría firmarme un autógrafo?

Milana sonrió, apartando el humo del cigarrillo de la cara de la niña y cogiendo el bolígrafo.

—Claro. ¿Cómo te llamas, cielo?

—Domenica.

—¿Domenica? Qué nombre tan bonito.

Milana sonrió de nuevo y firmó el papel con una floritura prolija pero sencilla que evidenciaba que se había pasado horas perfeccionando su firma.

Elena desvió la mirada, notando que se acercaba el desenlace. Milana y Aurelio estaban al borde de otra de sus peleas; calculaba que tardarían menos de cinco minutos en levantarse de la mesa con aquel arranque de siempre, sería Vito el que tendría que pagar la cuenta y los dos se quedarían sentados en un hondo silencio compartido.

El horizonte estaba negro; el cielo, por encima de las sombrillas hinchadas y azotadas por el viento, estaba repleto de unas enormes nubes negras que pugnaban entre ellas y se empujaban las unas a las otras para ganar terreno. Estaba a punto de llover; se avecinaba uno de esos diluvios apremiantes de Roma que dejaban en ridículo la llovizna de Londres y el granizo de Nueva York. En Roma daba la impresión de que se abrían los cielos, de que las gotas de lluvia caían como balas, y Elena las recibía con brazos abiertos: cualquier cosa le servía con tal de que se disipase aquel calor. La lluvia era una de las cosas que más le gustaba de esa ciudad.

Se marchó la adolescente y la sonrisa de un megavatio de Milana desapareció de su rostro agraciado, al tiempo que se recostaba en la silla y aguijoneaba a Aurelio con una de sus miradas.

—No empieces otra vez —le dijo Aurelio gruñendo por lo bajo, sin siquiera mirarla.

Cuatro minutos.

Vito se aclaró la garganta.

—Deberíamos plantearnos ir a Pienza el fin de semana que viene —le dijo a su esposa, que lo miró.

—¿Por qué?

—Es el Cacio al Fuso. El concurso de lanzamiento de queso.

Pasó otro instante antes de que Milana pudiese responder; parecía que nunca había oído hablar del tema.

–¿En serio? –le preguntó a Elena–. ¿Te apetece ver quesos rodando por el suelo?

–Es una tradición –contestó Vito con frialdad–. En el jurado, siempre hay un miembro de nuestra familia.

–Aurelio no, fijo –comentó Milana, sonriendo con suficiencia.

Elena sintió que otro pedacito de su ser comenzaba a agonizar.

–Claro, hay que ir.

–Buena chica, Elena. No podemos romper la tradición –dijo Aurelio, dando unos golpecitos al cigarrillo contra el cenicero–. ¿Qué diría la gente?

–Es más divertido de lo que parece. –Vito sonrió, cogió la mano de su esposa y se la apretó–. ¿A que sí?

Ella se las arregló para asentir, consciente de que Aurelio volvía a contemplarla. No le hacía falta mirarlo para saberlo, ya que el peso de su mirada era casi como una prenda para ella, como llevar una bufanda en los meses de verano que la acaloraba, que le molestaba, que la inquietaba. Mantuvo los ojos fijos en el mantel de cuadros verdes de la mesa. Había aprendido con rapidez a evitar su presencia, incluso cuando estaban juntos. Evitarlo –evitarlos– no era una opción viable a largo plazo, puesto que Vito acabaría sospechando, pero tenía un don para minimizar su propia presencia. No hablaba mucho ni miraba a nadie.

Milana se estiró como un gato.

–Me apetece un helado.

–¿En serio? –Aurelio suspiró–. Ya no eres una niña…

–¡Hace mucho calor! ¡No puedo respirar! –jadeó Milana, apartándose de la piel el top fino que le dejaba los hombros descubiertos.

Aurelio puso los ojos en blanco, pero apagó el cigarrillo.

Dos minutos. Eso acabaría pronto; pronto, él se marcharía. Elena se mantuvo inmóvil.

Vito alzó la mano para llamar al camarero.

Aurelio arrastró la silla hacia atrás y cogió el casco de la moto, que colgaba del respaldo del asiento. Se ajustó la correa en el mentón y hurgó en su bolsillo en busca de las llaves de su Vespa roja. Milana también se puso en pie.

Un minuto.

–Esperad, vamos con vosotros –anunció Vito inesperadamente, levantándose también–. Y me parece que te toca pagar a ti, ¿no, Reli?

–¿Qué? Elena miró alarmada a su marido y al hermano.

–Milana tiene razón. Hay mucha humedad en el ambiente –explicó Vito, poniéndose su propio casco–. Me apetece un helado. ¿Vamos a Giolitti?

Aurelio se encogió de hombros, pero miraba a Elena mientras le entregaba la tarjeta de crédito al camarero.

–Tú mandas, hermano.

Fresa y avellana para Milana, pistacho para Vito, sorbete de limón para Elena…, otro cigarrillo para Aurelio. Se comieron los helados en el bordillo, sentados todos en las motos. Vito insistió en que se sacasen una foto y abordó a una chica que iba de paso, al parecer encantada de que se hubiesen fijado en ella y le hubiesen pedido aquel favor.

–Por cierto, hay algo que no me has pedido, Aurelio –dijo Milana, mientras se comía el helado de forma seductora y atraía las miradas de admiración de varios viandantes más.

–Dios, Milana, ¿te parece que este es el momento?

Milana lo miró ceñuda.

–Iba a decir que podrías haberme dicho que te vendrías conmigo a Nueva York, pero, sí, ahora que mencionas eso otro…

Aurelio se bajó de la moto y se puso a andar.

–Ya está bien, mujer. ¡Por Dios!

Tiró la ceniza al suelo, con el ceño fruncido, mientras Milana lo miraba.

–Pero es una posibilidad, ¿no? ¿Tú, yo y Manhattan?

–No lo sé. Tal vez.

–Son solo seis meses. –Se rio, pero tenía la mirada clavada en él y lo contemplaba caminar con inquietud–. No es que te esté pidiendo que lo dejes todo por mí. No te estoy pidiendo que te cases conmigo, joder.

Aurelio dejó de caminar y se acercó a ella para besarla en los labios.

–Vale, tenemos que hablarlo. Seis meses… Seis meses puede ser.

A Elena se le hizo un nudo en el estómago.

—Menos mal que no te he pedido matrimonio —dijo Milana con ironía, mirándolo coger el casco de la moto del manillar.

—¿De qué vas, eh? —espetó Aurelio, irritado—. Yo nunca te he prometido nada, ni boda ni bebé.

—No, para eso me parece que me ha tocado el hermano equivocado —replicó Milana, mirando a Elena y a Vito—. Oye, ¿no querrás hacer un intercambio, Elena?

Elena notaba los ojos de él fijos en ella de nuevo. ¿Qué haría él —o cualquiera de ellos— si se atreviese a decirlo? «Sí».

—Lo siento, en eso no te puedo ayudar —respondió, consiguiendo sonar aburrida.

—Pues claro, porque Elena se casó con el hombre, no con la cara, ¿a que sí? —dijo Aurelio con desprecio.

Elena se quedó mirando al gentío, negándose a devolverle la mirada otra vez, y se fijó en que la gente se giraba hacia ellos para mirarlos cuando pasaban por delante. Hubo un tiempo en el que habría temido que fuera porque supiesen que era una Valentine o porque la reconociesen de las fotos de los *paparazzi* de las fiestas de Broadway con Steve, pero ahora sabía que la atracción que ejercían como cuarteto no se debía a sus orígenes o a los papeles secundarios de Milana en absoluto, sino a los hermanos, los dos altos e imponentes, al glamur que exudaban con sus miradas sombrías y su estilo de ropa sencillo, al rostro, taciturno y atractivo, que compartían y que llamaría la atención en una sola persona, pero mucho más en dos. Veía que la gente los observaba, en busca de una diferencia decisiva que, simplemente, no existía, veía que todos se preguntaban cuál sería el mayor, cuál era más atractivo —porque siempre había uno que sobresalía, incluso cuando los gemelos eran idénticos—, que la miraban a ella y no sabían por qué había escogido a Vito y no a Aurelio, para después plantearse la misma duda con Milana. ¿Se le llegaría a ocurrir a alguien que, tal vez, no había habido elección? ¿Que había sido fruto de las circunstancias, del azar, simplemente de mala suerte, que hubiese conocido primero a uno y no al otro? ¿Detectaba alguien en su mirada la verdad, profundamente desconcertante? Se había casado con el hermano equivocado.

Se le cayó el helado de la mano cuando por fin se quitó la venda de los ojos. «Ay, Dios». Jamás habría escapatoria de esa angustia, jamás habría un remedio. Pensaba que bastaría con quedarse –que contentarse con verlo sería mejor que no verlo en absoluto–, pero estaba equivocada. Tener que aguantar que se paseara con su novia delante de ella, alardeando de la pasión de la que gozaban y de todo lo que tenían, a diferencia de ella y Vito, era como echar vinagre a una herida abierta. No podía comer. No podía dormir. Últimamente, se había acostumbrado a irse a la cama con las contraventanas abiertas, para que entrasen las luces de la vivienda privada del ala oeste, indicio de que él había vuelto, de que estaba cerca. Pero, aun así, de que seguía lejos.

Y ahora se iba a marchar de nuevo, pero no importaba cuántas veces o durante cuánto tiempo se fuese –seis meses en Nueva York, dos años en París–; siempre acabaría volviendo, pues ese era su hogar, y eso quería decir que todo eso volvería a repetirse. No terminaría nunca.

–¿Elena? –le preguntó Vito, girándose para ver qué había pasado, justo cuando las primeras gotas del chubasco impactaron contra el suelo.

–Mierda... –masculló Aurelio, apagando el cigarrillo con el talón y pasando una pierna por encima de la moto, después de que Milana le dejara espacio. Arrancó el motor. No funcionaba.

Eh... –dijo Elena, con la mirada perdida por detrás de Vito.

Estaba empezando a temblar, a tiritar. No podía seguir así. Pensaba que marcharse la mataría, pero quedarse la estaba destrozando. De repente, se bajó de la moto, se quitó el casco y la lluvia le mojó el cabello casi al momento.

–Cariño, ¿qué estás haciendo? Súbete a la moto. Tenemos que volver antes de que las carreteras se mojen mucho.

–No me encuentro bien –hablaba con voz rara.

–¿Otra vez? –preguntó Milana por lo bajo.

Los demás se giraron hacia el cielo, teñido de un violeta fulgurante, cuando retumbó un trueno a lo lejos. Vito tiró lo que le quedaba del cucurucho a la basura y arrancó la moto.

–Elena, ven, que nos quedamos sin tiempo. Es peligroso conducir este trasto cuando llueve. Vamos a casa. Te has puesto pálida.

–No... –negando con la cabeza.

–¿Qué coño le pasa a esta moto? –inquirió Aurelio, tratando de arrancar el motor una y otra vez, pero no funcionaba.

–Reli, me estoy mojando –se quejó Milana.

–¿Qué pasa? –le preguntó Vito a su esposa, conforme la lluvia comenzaba a gotearle por debajo del casco hasta el cuello de su camisa.

–Quiero ir andando –dijo Elena.

–Pero ¡si está lloviendo! –gritó Vito, recalcando lo evidente.

Las aceras ya relucían con un brillo sombrío y los vendedores ambulantes salían en tropel, corriendo hacia los turistas para ofrecerles paraguas baratos.

–Necesito… Necesito… estar sola un rato –dijo, empezando a andar.

–¡Elena! –la llamó él, justo cuando un rayo repentino agrietó el cielo; segundos después, retumbó el trueno.

–¡Tengo que pensar, Vito, tengo que pensar! –le gritó, girándose, con las manos cerradas en puños y las lágrimas entremezclándose con la lluvia en su cara mojada–. ¡Déjame sola!

Aurelio se rindió con la moto.

–¿Qué demonios…? –masculló Milana.

Vito hizo ademán de apagar la moto para seguirla.

–No –dijo Aurelio, alargando un brazo para detenerlo–. Voy yo a por ella.

–¿Tú? ¡Si es mi esposa! –bufó Vito, enfurecido.

–Sí, pero está claro que ahora mismo no quiere hablar contigo, ¿no? Igual yo puedo ayudar.

–Lo dudo.

–Vito. –Aurelio puso la mano sobre el hombro de su hermano–. Deja que hable con ella. Es obvio que está enfadada.

–Es por el bebé –murmuró Vito, mirándola doblar la esquina y desaparecer de su vista–. Llevamos mucho tiempo intentándolo y… creo que se está deprimiendo.

–Voy a hablar con ella –dijo Aurelio–. Tú lleva a Milana a casa.

Y, entonces, corrió bajo la lluvia hacia los rayos que intentaban, con cada puñalada dentada, abrir la tierra.

Capítulo 33

Roma, agosto de 2017

Cesca hundió el semblante en las manos, tratando de ser objetiva con lo que acababa de leer. Como abogada, sabía que tenía que contrastar todas las versiones de los hechos antes de adoptar la postura por la que le habían pagado y de formular el argumento que mejor la respaldase, pero, en ese caso, había una única versión. «¿Acaso había alguna manera de contradecir lo que esas fotos demostraban claramente?», se preguntaba, mirando de nuevo las fotografías en blanco y negro de baja resolución en la pantalla. No se le ocurría ninguna explicación posible.

Se puso en pie y comenzó a andar. «Céntrate, Cesca –se dijo–. No te embales. Analiza los hechos. Tranquilízate».

Pero del dicho al hecho hay un trecho. Casi todas las búsquedas que había realizado le contaban una historia radicalmente diferente a la que le habían contado. ¿Jack Montgomery? Era todo lo contrario a un «encanto»: sus antecedentes demostraban con pruebas sólidas su comportamiento agresivo en torno a la mujer, así como su larga estancia en prisión tras agredir con lesiones y agravantes a su segunda esposa. El matrimonio idílico de los padres de Elena, a su vez, era –según los titulares de la prensa rosa– una farsa, manchada por varias aventuras por ambas partes, que finalizó cuando George Valentine se quitó la vida después de que su esposa se fugase con un director de Hollywood. La querida Winnie de Elena murió sola y desamparada en una casa de acogida para mujeres en Brooklyn, y, en cuanto al pequeño Stevie…, no se imaginaba nada peor.

Y no habría ido a peor si hubiera dejado de buscar. Si lo hubiera dejado justo ahí y se hubiera permitido creer todo lo que le contó Elena sobre los siguientes años de su vida, podría haber fingido que, al perder a Stevie, había tocado fondo, que había sido el peor momento de su vida, pero no era el caso: había caído incluso más bajo. Y, mientras Cesca contemplaba el Alfa Romeo deportivo levemente abollado, como si, más que estrellarse contra el bolardo, simplemente le hubiese dado un empujón, comprendió claramente por qué –tal y como decía la prensa– la muerte de Aurelio Damiani estaba «envuelta en el misterio». No había duda de que el accidente no pudo matarlo.

Pero, si la prensa estaba en lo cierto, lo mató alguien.

Capítulo 34

Roma, junio de 1982

Las calles gemían, fruto de la fricción de las llantas contra el asfalto mojado. La gente corría, la empujaba al pasar, cubriéndose la cabeza con chaquetas y periódicos. Ella no sabía adónde se dirigía y tampoco tenía importancia. De ahí en adelante, todos los caminos se alejaban de Roma. Se marchaba. Vito no lo entendería y ella no podía contárselo, y sabía que, al no recibir una explicación, no le quedaría más remedio que odiarla.

Sollozaba mientras corría, con la ropa pegada al cuerpo y tropezando con los tacones. Las personas la miraban y se apartaban cada vez que ella chocaba contra alguien, pero ella las empujaba y seguía adelante sin mirar.

Las callejuelas se entretejían como en una danza de encajes, retorciéndose sobre sí mismas y formando, con ello, círculos que decoraban el entramado que era el mapa de la ciudad; así se desorientaban todos salvo los residentes, quienes, de pie, a cubierto en las entradas de sus casas, veían a las masas correr. Ahora el aire cantaba y la fragancia del jazmín se hacinaba en los callejones conforme la lluvia lo despertaba todo. También ella había despertado: el sueño –la pesadilla– había terminado.

La pequeña calle se abrió y, de repente, se encontró frente al Panteón –tan grueso y redondo como el Papá Noel de Ella Fitzgerald en la chimenea–, cuyos antiguos ladrillos finos plantaban cara a la tormenta. La plaza, a menudo rebosante de turistas haciendo cola en forma de espiral para entrar, se estaba quedando vacía, ya que la gente buscaba cafeterías donde resguardarse de la lluvia. Ella, en cambio, se dirigía directamente hacia el templo histórico. Corrió a cubierto entre las columnas del mercado y entró por las puertas ingentes.

La acústica cambió de inmediato: la tormenta no quedó encerrada fuera, sino dentro, puesto que los torrentes de agua caían por el óculo abierto, caían, caían, atravesando los trece pisos hasta llegar al suelo de mármol. La gente se mantenía alejada de las enormes salpicaduras, pero a ella no le importaba: ya estaba calada hasta los huesos. Giró el rostro hacia el cielo, jadeando intensamente y dejando que la lluvia le rociase el semblante. Quería lavarse, liberarse.

—Elena.

La palabra le sentó como el tañido de una campana: repiqueteó en su propio corazón. No se volvió. No hacía falta. Él estaba justo detrás; su voz, un punto de calor que le calentaba el cuello.

—Déjame en paz, Aurelio.

Notó su mano en el hombro, para que se diese la vuelta.

—Lo he intentado —dijo él, inmovilizándola con aquella mirada intensa.

Ella parpadeó, mirando aquel rostro que acabaría destruyéndola.

—¿Qué estás haciendo aquí? —susurró, notando que comenzaban a caerle las lágrimas de nuevo. Tan solo veía desolación por un lado, ruina por el otro.

—He venido a detenerte. No puedes marcharte.

—¡No puedo quedarme! —lloró, negando con la cabeza.

Él la sostuvo por los brazos con ambas manos, aferrándola con fuerza, por si se apartaba.

—Con marcharte no ganarás nada. Sé de lo que hablo.

—Pero Vito…

—¡Ya! ¿Te crees que no lo sé? Es mi hermano. Mi reflejo. Mi sombra. Mi alma. Es mi lado bueno. Soy mi propio hermano… y no lo soy. Hiciste bien en casarte con él. —Elena desvió la mirada, llorando con más fuerza, pero, cuando Aurelio la cogió del mentón, notó que el universo se alineaba, que la impulsaba hacia él—. Y, sin embargo, todos los días lamento que te hayas casado.

Sus ojos la tanteaban, y manó entre ellos todo lo que no se podían decir con palabras. Aquello los superaba a los dos y no tenían más fuerzas con las que luchar.

—Reli —susurró, desvelando toda la verdad con la expresión de su rostro. Notó que dejaba de apretarla conforme aquella revelación hacía añicos su voluntad, conforme se quedaba sin aliento. Carecían de poder alguno.

—¡No! —pronunció la palabra con violencia y la soltó, temblando por la potencia de la verdad–. ¿Te crees que esto es lo que yo quiero? ¿Traicionar a la persona que más quiero en este mundo? Haces que me odie a mí mismo, Elena.

—L-lo siento –sollozó.

—¿Lo sientes? ¿O te gusta lo que has hecho? –Su tono de voz denotaba rabia, disgusto.

—¿Cómo? –susurró con la mirada ensombrecida por el desconcierto.

—Quizá… quizá ansíes justo lo que no puedes tener. –Hizo una mueca con los labios–. Quizá yo sea lo único que no puedes comprar.

Le dio una bofetada que resonó por encima de la lluvia. Contuvo la respiración, desconcertada y anonadada por lo que había hecho, al tiempo que veía cierta rabia arder en los ojos de él, pero la suerte se había echado antes incluso de ser conscientes de ello y el instinto se sobrepuso a todo lo demás. No solo se les había descolocado la máscara; se les había caído al suelo. Estaban completamente expuestos.

Aurelio la agarró de la muñeca y la besó con fuerza. Con rabia. Con rencor. Con deseo… Ella sintió todas aquellas emociones cuando sus bocas por fin se tocaron y su piel mojada se puso a arder en llamas.

Él se apartó, casi quitándosela de encima, jadeando por el esfuerzo que suponía quedarse ahí, por el esfuerzo que suponía no marcharse.

—¿Estás contenta? Has conseguido lo que querías. ¿Ha valido la pena? ¿Ha sido suficiente?

Eran palabras de desdén y ya había comenzado a alejarse, pero ella había percibido la respuesta en sus ojos.

Nunca sería suficiente.

Las luces iluminaban el ala oeste. Elena estaba sentada sobre su cama en la penumbra, contemplándolo pasear frente a las ventanas, con una copa de *whisky* en una mano, fumándose un cigarrillo tras otro. Aurelio había vuelto a casa tarde, demasiado tarde para cenar, pero no importaba. Había sido un desastre: Vito se había mostrado atento y cariñoso mientras ella se limitaba a mirar el plato de la comida, incapaz de tragar ni un bocado. Elena sabía que Milana había echado a Aurelio de su casa tras otra de sus peleas –la que habían estado fraguando todo el día–, pero también sabía que Milana, a esas alturas, ya debía de estar arrepintiéndose, ideando formas de conseguir que volviera, de convencerlo. Ninguna mujer rechazaría a un hombre como Aurelio. Era adictivo. Una droga.

En ese momento estaba junto a la ventana, mirando directamente hacia las ventanas ensombrecidas del lado del jardín de Elena. ¿Sabía que ella lo estaba observando? ¿Notaba su mirada?

No la había mirado ni una vez desde su regreso y ella se había retirado pronto, mientras ellos jugaban al *backgammon*. No había echado el pestillo, pero a Vito no se le ocurriría llamar a la puerta esa noche. Se le había escapado de control y él lo intuía, pese a que desconociese el porqué.

Pasado un rato, se apagaron las luces de enfrente y la oscuridad veló el edificio, de tal forma que se podían vislumbrar los murciélagos revoloteando a la luz de la luna. Ella permaneció donde estaba, haciendo memoria de cada uno de los últimos momentos del interludio de la tarde: la tensión de todos y cada uno de los tendones del cuerpo de él al pugnar tanto por ceñirla contra él como por alejarla, el hambre de su lengua al invadirla y reclamarla…

No era suficiente.

Apartó las mantas y salió con sigilo de la habitación. Bajo aquella luz fantasmal, se alzaban sombras conforme ella, con los pies descalzos y calientes contra el suelo frío, corría por las galerías, expuesta a las miradas de cardenales y de reyes, de papas y de duques, y se apoyó en el pasamanos con una mano al descender en círculos por el edificio señorial. En la planta baja, recorrió el ala este hasta la *suite* papal y la puerta secreta oculta tras un tapiz enorme de la última cena. Sin siquiera girarse para mirar el trono puesto del revés, se desvaneció de la sala y bajó a la carrera la escalera de piedra hasta llegar al túnel de servicio. Era una ironía que Maria y el resto del servicio nunca lo usase.

La negrura insondable resultaba imponente –no había ni ventanas ni luz alguna allí abajo–, y notó que la humedad le enfriaba los huesos con cada paso que daba. Caminaba con los brazos extendidos, empleando la superficie rugosa de cada pared para guiarse en la oscuridad, pese a que perdía el equilibrio al tropezar con rocas sueltas y sus pies, con la pedicura hecha, eran demasiado delicados para ese entorno hostil. Soltó una palabrota por no haberse detenido a pensar en ponerse, como mínimo, unas zapatillas, pero, por otro lado, si se hubiese detenido a pensar, ¿estaría allí abajo en esos instantes?

Se quedó inmóvil al oír un leve sonido procedente de más adelante, mientras el corazón le latía a mil por hora. ¿Qué era eso? ¿Una rata? ¿Ratas? Se quedó petrificada. Le llevaría tanto tiempo volver como seguir adelante y, en esa penumbra, no podía echar a correr. Si gritaba, nadie la oiría. A duras penas se atrevía a respirar, mientras esperaba a oír aquel sonido de nuevo. Ojalá pudiese ver algo, pero estaba tan oscuro que ni siquiera podía ver su propia mano frente a la cara.

Cuando los pelos de la nuca se le erizaron, supo que no estaba sola.

Supo que él estaba ahí, que estaba justo a su lado.

–Aurelio.

Notó la mano de él en la cadera derecha, para girarla, para arrimarla contra la pared, con la boca en el cuello, raspándole la piel con los dientes. Soltó un gemido, arqueándose en torno a su cuerpo, alejándose de la superficie rugosa que se le clavaba en la piel, al tiempo que él la estrechaba con mayor fuerza. Le bajó el tirante del camisón por el hombro, hundió la cabeza en sus senos y con la lengua jugueteó con su pezón, dejándola sin aliento. Ella, rodeándolo con una pierna, anhelaba más, era incapaz de esperar. Tenían que hacerlo, no podían negarse. Le subió el camisón de seda y, agarrándole la otra pierna, alzó su cuerpo y la colocó sobre él.

Cuando volvió a tocar el suelo con los pies, estaba perdida. Y nada volvería a ser lo mismo jamás.

Capítulo 35

Roma, agosto de 2017

Le dolían los ojos. Tras haber pasado casi dieciocho horas mirando la pantalla, tenía dolor de cabeza y estiraba el cuello agarrotado mientras removía la *arrabbiata*. Guido volvió a bajar las escaleras que daban a la terracita del tejado.

—Nos hemos quedado sin hielo —dijo, y a continuación se dirigió al frigorífico para llenar un pequeño cuenco con cubitos de hielo.

—Justo a tiempo. Esto está listo —le contestó, mientras se ponía a servir la cena—. ¿Me echas una mano?

Cada uno subió dos cuencos a la terracita del tejado. Alé y Matteo ya estaban sentados a la pequeña mesa, charlando mientras los gorriones aguardaban esperanzados a sus pies.

—Cesca, cada día que pasa te vuelves más italiana —comentó Alé, con una amplia sonrisa, cogiendo una hoja de albahaca y olisqueándola con gusto.

—Con esas pecas que tiene, imposible —bromeó Matteo.

—Oye, si vosotros dos tuvierais hijos, ¿qué pinta tendrían? —se preguntó Alé con curiosidad, mirándolos a ambos.

—¡Alé! No le sigas el juego, por Dios. —Cesca suspiró, chascando la lengua.

—Fácil: serían morenos, como yo —dijo Matteo con voz tranquila, colocándose en su asiento frente a ella—. Mis genes someterían los suyos y la dominarían por completo.

—Es lo que se llama «involución» —lo corrigió Guido, aunque se reía mientras lo decía.

—Hay que ver —se quejó Cesca, mientras se desternillaban de la risa—. Me parece increíble que consigas que una chica salga contigo.

Se encogió de hombros, contento.

—Ya ves, hasta hacen cola…

—Qué pena que lo de la dentista sexi no funcionara, ¿eh? –le preguntó Alé, sirviéndoles a todos otra ronda de *spritz* de Aperol.

—Qué pena para ella.

—¡Matty! –lo regañó Cesca, lanzándole una servilleta de papel–. Dios, no me puedo creer que Nico pensase que eras mi novio.

Todos se la quedaron mirando.

—¿Qué pasa? –preguntó con los ojos abiertos como platos.

—¿Nico? ¿El tipo del bar? –preguntó Matteo.

—¿El tipo del socavón? –preguntó Guido a la vez.

—¿Perdón? ¿El cabronazo? Sí, ese mismo –contestó con voz que denotaba sarcasmo.

Todos enarcaron las cejas.

—No sabía que estuvieseis liados –dijo Alé con el tenedor en alto.

—No lo estábamos. No lo estamos.

Todos enarcaron más las cejas.

—Entonces…, ¿por qué dices que es un cabronazo? –tanteó Alé, imitando el acento inglés de Cesca.

—Y si es un cabronazo, ¿por qué lo mencionas? –añadió Matteo.

—Es mayor, ¿verdad? –preguntó Guido.

—Sí, es ese. Qué pesado se puso en el bar, coño. Quería llevarte a casa él mismo… –añadió Matty.

—Uuh… –dijo Alé insinuantemente, soltando una risita.

—Exacto –prosiguió Matteo, masticando con rapidez–, y por eso mismo a mí no me la iba a colar.

—Estaba bueno, por lo que recuerdo. –Alé frunció el ceño–. ¿Recuerdo bien? ¿Estaba bueno?

—Sí, está bueno –murmuró Cesca–, pero eso no quiere decir que no sea un cabrón.

—¿Qué tiene de malo, entonces? –preguntó Alé.

—Es un cascarrabias de primera, para empezar, y siempre se cree que tiene razón. Sea el tema que sea. Y no se le escapa nada. Además, aparece cuando le da la gana. Es una pesadilla trabajar con él.

—¿Conque trabajas con él? –preguntó Guido.

—Bueno, como si trabajáramos juntos: estamos en el mismo edificio y no es nada fácil escapar de él.

—Ya, sí, en uno de los edificios privados más grandes de la ciudad, debéis de tropezar el uno con el otro todo el tiempo –bromeó Matty, guiñándole el ojo.

–¡No me toméis el pelo! Ese lugar me está volviendo claustrofóbica de verdad –masculló–. Parece que hay ojos por todos lados.

Guido alzó la mirada de su comida.

–Pues porque los hay: Velázquez, Caravaggio, Rafael, Leonardo…

–Hablo en serio –rebatió–. Ese lugar me da mala espina.

–Bueno, tú piensa en lo que te está pagando –dijo Alé, enarcando las cejas a los demás, por el tono brusco de Cesca, para que cambiaran de tema.

–Ay, hacedme caso, no vale la pena esta mierda –dijo Cesca, cabreada, cayendo de nuevo en el malhumor que llevaba rondándola toda la velada.

–¿Por qué lo dices? –preguntó Guido, estirándose para poner la mano sobre la de ella–. ¿Qué te pasa, cariño? Esta noche estás rara.

Cesca gimió, apoyando la cabeza sobre el brazo que tenía extendido sobre la mesa.

–Ay, lo siento, es que estoy… irritada.

–¿Por qué? –preguntó Alé.

Soltó un enorme suspiro, como si la agotase el mero acto de respirar.

–Porque no me gusta que me mientan y resulta que Elena me ha estado contando un cuento de hadas que no se asemeja en nada a como fue su vida de verdad.

–¿Por qué estás tan segura?

–Porque me he pasado el último día y medio leyéndome todo lo que he podido sobre ella y lo que está claro es que tiene sentido que fuese el personaje estrella de la prensa rosa. Durante toda su infancia, cada vez que aparecía en público, salía en primera plana con el titular: «La niña más afortunada de los Estados Unidos». Más adelante, fue elegida como la Mujer Mejor Vestida en 1970, 1971 y 1973.

–¿Qué pasó en 1972? –preguntó Guido irónicamente.

–¿Una mala etapa? –Alé esbozó una amplia sonrisa–. Nos pasa a las mejores.

–Luego, en 1980, a lo Grace Kelly, se convirtió en una princesa con todas las de la ley. Os juro que hubo muy pocos meses de su vida en los que no se la mencionara en un titular o en otro.

–¿Y qué tiene eso de malo?

–No, el problema no es ese. Eso es el lado bueno, lo bonito, pero mejor que no sepáis qué otras cosas se han escrito sobre ella.

–Desembucha –susurró Alé, que parecía entusiasmada.

–Mira, sabes que no te puedes creer la mitad de lo que dice la prensa –intervino Guido–. Fijo que la mayor parte son exageraciones, mitos, rumores, chismes o, directamente, difamaciones sin fundamento. Hay más probabilidades de que ella te esté contando la verdad y no ellos.

–¿Eso crees? Entonces, ¿por qué se olvidó de contarme que tuvo un hijo con su tercer marido?

–¿Cómo? –preguntó Matteo, soltando una risa de desconcierto.

–Sí, no dijo ni una palabra. Nada. Ni mu. Menuda biografía nos está quedando.

–Pero ¡no puede obviar algo como eso! –dijo Alé, indignada–. Cuando menos, es una realidad documentada oficialmente.

–¡Eso mismo digo yo! Pero resulta que tuvo un bebé con su tercer marido y a mí no me lo mencionó ni una vez. Solo me enteré porque vi por casualidad una foto del hijo cuando me dejó a solas en su sala de estar privada. Había girado muy convenientemente la foto para que yo no la viera.

–Pero ¿por qué? ¿Por qué haría tal cosa? –preguntó Alé, que parecía consternada.

Cesca cambió de expresión.

–Bueno, por lo que he descubierto, imagino que se debe a que perdió la custodia cuando el niño tenía cuatro años. La justicia le otorgó la custodia exclusiva al padre.

–¿En serio? ¿Por qué? ¿Por qué iban a quitarle su hijo a la madre?

–Según el resumen del juez, era una «persona en la que no se podía confiar, cuyo comportamiento irresponsable no podía constituir más que un peligro para el niño». También la tachó de alcohólica y de «drogadicta *amateur*».

–¿«Drogadicta *amateur*»? –repitió Matteo, encantado con la descripción–. ¡Cada vez me gusta más tu *viscontessa*!

Pero Cesca no sonreía.

–No sigas… –Tragó saliva–. El niño murió a los seis años. Se ahogó en una piscina en la casa del padre en Bel Air, en mitad de una fiesta. Encontraron drogas en la casa; parece que el padre también era una buena pieza.

Hubo un silencio de consternación.

—Joder —masculló Guido.

—Madre mía —dijo Alé, con el ceño fruncido, tapándose la boca con las manos.

—Elena llevaba dos años sin verlo. No le permitían acercarse. La batalla judicial por la custodia fue bastante fea.

—Qué mierda —comentó Matteo, negando con la cabeza.

—¿Y nunca te ha mencionado nada? —preguntó Guido, incrédulo.

—Nada de nada, aunque supongo que entiendo por qué —admitió Cesca—. Debió de ser muy doloroso.

—Ya —susurró Alé—. O sea, ¿cómo te repones de una cosa así?

Todos guardaron silencio unos instantes y se pasaron el vinagre balsámico y el aceite de oliva.

—¿Te ha ocultado algo más? —preguntó Alé.

—Sí, cada vez que compruebo algún dato, resulta ser diferente. La verdad, es como adentrarse en una realidad paralela. O sea, se supone que tengo que escribir la única versión oficial de la vida de una de las mujeres más conocidas del siglo XX. Para que el libro tenga algo de credibilidad, hay que contemplar y juzgar su vida en su totalidad. No me puedo creer que ella no se dé cuenta de que hacer lo contrario la convertirá en el hazmerreír de todos. El público no es idiota. Si lo tratas de tonto, atente a las consecuencias.

—¿Y qué vas a hacer, entonces? —preguntó Alé.

Cesca se encogió de hombros.

—Tendré que plantarle cara. No puedo olvidarme de lo que he leído. —Arrugó la nariz, perpleja—. Si os soy sincera, sigo sin entender por qué ha tratado de ocultármelo. Tenía que saber que acabaría descubriendo todo esto. Está todo publicado; cualquier interesado puede enterarse.

—¡Efectivamente! —concordó Guido—. Y, sobre todo teniendo en cuenta tu anterior carrera profesional, tiene que saber que tú, más que nadie, estás preparada para separar la verdad de las mentiras. A fin de cuentas, estás más que sobrecualificada para este proyecto; tiene que saber lo afortunada que es de que le estés escribiendo el libro.

Cesca se encogió de hombros.

–¿Cómo crees que se lo tomará? Ya sabemos que no le gusta que le lleven la contraria –dijo Matteo.

–Bueno, o escribe un libro sobre su vida o no lo escribe. –Cesca suspiró–. Pero no tiene sentido hacer las cosas a medias.

–No me gustaría estar en tu lugar cuando te toque tener esa conversación –dijo Alé, entrecerrando los ojos al ver la hora en el reloj de Matteo–. Caray. Venga, chicos, comed más rápido, que vamos a llegar tarde. –Miró a Cesca–. Ojalá vinieras con nosotros.

–Yo me alegro de no ir, la verdad –admitió Cesca–. Necesito pasar una noche tranquila para procesar todo esto.

Miró a lo lejos, a las torres de las iglesias y las cúpulas que se alzaban hacia el cielo enrojecido, a los tejados de arcilla y las pequeñas terrazas repletas de tendederos, a las bicicletas y los geranios que se extendían hasta el horizonte, pero ver no veía nada porque le olía a gato encerrado.

Guido llevaba razón. Elena tenía que saber que ella se enteraría de todo su pasado, ya que, a no ser que no cumpliese con su deber como profesional, no había manera de que no fuese a enterarse. La desconcertaba, asimismo, cuando por fin sabía la verdad, que a Elena le hubiera interesado el proyecto en un primer momento: era un miembro de pleno derecho de la *nobilità nera* y la discreción era la mejor de las virtudes, así que ¿por qué se embarcaría en un proyecto que le garantizaba justo lo contrario? ¿Por qué, siendo ya una princesa y una benefactora de gran estima, quería hurgar por voluntad propia en un pasado infestado de matrimonios fallidos y de fiestas disparatadas, de un niño muerto e incluso del rumor susurrante de un asesinato?

Cesca no lo entendía. Ese libro era un suicidio social. Casi parecía que Elena se había rociado de gasolina y simplemente estaba esperando a que Cesca encendiera una cerilla.

Cesca estaba sentada en el pequeño espacio cuadrado en lo alto de las escaleras, con las piernas estiradas y lo que quedaba de vino en la mano, aprovechando los últimos rayos de aquel sol que empezaba a derretirse y que rezumaba en el cielo. Los demás se habían ido al concierto de Coldplay, al que –cuando compraron las entradas, hacía cinco meses– no habría podido ir, ya que tenía programado un *tour* nocturno para ese día.

Tampoco le importaba. No le apetecía pasarse la noche sacudiendo los brazos en lo alto rodeada de sesenta mil desconocidos. Tenía la mente abarrotada con verdades y no verdades y no dejaba de pensar en la nueva información que había descubierto a través de su investigación. Cuanto más descubría, más frágil parecía volverse la propia narración de Elena sobre su vida, no solo en lo referente a su pasado, sino también al presente; no se había olvidado del maravilloso anillo que Nico les había mostrado en la palma de la mano la mañana anterior. No tenía sentido. Elena había adoptado repentinamente una actitud furtiva y había proseguido con el encuentro en privado en cuanto Nico destapó la joya… ¿Acaso no se fiaba de Cesca? En ese caso, ¿por qué la había invitado a sus aposentos privados? ¿Por qué le había permitido ponerse un colgante de valor inestimable de su propia colección? No, la confianza no podía ser el problema.

La imagen del anillo fulguraba en sus recuerdos. Jamás había visto nada igual, ni siquiera en la tienda de Bulgari, en la fiesta de la otra semana. ¿Cómo pudo haberse perdido algo así en un túnel abandonado sin que nadie lo echase en falta?

Recostó la cabeza contra la pared, notando cierta sensación de calor en el cuello y escuchando la melodía de la plaza: el traqueteo de las persianas de metal de la pastelería, que acababa de cerrar; el leve murmullo de las conversaciones, que ganaban intensidad conforme llegaban los primeros comensales de la *osteria*, las motos que atravesaban la plaza y aparcaban en la entrada de la pizzería.

Y voces. Cerca.

Para ser más exactos, debajo.

La *signora* Dutti estaba de pie junto a su puerta, hablando animadamente con alguien.

–*Sì, sì*, me llamo Maria, Maria Dutti.

–Gracias, *signora* Dutti. Me ha sido de gran ayuda. Le pido disculpas por haberla molestado en pleno fin de semana…

Cesca abrió los ojos como platos al reconocer la voz y se acercó al borde, apoyándose en las manos y las piernas, para mirar por encima de la barandilla. Vio una cabeza de cabello rizo, oscuro y lleno de polvo, unos brazos musculosos, propios de un alpinista, y botas con clavos en la suela.

¿Nico?

—Para mí es lo mismo —decía la *signora* Dutti, con una risa casi pueril, liviana—. El sábado, el jueves… Todos los días son iguales.

—Seguiremos en contacto, por si tenemos más preguntas.

Él reculó, despidiéndose con un gesto de la cabeza, y alzó la mirada pensativo.

Se cruzaron sus miradas, ambos presas del desconcierto. Cesca parpadeó, boquiabierta, avergonzada porque la había sorprendido cotilleando.

Nico desvió la mirada de inmediato.

—*Buona sera, signora.*

Se giró en dirección a la esquina noroeste de la plaza, entre la pastelería y la de Franco.

—¿Nico? —pronunció la palabra antes de que pudiese contenerse. Por pura curiosidad, tenía que retenerlo (¿de verdad que no era más que curiosidad…?).

Él se detuvo y se volvió hacia ella.

—¿Qué pasa? —dijo con actitud fría y cortante.

—¿Qué estás haciendo aquí? —preguntó en un tono en parte divertido porque acababa de salir del piso de su casera entrada en años un sábado a las nueve de la noche.

—No es asunto tuyo.

—Oh. —Se apoyó en los tobillos y la sonrisa se desvaneció de su semblante al percibir la hostilidad innegable que emanaba de él. Ya no eran amigos o fuese lo que fuese lo que hubieran sido o lo que podrían haber sido. El mal comportamiento de Cesca en la *osteria* lo había echado todo a perder—. Lo siento.

Inexplicablemente, los ojos se le anegaron en lágrimas cuando él se giró y volvió a alejarse. Daba la impresión de que estaban destinados a estar enemistados el uno con el otro, sin llegar a entenderse nunca, pero tan solo había andado cinco pasos cuando se detuvo de súbito y bajó la cabeza, con las manos en las caderas. Ella lo contemplaba, petrificada, percibiendo el conflicto interno que dejaba entrever la postura de él. Acto seguido, se dio la vuelta otra vez y desanduvo lo andado, con cara, en cierto modo, de rabia y de impotencia a la vez. Se detuvo para mirarla, nada más, sin ganas o sin fuerzas para decir lo que le estaba pasando por la cabeza y lo que se filtraba en su mirada.

A Cesca se le hizo un nudo en el estómago al ponerse de pie, tragando saliva, hecha un manojo de nervios, mientras Nico subía las escaleras a la izquierda. Se giró hacia él y, de pronto, ahí estaba –como si siempre hubiese tenido que estar ahí, como si siempre fuese a estar ahí–, a un metro de ella, con ojos ardientes.

–¿Te apetece… una copa de vino? –alcanzó a decir en apenas un susurro.

–No.

–Ah…

No se atrevía a preguntar qué era lo que quería, entonces. No le dio tiempo, pues, en un abrir y cerrar de ojos, él recorrió la distancia que había entre ellos, le aferró el rostro con las manos y le dio un beso. Ella colocó las manos sobre las de él y arqueó el cuerpo en torno al suyo. Saboreaba el polvo de sus labios, notaba el hambre que tenía de ella.

Nico se apartó y la miró, percibiendo el reflejo de su anhelo en los ojos de Cesca, y, luego, volvió a besarla en la boca. Mientras, unidos, entraban por la puerta abierta del apartamento entre tropiezo y tropiezo, no se percataron de la cara de asombro de la *signora* Dutti, escoba en mano, en el piso de abajo, como tampoco se fijaron en los movimientos tras las ventanas del edificio señorial azul hielo de enfrente, cuyas contraventanas estaban todas cerradas… salvo una.

Cesca contempló sus cuerpos entrelazados sobre las sábanas, el suyo color vainilla, el de él color moka. Nico se estaba quedando dormido, con una mano bajo la cabeza y la otra en la cintura de ella, y Cesca apoyaba la cabeza en su pecho, acariciándole levemente los pelos que le llegaban hasta el ombligo con una mano. También le apetecía dormir, pero no era capaz de conciliar el sueño. ¿Qué era lo que acababa de ocurrir?

La embargaba el éxtasis, pero también estaba algo atónita. Por como habían acabado en la *osteria* la otra noche… y por como la había fulminado con la mirada en la sala de Elena…, pensaba que la odiaba, pensaba que creía que ella era un caso perdido. Que era una asesina.

Se envaró al recordarlo y, automáticamente, él la aferró con más fuerza, como si fuese una niña pequeña a punto de caerse de la cama. Volvió a hundirse en él, alzando la cabeza para mirarlo mejor; era todo un lujo contemplarlo, por una vez, sin tener que desviar la mirada por miedo a que la despreciase o la rechazase.

−¿Qué? −hablaba con voz profunda, adormilada, pero esbozaba una leve sonrisa. La barba de tres días que le cubría las mejillas resultaba dura al tacto.

−¿Qué es lo que acaba de pasar? −le susurró ella, retorciendo un rizo del pelo de su pecho con el dedo índice de la mano derecha−. No tenía ni idea de que te gustase de esta forma.

−Pues estás ciega.

Cesca sonrió. Fiel a sus principios, incluso después del coito: seguía siendo muy directo.

Volvió a sostenerla con fuerza, ciñéndola contra él con cuidado, y a ella se le atolondró el corazón ante aquel gesto sutil.

−Tienes suerte de ser tan guapo como eres porque, si no, no me habría costado nada odiarte −murmuró−. Esa era mi intención, ¿sabes?

Él abrió un ojo y la miró.

−Lo sé.

−De hecho, es por lo bien que te sienta el traje. O sea, de maravilla. Debe de ser un fenómeno italiano.

−Y a ti te sienta muy bien la desnudez.

Bajó la mano hasta aferrarle la nalga, le dio un manotazo y ella pegó un brinco.

−¡Au! −dijo riendo, retorciéndose contra él.

−Mmm.

Esbozó una amplia sonrisa, dándole otro manotazo y haciendo que ella se contorsionase.

Cesca se rio entre dientes y le besó el pecho por la zona del corazón, antes de volver a apoyar la cabeza.

−Cuánto me alegro de que Isabella sea tu hermana. −Suspiró−. Me puse mala cuando la vi. Es una belleza, todo lo opuesto a mí, y sabía que no podría compararme con ella.

–No. –Y, al notar que ella se tensaba, añadió–: Quiero decir, tú no te pareces a nadie, Cesca. No hay nadie como tú. –Le besó la cabeza con cariño–. Además, yo también me alegro de que Matteo no sea más que…, ¿qué has dicho?, un ligón de primera.

–Ya te lo he dicho, es solo un amigo.

–Le gustas.

–No le gusto.

–Hazme caso, los hombres sabemos estas cosas. Es un instinto.

Tenía mariposas en el estómago.

–¿Te morías de celos? –Como no respondió, alzó la mirada hacia él, apoyando el mentón en su pecho–. ¿Eh?

Sus ojos volvían a arder.

–Sabes que sí.

Ella suspiró, satisfecha, mirándolo con ojos coquetos, maravillada de que estuviese ahí con ella.

–Bueno, ¿y en qué andabas antes? ¿Me estás poniendo los cuernos con la *signora* Dutti?

Él se rio por lo bajo.

–Oh, ya lo pillo. Has hecho todo esto para que abra el pico.

–Al contrario, fuiste tú el que me atacaste. Pensaba que habías hecho todo esto, precisamente, para que cerrase el pico –replicó con picardía.

Él se rio de nuevo, un sonido magnífico a oídos de ella, que lo contemplaba deleitándose en su belleza. Nico le devolvió la mirada; la expresión de sus ojos era dulce e indulgente por una vez.

–Uno de los túneles da a su casa –dijo, apartándole el pelo de la cara y contemplando sus sienes, sus mejillas, sus pecas…

–Pero no encontraste la joya de la corona, ¿no?

–Por desgracia, no. –Esbozó una amplia sonrisa–. Aunque la próxima vez no pienso entregar ningún objeto. Hago las maletas y me largo del país.

–Después de lanzarme sobre tu hombro, espero.

–Por supuesto.

La mirada de Nico rebosaba alegría.

–Así que ¿está confirmado que el anillo era de Elena?

–¿De quién si no? Es un modelo muy famoso, el Bulgari Azul.

–¿El Bul…? –Cesca frunció el ceño, apoyándose en el codo. Había oído aquel nombre con anterioridad–. No puede ser.

–¿Por qué no?

Cesca hizo memoria.

–Porque me dijo que estaba en una caja fuerte en Suiza. Se lo mencionó al *signor* Bulgari en la fiesta la otra semana. Yo estaba presente.

–Bueno, pues a no ser que sea una falsificación, no hay duda de que es el Azul. –Se le iluminó la mirada–. Pero si a mí me dijo que lo perdió hace muchos años.

Cesca guardó silencio.

–¿Por qué le mentiría al director de Bulgari? Es imposible que pierdas algo así y que estés convencida de que lo tienes guardado en una cámara acorazada en el extranjero. –Se mordió el labio–. ¿Tal vez no quería admitir que lo había perdido…? ¿Por el seguro…?

Nico la contemplaba.

–Has sacado a la abogada que llevas dentro. –Ella se tensó, pero él sostuvo su rostro entre las manos para que lo mirase–. No es nada malo, Cesca. ¿Por qué te sienta como si fuese una palabrota?

Ella se limitó a parpadear, a medida que se le aceleraba el corazón: quería decirle muchas cosas, pero no podía. Pasado un minuto, al ver que ella no iba a romper el silencio, se torció para besarla en la boca.

Resuelta, Cesca cambió de tema.

–Así que dos de los túneles pasan por debajo de la plaza y dan a la *osteria* y a este edificio, pero ¿y el tercero…? –preguntó.

Él enarcó una ceja. No le habían pasado desapercibidas las ganas que tenía de cambiar de tema, pero, de todos modos, le siguió el juego.

–Y el tercero lleva al jardín acuático, situado al sureste del jardín.

–¿Un jardín acuático? –Sonrió–. Me encantaría verlo.

–Esa era la intención. Había dejado vino a enfriar, aceitunas…

Percibió la ironía que destilaba su voz y volvió a rememorar la velada del miércoles, cuando él se había mostrado tenso, algo que ella interpretó como falta de interés, pero ¿sería fruto de los nervios? Había insistido mucho en que tenían que seguir la ruta marcada, pero, si era porque tenía un pícnic preparado…

–Ay, Dios, ¿¡se suponía que era una cita!?

–Un primer paso, cuando menos. No estaba seguro de que sintieses lo mismo, pero...

–Pero me desvié. –Se envaró al recordar que se había negado a escucharle y que se habían despedido enfadados–. Lo eché todo a perder –susurró.

–Sí –respondió, tratando de mostrarse severo, pero su mirada lo delataba.

Ella deslizó la mano hacia abajo, por debajo de la sábana, mientras lo miraba feliz.

–¿Hay alguna forma de recompensarte...?

Capítulo 36

Roma, agosto de 1982

El zumbido del motor vibraba entre sus huesos y el viento le azotaba la coleta conforme el coche enfilaba la serpenteante carretera de la costa y, por debajo, los hermosos pueblos de color pastel se aferraban a los acantilados como percebes sobre el mar, de un azul reluciente. Suspiró, consciente de que, por fin, había alcanzado la felicidad plena, aunque Aurelio se hubiese marchado otra vez, aunque él no le hubiese vuelto a dirigir la palabra desde entonces, aunque él no hubiese dicho nada salvo su nombre –enfadado, desesperado– cuando se desplomó sobre ella, con la cara oculta en su cuello, mientras ella seguía rodeándolo con las piernas, aunque la hubiese dejado ahí en la penumbra y hubiese vuelto a trompicones, con la respiración desacompasada, hasta el ala oeste. «Haces que me odie a mí mismo, Elena». ¿No era eso lo que le había dicho bajo la lluvia en el Panteón?

Pero, si bien Aurelio no se podía perdonar a sí mismo, ella no se arrepentía de nada. ¿Cómo iba a lamentarse de lo correcto? Había sido inevitable desde el comienzo y los dos lo sabían. Habían hecho todo lo posible por resistirse, por retroceder y apartarse, pero era una guerra imposible de ganar. No solo los unía la química, sino la gravedad: estaban destinados a estar juntos.

A su lado, Vito, con los brazos extendidos, acariciaba inconscientemente el volante de cuero con los dedos. Llevaba puestas unas gafas de sol, una camisa de lino azul, unos pantalones cortos azul marino y sus mocasines de la marca Tod's. Estaba increíble. Era su estilo.

Elena sonrió cuando él la miró y acercó la mano para apretarle el muslo. En realidad, desde la seducción de Aurelio las cosas habían mejorado entre marido y mujer. Volvía a sentirse viva; el roce de Aurelio –pasional, hambriento e intenso– había despertado sus sentidos ante el roce de Vito. Se reían, hablaban otra vez. Ella se sentía capaz de interpretar el papel de esposa Damiani, que tan agobiante le había parecido antes, y se estaba lanzando al mundo de las obras benéficas con un fervor tal que Cristina, en comparación, muy convenientemente, parecía desganada.

Podía hacer todo eso porque, algún día, Aurelio volvería –junto a Vito, junto a ella– y volvería a pasar lo mismo. Ya habían establecido la rutina. Él trataría de resistirse y fracasaría; se marcharía y regresaría. Trataría de resistirse, fracasaría, se marcharía… y siempre regresaría porque ahora su amor existía en el plano físico y crecía día a día. Se llevó las manos al vientre de nuevo; aquella nueva sensación de paz era como un sedante en su sistema circulatorio. Él no lo sabía todavía, pero, dentro de siete meses, traería a un bebé al mundo, uno que sería igual que su padre.

Capítulo 37

Roma, agosto de 2017

Cesca llamó a la puerta, pese a no estar ni siquiera segura de que Elena estuviese allí. Había recorrido el edificio señorial en su busca y la sala de estar de sus aposentos privados era la única *suite* que le quedaba.

—¿Sí? —contestó con voz débil, pero clara, y Cesca asomó la cabeza por la puerta.

Elena estaba sentada en el diván, envuelta en una manta, como la semana anterior, cuando Nico las interrumpió con el hallazgo del anillo.

—Siento molestarte. ¿Podemos hablar un momento? No pudimos terminar nuestra entrevista el otro día.

Elena guardó silencio y permaneció muy inmóvil.

—¿El otro día…?

—El viernes, cuando nos interrumpió el *signor* Cantarelli —le recordó Cesca.

—Ah, sí. —Parecieron endurecérsele los ojos al mencionar aquel nombre—. Entra. De hecho, estoy esperando al *signor* Cantarelli. Espero que venga a decirme que por fin han terminado con sus malditos análisis y que volveré a recuperar mi intimidad.

A Cesca la desconcertó que esperase tal cosa. Hacía tan solo tres días, Nico le había devuelto un anillo de valor inestimable, de modo que, si eso lo habían hallado allí abajo, seguramente habría más objetos de interés o de valor perdidos. ¿Y si los ladrones no se habían salido con la suya? ¿Y si habían extraviado más artículos robados? ¿A qué venían tantas prisas por cerrar el agujero?

—Vendrá de un momento a otro, pero podemos hablar mientras

espero. No nos llevará mucho, ¿no? Recuerdo que el otro día nos faltaba poco para terminar la conversación.

–Eh, bueno, dame todo el tiempo que tengas –dijo Cesca, pese a que todavía tenía un gran número de preguntas que formular, como por qué se había olvidado de mencionar el pequeño detalle de que había tenido un hijo. Entendía a la perfección que no quisiera hablar del tema por lo doloroso que era, pero tampoco podían eludir algo así. La conversación de ese día iba a tener que ser dura. Un interrogatorio, por una vez.

Cruzó la estancia, consciente de que Elena contemplaba sus pantalones color pastel de cintura alta de los años veinte y su camiseta sin mangas negra.

–¿Qué tal estás? –le preguntó Cesca.

–Menos cansada que tú, creo.

–¿Perdón? –dijo, por si la había malentendido.

–Hoy estás pálida, Francesca –comentó Elena, con sus ojos verdes fijos en ella–. ¿Acaso no has dormido bien?

Cesca tragó saliva.

–He dormido de maravilla, gracias.

–Ah.

La puso nerviosa pensar en Nico, en la noche anterior y en la otra, en todo el domingo, que habían pasado en la cama, y trajinó con la grabadora digital y con las fotografías guardadas en el sobre, tratando de ganar algo de tiempo para recomponerse. Él se había marchado diez minutos antes que ella esa mañana, para llegar al trabajo por separado, pero incluso aquella separación le había resultado insoportable. Las cosas avanzaban a pasos agigantados y se estaba enamorando perdidamente.

–Me gustaría seguir hablando sobre Vito –dijo, levantando la mirada al colocar las fotografías en la otomana otra vez, y Elena asintió, sin mirarlas–. A ver…, eh…, estuvimos hablando de su relación con su hermano, Aurelio, y de cómo te afectaba a ti.

–Efectivamente.

Cesca desvió la mirada hacia el marco junto al brazo izquierdo de Elena: no podía ver la foto de su primer hijo desde donde estaba sentada.

–¿Sigue vivo?

–¿Reli? No, falleció en noviembre de 1989.

–¿Te importa que te pregunte cómo?

Elena, que parecía sorprendida, sin duda se preguntaba qué relevancia podía tener aquello para el libro.

–Tuvo un accidente de coche –se limitó a explicar.

Cesca asintió; ahora sabía perfectamente que aquel accidente no había acabado con la vida de nadie.

–Debió de ser una pérdida terrible para Vito –dijo, observando detenidamente la expresión de Elena y percatándose de que tardó mucho tiempo en contestar.

–Sí, quizá incluso lo habría destrozado de no ser por Giotto…

Se le apagó la voz, hasta quedar en silencio, y Cesca asintió con compasión. «Destrozado» era una palabra fuerte, casi violenta, pero sabía muy bien lo que la culpa era capaz de hacerle a una persona.

–¿Giotto es tu hijo?

–Correcto.

Cesca guardó silencio y optó por permitir que Elena tomara las riendas de la conversación por una vez –un viejo truco que usaba para entrevistar a testigos–, pero el corazón le latía a mil por hora y estaba segura de que estaba muy colorada. ¿Percibiría Elena las interrogaciones que se reflejaban en su mirada? Le daba la impresión de que hasta podría ponerse la peluca y la toga.

Pero Elena ni tan siquiera la estaba mirando.

–Vito cambió tras la muerte de Reli. Empezó a parecerse más a su hermano; se volvió un poco más imprudente e impredecible. Había perdido a la persona que más quería en el mundo y las reglas del juego habían cambiado: en más de un sentido, creo que convertirse en hijo único lo liberó del lastre que era ser el primogénito.

–Me he dado cuenta de que, cada vez que hablas de Vito, te pones triste, como si, en cierto modo, fuese un personaje trágico.

Elena endureció la mirada ante la pregunta más directa de Cesca.

–Bueno, no es nada fácil ser bueno en este mundo, ¿no?

Cesca negó con la cabeza.

–¿Supuso un obstáculo para vuestro matrimonio? Que hubiese cambiado tanto, quiero decir.

Elena reflexionó al respecto.

–Sería de esperar, pero, en realidad, curiosamente, creo que lo reforzó. Todos tuvimos que aprender a adaptarnos. Nos unimos más, en cierta manera. Nos dimos cuenta de lo corta que es de verdad la vida, de lo frágil que es. A fin de cuentas, uno, al despertarse, nunca sabe si ese será su último día.

–¿Te importa que te pregunte cuándo falleció Vito?

Elena la penetró con una fría mirada.

–El 13 de noviembre de 2002. De un infarto. ¿También quieres la hora de la muerte?

Cesca no apartó la mirada de aquellos ojos de hielo.

–Solo estoy intentando crear una cronología de los principales acontecimientos de tu vida, nada más –dijo, igual de fría, y lanzó la primera gran pregunta, la que desencadenaría todas las demás preguntas que sabía que Elena no quería que le hiciese–. Entonces, ¿no tuviste más hijos?

La fotografía de Stevie –que, desde su asiento, solo veía por detrás– estaba a un solo metro de distancia. Elena miraba a Cesca.

–No. Giotto fue nuestro único hijo.

Cesca se dio cuenta de la argucia. «Nuestro» único hijo. No era una mentira descarada, pero tampoco era toda la verdad.

–Me dio mucha pena leer la historia de Stevie –dijo Cesca, haciendo uso de sus propias argucias: había leído, no oído, la historia del niño. Insinuaba claramente que sabía que Elena estaba eligiendo qué verdades compartir con ella y cuáles no.

Elena no se movió y su cara a punto estuvo de petrificarse. Su mirada espectral paralizó a Cesca. Pasó todo un minuto antes de que se levantase.

–Pero tampoco necesitábamos más hijos. Giotto nos consolidó como una familia.

Era como si Elena no la hubiese oído o como si no se permitiese procesar las palabras de simpatía de Cesca, y esta tragó saliva, preguntándose si se habría pasado de la raya, pero necesitaba enviarle algún tipo de señal, algo que le mostrase a Elena que tenían que ser abiertas y sinceras, que no podían eludir los hechos, hechos que conocía todo el mundo.

–Elena, mira, para que este libro sea creíble, necesito que seas sincera conmigo, con todo lo que implica la palabra; las medias verdades no nos convienen. Necesito que me lo cuentes todo sin tapujos, ¿lo entiendes? ¿Elena?

Elena parpadeó, con aquella expresión impasible tan curiosa que hacía imposible interpretar sus emociones. Podía estar profundamente furiosa o hundirse en la desesperación, pero no había manera de saberlo.

Volvió a intentarlo.

—Elena, sé la verdad. Lo sé todo: el pequeño Stevie, las sospechas sobre la muerte de tu cuñado…

Llamaron a la puerta.

—Ah, será el *signor* Cantarelli. Entre —dijo, al parecer casi triunfante porque la entrevista volvería a terminar pronto.

Se abrió la puerta y entró Nico, que tropezó al ver a Cesca ahí sentada. Afloró entre ellos el recuerdo de la pasada noche y de esa mañana y él desvió la mirada con rapidez, adoptando una expresión imperturbable mientras a ella le ardían las mejillas.

—*Principessa*, si no es buen momento…

Elena alzó una mano.

—No pasa nada. Francesca y yo casi hemos terminado. —Volvió a mirar a Cesca con ojos fríos—. Ya te ibas, ¿no es así, Francesca?

Cesca exhaló. Conque eso era todo. Elena iba a negar los hechos como si nada, cual negacionista del Holocausto, negándose a aceptar una verdad que estaba claramente documentada y que cualquier interesado podía contrastar.

—Sí —respondió con hastío, obligándose a ponerse en pie.

—Estaba pensando, Francesca —dijo Elena, contemplándola detenidamente mientras se paraba a recoger las fotografías—, que me gustaría ver el primer borrador de lo que hayas escrito hasta la fecha.

—¿Perdón? —preguntó Cesca, sorprendida. Apenas había escrito nada, ya que todavía estaba en la fase de las entrevistas y la recopilación de datos.

—Sí. Giotto va a venir a la gala del próximo fin de semana y me gustaría que eche un vistazo a lo que has hecho hasta el momento, para cerciorarnos de que vas por el buen camino. Seguro que lo entiendes. ¿Me lo entregas para entonces?

Cesca enarcó una ceja. Quedaban cinco días. Dentro de cinco días, ¿quería que le entregase el manuscrito de los primeros cuarenta años de su vida, cuando, hacía solo unos segundos, había hecho caso omiso a las súplicas de Cesca para que le contara toda la verdad?

—Espero de corazón que hayas investigado y filtrado los datos con rigor. La verdad es crucial para mi hijo.

—Entonces, ¿quieres que ponga por escrito todo lo que sé hasta ahora? ¿Absolutamente todo?

Elena asintió.

—Así es.

Cesca se la quedó mirando, consciente de que eso era una prueba: Elena quería comprobar si le sería leal a ella. Quería ver con sus propios ojos qué iba a incluir en el libro y qué pretendía excluir. Cesca no tenía duda de que, si siguiera al pie de la letra las indicaciones de Elena e incluyese los capítulos menos decentes por los que acababa de desafiar a su jefa, la despediría en el acto. Elena opinaba claramente que no tenía sentido seguir perdiendo el tiempo en el libro si iban a seguir peleándose por el contenido. Cesca se preguntaba si era eso lo que le había sucedido al archivista. ¿Se había acercado también él a la verdad? Resultaba evidente que Elena no tenía la más mínima intención de sincerarse respecto a Stevie, a Jack o a cualquier otro tema.

—Vale —dijo, inofensiva—, haré lo que pueda.

—Eso mismo. —Al mirar lentamente a Nico, sus ojos se iluminaron perceptiblemente—. Dígame, *signore*, ¿vendrá a la gala el sábado por la noche?

—No lo sé —contestó, sin comprometerse a nada.

Cesca sabía, a juzgar por la expresión alerta de Nico, que se había percatado de la tensión entre ella y Elena.

—Tiene que venir. A Giotto le encantaría verle y le interesaría muchísimo su trabajo. Y tiene que traer a su hermosa prometida.

Se hizo un silencio glacial antes de que Nico respondiese lo siguiente:

—Gracias, *principessa*, pero…

—Insisto. Después de todo el trabajo que ha hecho aquí, salvaguardando la estructura del edificio señorial, sería un buen final para este episodio de verano.

Cesca tenía la mirada fija en las rosas de la consola situada justo detrás de la cabeza de Elena, pero, aunque permanecía inmóvil y callada, estaba convencida de que todos oían el tamborileo furioso de su corazón. Nico no dejaba de mirar hacia ella, pero tanto su voz como la de Elena le llegaban lejanas. Tenía que procesar demasiadas cosas, pero lo que hacía eco en su cabeza era una única palabra. ¿«Prometida»?

—Os dejo que habléis —dijo Cesca en voz baja, y salió de la estancia, con los ojos de Nico clavados en su espalda.

Ella percibía la desesperación repentina que lo embargaba, pero no podía mirarlo, no podía mirar a ninguno de los dos, y con manos temblorosas cerró la puerta tras ella. Parecía que Elena no era la única que la había tomado por una imbécil.

—Hay que ser idiota. Si el tío ni siquiera me gustaba. Bueno, hasta ahora no, por lo menos —sollozó, mientras Alé le entregaba otro pañuelo.

—Será rastrero —espetó Alé—. ¿Cómo se atreve a tratarte así? Como está bueno, se cree que puede hacer lo que le venga en gana. Los tipos como él son los peores.

Cesca resolló, negando con la cabeza.

—No, la culpa es mía. Debería haberlo visto venir.

—¿Y cómo?

—No lo sé —gimió—, pero debería. ¡Pues claro que está prometido! Tiene treinta y seis años. ¿Cómo iba a seguir soltero?

—Tiene treinta y seis, no ciento seis. Tampoco es un viejales. No podías saberlo. —Alé le frotó el brazo a modo de consuelo mientras Cesca se restregaba las lágrimas por milésima vez—. Y te mereces algo mejor, Cesca.

—Y-ya.

—Tienes que olvidarte de él.

Cesca asintió. Olvidarse de él. Sí. Sería capaz.

—Y míralo de esta forma: por lo menos, te has enterado pronto, antes de ir en serio.

—Ajá.

Lo de esa mañana en la ducha había ido bastante en serio.

—¡Por no decir que la prometida me da mucha pena! Probablemente, no tiene ni idea de con quién se está casando de verdad, y para cuando se entere… –Alé se pasó el dedo por el cuello–. Dios, como para casarse.

Cesca volvió a resollar y miró a su amiga, detectando cierta insinuación en su voz.

–¿Qué te ha pasado con el director?

–Hemos roto.

Cesca posó la mano en el regazo.

–Pero ¿cuándo?

–Hace unos días.

–¿Y por qué? O sea, aparte de porque, obviamente, es tu jefe y es demasiado mayor para ti…

Alé soltó un hondo suspiro.

–Pues porque tiene una familia, por eso.

–Ay, Alé.

–Ya, pero no me digas que es indignante que me haya engañado, porque no me ha engañado. Yo lo sabía. –Se mordió el labio, negando con la cabeza, disgustada–. Yo lo sabía, pero mi idea era pasárnoslo bien un rato y ya está. Coger experiencia. Hasta que se puso a hablar de dejar a su familia, de abandonarlos… por mí. ¡Por mí! –Alé abrió los ojos como platos, horrorizada–. Yo nunca he querido eso.

–Entonces, ¿las dos nos hemos convertido en «la otra»? –Cesca resolló.

–No, tú no sabías nada, pero ¿yo?, yo lo sabía y me dio igual. La que ha metido mierda aquí soy yo.

Era el turno de Cesca de poner una mano en el brazo de Alé.

–Bueno, pero ahora estás haciendo lo correcto. Por lo menos, no es demasiado tarde.

–Eso espero. He presentado mi dimisión.

–¡Alé! ¿Por qué tienes que ser tú la que se marche? ¡El que le ha puesto los cuernos a alguien es él!

Se encogió de hombros.

–Porque así se arma menos escándalo. Tiene una familia, recuerda. Yo puedo trabajar donde sea. Sigo siendo libre.

–Libre –repitió Cesca, recordando lo maravilloso que había sido estar en brazos de Nico la pasada noche, sentir el peso de su pierna sobre la suya–. Bueno, yo igual vuelvo a ser libre antes de lo que esperaba.

—¿A qué te refieres?

—Elena me ha pedido que escriba el primer borrador de todo lo que hemos visto hasta ahora; es decir, de los cuarenta primeros años de su vida. En teoría, su hijo va a venir el fin de semana y quiere que lo lea.

—¿En teoría?

—No es porque vaya a venir su hijo. Me está poniendo a prueba, me está desafiando, a ver si tengo lo que hay que tener para contradecir su versión de los hechos y contar la verdad.

Alé parecía preocupada.

—¿Y tienes lo que hay que tener?

Cesca se quedó mirando a la nada, recordando el desprecio con el que la había tratado Elena aquella mañana, la forma en que había sacado a colación a la prometida de Nico, como si estuviese al tanto de su relación. «¿Has pasado mucho tiempo en compañía del *signor* Cantarelli?», le había preguntado Elena en una ocasión. «Pareces cansada».

Cesca entrecerró los ojos.

—Sí, la verdad. Creo que sí.

—¿Y qué pasa con Nico? ¿Puedes trabajar con él cerca?

—Está a punto de terminar. Han cartografiado los túneles y terminado sus análisis; ya no tienen nada más que hacer ahí abajo, así que van a empezar a rellenar el socavón. En teoría, acabará hacia finales de la semana, ¡y después no tendré que volver a verlo! —Su intención era sonar alegre, pero habló sin ánimo en la voz.

—¡Que le den!

—Sí.

—Bueno, hasta entonces no debería ser difícil evitarlo.

Cesca pensó en el edificio señorial de mil habitaciones.

—No creas —masculló—. Igual tengo que empezar a usar los túneles yo también para evitarle. ¿Te he contado que hay uno que lleva hasta mi edificio?

—¡No! —exclamó Alé, maravillada.

—Pues sí. Del edificio señorial al salón de la *signora* Dutti.

—Podría ser práctico cuando llueve —comentó, esbozando una amplia sonrisa.

Cesca se tensó de repente al acordarse de algo.

—La *signora* Dutti.

—¿Qué pasa?

Entornó los ojos, reflexionando, recordando.

—El sábado por la noche, Nico la llamó Maria.

—¿Qué hacía con tu casera un sábado por la noche? –preguntó, enarcando una ceja, con una media sonrisa.

Cesca puso los ojos en blanco.

—Fue a que le firmara los papeles por lo del túnel, pero no es por eso… –Miró a Alé–. La antigua ama de llaves de Elena era una mujer llamada Maria.

A Alé se le escapó la risa, divertida.

—Mira, siento tener que darte malas noticias, pero en Roma hay un montón de mujeres que se llaman Maria.

—Ya, pero… es que vive justo enfrente del edificio señorial, al otro lado de la plaza, y se ha empeñado (bueno, ella y la *signora* Accardo) en advertirme de que me mantenga alejada de Elena, de que es una mala mujer y cosas por el estilo. A ver, ¿por qué les importa tanto? –Entrecerró los ojos, sumida en sus pensamientos–. A no ser que la *signora* Dutti sea la misma Maria que trabajó ahí y que sucediera algo malo.

—¿Como qué?

—No lo sé, pero tuvo que ser bastante malo. Tendrías que oírla hablar de ella. Es como si pensase que yo voy a acabar contaminada.

Alé parecía escéptica.

—Sería demasiada coincidencia.

—¿De verdad? Cuanto más lo pienso, más sentido tiene. Tal vez sabe algo. A fin de cuentas, está claro que Elena me está mintiendo sobre su pasado.

—¿Se lo has dicho a la cara?

—Hoy lo he intentado.

—¿Y qué tal?

—Ha sido un desastre completo. Ha pasado de mí. Tal cual. Como si fuese una pared. Pero está claro que por eso me ha puesto a prueba. Le he dicho sin tapujos que lo sé todo: lo del niño, lo de la muerte misteriosa de su cuñado…

—Para el carro. ¿Qué tiene de misterioso?

—Según la versión oficial de los hechos, falleció en un accidente de coche, pero he visto las fotos, Alé. No fue más que un golpe, un rasguño, la verdad. No hay manera de que alguien llegara a perder la vida en ese accidente. Como mucho, acabaría con un moratón.

—Pero, entonces, ¿qué fue lo que le pasó?

—No lo sé. —Se encogió de hombros—. Pero tal vez Maria lo sepa. Sin duda, hay un secreto que Elena no me quiere contar, y me da que ella, como antigua ama de llaves, sabe algo.

—Pero ¿cómo lo sabes?

—Porque soy abogada, cariño. Me dedico a descubrir la verdad.

Capítulo 38

Roma, noviembre de 1989

Soplaba un aire mordaz; le quemaba lo más hondo de la garganta y le dolían las orejas, y el suelo estaba cubierto de una gruesa capa de hojarasca color marrón que crujía conforme caminaba. Giotto iba corriendo más adelante por el sendero, con los brazos extendidos, elevando grandes cantidades de hojas hacia el cielo. Las palomas rollizas, entre picoteos, se las arreglaban para escapar a tiempo, agitando las alas desesperadamente cada vez que el niño corría hacia ellas, con el borde de sus guantes de lana oculto bajo las mangas del abrigo y el pompón del gorro bamboleándose sin cesar. Como la mayoría de los niños de seis años, era un inocente y un tirano al mismo tiempo.

Elena caminaba despacio más atrás, cansada como estaba tras otra mañana de actividades al aire libre. Tenía las mejillas coloradas por el ejercicio que habían hecho en los terrenos de su propiedad y el voluminoso abrigo de piel de oveja le pesaba sobre los hombros. Había vuelto a perder peso últimamente, había perdido el corazón y comenzaba, asimismo, a perder la esperanza.

Observó a Giotto desaparecer dentro de la sala que daba al jardín en el ala oeste y la puerta francesa chocó peligrosamente contra la pared cuando irrumpió en el interior, preparado para tomarse el chocolate caliente que Maria le había prometido para cuando regresase. Ella se quitó los guantes y se desabrochó el abrigo al entrar en la sala, donde Vito estaba sentado, con el periódico esparcido por el suelo a sus pies, como si se le hubiese caído, como si, al levantarse, se hubiese olvidado de que lo estaba sosteniendo. Como si acabasen de darle una noticia impactante.

—¡Cariño! ¡Aquí estás! —dijo Vito, con unos ojos llenos de vida—. Mira quién ha vuelto.

Como a cámara lenta, Elena posó la mirada en la cabeza de pelo negro que se estaba girando hacia ella.

—Elena —dijo Aurelio, levantándose y mirándola—. Os estábamos esperando.

Siempre quitaba hierro al asunto con mucha habilidad.

—Sí, os perdimos de vista —comentó Vito mientras Aurelio esquivaba las piezas Lego que seguían en el suelo, con las que había estado jugando Giotto, y se acercaba a ella—. No sabíamos en qué parte del jardín estabais; si no, habríamos ido a por vosotros.

Ahora Aurelio estaba frente a ella; se detuvo, fijándose en sus mejillas ruborizadas, cuyo color contrastaba con la piel blanca de su gorro.

—Estás radiante, hermana —dijo a la ligera, pero sus ojos la quemaban, como siempre la habían quemado, como siempre la quemarían—. La maternidad te sienta bien.

Se inclinó para darle un leve beso en cada mejilla y, mientras lo hacía, ella lo agarró por los hombros y le hundió las uñas en la carne.

Dos segundos después, se acabó y volvieron a guardar las distancias.

—Es una pena que hayas esperado tanto para conocer a tu sobrino. Ahora ya es todo un muchachito. —Su voz sonaba quebradiza y trémula.

¿Estaba allí de verdad? Había aguardado tanto, había rezado para que ese momento se hiciese realidad, y, de pronto, a la hora del almuerzo de un lunes cualquiera de noviembre, había regresado. Y parecía que nunca hubiera llegado a irse.

—Me han dicho que es igual a su padre —carcajeó, bromeó.

Vito también se echó a reír.

—Siéntate, Elena, tienes que estar agotada. Has estado fuera más de una hora. Maria nos va a traer café en cuanto acabe con Gio. Pasó volando por la habitación antes de que pudiésemos detenerlo. Ni siquiera sabe que Reli está aquí sentado; no lo ha visto.

—Le descolocará ver a alguien que es exactamente igual a su padre —dijo Elena, sentándose junto a su marido; así podía ver mejor al hermano.

—Pero le habréis hablado de mí, supongo —contestó Aurelio, acomodándose de nuevo.

—Por supuesto, pero no es lo mismo imaginarte que verte de verdad —dijo Elena.

Aurelio la miró repentinamente y ella le sonrió: se abrió entre ellos un diálogo sin palabras. Había tanto que decir.

—Bueno, ¿y qué tal Hong Kong? —preguntó ella por cortesía, pero, Dios, eso no, no quería hablar de eso.

—Llena de vida. De gente.

Claramente, él tampoco quería hablar de eso.

—¿Y por qué Hong Kong? —inquirió Vito con el desconcierto en la mirada—. ¿De verdad tenías que irte tan lejos? Podrías trabajar en Londres, en Frankfurt, en algún lugar más cerca de aquí.

—Quizá eso era precisamente lo que quería. —Elena sonrió, con cierta sorna—. Quiere escapar de nosotros, cariño.

Aurelio contempló una mancha que tenía en la rodilla antes de inhalar aire con brusquedad.

—Ya me conoces, hermano, no puedo estarme quieto. Tengo que cambiar de escenario, no puedo quedarme en ningún sitio mucho tiempo.

—Bueno, pues ahí has estado una buena temporada —dijo Vito con cariño—. Creo que no has estado en ningún lugar más de siete años.

—¿De verdad? Sí, tal vez —dijo, restándole importancia y estirando los brazos por el respaldo del sofá, con un tobillo sobre la rodilla, ocupando espacio, ocupando la estancia—. En fin, una empresa no se monta de la noche a la mañana.

—¿Por qué has fundado una empresa? No es que te haga falta trabajar —comentó Elena con desdén.

Una vez que se había repuesto de la sorpresa inicial por su regreso, comenzaba a enfadarse. A guardarle rencor. ¡Siete años!

Aurelio la penetró con una mirada de piedra.

—Uno puede perder la cabeza, Elena, si no tiene nada con que llenar sus días.

—Así que eso has estado haciendo los últimos siete años —murmuró—. Llenar tus días. —Quería gritarle, quería decirle que se había pasado los últimos seis años criando a su hijo, esperando a que volviese por la puerta para ponérselo en los brazos, pero se lo había perdido, se lo había perdido todo: cuando era un bebé, cuando aprendió a andar, y ahora Gio tenía seis, casi siete años, y cada día se parecía más a Vito, perdía la libertad propia de la niñez a cambio de caminar recto y de portarse bien a la mesa, de saludar a los adultos con un apretón de manos y una buena mirada. Lo estaban domando para que se convirtiese en el nuevo heredero. La historia se repetía–. Bueno, me alegro de que te haya ido tan bien –dijo fríamente–. Eres todo un magnate del banco. Nunca hemos tenido uno en la familia, ¿no, Vito?

–Papas, cardenales, granjeros, propietarios de viñedos, pero no, banqueros no. –Vito se encogió de hombros–. Eres el primero, Reli.

–No, claramente soy un segundón –bromeó–. Tú siempre me ganas. Siempre me entero tarde de todos los tejemanejes.

–¿Catorce minutos tarde? –Vito se rio entre dientes.

Pero Aurelio miraba a Elena. No, cuatro meses. Eso era lo que había tardado en enterarse de aquel tejemaneje.

Elena empezaba a desesperarse. No podía seguirle el juego. Quería odiarlo, reñirle, castigarlo por hacerla esperar tanto. La estaba destrozando tener que sentarse frente a él, gastar bromas y hablar de nimiedades, cuando lo único que quería era arrojarse en sus brazos, que la besase de nuevo y que la llamase por su nombre contra su pelo.

–De todos modos, pronto tendremos a otra banquera en la familia; seremos dos –prosiguió Aurelio–. Dos son mejor que uno, ¿a que sí?

Elena parpadeó.

–¿Cómo?

–Aurelio va a casarse –le explicó Vito, dándole una palmadita en el muslo–. ¿Te lo puedes creer? ¡Por fin va a sentar la cabeza! –Se rio al ver la cara de sorpresa de ella–. Ay, cariño, ¡mírate! –Miró a Aurelio–. ¿Lo ves? No se puede creer que al fin te hayan amansado.

Pero Elena no se reía. Se le atascaron las palabras en el pecho. Su corazón se negaba a latir. Su cerebro dejó de procesar la información. Se le apagó el sistema nervioso como un ordenador que se desenchufa de pronto.

–Se llama Ling –continuó Vito, ignaro–. Trabaja con Reli, en el departamento de fusiones y adquisiciones, ¿verdad?

Aurelio asintió, jugueteando de nuevo con aquella mancha en la rodilla.

—Así es.

—¿Cuándo nos la piensas presentar? —lo presionó Vito—. ¡Por fin yo también tendré una hermana!

—Pronto. Quería venir conmigo, pero estaba cerrando un acuerdo y no podía marcharse.

Vito se aclaró la garganta.

—¿Y la boda será… aquí, espero?

—En Hong Kong, porque su familia vive allí. Nos estamos planteando casarnos en febrero.

—Bueno, no te voy a negar que me da pena que no vayamos a celebrar una boda en el edificio señorial, pero la fecha es perfecta, justo después de los desfiles de moda —comentó Vito, apretando el muslo de Elena con afecto—. Estarás encantada, cariño.

Tenía la sensación de que se caía de una casa, de un acantilado, de una nube.

—Enhorabuena.

—Gracias. Somos muy felices.

Aurelio la buscó con la mirada.

Pero era una declaración de intenciones. No un hecho.

—Elena. —El susurro de su nombre se derramó por el pasillo de ónice como llevado por un céfiro, como un hada posada sobre un copo de nieve—. Elena, para.

Ella corría, pero allí las palabras de él eran más veloces, se desplazaban por las galerías con una celeridad que ella no podía igualar. La llamaban la galería de los susurros por una razón.

—Elena, espera.

La cogió del codo y, acto seguido, la giró y la ciñó contra aquel pecho que debería ser suyo para reposar la cabeza en él por las noches.

—¿Qué? ¿Qué quieres que diga? —espetó mientras lágrimas de furia le corrían por las mejillas—. ¿Te vas siete años y vuelves para decirme eso?

—Sssh —murmuró con enfado—. ¿Quieres que te oiga?

—Está hablando por teléfono, no oye nada. ¡No oye nunca nada! ¡Ni siquiera ve lo que tiene delante de sus narices!

Aurelio miró la galería de arriba abajo.

—Estoy haciendo lo mejor, Elena —le susurró, suplicándole que lo entendiera.

—¿Lo mejor para quién?

—Para todos nosotros, y lo sabes, sabes que no hay otra opción.

A Elena se le escapó un sollozo.

—¿Cómo te atreves a decirme eso?

La agarró por la parte alta de los brazos, rodeándole los bíceps con los dedos casi por completo.

—Porque no podemos seguir así, Elena. Tengo que encontrar la manera de acabar con esto de una vez por todas. No importa lo que haga, cuánto tiempo lo haga, porque, cada vez que te veo… —Sus ojos barrieron el rostro de Elena—. Me olvido de mí mismo, me olvido de Vito, y no puedo dejar que pase eso, no pienso dejar que pase.

—Así que ¿vas a seguir viviendo al otro lado del planeta? ¿Ese es tu plan?

Asintió, con la mandíbula tensa.

—Cuando tú no estás, es más sencillo. Casi me puedo creer que…

—¿Qué? ¿Que nunca ha pasado? ¿Que no existo?

—Sí.

La palabra abrió heridas y ella tembló en sus brazos.

¿Sabes que, cada día que pasa, al mirar a Gio a los ojos, todo lo que veo eres tú? Es igualito a ti.

—También es igualito a Vito.

—No, a ti. Tiene tu espíritu. —Lo miró irreflexivamente, pero las lágrimas le desdibujaban el rostro, y llevó las manos a su pecho—. Reli, te he echado muchísimo de menos. Tiene que haber otra manera. Lo sé —dijo, sollozando intensamente, con los hombros temblorosos—. Podemos marcharnos de aquí. Juntos. Empezar una nueva vida en algún lugar, donde tú quieras. Tú dilo y nos iremos. Esta noche.

—Elena, no. —La palabra transmitía firmeza, pero su semblante estaba tenso; su mirada, velada—. Por una vez en la vida, estoy intentando hacer lo correcto.

—Pues te odio.

Trató de alejarse de él; comenzaba a temblar, a perder el control, pero Aurelio la agarró con más fuerza y casi la puso de puntillas.

–No digas eso.

–Es la verdad. Te odio. Te odio. Te odio. –Él bajó la mirada hasta sus labios–. Te quiero.

Lo que sucedió a continuación fue completamente un acto reflejo: con las bocas unidas, se aferraron con los brazos con tanta fuerza que ella llegó a pensar que se le romperían las costillas, que le estallaría el corazón. Y, durante años, Elena concebiría aquel momento como un cristal que cae al suelo, como algo entero –hermoso y perfecto– que gira en el aire unos últimos instantes antes de hacerse añicos y desvanecerse. Antes de destruirse a sí mismo.

Él se separó.

–Elena –susurró.

–¿Mamá?

Gio corrió por la galería alargada y la cogió de la mano, alzando la mirada hacia ella, con restos de chocolate caliente en el labio superior.

–C-cielo. –Se echó a reír, con un toque de histeria en la voz, al tiempo que comenzaba a temblar porque los había descubierto–. Pero ¡mírate! ¡Estás manchado de chocolate! –Le frotó la piel sedosa con el pulgar, pero el chocolate ya estaba seco–. Oh, mira, se ha secado.

–¿Quién es? –preguntó Gio en voz baja, sin apartar en ningún momento la mirada de ella y cogiéndola de la otra mano, como para separarla de él.

–¿C-cómo? Es papá –tartamudeó.

–No.

Gio desvió la mirada hacia Aurelio, pero el niño no quería –no podía– mirarlo a los ojos y se centró tímidamente en la mano de su tío, que le quedaba justo a la altura de los ojos.

–Pues claro que es papá. –Sentía que el corazón se le iba a salir del pecho–. ¡Oye! ¡Serás travieso! ¿Te estás metiendo conmigo?

Él volvió a mirarla, parpadeando con sus ojos grandes.

–¿Por qué estabas llorando?

–Ay, cielo, no estaba llorando.

–Sí, te he oído.

—Eran lágrimas de felicidad, cielo. Ha pasado algo maravilloso: el hermano de papá ha vuelto después de muchos años y tiene muchas ganas de conocerte.

Gio volvió a mirar a Aurelio y esta vez alzó los ojos para contemplar aquella cara que tan bien conocía, aquel cabello, aquella ropa…

—Pero tienes que ser rápido e ir a lavarte antes de conocerlo —dijo Elena apurada, girándolo por los hombros y empujándolo con cuidado hacia la dirección contraria—. No vaya a ser que el tío Reli piense que eres un vagabundo. Date prisa.

El niño corrió por el pasillo, chirriando con los zapatos sobre el suelo.

Elena aguardó a que se marchara para volverse hacia Aurelio, restregándose las lágrimas de las mejillas con apremio.

—Tienes que cambiarte. Ahora mismo.

Capítulo 39

Roma, agosto de 2017

Aquella era la segunda vez que Cesca entraba en el piso de abajo; la primera fue para recoger las llaves cuando se mudó. No cabía duda de que su vivienda era mejor –más luminosa, más abierta y, por supuesto, con acceso, por la parte de atrás, a la azotea–, pero subir aquellos peldaños estrechos no era baladí para una mujer de la edad de la *signora* Dutti.

Cesca estaba sentada a la mesa de madera oscura, pequeña y cuadrada, cubierta con un mantel de encaje hecho a mano. Había en el centro un frutero de naranjas, junto a una gruesa vela de color rojo, por cuyos lados se habían solidificado las gotas de cera. La *signora* Dutti estaba moliendo los granos de café a mano, y el rico aroma se esparcía por el cuarto ensombrecido, mientras una leve brisa entraba por la puerta abierta.

–El otro día vi al *signor* Cantarelli –dijo Cesca, aunque no quería ni pronunciar su nombre. No quería pensar en él. Ni lo más mínimo. Nunca.

La *signora* Dutti la miró.

–¿Sí? –preguntó con una voz cargada de intenciones y una sonrisa insinuante en los labios–. Yo también. Vino hasta aquí para buscarte. Anoche y esta mañana también. Le dije que no sabía dónde estabas.

–Ah. –Cesca se quedó desconcertada; se preguntaba a qué venía aquella mirada pícara de su casera–. Bueno, es que he estado durmiendo en casa de mi amiga, Alessandra.

La *signora* Dutti asintió, pero la miraba con ojos animados.

–Fue bastante persistente y tuve que mostrarle que no había nadie en tu piso.

Cesca reprimió un gemido, molesta por que su casera le hubiese vuelto a abrir la puerta de su casa a un viandante cualquiera. ¿Primero Elena y ahora él?

—Es un hombre guapo.

—¿Ah, sí? No me había…

—Pero debería sonreír más. —La *signora* Dutti se puso solemne—. Siempre está muy serio.

Cesca, decidida a no imaginárselo sonriendo, frunciendo el ceño o desnudo, trató de reconducir la conversación al porqué de su visita.

—Sí, bueno, en fin… Dijo, eh, dijo que uno de los túneles del edificio señorial da a esta habitación.

—Así es.

—¿Estaba usted al tanto?

—¡Por supuesto!

Parpadeó. De modo que tanto Freda Accardo como Maria Dutti estaban enteradas. ¿Acaso era precisamente Elena la única persona que no lo sabía?

—¿Ha bajado alguna vez?

—Una, pero hace mucho tiempo. Son lugares fríos y oscuros que solo dan al edificio señorial, y ¿para qué quiero ir yo allí?

Hizo una mueca, con los labios en forma de u invertida.

—*Signora* Dutti…, ¿ha trabajado en el edificio señorial en algún momento de su vida?

La anciana dejó de moler los granos de café.

—¿Por qué me preguntas eso?

—Porque… —Tragó saliva y decidió contarle la verdad—. Porque creo que sucedió algo terrible y pensaba que tal vez usted sabría algo al respecto.

Se hizo un largo silencio, al tiempo que la *signora* Dutti le daba la espalda y trajinaba en la encimera, preparando el café y acabándose los *biscotti* de un tarrito colocado en una estantería alta, para lo que tenía que subirse a un taburete, pero, pasado un rato, por fin regresó a la mesa. Eran cafés cortos, oscuros y tan cargados que Cesca tuvo la impresión de que la cucharilla podría quedarse de pie en el centro de la taza.

—Era el ama de llaves, ¿me equivoco? —la urgió Cesca, pegando la mano a la taza, aunque aquella noche volvía a hacer calor. Hacía un minuto, no era más que una corazonada, pero supo, por la manera en la que se comportaba la anciana, que había dado en el clavo–. Sé que es así.

La *signora* Dutti la contemplaba a ella y, acto seguido, por la puerta abierta, a la fachada azul hielo del edificio señorial que había terminado dominando las vidas de todos ellos.

–Hace ya mucho tiempo de eso.

¿De qué exactamente?

–¿Le importa que le pregunte por qué detesta tanto a la *principessa*?

La *signora* Dutti la miró.

–¿Sabe ella que estás aquí?

–No, está en Florencia.

Lo mencionó como de pasada, pero, de hecho, le había sorprendido sobremanera que Elena hubiese cogido un vuelo a la ciudad del Renacimiento, pues no le había dicho nada del viaje durante su entrevista el lunes. Alberto le comentó que no volvería hasta el viernes por la noche.

–Pero ¿sabe que es conmigo con quien estás hablando?

–No, y no quiero que lo sepa. –Se mordió el labio–. Pero ya he leído ciertas cosas que no tienen ningún sentido y sé que ella me está mintiendo. Por lo de su cuñad…

–¡Aurelio! –La *signora* Dutti frunció los labios, sombría–. ¡Es una mala mujer! –exclamó enérgicamente–. ¡Es el diablo encarnado!

–Eso es justo lo que me dijo la *signora* Accardo, pero ¿por qué piensan eso? –la apremió Cesca.

–¿De qué otra forma describir a una mujer que ha destruido a una familia, en especial a una tan noble como los Damiani?

–¿Cómo la ha destruido? –la tanteó Cesca, pero, al formular la pregunta, intuyó la respuesta repentinamente. Eran gemelos idénticos. «Poseía cierto glamur cargado de peligro». ¿Cómo podría Elena, antigua fiestera tratando de empezar una vida nueva como princesa de la *nobilità nera*, resistirse a alguien como él?–. Ay, Dios. –Se cubrió la boca con las manos al caer en la cuenta; era muy obvio–. Elena tenía una aventura con el hermano de Vito.

–Los puso a los dos en contra, a hermanos que compartían una misma sangre, una misma sombra. Nada pudo separarlos hasta

344

que esa mujer se puso en medio. —Hablaba con voz rasgada; tal era su enfado.

—¿Está segura de lo que dice?

La *signora* Dutti se enderezó hasta quedar recta como un palo.

—Lo vi con mis propios ojos.

A Cesca se le tensó cada fibra de su ser. ¿Una testigo?

—Por favor, cuénteme lo que pasó. Es de vital importancia.

Los dedos de la casera tamborileaban sobre la mesa mientras reflexionaba, y hubo un largo silencio antes de que al fin tomara la palabra.

—Este edificio todavía era propiedad de la familia, por aquel entonces. Muchos de la plaza siguen siendo suyos. Este, al principio, era el establo, y las habitaciones superiores (lo que ahora es tu apartamento) eran para los mozos de cuadra de las visitas. Había una escalera en la esquina de allí —explicó, señalando el rincón en el que ahora estaba la pequeña alacena pintada de rojo—, pero, para entonces, hacía muchos años que había dejado de ser un establo: después de la guerra, era de todos conocido que el anterior *visconte* utilizaba los túneles para verse con su amante aquí.

—Entiendo. —Cesca trataba de ocultar la sorpresa en su expresión—. Prosiga.

—De niños, los gemelos usaban los túneles para jugar todo el tiempo; los conocían de cabo a rabo y siempre se adentraban en ellos cuando era la hora del baño o de hacer los deberes, así que quizá no sea de extrañar que decidiesen verse aquí.

Cesca empezaba a perderse.

—¿Se refiere a Elena y a Aurelio?

El disgusto profundizó el ceño de la anciana.

—Aurelio sabía que aquí no correrían peligro, ya que nadie los vería entrar ni salir; no tenían que preocuparse de que los sorprendiese el personal ni tampoco el *visconte*.

—Pero ¿usted sí que los vio?

A la *signora* Dutti se le endurecieron las facciones.

—Me gustaba venir aquí para sentarme un rato en mi tiempo libre. Yo vivía en el edificio señorial, claro, pero ese sitio puede llegar a ser... ¿Cómo decirlo?

Hizo ademán de apretarse la cabeza con las manos.

–¿Claustrofóbico?

La anciana se encogió de hombros.

–Te parecerá extraño que un edificio tan grande pueda parecer tan pequeño, pero así era. A veces daba la sensación de que las paredes tenían ojos.

Le dio un escalofrío. Cesca la entendía a la perfección, ya que ella se sentía exactamente lo mismo.

–De modo que yo venía aquí a leer o, si estaba muy cansada, a echarme una siesta. Tenía la certeza de que nadie vendría a molestarme.

–¿Y eso es lo que estaba haciendo cuando…? –la urgió Cesca, a duras penas capaz de contenerse. Empezaba a intuir cómo encajarían todas las piezas.

–Estaba leyendo cuando, de repente, se abrió esta puerta. –Dio un pisotón al agujero de acceso en el suelo, llevándose una mano al pecho, al recordar el susto que se había llevado–. Era el *visconte*. Estaba… ¡estaba desquiciado! Nunca lo había visto en ese estado. Estaba fuera de sí. Ido.

–¿Por qué? ¿Qué fue lo que pasó?

–Era por lo que él pensaba que estaba pasando. No, ¡por lo que sabía! No paraba de preguntar: «¿Dónde están? ¿Dónde están?». Yo no sabía a quiénes se refería. Luego, corrió hacia las escaleras. –Señaló la esquina donde ya no estaban. Sus ojos no miraban el presente; se habían hundido en el pasado, en aquella noche–. Abrió la puerta a la fuerza y, entonces, oí un chillido. Gritos. –Jugueteaba con el borde del mantel de encaje con los dedos–. Corrí tras él. Yo ni siquiera sabía que había alguien en el piso de arriba.

–Pero ellos tal vez la oyeron.

Se encogió de hombros.

–Puede ser. Estaban ahí, juntos. Y Aurelio… –Negó con la cabeza–. Fue terrible. Se pusieron a pelear: Vito trataba de golpear a su hermano y Aurelio le suplicaba, mientras que la *viscontessa* no podía parar de gritar. Yo traté de separarlos y Vito me dio un puñetazo. Fue un accidente; no era su intención. –Negó con la cabeza–. Era un hombre tan bueno que rompió a llorar. Acto seguido, me pidió perdón y se marchó. Aurelio se fue corriendo tras él y nunca volví a verlo.

–¿Qué pasó?

–Vito cogió el coche y Aurelio intentó alcanzarle, pero tuvo un accidente.

Cesca tragó saliva; la decepcionaba que su testigo no hubiese estado presente en ese punto de la historia. Ya sabía el resto: que el accidente no fue lo que mató a Aurelio, pese a lo que decían los titulares, por lo que algo más tuvo que suceder. La versión de los hechos de la *signora* Dutti demostraba que no había sido un mero accidente, sino un crimen pasional; ahora tenían un móvil, pero seguía sin haber testigos del momento crucial... ¿Habían seguido peleando fuera, después del accidente...?

–Aurelio murió. –La *signora* Dutti soltó un suspiro hondo y hastiado, como si su propio ánimo estuviese abandonando su cuerpo–. Y fue todo culpa de ella. Es la responsable y lo sabe. ¿Por qué, si no, hizo lo que hizo? Así se comporta una mujer culpable.

–¿A qué se refiere?

–Justo después, tapió el túnel. Me dio dinero y esto –dijo, alzando las manos, en referencia al pequeño edificio–, a cambio de que no dijese ni una palabra de lo que había visto esa noche.

–Entonces, la chantajeó.

–Supongo que sí. ¿Qué más podía hacer yo salvo aceptar? Si revelase lo que había visto, la familia caería en desgracia, acabaría en la ruina, y yo no podía hacerle eso al *visconte*. Acepté el dinero, pero me negué a volver a poner un pie en ese edificio; me negué a trabajar para ella. Me daba asco.

–¿Alguien más lo sabe?

La *signora* Dutti se cruzó de brazos y frunció los labios.

–¿Supongo que la *signora* Accardo? –la presionó Cesca.

–Pues claro, es mi amiga de toda la vida y no le sorprendió nada, porque sabía lo de los túneles y estaba enterada de lo que estaba pasando.

Cesca asintió. Los gemelos se habían enfrentado, se habían destruido por el amor de una misma mujer. Lo que siempre había dicho la madre de ambos no era cierto: tenían una única cara y, al fin y al cabo, también un único corazón.

Capítulo 40

Roma, noviembre de 1989

Elena estaba de pie junto a la ventana, desde donde lo contemplaba a él caminar por sus aposentos privados al otro lado del jardín. Estaba hablando por teléfono, cuyo cable en espiral se estiraba y contraía conforme él gesticulaba enfadado. Sabía con quién estaba hablando, pero ¿qué se estarían diciendo? ¿Le estaría diciendo que no podía seguir adelante? ¿Estaría llorando ella, suplicándole, tal y como había hecho Elena esa misma mañana?

La pobrecita no tenía nada que hacer. Era otra Milana.

Se apartó, se hundió en la cama y desplegó y releyó la nota que le había colado por debajo de la puerta. «Quedamos en el establo de Palombella dentro de una hora. Necesito verte».

Volvía a tener mariposas en el estómago mientras revisaba su atuendo; se había puesto un vestido cruzado de seda, confeccionado por su amiga Diane –era fácil quitárselo y, lo más importante, volver a ponérselo antes de la cena–, así como el divino sujetador de satén color champán de Janet Reger que acababa de comprar y la camisola que no se había atrevido a ponerse para Vito. Tenía las mejillas coloradas y la mirada encendida. Hasta parecía que iba a tener fiebre.

El pulso, pensó al ponerse dos dedos sobre la muñeca, lo tenía claramente acelerado.

Posó la mirada en el deslumbrante anillo que llevaba en la mano izquierda, el que le había regalado Vito el día en que nació Gio. Se trataba de un anillo de eternidad del más alto nivel que él había encargado excepcionalmente –el diamante blanco como símbolo de su amor; el azul, por Gio– para conmemorar el día en que se «convirtieron en una familia», había dicho Vito. Llevaba seis años y medio sin quitárselo, pero le pesaba todos y cada uno de los días, un emblema físico del secreto que debía guardar.

Pero esa noche no, esa noche tenía la libertad de decir la verdad, de vivirla. Se lo quitó y lo depositó en el tocador, ocultando la nota debajo de la bandeja de cristal gris de Baccarat que usaba para dejar los anillos.

Echó un vistazo al jardín. Aurelio seguía hablando por teléfono, seguía gritando.

Sonrió y, aun así, abandonó la habitación. No pasaría nada por llegar unos minutos antes. Quería prepararse bien para él. Ya habían aguardado bastante.

Inquieta, paseó por el cuarto antes de sentarse sobre la cama, para luego ponerse en pie de nuevo y volver a pasear. Era un lugar primitivo, por no decir otra cosa: el colchón estaba desvencijado y el edificio seguía oliendo a caballo. No era a lo que estaba acostumbrada, pero, por otro lado, a lo que estaba acostumbrada no la excitaba de esa forma y le valdría cualquier cosa con tal de tenerlo a él. En un túnel a oscuras, en un antiguo establo… Renunciaría a todo por él: ahora lo sabía. Escogería la pobreza y la desgracia antes que vivir otro día más sin él. Había perdido tantas veces el amor en su vida que tenía claro que era lo único por lo que valía la pena vivir.

Oyó sus pasos que subían los escalones de madera y se levantó, apenas capaz de esperar a que se abriese la puerta para verlo otra vez.

Cuando se abrió la puerta, él permaneció inmóvil, como si casi se hubiese convencido de que ella no acudiría. Sostenía algo en las manos.

—¿No piensas entrar? —le preguntó ella.

Aurelio cerró la puerta tras de sí.

—¿Qué es eso? —preguntó con la mirada fija en la caja de color verde bosque.

—Es para ti.

A ella se le iluminó la mirada cuando él se le acercó y abrió la caja para que viera lo que había dentro: un colgante sencillo de joyas color rosa claro sobre un cojín de terciopelo. Se quedó sin aliento.

Como mujer habituada a la joyería de la mejor calidad, sabía que, pese a resultar llamativo, era de una sencillez que rozaba el descuido, pero el regalo era suyo y aquello lo convertía en el collar más precioso que hubiese visto en su vida privilegiada.

—Vaya, Reli —susurró—. Qué bonito.

—Son ópalos.

—¿Ópalos?

—Ven, que te lo pongo.

Elena se giró, alzándose el cabello, y notó como se le tensaba la piel con el roce de sus manos. Él la giró de nuevo, contemplando la manera en que el collar se le pegaba al cuello.

—Según la tradición, representan las segundas oportunidades.

—¿Las segundas oportunidades?

—Las segundas oportunidades en el amor —murmuró, alzando la mirada hacia ella, y se abrió un agujero entre ellos que se tragó el tiempo—. Ojalá me hubieses conocido a mí primero… —Se le quebró la voz.

—Lo sé, cariño. —Lloró, rodeándolo con los brazos y notando el calor de su cuerpo contra el suyo mientras le besaba el cuello—. Lo sé.

La apartó para besarla. Fue el beso de su vida, el beso que le llegó al alma, que la reclamó y la hizo suya incluso más que aquella noche en el túnel.

Pero, cuando él se retiró, había sombras en sus ojos.

—Espero que, cuando te lo pongas, pienses en mí y en lo que significas para mí. Y en cuánto me gustaría que las cosas hubiesen sido diferentes.

—¿Diferentes? —repitió, confundida—. Pero, Reli…

Él se alejó, cruzando la estancia, con las manos en las caderas y los hombros tensos, a la altura de las orejas.

—Te he citado aquí para decirte que me marcho mañana. He comprado un billete para el primer vuelo.

—¿Cómo? ¡No! —Acababa de llegar. ¿Se había ausentado durante siete años y ahora volvía un solo día? No. No tenía sentido—. ¡Tienes que parar ya! ¡No puedes seguir huyendo! ¡Me está matando!

Él la miraba, desesperado, derrotado. Decidido.

—Pensaba que, esta vez, funcionaría. Pensaba que había aguardado el tiempo suficiente. He hecho todo lo que está en mi mano para mantenerme alejado de ti, pero tengo que enfrentarme a la verdad: si no te puedo tener, entonces no te puedo ver.

–Reli, no… –protestó, notando que el pánico comenzaba a apoderarse de su cuerpo–. No hablas en serio. Volverás. Siempre vuelves.

–Lo sé, y por eso te estoy diciendo esto a la cara. Esta vez no pienso cometer el mismo error. Tienes que saber que no debes esperar por mí porque, en cuanto me vaya de aquí mañana, no regresaré jamás.

–¡No! –la palabra fue un ladrido, breve y furioso; el *shock* le destrozaba los huesos como una bala.

–Sí. Sí, Elena.

Hizo una mueca al ver lo que ella sufría.

–Pero yo te quiero. Y tú me quieres.

–Sí –admitió–, es cierto, pero quiero más a Vito.

–No. –Se le descompuso el rostro en cuanto perdió la esperanza, y unos profundos sollozos estallaron en su cuerpo con una fuerza volcánica. Se cayó en la cama, mientras sentía que el dolor la partía en dos.

Él se le acercó precipitadamente.

–Elena…

Lo besó, agarrándole la cara, los brazos, como un animal. Como una fiera. Él le devolvió el beso, con la misma desesperación, con la misma…

Los dos se detuvieron al oír un ruido inesperado en el piso de abajo. Aurelio se quedó paralizado.

–¿Qué ha sido eso? –susurró.

Ambos seguían agarrándose. Había sonado como la pata de una silla arrastrándose por el suelo. Había alguien abajo. La miró, con las narices casi rozándose, embebiéndose de ella.

Volvió a besarlo, pegándose tanto a él que resultaba difícil discernir dónde terminaba ella y comenzaba él. Podía hacerle cambiar de opinión. Podía parar todo eso.

Puso las manos de él sobre su cuerpo y Aurelio gruñó al tocarla, sin defensas.

Sí, podía…

Se oyó otro ruido, como si… como si algo se rompiese. Los dos se quedaron inmóviles otra vez.

Voces.

Aurelio la miró horrorizado, al tiempo que los gritos de Vito irrumpían como granadas por el entarimado del cuarto, que dejaba pasar la corriente.

—¿Dónde están? ¿Dónde están? —rugía.

Los gritos de Maria sonaban débiles y asustados mientras, en ese mismo instante, los pasos de Vito sonaron en la escalera, y lo único que pudieron hacer, paralizados por el miedo, fue ver cómo se abría la puerta de par en par.

Vito los miró, con la angustia en el semblante, con la furia en la mirada, y el secreto que habían guardado la mayor parte de la última década cayó al mundo y se detuvo a sus pies.

Capítulo 41

Roma, septiembre de 2017

—Su ilustrísima está indispuesta —dijo Alberto, en mitad del pasillo que daba a la habitación blanca, como si fuese un guardaespaldas más que un mayordomo rechoncho de mediana edad.

—Pero me dijiste que volvió de Florencia anoche.

—Sí.

—Y que hoy podría verla. —Se estiró todo lo que pudo, consciente de que casi sonaba como una quejica—. Es de vital importancia que hable con ella antes de entregarle esto. —Alzó una pila pesada de folios—. Me urge comentarle ciertos asuntos.

Cesca miró por detrás de él, hacia la habitación larga y vacía. La puerta que daba a la sala de estar privada estaba entreabierta. ¿Estaría Elena allí? ¿Podría oírla?

Se había pasado los últimos cinco días, con todas sus noches, en la mesa de la cocina de Alessandra, escribiendo sin parar, poniendo por escrito lo que sabía de la mejor manera que sabía: sin dejarse nada. La verdad, toda la verdad y nada más que la verdad. Lo había incluido todo: los momentos bajos con toda su crudeza y el mundo de rosa que había acaparado los titulares sobre la vida de Elena. ¿No querían los editores a la mujer que se ocultaba tras el enigma? Bueno, pues eso era lo que les estaba ofreciendo. ¡Sí, eso mismo había hecho! Había investigado y contrastado hasta el más mínimo movimiento en la vida de Elena, haciendo uso de todo su conocimiento, experiencia e instinto como abogada, construyendo la narración de la historia de Elena como si fuese un caso a punto de ir a juicio. No se había cortado en absoluto. No le interesaba —ya no— escribir un cuento de hadas. Se había convertido en una historia de verdad; cuando le mentían, no podía contenerse.

Pero carecía de una conclusión dramática, de una recapitulación decisiva sobre la historia de la vida de Elena, pues había un detalle —un detalle vital— que seguía sin saber. La copia del certificado de defunción de Aurelio que había solicitado cambiaba las cosas: había fallecido por una insuficiencia cardíaca, decía; ni desnucamiento ni herida en la cabeza ni pérdida de sangre ni ninguna otra de las posibles causas de muerte de un accidente de tráfico, como había anunciado la prensa. Tan solo Elena sabía toda la verdad de lo que había sucedido aquella noche.

—Me temo que tendrá que esperar —insistió Alberto—. Su ilustrísima se está reponiendo del viaje. Quiere descansar para cuando llegue el momento de ver a su hijo hoy por la tarde.

Cesca volvió a mirar por detrás de él, hacia aquella puerta abierta que daba a la sala de estar. A ella tampoco le vendría mal descansar. Ese proyecto le había brindado la distracción perfecta para no pensar en la traición de Nico; al sumergirse de lleno en la vida de Elena, no había tenido que enfrentarse a la suya propia, pero el corazón, roto por el engaño, seguía ahí, esperándola, y ahora que comenzaba a disiparse la adrenalina de la fecha de entrega, el agotamiento hacía mella en ella. Tenía el cuerpo tan destrozado como el corazón.

—Muy bien —dijo en voz alta—. Bueno, ¿podrías, por favor, decirle que necesito verla lo antes posible? Dile… dile que he hablado con la *signora* Dutti.

Aquello seguro que la asustaba.

El mayordomo enarcó una ceja ante aquella mención a su predecesora.

—Le transmitiré tu mensaje. Y esto, claro está —dijo, quitándole el manuscrito de las manos antes de que ella pudiese poner objeción alguna—. Que tengas un buen día.

Y le cerró la puerta en las narices.

Cesca se la quedó mirando unos instantes, consciente de que se había quedado sin trabajo. En cuanto Elena se pusiese a leer lo que había escrito, la despediría por… indisciplina. O… o traición.

Bueno, no cambiaría nada de lo que había escrito si pudiera, se consoló mientras recorría lentamente las galerías de oro, notando todos aquellos ojos fijos en la espalda y todos aquellos secretos pisándole los talones. Porque tenía que vivir en paz consigo misma. Sabía mejor que nadie que, en ocasiones, el silencio era una mentira. Que, en ocasiones, el silencio mataba.

Cesca miraba a la derecha mientras caminaba, observando por las ventanas de las galerías a los hombres recogiendo todas las herramientas con las que habían estabilizado el agujero durante las últimas seis semanas. Estaban amontonando riostras, vigas y tablas en pilas organizadas sobre la gravilla para luego transportarlas por el edificio señorial y meterlas en los camiones con permiso especial temporal para aparcar en la plaza. Resultaba extraño pensar que, probablemente, dentro de una semana, ninguno volvería por aquí: ni ellos ni ella ni Nico.

La aliviaba ver que no había ni rastro de él. ¿Estaría bajo tierra, haciendo un último reconocimiento desesperado, en busca de algún indicio de su querido mapa de la Antigüedad, ahora desperdigado entre edificios y extraviado en las ruinas de la ciudad? ¿O habría empezado un nuevo proyecto y el recuerdo de ella ya se habría desvanecido?

—No es una opción. ¡Ya sabes cómo es ella!

Se detuvo de golpe ante la violencia de aquel susurro. Cincuenta metros más adelante, al fondo de la galería, había un hombre al que no conocía: trajeado, de cabello negro, de espaldas a ella. Y estaba discutiendo con alguien al teléfono.

Sabía que tenía que ser el hijo de Elena, Giotto —por la forma en que estiraba un brazo para apoyarse contra la columna, debía de estar familiarizado con el entorno—, pero, a juzgar por la tensión que irradiaba, resultaba evidente que no era el momento adecuado para presentarse. Discretamente, aliviada de llevar puesto su sigiloso calzado de Stan Smith, se giró e hizo ademán de marcharse. Había más salidas a ese edificio laberíntico.

—Cristina, me da igual…

Se detuvo en seco otra vez. ¿Cristina?

—Ya te he contado lo que he oído… No, para entonces será demasiado tarde.

—Cesca. —Dio un brinco cuando le tocaron el brazo y se dio la vuelta, hasta quedar de frente a la mismísima persona que con tanta desesperación quería evitar–. ¿Podemos hablar?

–No –dijo, liberando el brazo, con el corazón atolondrado porque él, él la había descubierto escuchando a hurtadillas–. No tengo nada que decirte.

–Pues yo tengo algo que decirte.

–Me da igual. –Oyó unos pasos y vio que Giotto se alejaba en dirección a la sala que daba al jardín, con el teléfono todavía pegado a la oreja–. ¡Maldita sea! ¡Es culpa tuya!

–¿Dónde has estado metida? Llevo toda la semana buscándote.

–He estado en casa de alguien, pero no es asunto tuyo.

–¿De Matteo?

–¿Perdón?

Él negó con la cabeza, como si estuviese intentando callar lo que quería decir.

–Mira, tenemos que hablar de lo del otro día.

–No, no hace falta. No me interesa.

–No estoy prometido.

–No me in… –insistió–. ¿Cómo?

–Me dejó después de la fiesta.

–Espera, ¿de qué fiesta me hablas?

Aquel hombre había perdido la cabeza. Ella no había coincidido con él en ninguna…

Se le encendió la bombilla. Bulgari.

Se le encendió la otra bombilla.

–¿Isabella? –susurró–. ¿Conque no es tu hermana?

Nico negó con la cabeza.

–¿Era tu prometida?

Asintió.

–Entonces, ¡me mentiste! –dijo con un grito ahogado, conforme la embargaba una indignación nueva e incluso más justificada.

–Sí, no quería contarte la verdad, no en ese momento.

–¡Como para contármela! –se enfureció.

–No, no es por eso. –Parecía impaciente. Frustrado–. Pensaba que te desanimarías si te dijese que era o, más bien, que había sido mi prometida.

—¡Pues claro que sí! –bramó, apenas capaz de pronunciar las palabras–. Prácticamente eres un hombre casado.

—No, no lo soy. –Hablaba con voz calmada y mantenía el rostro tan impasible como siempre, y a ella le gustaría ser capaz de interpretar lo que se ocultaba detrás de aquellos ojos oscuros. También le gustaría que no fuesen tan bonitos…

Se enderezó, decidida a no dejarse engañar otra vez.

—Bueno, me… me alegro de que se enterara de quién eres realmente. Bien por ella. Se merece algo mejor. –Hizo una pausa; había gastado toda la indignación que tenía–. De la que se ha librado –masculló, comenzando a desfallecer ante su mirada penetrante, mientras él aguardaba a que terminase. ¿No pestañeaba nunca aquel hombre? ¿No le incomodaba nada? Al final, preguntó por curiosidad–: ¿Y por qué te dejó?

—Porque dijo que vio la forma en que te miraba.

Ay, mierda.

—¿En serio?

Nico se encogió de hombros.

—Yo no lo sabía. Por aquel entonces, no. Ella se enteró antes que yo.

—¿Se enteró de qué? –Pero la forma en que enarcó una ceja fue la respuesta que necesitaba–. Pero si apenas me conoces –susurró–. Y, por aquel entonces, me conocías incluso menos.

—Lo sé, y se lo dije. Le dije que no había nada entre nosotros, pero, según ella, no había duda. Me dijo que tú estabas hecha un manojo de nervios cuando intentabas evitarme. Cree que no tiene ninguna posibilidad de derrotarte.

Cesca suspiró.

—Mira, todo lo que me dices me halaga, pero no pienso ser «la otra»…

—No lo eres –contestó sin rodeos–. Y no rompimos por ti. Solo nos diste una razón para ponernos a hablar del tema. Las cosas no iban bien, o no iban lo suficientemente bien, entre nosotros.

Frunció el ceño, desconcertada.

—Pero con lo guapa que es…

Él se encogió de hombros, como diciendo: «¿Y qué?». Lo único que dijo en voz alta corroboró lo que era un hecho:

–Sí.

–Dios, yo me casaría con ella –murmuró, y Nico volvió a parecer confundido–. ¿La quieres?

–Sí, pero siempre fuimos más amigos que amantes. Nos conocemos desde hace mucho tiempo y estamos muy cómodos en compañía el uno del otro.

–¿Cómo que «cómodos»? Como si estuvieras hablando de un colchón. –Enarcó una ceja–. Quizá ese era el problema.

–Y tú, en cambio, me incomodas.

Esbozó una sonrisa sarcástica y señaló sus pantalones holgados de color claro y sus tirantes, atuendo inspirado en *Annie Hall*, junto con su camisa y su panamá.

–Espero que no estés faltando el respeto a mi forma de vestir otra vez.

Negó con la cabeza desconsoladamente, pero su mirada había cobrado vida y ahora ella sí que podía interpretar sus sentimientos. Con cuidado, la rodeó por la cintura con el brazo, estrechándola contra él, y la miró a los ojos.

–No sé qué es lo que tienes –murmuró–, pero eres la mujer más frustrante y fascinante que he conocido en la vida.

–Lo mismo te digo. Versión masculina, claro.

Se inclinó para besarla, pero se separaron de un brinco al oír de repente una ronda de vítores y de hurras procedente del exterior.

–Ay, madre –murmuraron los dos, pero no fueron capaces de dejar de sonreír al percatarse de que todo el equipo los estaba mirando entre aplausos.

Frunciendo el ceño, Nico los mandó volver al trabajo con un movimiento del brazo y le guiñó el ojo a ella cuando se dispersaron, todavía entre risas.

–¿Vendrás como mi acompañante esta noche? –preguntó él, poniéndose de nuevo el casco con el que ella ya se había acostumbrado a verlo y que ya comenzaba a gustarle.

–¿Mmm? –Sonrió, sumida en un ensueño, otra vez feliz, después de cinco días entre lágrimas y enfados–. Ay, espera. No.

–¿Qué?

–¿Te refieres a lo de la gala?

–Sí.

–No puedo ir.

–¿Por qué no?

–Bueno, en primer lugar, porque es la fiesta de Elena y a mí me va a declarar oficialmente *persona non grata*.

–¿Por qué?

Cesca hizo una mueca.

–Acabo de entregarle algunas duras verdades que no le van a sentar nada bien.

Parecía atónito.

–Tú hazme caso; no va a querer verme ahí.

–Bueno, pues yo sí. Escucha, conozco a los organizadores. Vendrás como mi acompañante.

–Pero…

Negó con la cabeza, poniéndole un dedo en los labios para acallarla.

–No. No me pongas peros esta vez. No quiero esperar más. Vamos a ir juntos. Te recogeré a las ocho de la tarde.

–Bueno, si te pones así…, pues vale.

Esbozó una amplia sonrisa, contenta de ceder por una vez, mientras lo observaba marcharse con el estómago repleto de mariposas.

–Y arréglate para esta noche. Hay que ir de etiqueta –gritó él, andando hacia atrás.

–Y me lo dice el que lleva un mono puesto –bromeó justo antes de que se perdiera de vista, con los ojos fijos en los de ella hasta el último momento.

Optó por un camisón de algodón *vintage* con puntos de estilo suizo bordados que le llegaba hasta los pies; tenía una abertura por detrás, una falda con algo de vuelo y unos volantes que se cruzaban por la espalda. Normalmente, se lo ponía como vestido de verano, conjuntado con un cinturón de color oscuro y sandalias romanas, pero Alé le había prestado unos tacones rojos de ante con tiras, a lo que había añadido un collar de joyas grandes color turquesa para mayor elegancia. Además, se había peinado con el secador de pelo, rizándose el cabello levemente y dando volumen a los mechones laterales, mientras que el resto le caía por la espalda.

Nico llegó a las ocho menos diez.

—¿No sabes que es de mala educación llegar pronto? —le preguntó, arreglándose el último mechón·de pelo.

—En realidad, esperaba llegar antes de que te vistieses —dijo con mirada alegre, al tiempo que se inclinaba contra el marco de la puerta.

Se había vuelto a transformar: se había duchado, afeitado y puesto un traje de gala. Estaba tan guapo que hasta le parecía una falta de respeto.

Ella soltó una risita y se quitó los rulos cuando él se le acercó, mirándola de arriba abajo.

—Estás muy guapa —le dijo, antes de esbozar una amplia sonrisa—, pero eso que llevas puesto es un camisón, ¿no?

Ella se echó a reír.

—Sí.

Él también se rio, rodeándola con los brazos.

—Entonces, no me sorprende que lo único que quiera sea llevarte a la cama.

Cruzaron cogidos de la mano la Piazzetta Palombella y la Piazza Angelica, en dirección al aparcamiento público que había al fondo. Tan solo los vehículos de Elena tenían permiso para aparcar en la parte delantera de la plaza. Cesca reparó en que los turistas los miraban al pasar por la fuente con sus mejores galas; se vertía por el cielo una luz celestial y las estatuas de los edificios comenzaban a ensombrecerse contra el horizonte, convirtiéndose lentamente en sombras en la noche.

—Aquí está —dijo Nico, que se detuvo junto a un Fiat 500, de color rojo reluciente.

—¿Tú cabes ahí dentro? —le preguntó, perpleja.

—Sí, pero tú me preocupas un poco. Con lo alta que eres…

Esbozó una amplia sonrisa, agarrándola de un brazo y agitándoselo de manera juguetona, como si fuera de goma elástica. Luego, le abrió la puerta del acompañante.

—Espero que no tenga que sacar los pies por la ventana —dijo entre risas, recogiéndose la falda y alardeando de sus zapatos rojos y delicados tobillos al meterse en el coche.

—Mmm, ¡yo espero que sí! —le contestó, guiñándole el ojo.

El cochecito chirrió al entrar él y retumbó contra los adoquines. Había que avanzar despacio por las calles secundarias, por donde

360

los turistas y demás viandantes paseaban en mitad de la carretera, con la vista fija en los menús de los restaurantes, en los escaparates de las tiendas o en el espectacular cielo enrojecido. Como ex guía turística, ella conocía bien la ciudad, pero, como nativo, Nico conocía cada atajo, cada curva. Zigzaguearon por las calles, vislumbrando el Panteón al final de una calleja, se entremezclaron con los trabajadores agotados que volvían a casa en el Corso Vittorio y pasaron por el gentío que seguía haciendo cola a las afueras de la Boca de la Verdad, a la espera de tener su propio momento a lo Audrey Hepburn y Gregory Peck.

Se detuvieron en algunos semáforos, con los cuervos graznando desde los pinos y rodeados de los grandes monumentos de Mussolini, de mármol imponente. La ciudad centelleaba a causa del calor conforme atravesaban los puestos de flores, las iglesias y las magníficas fuentes, cuyos diseños eran más sofisticados que los de la mayoría de las catedrales.

Apareció el Coliseo ante ellos, restaurado y medio cubierto de andamios, pero, aun así, en pie, un guerrero superviviente, como los gladiadores que una vez lucharon por sus vidas en su interior. Cesca mantuvo la mirada fija en el anfiteatro hasta que Nico lo dejó atrás, mezclándose con la oleada de motos en la carretera periférica. Esa ciudad nunca dejaría de asombrarla; nunca se aburriría de ella.

O de eso, pensó, mirando a Nico en el asiento del conductor. Los dos tenían las rodillas levantadas chistosamente sobre los diminutos asientos del cochecito rojo. Era una ciudad radiante, en cierto sentido; no podía jurarlo, pero tenía la sensación de que estaba a punto de vivir un episodio crucial, como si esa noche sus vidas fuesen a cambiar para siempre.

Capítulo 42

El foro de Máximo yacía a los pies del Coliseo y las ruinas que lo rodeaban, debidamente colosales, sobrecogedoras y antiguas, tenían ocho pisos de alto y estaban alumbradas por luces rojas y violetas. Cesca reparó en que no había ni rastro de andamios y se preguntó si Cristina también habría conseguido subsanar la escasez de trufas. Se habían colocado las mesas en la zona ajardinada, en el centro, así como un pequeño podio al frente, tras el cual se alzaba una gran pantalla en la que se mostraban imágenes en blanco y negro de Vito vistiendo traje y corbata. Parecía mayor que en todas las fotos que había estudiado Cesca en las cajas.

A simple vista, calculó que debía de haber unas quinientas personas y, como no podía ser de otra forma, ella era la única pelirroja.

–Tengo la sensación de que llamo la atención –le masculló a Nico conforme la gente comenzaba a girar la cabeza hacia ellos nada más entrar.

–Porque es la verdad.

–No serás de esos que siempre me dicen lo que quiero oír, ¿no?

–No –dijo, aunque le brillaban los ojos porque todos la miraban.

Ella, en cambio, ardía en deseos de que terminase todo eso y de quedarse a solas con él de nuevo. La primera vez que estuvieron juntos fue todo muy repentino –puro instinto animal, nada de raciocinio, ni una pizca de lógica–, pero, en esta ocasión, la expectación le resultaba casi insoportable.

Elena, la invitada de honor, ya estaba presente, paseándose entre la multitud con su hijo, Giotto. El parecido con su padre –y, por tanto, con su tío– resultaba asombroso; era como un tercer gemelo, de ojos marrones profundos y grandes, nariz rota y boca ancha. Era un rostro aristocrático que, sin duda, había sido pintado y esculpido numerosas veces generación tras generación; Cesca estaba convencida de que había visto estatuas de mármol de sus ancestros en el Museo Británico. O en el Louvre, tal vez.

—Conoces a todo el mundo —dijo Cesca, sonriendo, mientras a Nico lo saludaban casi todos al pasar.

Él la presentaba con mucho gusto, pero los nombres y las caras pronto se convirtieron en un borrón conforme danzaban entre el gentío como si de un vals se tratara. Cesca quería cogerle de la mano, pero no se atrevía, pues ¿cuántas de esas personas estaban al tanto de su relación con Isabella? ¿Y cuántas estaban al tanto de que habían roto? No muchos, claramente, ya que notaba que los miraban con incredulidad.

—Son amigos de mi familia.

Se entremezclaron con la gente, conversando acerca de nimiedades con todos, pero, inevitablemente, llegó el momento culminante de la gala y los invitaron a tomar asiento en sus mesas. Nico la guio entre el gentío hasta una mesa situada en el centro que…

—Ay, Dios —balbuceó Cesca, al ver la inconfundible espalda menuda de Elena. Incluso de espaldas irradiaba una elegancia inefable; llevaba un caftán de seda color verde azulado con cinturón y plumas de avestruz en el cuello y en las mangas.

—Deja de preocuparte ya —la urgió Nico, apretándole la mano—, estás conmigo.

El hombre al que había visto en la galería de los susurros aquel mismo día saludó a Nico en la mesa con un apretón de manos amistoso pero formal.

—Nico, cuánto tiempo —le dijo.

—Demasiado tiempo. Se te ve muy bien.

—Gracias. Lo mismo digo.

—Giotto, permíteme que te presente a Francesca Hackett.

La expresión de Giotto cambió levemente al oír su nombre.

—¿*Signorina* Hackett?

—Hola. Por favor, tutéame —le dijo, apretándole la mano.

—Tú, si no me equivoco, eres la escritora de la biografía de mi madre.

Tragó saliva. ¡Hablaba en presente! ¿Aún no estaba despedida, entonces?

—Sí, así es.

–¿Y qué te ha parecido el trabajo?

–Fascinante –contestó diplomáticamente–. Tu madre ha tenido una vida extraordinaria.

–En efecto. –Había cierta frialdad en la actitud de Giotto. Estaba relajado, y ella supuso que era un anfitrión consumado, pero no emitía calor personal alguno. Daba la sensación de que había vivido miles de veladas como esa, con una copa en la mano y temas de conversación banales en los labios–. He de admitir que, en un primer momento, el proyecto me sorprendió. Mi madre siempre me ha parecido discreta, por no decir evasiva, al hablar de su vida. Claramente, nunca ha estado por la labor de comentar cómo fue su vida antes de conocer a mi padre.

–Bueno, es… difícil, la verdad, examinar el pasado de uno mismo con una precisión casi quirúrgica. Yo no estoy segura de que me atreviera a hacer lo mismo, y eso que mi vida no es ni la mitad de larga ni interesante que la de tu madre. Conlleva sacar a la luz recuerdos y experiencias que quizá uno prefiera olvidar.

Se preguntaba cuánto sabría él de su hermano mayor, fallecido antes de que naciese.

–Sí, supongo.

–Aunque, por otro lado, es una experiencia catártica, una oportunidad de admitir errores, perdonarse a uno mismo y a los demás y hacer borrón y cuenta nueva.

–Bueno, mi madre se está acercando al final de su vida –dijo Giotto, echando un vistazo al cuerpo encogido de ella–. Imagino que no ha aceptado este proyecto porque sí. Ha de tener un buen motivo. –Volvió a mirarla y Cesca percibió cierta desconfianza en sus ojos. ¿Le preocupaba que fuese a comprometer a su familia? ¿Ya le habría enseñado su madre el manuscrito?–. Y parece que han pasado muchas más cosas en el Palazzo Mirandola aparte de leer libros –prosiguió Giotto, centrándose en Nico–. Socavones, desprendimientos de tierra, túneles subterráneos ocultos. Tiene cierto regusto apocalíptico, ¿no te parece? Como si el pasado se hubiese puesto a devorar el presente.

–Sí, supongo que sí –concordó Nico.

–Desde luego, hemos tenido suerte de que tú estuvieses al mando de la investigación. Por lo menos, te importa la historia del edifi-

cio señorial. No tenía ni idea de que ahora te dedicases a la espe…
–Se calló, incapaz de recordar la palabra.

–«Espeleología» –completó Nico–. Es una especialización.

–¿Se debe tu interés por lo subterráneo y antiguo a la época que pasó tu familia en Atenas?

–En parte, sí. Mi padre siempre me llevaba de excursión con él.

–¿Atenas? –preguntó Cesca.

Giotto la miró, reparando en el desconcierto de su rostro.

–El padre de Nico era diplomático.

–Oh –murmuró Cesca, completamente sorprendida. Suponía que venía de una familia acomodada, pero el mundo de la diplomacia era otra cosa. Se juró a sí misma que lo sometería a un interrogatorio más tarde; quería saberlo absolutamente todo de él. Nico era como un vaso de agua enorme en mitad del desierto y el deseo de conocerlo, como la sed–. No lo sabía.

–A mi padre le dieron un puesto de trabajo allí cuando yo tenía cuatro años y nos quedamos hasta que cumplí diecisiete –explicó Nico.

–Lo cual fue una pena para mí –dijo Giotto–. Éramos compinches de niños.

–Giotto, cariño… –La voz de Elena se sobrepuso a la de todos ellos, pero se detuvo al reparar con quién estaba hablando su hijo, analizando con la mirada al pequeño grupo. No le llevó más de un segundo recobrar la compostura–. Vaya, Francesca, me alegro de verte aquí. Estás radiante. No sé cómo lo haces; si yo me pusiera ese vestido, más bien parecería un camisón.

Cesca soltó una risa nerviosa, mientras Elena se inclinaba para darle un beso sin llegar a tocarla. No le habría sorprendido si le hubiese dado una bofetada, pero, por supuesto, una reacción así estaría fuera de lugar y ella nunca armaría tanto escándalo. Así no era como se comportaba esta gente.

–Y Nico, ¿no viene Isabella? –preguntó Elena con alegría.

–Isabella y yo ya no estamos juntos –se limitó a contestar Nico.

–¿Y eso? –dijo Elena. Miró a Cesca y, al percatarse de que Nico la cogía de la mano, cayó en la cuenta–. Ah, entiendo. Bueno, he de decir que lo lamento. Qué jovencita más encantadora y bonita. Tu madre debe de estar muy decepcionada. Hacíais muy buena pareja.

Si a Nico le extrañaba aquel inesperado interés personal de Elena por su vida privada, no dio muestras de ello. De hecho, no le ofreció ningún tipo de respuesta y se hizo un silencio incómodo, con la conversación, al parecer, estancada en la desilusión que había suscitado el compromiso roto.

Cesca tragó saliva, consciente de que así era como Elena perfilaba su venganza: con palabras afiladas como cuchillas, ocultas tras una sonrisa. Daba igual si se había puesto a leer el manuscrito o no, pues ya sabía que Cesca había hablado con Maria Dutti; ya sabía, por la forma en que Cesca la había mencionado aquel mismo día –gritándoselo para que la oyera desde el dormitorio–, que la casera había hablado, que había revelado su secreto más oscuro, el que no se podía descubrir investigando o buscando en Google, el que no había dejado rastro alguno, sino una única testigo. La antigua ama de llaves era la única que tenía el poder de desmentir el mito de la relación de Elena con su querido Vito, el hombre en cuyo honor se habían reunido todos allí esa noche. Con una sola frase suya, las fantasías que Elena se había esforzado tanto en entretejer a su historia de amor podría rasgarlas el viento hasta quedar colgando hechas jirones.

–Bueno, ¿comenzamos? –preguntó Giotto, indicándoles a todos que tomasen asiento.

Cesca reparó en que tenía que sentarse entre Nico y Cristina…

–Mamá –dijo Nico, besando levemente la mejilla de aquella mujer alta y hermosa con la que Cesca había almorzado hacía tantas semanas. Llevaba puesto un vestido de muselina de seda gris y el pelo recogido en un moño con horquillas de diamantes–. Te presento a Francesca Hackett.

–¡Ah! Pero si ya nos conocemos –dijo Cristina, sonriendo y saludándola.

–¿De verdad? –preguntó él.

–Sí. Francesca me entrevistó para el libro ese de Elena. Hablamos de sus proyectos benéficos. –Miró a Cesca y, al momento, esta reconoció en su rostro la mirada penetrante de Nico y su sonrisa cariñosa–. Ven, que te han sentado a mi lado. Me temo que siempre estropeo la organización de los asientos; soy viuda, pero me niego a traer acompañante ni nada que se le parezca. ¿Cómo los llaman ahora? ¿«Escoltas»? —Chascó la lengua, mostrando su desacuerdo—. Seré vieja, pero soy perfectamente capaz de arreglármelas sola en una cena.

Nico se había girado para ponerse a hablar con alguien de la mesa de al lado y Cesca tomó asiento junto a su madre. Decidió que lo mataría en cuanto llegasen a casa. Había que avisarla con antelación de ese tipo de cosas. Que le hubiese presentado a su madre en su primera cita l estaba poniendo los nervios a flor de piel.

—Imagino que debe de estar muy acostumbrada a este tipo de evento. Me han dicho que su marido era diplomático —dijo Cesca, haciendo uso de la poca información que tenía acerca de la familia de Nico. Una cosa era hablar con Cristina como entrevistada y otra muy distinta, como la madre de su novio.

—Sí. Hemos vivido en Costa Rica, Oslo, Madrid y, por último, Atenas. Hemos sido muy afortunados; hemos vivido la mayor parte de nuestra vida adulta en los lugares más maravillosos del mundo, lugares a los que quizá nunca hubiésemos ido si Sigmundo no tuviese un trabajo tan privilegiado.

—Pero ¿es usted romana de nacimiento?

—De nacimiento y para siempre. Este es el hogar de mi corazón.

Cesca asintió, todavía muy desconcertada por descubrir que Nico provenía de una familia tan noble como la de los Damiani —era primo de ellos, de hecho— y, no obstante, se pasaba los días trabajando, ensuciándose, como una persona normal.

—Supongo que así es Roma: es casi imposible marcharse. Yo no he nacido aquí, pero me encanta este lugar como si así fuera. Y está claro que a Elena le pasa lo mismo. Podría haber vuelto a Estados Unidos tras la muerte de su marido.

—Sí. Podría.

—No… no sabía que Nico era su hijo. ¿No le parece increíble que haya estado trabajando en los mismos túneles que ustedes usaban para jugar de niños? Incluso tiene cierto toque poético —dijo, tratando de no mirar hacia atrás, hacia todas aquellas personas impresionantes y pudientes que pasaban junto a ellos en dirección a sus respectivas mesas. No dejaban de desfilar sedas y tafetanes adornados con joyas, entre otro tipo de joyería más seria.

–Sin duda, pero ten en cuenta que soy una gran amante del fatalismo. Creo que todo pasa por una razón, incluido el socavón. En mi opinión, el suelo se abrió a los pies de Elena porque, ¡literalmente!, la tierra está tratando de sacar a la superficie una verdad oculta.

Cesca se la quedó mirando, sin saber qué decir.

–Bueno, parece que esta noche lo ha bordado –cambió de tema–. No hay ni un andamio.

–¡Menos mal! Aunque, si hubieses pasado por aquí a las once en punto de esta mañana, no habrías pensado que me iba tan bien.

–Bueno, Vito estaría orgulloso –dijo, con la mirada fija en la imagen ingente del homenajeado que se volvía a mostrar en la pantalla. Tenía el cuerpo de lado, pero sus ojos, alertas, reservados y afables, miraban a la cámara.

–Eso espero. Éramos íntimos. Yo siempre sentía que me necesitaba, en cierta manera. –Miraba hacia Elena mientras hablaba y Cesca la imitó, para comprobar si la otra, sentada al otro lado de la mesa, la había oído. Tenía la sensación de que el comentario de Cristina no le sentaría bien; la devoción que Elena profesaba a su difunto marido resultaba claramente territorial.

–Pero ¿Aurelio no?

–No, Reli se las arreglaba solito. Disponía de una libertad con la que Vito no podía ni soñar. Él, como hijo pequeño, no tenía ningún tipo de presión. Viajaba, bebía, salía con mujeres… –Parecía pensativa–. Aunque eso no quiere decir que, a su manera, no fuese vulnerable. Intentaba mostrar siempre cierta fortaleza, pero, después de que le disparasen en Kenia, creo que se volvió imprudente, incluso colérico. Apartaba a la gente. Creo que sabía que no llegaría a hacerse viejo.

Cesca estaba confundida; recordaba vagamente que Elena le había contado lo del marido vengativo.

–Pero… ¿sobrevivió al disparo?

–Sí, pero la bala tuvo que quedarse donde estaba; los cirujanos no pudieron sacarla, por lo cerca que estaba del corazón.

–¡Oh! Madre mía –contestó Cesca. Elena no le había mencionado nada de eso. O quizá ni siquiera lo supiese–. Pero ¿cómo hacía usted para distinguirlos? Solo hay una foto de ellos dos juntos en los archivos de Elena, y da igual lo mucho que la mire; no hay forma de diferenciar a uno del otro.

—Es cierto, las diferencias entre ellos eran mínimas, pero (acaso porque los conocía desde la infancia) a mí me resultaba más sencillo. Tengo una fotografía de los dos en mi cartera —murmuró Cristina, cogiendo el bolso de mano de satén amarillo de la mesa—. Sí, ¿ves? La llevo siempre conmigo. Se la saqué cuando tenían veintiún años.

Cesca cogió la fotografía en blanco y negro para contemplarla. Si tenían veintiún años, debió de ser en 1961, aunque podría haberla sacado en cualquier momento de los últimos cincuenta años; no había forma de datarla. Los gemelos llevaban una corbata negra clásica, con el pelo oscuro y corto peinado hacia atrás, y ambos sostenían una copa de vino. Estaban de pie el uno al lado del otro en la que Cesca reconoció como la galería de los espejos. «¿Un chiste intencionado?», se preguntaba.

—Y bien, ¿cuál de ellos es Vito? —preguntó pasados unos instantes, pues seguía siendo completamente incapaz de distinguirlos.

Cristina le sonrió y señaló al gemelo de la derecha.

—Es este de aquí.

Cesca entrecerró los ojos, mirando la imagen.

—Pero ¿cómo lo sabe?

—Bueno, por ejemplo, si te fijas bien, verás que Vito tenía una peca justo debajo del ojo izquierdo.

—¿Una sola peca?

—Una sola peca.

—Pero seguro que la cosa cambiaba en verano, cuando se ponía moreno.

—Precisamente. De modo que, si no estaba segura, les lanzaba una pelota, para ver con qué mano la cogían. —Se encogió de hombros—. Vito era diestro; Aurelio, zurdo.

Cesca, que seguía mirando la fotografía, reparó en que sostenían las copas de vino con manos opuestas.

—Vaya, pues sí que eran como dos gotas de agua.

—Sí. Solo por el físico, era casi imposible diferenciarlos, pero ¿por la personalidad? No había forma de confundirlos: eran dos polos opuestos. Vito era calmado. Un alma anciana, decía siempre mi madre. Aurelio, en cambio, era un terremoto –dijo, chascando la lengua.

–Sí. Elena dijo lo mismo –murmuró, preguntándose si Cristina tenía idea de lo que había pasado entre Vito, su hermano y su esposa.

–¿Acabo de oír mi nombre? –inquirió Elena.

Al alzar la mirada, alarmada, Cesca se percató de que Giotto y ella estaban completamente atentos; los dos la miraban ansiosos. Se preguntaba cuánto tiempo llevaban escuchando la conversación.

–Decíamos que era imposible diferenciar a los gemelos –explicó Cristina.

–Bueno, para los que no los conocían, tal vez –respondió Elena crispada, enderezándose.

–Desde luego. Y Giotto es la viva imagen de ellos también. –Cristina sonrió, mirándolo con cariño–. Mirarte es como volver al pasado, cariño.

–¿Dirías que me parezco más a uno que a otro? –preguntó Giotto con interés.

Cristina ladeó la cabeza mientras lo contemplaba.

–No sabría decirte. No hay por dónde tirar, pero tienes los mismos modales que tu padre, eso sin duda.

Giotto asintió.

–¿Sabíais que, para una prueba de paternidad normal, tan solo hace falta que coincidan quince marcadores genéticos para vincular a un padre y a su hijo, pero que, en casos de gemelos idénticos, el número de marcadores genéticos asciende hasta seis mil millones?

–¿De verdad? –preguntó Cristina, que parecía fascinada.

–¿Y tú cómo sabes eso? –inquirió Elena, que se había puesto pálida.

Giotto enarcó las cejas y, acto seguido, se encogió de hombros.

–Ni idea, pero lo sé.

Cesca escuchó el diálogo, mientras enraizaba en su mente cierta inquietud al ocurrírsele algo desconcertante, y se preguntó si a Giotto se le había ocurrido lo mismo. Sabía que Elena y Aurelio habían tenido una aventura, sí, pero tan solo sabía el día en que había finalizado, que era el día en que habían sido descubiertos, el día en que Aurelio había perdido la vida en el accidente de tráfico, pero lo que no sabía era cuándo había comenzado. ¿Acaso era posible que Elena y Aurelio hubiesen estado juntos meses o puede que incluso años? ¿Quién podría saber si Elena había tenido un hijo del hermano de su marido? Eran idénticos. El niño se parecería a su padre, sin importar cuál de los dos fuese.

—Dime, ¿y tú los diferenciabas de pequeño? —le preguntó Cristina a Giotto.

—Sí, por supuesto.

Elena se enderezó en la silla.

—¿Cómo?

—Fácil. Me fijaba en sus anillos de sello.

—¿En sus anillos de sello? —repitió Elena, con cierta incredulidad, como si hubiese dicho «pírsines».

—Sí, el de papá tenía una V, obviamente, y el del tío Reli, una A. —Se rio entre dientes—. Intentaste engañarme la primera vez que vi al tío Reli, ¿recuerdas? Llevaba un tiempo fuera, viajando, creo, y los dos intentasteis hacerme creer que era papá. Yo no debía de tener más de seis años por aquel entonces. No estaba seguro de si se trataba de una broma o no, porque tú me decías una cosa, pero yo miraba directamente el anillo y me decía otra; me quedaba justo a la altura de los ojos. —Parpadeó, mirando fijamente a su madre—. ¿Te acuerdas?

Elena permanecía inmóvil.

—Lo siento, cariño, no me acuerdo de eso para nada.

Giotto guardó silencio unos instantes.

—Ya, ¿por qué te ibas a acordar? —dijo al fin—. Solo era una broma. Como para acordarse. No sé ni por qué se me ha quedado grabado en la mente. Supongo que recuerdo quedarme mirando ese anillo, porque, desde entonces, siempre miraba el anillo de papá, para cerciorarme de que era él.

—Pero el tío Reli murió ese mismo día, cariño —dijo Elena, cogiéndole la mano con cariño y apretándosela, como si aún fuese un niño pequeño—. ¿Por qué sentías la necesidad de cerciorarte?

Giotto le dedicó una sonrisa vacía.

—Por la inseguridad irracional de los niños, supongo, aunque me alegro de que te acuerdes de algo de ese día, por lo menos.

Elena retiró la mano.

—No es un día que pudiese olvidar bajo ningún concepto –dijo en voz baja, herida.

Cristina se enderezó con brusquedad.

—Bueno, yo siempre le decía a la gente que se fijase en qué mano llevaban puestos los anillos. Vito se ponía el suyo en la mano izquierda y Reli, en la derecha.

—¿De verdad? –preguntó Elena, que parecía afligida mientras contemplaba la imagen gigante en blanco y negro de su marido en la pantalla, por detrás de la cabeza de Giotto. Se veía claramente el anillo de sello en el dedo meñique de la mano izquierda, donde había una V apenas perceptible y con espirales grabada en oro.

Cesca, observando detenidamente a Elena, reparó en que la boca se le contorsionaba con espasmos de dolor diminutos, casi microscópicos, cada vez que se mencionaba el nombre de Reli. Incluso fijándose, era difícil percibir aquella reacción, pero era cierto que había tenido años para practicar, media vida para ocultar su amor por uno de los hermanos, estando casada con el otro.

—Yo tengo varios recuerdos de tu padre y tu tío intercambiando los papeles cuando eran jóvenes; no solo te tomaban el pelo a ti, cariño –dijo Cristina, sonriendo con cariño a Giotto–. Lo hacían en el colegio, con las niñeras… Era uno de sus juegos preferidos.

—Seguro que lo hacen todos los gemelos idénticos –comentó Cesca.

—Ay, seguro que sí, pero ¿dónde ponen el límite? –Cristina enarcó una ceja con malicia–. ¿Crees que es algo que llegan a dejar atrás en algún momento? Seguramente, la tentación de… intercambiar vidas, aunque sea por un día, sea irresistible. Sería como tener un superpoder, ¿verdad?, como ser invisible.

Cesca asintió, sonriendo con cordialidad, pero ella era una de las dos personas en esa mesa que sabía a la perfección hasta qué punto se había metido Aurelio en la vida de su hermano.

—¿Crees que alguna vez te engañaron a ti, Elena, querida? –bromeó Cristina, mirándola por encima del borde de su copa de vino.

Parecía que Elena no la había oído; seguía con la vista fija en la imagen de su marido, ensimismada en el pasado.

—¡Elena!

—¿Mmm? ¿Qué? –preguntó la interpelada, volviendo al presente.

—Te pregunto si alguna vez te engañaron los gemelos, si intercambiaron los papeles.

Elena parecía escandalizada.

—¡Pues claro que no! ¿Por qué diablos...?

—Pero ¿cómo puedes estar tan segura?

Cristina sonreía, bromeaba.

—Porque sí. Vito era mi marido. Huelga decir que lo conocía bien. —Elena habló con voz crispada; la broma le había parecido de mal gusto.

Cristina sonrió con ánimo, encogiéndose de hombros ante la falta de humor de Elena, la cual volvió a mirar a su hijo. Lo cogió de la mano repentinamente.

—Cariño, ¿alguna vez te he contado lo que hizo tu abuelo durante la guerra?

Giotto reprimió un suspiro.

—¿Que metió bombas en los túneles? Sí, mamá, me lo has contado —dijo con hastío—. Muchas veces.

—Pero ¿eres capaz siquiera de imaginar un amor como ese? ¿Un amor tan grande como para poner una bomba debajo de tu propia vida con tal de protegerlo? Así es como te quiero yo, mi niño, y así es como tu padre te...

—Mamá, tómate un poco de agua —dijo en voz baja, entregándole un vaso. Parecía avergonzado por aquella divagación tan repentina como vehemente—. Falta poco para que subas al escenario. ¿Has traído el discurso?

—¡Mirad! Te has vuelto a poner tu precioso anillo, Elena —canturreó Cristina—. ¿Cómo es posible que no me haya fijado hasta ahora? Déjame verlo. Hacía mucho tiempo que no te lo ponías. —Cristina extendió el brazo sobre la mesa y Elena se vio obligada a imitarla para permitirle admirar el Bulgari Azul—. ¿Sabes que hasta temía que lo hubieses perdido? —Sonrió, alzando la mirada hacia su vieja amiga—. Qué tonta, lo sé. Obviamente, no hay manera de que se extravíe un objeto de tanto valor como este sin que nadie se entere. Las aseguradoras quedarían en bancarrota.

Cesca contuvo el aliento ante las palabras falsas de Cristina, la cual, sin duda, tenía que saber que, efectivamente, había extraviado el anillo. ¡Lo había encontrado su propio hijo!

–No es un artículo para ponerse todos los días, Cristina.

–Al contrario, tú lo llevabas a diario cuando Giotto era un niño. Vito te lo regaló para celebrar el nacimiento de Giotto, ¿no lo recuerdas?

–Como para olvidarlo –espetó Elena, y Cristina le sonrió a Giotto.

–Yo sí que me acuerdo, claro. Estaba con tu padre cuando lo encargó y escogimos los diamantes juntos.

–¿Tú…? –respondió Elena, que parecía atónita.

–Naturalmente. Vito quería que fuese una sorpresa, por lo que no podía pedirte ayuda, pero, como necesitaba el visto bueno de una mujer, le eché una mano. Fue una gran experiencia. Son buenos recuerdos.

–Seguro que sí –dijo Elena con brusquedad.

Cesca permanecía sentada en silencio, alerta, con la antena puesta a aquellos dardos dialécticos –¿qué demonios estaba pasando allí exactamente?–, cuando, de pronto, todos se giraron hacia el escenario al oír el pitido de un micrófono que acababan de enchufar. Un hombre de cabello cano se subió al podio y reclamó la atención del público.

Nico se volvió hacia la mesa de nuevo, estirando la servilleta sobre el regazo.

–Lo siento, no estaba atento. ¿Me he perdido mucho?

La pregunta se la hacía a todos los de la mesa, pero la miraba a ella, para cerciorarse de que estaba bien, de que seguía ahí. De que seguía siendo suya. Cesca le devolvió la sonrisa, pero la distraía el peligroso trasfondo de la conversación entre las dos ancianas.

–Estábamos rememorando el pasado –respondió Cristina en un susurro alto, inclinándose sobre Cesca–. Justo a tiempo; están a punto de empezar la presentación. –Se volvió hacia su vieja amiga–. Es tu turno, Elena –dijo en voz más alta.

Esta no respondió. Tenía un porte bastante arrogante sentada en su asiento, con la mirada de nuevo fija en la enorme fotografía en blanco y negro de Vito proyectada en la pantalla detrás del podio, y los ojos se le anegaron en lágrimas conforme el hombre hablaba largo y tendido de la vida de su esposo y de los logros de la fundación, entre rondas espontáneas de aplausos, hurras y risas.

–Giotto, qué orgulloso debes de estar –le dijo Cristina–. Este homenaje llega tarde. Cuando pienso en que tu padre dedicó su vida a hacer buenas obras en honor de esta ciudad… Mucho antes de que Fendi restaurase la Fontana di Trevi, mucho antes de que Tod's participase en la renovación del Coliseo o Bulgari en las escaleras de la Piazza di Spagna, fue Vito el que facilitó la financiación privada para los monumentos históricos que vuelven a esta ciudad tan eterna.

–De verdad, Cristina, a veces pienso que la gente podría tomarte a ti por su esposa –dijo Elena con voz maliciosa, rompiendo momentáneamente su fachada de viuda elegante–. Quizá deberías subir tú a hablar.

–Bueno, me hago cargo encantada si no te vez capaz, querida. Somos viejas amigas, a fin de cuentas. Solo tienes que pedírmelo.

Cristina sonreía como si estuviese hablando con un bebé recién nacido –su semblante transmitía bondad absoluta–, pese a que sus palabras eran de acero. Cesca las miraba a las dos, inquieta, preguntándose exactamente hasta qué punto habían perdido el amor que las unía. ¿De verdad que eso era una amistad? Cada una de sus conversaciones parecía cargada de intenciones y había tanta tensión en la mesa que se podría cortar con un cuchillo.

Todos aplaudieron cuando presentaron a Elena y Giotto se puso en pie para ayudar a su madre a llegar hasta el escenario, ofreciéndole el brazo para subir los peldaños juntos. Cesca oyó que algunas personas, en una mesa cercana, comentaban lo mucho que se parecía a su padre, al tiempo que Elena sacaba el guion de su discurso del bolso, del que también cayó un sobre azul pequeño y desgastado, y Giotto se adelantó para recogerlo, fijándose en el nombre escrito con tinta marrón en la parte frontal antes de devolvérselo sin decir palabra.

Cesca se los quedó mirando al reconocer el sobre de inmediato: no había duda de que era el mismo que estaba en el bolso que había hallado en el cubo de la basura; la carta que, supuestamente, Vito había escrito en su lecho de muerte, la carta que seguía sin leer quince años después. Frunció el ceño. Se había olvidado por completo, pero volvió a plantearse las mismas preguntas que se planteó aquella primera noche: ¿por qué no se animaba Elena a leerla? ¿Qué podría decir la carta para que le costase tanto hacerle frente? Pero, entonces, Cesca supuso que conocía la respuesta: era por la culpa, la culpa por lo que ella y Aurelio habían hecho. Elena tenía miedo de enfrentarse a la última palabra de Vito.

Elena comenzó a hablar, en un italiano marcado por su acento estadounidense, y la gente permaneció sentada a las mesas, maravillada, mirando continuamente el Bulgari Azul que llevaba en la mano izquierda y que era imposible de ignorar. ¿Sabía Giotto de antemano que su padre lo compró para homenajear su nacimiento? Al fin y al cabo, había estado extraviado durante la mayor parte de su vida.

–Vaya, lo que daría por saber qué hay dentro de ese sobre –murmuró Cristina, volviéndose de nuevo hacia Cesca, sin apenas mover los labios.

–¿La carta? –preguntó esta, sorprendida, pero no del todo convencida, en un primer momento, de que Cristina le hubiese hablado a ella.

–Sí. Y Giotto también. Quedaría en paz si lo supiese, pero ella no lo pierde de vista jamás. Ni un segundo. Incluso duerme con él debajo de la almohada. –Cristina guardó silencio unos instantes antes de mirarla–. ¿Eres consciente de que eres la única persona que, en quince años, ha tenido la oportunidad de saber lo que hay dentro?

Cesca se la quedó mirando, mientras notaba cómo se le aceleraban los latidos del corazón. ¿Por qué diantres iba ella a hacer eso, a leer la carta sin abrir de un desconocido? Y, más precisamente, ¿por qué Cristina le estaba hablando a ella de eso?

–Lo siento, no la sigo… ¿Giotto quedaría en paz si supiese qué exactamente?

Cristina levantó el mentón, con la mirada fija en la figura menuda del escenario. A Elena le temblaba la voz de la emoción mientras se sucedían las imágenes de Vito tras ella; el símbolo de su amor, el Bulgari Azul, centelleaba con cada movimiento de la mano.

–¿Aún no lo has adivinado?

A Cesca se le hizo un nudo en el estómago. Ay, madre. ¿Estaba Cristina al tanto de la aventura? Peor aún, ¿lo sabía Giotto?

Cesca se inclinó hacia Cristina, que sonrió y asintió ligeramente cuando Elena la mencionó, momento en el que la gente la miró con admiración. No dio muestra alguna de que acabase de depositar una granada en el regazo de Cesca.

—¿Por qué no se lo pregunta directamente él? —susurró con cuidado de no utilizar ninguna palabra concreta porque, si se equivocaba y Cristina no sabía lo de la aventura, no podía ser ella quien se lo contase.

—Llevas todo el verano con ella, ¿y aún me lo preguntas?

Cesca supo que Cristina estaba en lo cierto. No estaba segura de que Elena pudiese siquiera distinguir la verdad de la ficción. Había engañado a su marido —y a su hijo— hasta tal punto que ella misma se creía sus propias mentiras; de eso Cesca estaba segura. Las apariencias la consumían.

—Pobre chico. —Cristina chascó la lengua, mirando a Giotto, que estaba de pie, recto, junto al hombro de su madre, por si se tropezaba, se caía o se desmayaba. Lo cierto era que sí parecía extremadamente delicada—. Lleva mintiéndole todos estos años y sigue sin respuestas. Y ahora ella está empeorando a pasos agigantados.

—¿Empeorando? Está…

—Muriéndose. Parálisis supranuclear progresiva o PSP, como se suele abreviar. Es un tipo raro de alzhéimer: temblores, dificultad para andar, cambios de personalidad y demás. La han estado tratando en Florencia, pero el pronóstico no es bueno.

¿Florencia? ¿Por eso había ido hasta allí esta semana? Toda esa información tan repentina le sentó como un golpe en la cabeza.

—Pese a eso o, quizá, por eso Giotto merece saber la verdad, pero Elena es la única persona con vida que le puede decir lo que pasó realmente. —Se giró hacia Cesca de pronto—. O tú, por supuesto.

—¿Yo?

—Sí. He intentado decirle que te lo pregunte, pero… —Se encogió de hombros—. Es una persona muy reservada. Le cuesta, lo entiendo; a mí me pasaba igual. —Cesca recordó la conversación telefónica que había escuchado a hurtadillas en la galería de los susurros—. Pero es la ocasión perfecta. Has sido la confidente de Elena todo el verano; tienes acceso a todos sus materiales, a las fotografías, a los diarios.

—Pero no me ha dicho nada que no sea público. De hecho, todo lo contrario. Ha sido muy cauta.

–¿De verdad? –la apremió Cristina, que parecía muy escéptica–. Bueno, si tanto le importa su intimidad, ¿por qué ha querido que escribas este libro?

¿Por qué, efectivamente? Cesca no ofreció contraargumento alguno, pero, en realidad, no era una dicotomía tan inusitada. Como abogada, había tenido problemas parecidos con algunos testigos que hablaban a raudales en los primeros interrogatorios para, luego, retractarse al entrar en la sala del juzgado, y aquel baile inconstante entre Elena y la verdad de su biografía no era muy diferente. Quería que el libro contase la realidad de su vida, pero, en el momento de plantarle cara, se amedrentaba; revelar la verdad no era tan fácil como parecía, y aquello suscitaba la siguiente pregunta: ¿qué era lo que quería admitir Elena pero no podía?

¿Acaso conocía Cristina la verdad que Cesca había descubierto o no era eso más que un malentendido? Sabía que había llegado el momento de hablar sin rodeos, y una de las dos iba a tener que dar el paso.

–Sabes lo de la aventura –dijo Cesca en voz baja, apenas moviendo los labios, por si alguien las estaba observando.

Cristina asintió.

–Sí.

–Y crees que Aurelio es el padre de Giotto.

–Sí.

–¿Giotto también lo piensa?

–Sí.

Cesca, inhalando hondo, se mostraba renuente a pronunciar aquellas palabras. Por lo que sabía, nadie más había solicitado el certificado de defunción, de lo que se desprendía que todo el mundo se había creído la versión oficial: que Aurelio había fallecido en el accidente de tráfico.

–Y crees que por eso Vito mató a su hermano.

–No.

Un momento, ¿qué?

–¿Qué? –susurró Cesca, atónita–. ¿Qué crees que dice la carta exactamente, entonces?

Cristina la miró directamente, dejando de fingir que estaba atenta a lo que sucedía sobre el escenario. La verdadera historia de la noche se estaba desarrollando justo allí.

–Giotto me ha contado que, después del accidente, durante años, escuchaba a hurtadillas a su madre hablando con su padre con las puertas cerradas.

–¿Y…?

–Lo llamaba Reli…

Cesca parpadeó y volvió a mirar a la anciana menuda que estaba en el escenario: todavía era hermosa, todavía era formidable, todavía tenía a *la crème de la crème* de Roma en la palma de la mano.

–No fue Aurelio el que falleció en el accidente de tráfico esa noche –reveló Cristina con intensidad, mientras Cesca contemplaba el rostro, de una belleza excesiva, que se mostraba en la pantalla por detrás de Elena–. Fue Vito.

Capítulo 43

Guardó silencio en el viaje de vuelta, con la cara vuelta hacia la ventanilla y la chaqueta de él sobre los hombros, para resguardarse del frío; de noche, las temperaturas caían en picado. Estaba tan enfadada que no sabía qué hacer.

–¿Puedo subir? –preguntó Nico, consciente de que ella no le devolvía la mirada mientras aparcaba en la callejuela al oeste de la *piazzetta*.

–Será mejor que no. La cenita con tu madre me ha dejado agotada –dijo con todo el sarcasmo que pudo, y salió del coche diminuto antes de que pudiese detenerla.

–¡Cesca!

Pero ella se alejaba sin mirar hacia atrás. Treinta segundos después, justo cuando llegaba a las escaleras, la agarró de la mano y tiró de ella por los peldaños.

–Voy a subir –insistió–. Vamos a hablar.

–No. ¡Nico! –protestó, mientras él cogía la llave de debajo del geranio junto a la puerta.

–Entra.

Abrió la puerta y ella entró trastabillando, pensando en la capacidad que tenía él de acaparar todo el pequeño cuarto, toda su mente. Se giró rápidamente para plantarle cara; no tenía pensado permitirle que mandase sobre ella, que tomase las riendas de la situación.

–¡Tú lo sabías! –lo acusó, y él asintió.

–Sí.

Se lo quedó mirando ante aquella franqueza. ¿No tenía siquiera la decencia de mentirle?

–¿Y nunca se te ocurrió contármelo? ¡Tu madre me acaba de tender una emboscada, Nico! ¿Sabías lo que tenía planeado para esta noche?

—No, pero con Elena siempre tiene problemas. Han tenido siempre una relación… difícil.

—Sí, me he dado cuenta, gracias. Fue un placer quedarme atrapada entre las dos toda la cena.

—Mira, lo que quiera que haya dicho no iba en contra tuya; solo intentaba ayudar a Giotto, que es su ahijado. Ni siquiera sabe lo nuestro todavía. Lo único que sabe es que trabajas para Elena.

—¡Anda! ¿Crees que habría sido algo más diplomática de haber sabido que me acuesto con su hijo?

—Probablemente no.

—¿Sabes que prácticamente quiere que me ponga a espiar a Elena? Quiere que consiga la carta y que la lea.

Pero, aunque así lo hiciera, pensó entonces, ¿descubrirían lo que Giotto necesitaba saber? ¿Se confirmaría cuál de los dos era su verdadero padre? ¿Se confirmaría la muerte de Vito, no la de Aurelio?

No podía ni imaginarse el valor que habían tenido que tener los dos para sobrevivir día tras día: Aurelio había tenido que hacerse pasar por su propio hermano en público, había tenido que fingir ser el marido de Elena, y para eso tendría que haber hablado más bajo y moderado sus chistes; había tenido que abandonar la vida de *playboy* para dedicarse a presentar galas benéficas y arbitrar festivales del queso. ¿Cómo lo había hecho sin que nadie se diera cuenta? ¿De verdad no habían tenido ningún descuido durante todos aquellos años? Incluso habían logrado apartar a Cristina, la única persona que podría haberlos desenmascarado.

Nico se encogió de hombros.

—Mi madre es una mujer de principios sólidos. Quería a Vito como a un hermano y cree que es su deber proteger a su hijo.

—¿En serio? ¿Lo quería como a un hermano? ¿Eso es lo que piensas?

Tensó la mandíbula y desvió la mirada, al tiempo que ella se daba cuenta de las implicaciones que lo que acababa de decir tenían para él.

—Nico…

—Esto no tiene nada que ver conmigo, ¿vale? Es asunto de mi madre y de Elena. A mí no me afecta.

–Pero ¡sí que te afecta! ¡Trabajas ahí! Estás ahí abajo, en esos…
–Se calló de pronto.

–¿Qué? –le preguntó él–. ¿Qué pasa?

–Estás en los túneles. Sabías lo de los túneles.

–¿Qué?

–Tu madre dijo que siempre te contaba que jugaban en los túneles de niños. Para ti no fue un descubrimiento para nada. Tú ya sabías que estaban ahí. –Abrió los ojos como platos conforme ataba todos los cabos en la mente. Soltó un grito ahogado–. Por eso mismo pasaste del socavón al túnel de servicio: sabías que estaba conectado con los otros túneles que habían tapiado.

–Ces…

Pero lo acalló levantando una mano, con los ojos entrecerrados, y se puso a caminar, a caminar y a pensar.

–En su momento, no entendía por qué te pusiste a investigar más allá del socavón, como si supieses que ahí había algo más. –Volvió a mirarlo–. Pero lo sabías. Por eso estabas ahí abajo ese viernes por la tarde; por eso te enfadaste tanto conmigo cuando te saqué.

Nico suspiró, pasándose una mano por el pelo.

–Sí, lo siento.

Ella lo contemplaba; no quería sus disculpas.

–Pero ¿por qué? ¿Por qué intentabas llegar a los túneles?

Suspiró otra vez, poniendo cara de resignación al percibir su mirada penetrante. Resultaba evidente que ella no lo iba a dejar pasar.

–Por el anillo. Mi madre sabía que estaba ahí abajo.

Cesca enarcó las cejas.

–¿Tu madre sabía que el Bulgari Azul estaba en ese túnel? Entonces, ¡sabía que lo habían extraviado! Provocó a Elena en la cena a propósito, la presionó.

–Sí.

–¿Y te envió ahí abajo para que lo buscases?

–A mí no me envió a ningún lado –dijo rápidamente–, pero, cuando le conté lo del socavón, lo vio como una oportunidad para recuperarlo y yo me comprometí a ayudarla. Sabía lo importante que era para ella tratar de ayudar a Giotto.

–Y a ti también, seguro –respondió secamente–. Te dio más tiempo para buscar trozos de tu mapa.

Asintió.

–Sí, pero tienes que enten…

Cesca alzó un dedo de nuevo, como para detener los pensamientos que se le arremolinaban con demasiada rapidez en la mente.

–¿Por qué iba a ser de ayuda para Giotto encontrar el anillo?

–Ay, Dios –gruñó; comenzaba a exasperarse–. ¡Ahora veo qué clase de persona eras antes! Mira, no lo sé a ciencia cierta, no le pedí los detalles. Pensaba que estaba relacionado con el accidente en el que murió Aurelio.

–O sea, Vito.

Se encogió de hombros.

–Sí.

Cesca apartó la mirada de él y la volvió a fijar en la pared, con su antena temblando. ¿Qué sentido tenía? ¿Qué tenía que ver el anillo con el accidente? Se estaba acercando a la verdad, pero… pero todavía no era capaz de vislumbrarla. Entornó los ojos, mordiéndose el labio.

–¿Por qué no fue tu madre en persona a buscar el anillo a los túneles?

–¿Pues porque es una señora de setenta y muchos?

Ella hizo caso omiso del sarcasmo.

–El anillo se extravió hace casi treinta años, Nico. ¿Por qué ha esperado tanto tiempo?

Él suspiró.

–Mira, ¿por qué estamos hablando de esto? Ahora mismo no estamos trabajando. ¡Se suponía que iba a ser nuestra noche!

–Dímelo.

Nico se alejó, con las manos en las caderas, presa de la frustración.

–Se enteró hace poco de la aventura; en Pascua, creo. Se encontró con Maria Dutti y se tomaron un café juntas; siempre han tenido una relación estrecha. A la *signora* Dutti nunca le ha gustado Elena. Al parecer, le parecía una insolente.

–Pero ¿por qué no le ha contado Maria lo de la aventura hasta ahora? Han pasado muchos años.

–Porque no se veían desde el funeral de Aurelio.

–De Vito –lo corrigió, algo pedante.

Él se encogió de hombros y suspiró.

–Sí. Eso.

–¿Por qué no se veían, si tenían una relación estrecha? Tu madre tuvo que encontrársela alguna vez cuando venía al Palazzo Mirandola, ¿no? Vive al otro lado de la plaza.

–Porque después de que él, Vito, muriera, a mi madre la apartaron de sus vidas. Seguía viendo a Elena «en sociedad» –dijo, dibujando unas comillas con los dedos–, pero, como quien dice, no volvió a Mirandola. Creo que llegó a almorzar con Vito, o sea, con Aurelio –poniendo los ojos en blanco, frustrado– una vez, justo después del funeral, pero, después de eso, prácticamente, nunca volvió a ir a su casa.

–¿Por qué no?

–Decía que él se mostraba muy distante. Acababa de enterrar a su hermano gemelo, a fin de cuentas, pero decía que no era solo por el dolor. Algo en él había cambiado. Estaba devastada y no fue hasta que Giotto vino a contarle lo que había oído cuando todo adquirió sentido.

–Entonces, ¿se distanciaron de ella porque Aurelio sabía que descubriría la verdad y se daría cuenta de que no era Vito? –Cesca parpadeó, tratando de procesar aquella nueva verdad: que Vito había fallecido aquella noche y que Aurelio había suplantado su identidad, que Elena había fingido que él era su marido… Pero daba igual las veces que se repitiese aquellos hechos: no los podía aceptar–. ¡No, es una monstruosidad! –gritó, negando con la cabeza y alejándose para caminar por la estancia.

Nico la contemplaba.

–Sí.

–¿Cómo pudieron hacer tal cosa?

Él se encogió de hombros.

–¿Por lo desesperados que estaban? Tal vez sí era amor verdadero.

Amor verdadero. Cesca entrecerró mucho los ojos al recordar algo.

–Por cierto, hace poco le pregunté a Elena si su matrimonio se vio afectado por la muerte de Aurelio. Había estado casada tantas veces que, en cierto modo, asumí que, para ella, el marido era como el bolso: algo que cambiar cada temporada. Pensé que perder a su gemelo habría destrozado sin duda a Vito y me sorprendió que hubiesen conseguido superarlo, pero lo que dijo fue muy extraño: me explicó que, en todo caso, lo que hizo fue reforzar su matrimonio, que los unió incluso más.

—Y ahora sabes por qué: porque le brindó la oportunidad de estar con el hermano que quería de verdad.

—Dios, ese accidente de coche fue la solución perfecta, ¿a que sí? —murmuró—. Pudieron vivir como marido y mujer evitando el escándalo que se habría montado si se hubiese llegado a saber que Aurelio tenía una aventura con la esposa de su hermano muerto. —Se tocó el paladar con la punta de la lengua—. Y, si eso —recalcó— fue la solución a su problema, también pudo ser un móvil sólido para matar a Vito.

Nico frunció el ceño.

—¿Un móvil? Pero si fue un accidente.

—No, tengo una copia del certificado de defunción: falleció de una insuficiencia cardíaca.

—Insuficiencia cardíaca —repitió Nico.

—Exacto. No fue por el accidente. He estudiado las fotografías y no hay forma de que pudiese morir así; tuvo que pasar algo más a la fuerza. —Se dio una palmada en la frente, frustrada—. Ay, lo he malinterpretado todo.

Nico volvió a fruncir el ceño.

—Me he perdido.

—Cuando pensaba que el muerto era Aurelio, asumí que fue Vito quien lo mató en un crimen pasional, porque acababa de encontrar a su esposa en la cama con su hermano; como mucho, podría ser un homicidio involuntario. —Inhaló hondo, tratando de reorganizar sus pensamientos—. Pero si el que murió fue Vito la cosa cambia. Si Aurelio mató a Vito para estar con su esposa..., sería un asesinato.

Nico se la quedó mirando, fijándose en la forma en que cambiaba de expresión a cada pensamiento que formulaba, con la mente atolondrada, con el cuerpo tenso.

—¿Por qué lo dejaste, Cesca?

Ella parpadeó y lo miró, a pesar de que seguía sumida en sus pensamientos.

—¿Eh?

—Se te da bien, ¿lo sabes? Ahora veo cómo eras antes.

–¿Cómo era dónde? Lo siento, no te estaba escuchando. ¿De qué estás hablando?

–De tu anterior trabajo. ¿Por qué lo dejaste?

Se le descompusieron las facciones.

–No. No pienso hablar de eso.

–¿Por qué? ¿Por qué siempre te cierras en banda?

–Porque tengo derecho. Es cosa del pasado. Fue un error y pasé página.

–¿De verdad? Entonces, ¿qué es lo que estás haciendo ahora mismo? –Extendió los brazos al tiempo que formulaba la pregunta–. ¿Estás escribiendo? ¿O estás montando un caso?

Cesca notó que la sangre se le agolpaba en las mejillas.

–Intento descubrir la verdad. Ha sucedido algo terrible, Nico, ¿es que no lo ves? Tenemos que hablar del tema.

–¿Sí? Bueno, ¿y qué pasa con que me hayas dicho que tú has matado a alguien, Cesca? –dijo, perdiendo los estribos de repente–. ¿Cuándo vamos a hablar de eso?

Ella sentía que le habían arrebatado el aire de los pulmones y comenzaron a acumulársele lágrimas ardientes en los ojos mientras lo miraba, pero, aun así, se negaba a derramarlas.

–No pienso… Esto no tiene nada que ver conmigo. No te salgas por la tangente…

Él le dio la espalda para inhalar hondo varias veces antes de volver a girarse.

–Mira, no me importa lo que hayas dicho, ¿vale? No me lo creo. Te conozco y sé que serías incapaz de hacer algo así. –Se acercó a ella y le cogió las manos–. Pero tienes que contarme lo que sucedió.

–No. –Alzó la mirada hacia él, notando que la culpa, la vergüenza, corría de nuevo por sus venas, y negó con la cabeza de un lado al otro–. No puedo.

–Sí puedes.

Negó con la cabeza con más fuerza. Las lágrimas comenzaban a caerle por las mejillas, pese a todos sus esfuerzos.

–Que sí –insistió él–. Y, si vamos a tener algún tipo de futuro, no te queda otra opción.

La soltó entonces, reculando para darle espacio, para darle esperanza, y ella lo observó acercarse a la ventana para mirar la plaza, velada por la penumbra, donde todos los locales habían cerrado hasta la mañana siguiente. Se recostó contra el alféizar de la ventana abierta y aguardó pacientemente, con la punta de la corbata colgándole del cuello, el primer botón desabrochado y la tira de satén de sus pantalones iluminada por la luz de la luna. Su silueta, su inmovilidad, su sosiego, todo en su ser transmitía fuerza.

Y, en ese instante, ella supo que tenía razón, supo que, si no lo hacía, viviría como Elena: evadiendo la verdad, viviendo una mentira. Tenía que contárselo. De alguna manera, tenía que dar voz a las sombras que le acosaban el corazón como lobos. Notaba que su secreto se debatía por liberarse, pero decir aquellas palabras, admitir lo que había hecho... Al fin y al cabo, ¿quién era ella para juzgar a Elena por sus debilidades e indiscreciones cuando lo que había hecho era igual de malo o incluso peor?

Contuvo la respiración y los recuerdos comenzaron a asaltarla desde lo más hondo de su ser en cuanto se sumergió mentalmente en el pasado del que estaba decidida a huir.

—Defendí a un hombre acusado de agredir con agravantes a su esposa —comenzó al fin, con voz trémula—. Fue... fue un caso duro; tenía unos antecedentes tan largos como esta habitación, pero en los juzgados se me conocía por mi perfeccionismo. Estaba forjándome una reputación por ser capaz de encontrar una anomalía que podría cambiar o tumbar el caso y eso es lo que hice con este. Encontré un tecnicismo con el que salió absuelto y lo devolví a la sociedad como un hombre libre.

Se miró los dedos de los pies, consciente de que, en otra época, habría dicho esas palabras con orgullo, no con vergüenza.

—Hay una diferencia importante entre «no culpable» e «inocente», en realidad —dijo en voz más baja, mientras él guardaba silencio—. La gente cree que son lo mismo, pero no es así. Una amiga me preguntó una vez cómo podía defender a personas que sabía que eran culpables y le contesté que la justicia es un proceso basado en la creencia de que un acusado es inocente... hasta que se demuestre lo contrario. Era la acusación la que tenía que demostrar que era culpable; yo no tenía que demostrar su inocencia, y creía en ese sistema. Daba igual lo que pensase de una persona en privado; al entrar en el juzgado y dirigirme al juez, estaba defendiendo a una persona considerada inocente hasta el momento en el que se revelase el veredicto, y era responsabilidad mía defenderla con uñas y dientes.

—Y eso fue lo que hiciste.

Negó con la cabeza.

—No, porque, si es un proceso, también es un juego. Como la vida misma, tenía que estar pendiente de las oportunidades que se me presentaban y, si quería tener éxito en mi carrera, no me podía permitir perder. Dejó de importarme que se hiciera justicia y me centré en conseguir buenos resultados, en ganar.

Alzó la mirada para cerciorarse de que seguía escuchándola o, por lo menos, de que seguía ahí. No lo habría culpado si se hubiese dado media vuelta y marchado.

—Diez días después, me llamó una colega de la fiscalía: la Policía había arrestado a un hombre por asesinato.

Se le escapó un sollozo, se llevó las manos a la boca y las lágrimas le cayeron imparables conforme los recuerdos —el terror sin censura— irrumpieron en ella repentinamente.

—S-su esposa se había mudado con su hija a un barrio nuevo de la ciudad. Se habían cambiado de nombre, de peinado, ¡de todo!, para empezar de nuevo; querían tener una vida nueva lejos de él, pero las encontró. L-las encontró y entró en la casa mientras dormían. A… —Se cubrió el rostro; no quería pensarlo, no quería decirlo—. Ap-puñaló a la niña en la cama. Luego t-torturó a su esposa durante seis horas antes de m-matarla a ella también.

Nico cruzó la estancia en un abrir y cerrar de ojos para rodearla con los brazos.

—*Oh, cara* —le susurró mientras ella se ahogaba en sus lágrimas entre temblores—. Cesca, cuánto lo siento.

—P-pienso en ellas todos los días. A todas horas, cada día que pasa. Las veo cuando cierro los ojos por la noche, c-cuando me despierto por la mañana.

—Ah, no. No. No.

—¡Sí! —replicó, negándose a que la tranquilizara, a que la consolara—. Es lo justo. Es algo con lo que tengo que vivir porque fui yo la que lo puso en la calle. Se lo puse en bandeja. Yo soy tan responsable de sus muertes como si hubiese empuñado el cuchillo con mi propia mano.

Él le aferró el rostro con las manos para obligarla a que le devolviese la mirada, aunque no podía ver nada a causa de las lágrimas.

–¡Cesca, no! Tienes que perdonarte.

–No. Es culpa mía. Yo soy la responsable. Es la verdad. Podría haber pasado por alto el tecnicismo; así, habríamos perdido el caso y yo le habría dejado caer. Eso es lo que tendría que haber hecho. Sabía qué clase de persona era él. –Torció la boca en señal de repugnancia–. Pero quería ganar: así de simple. Quería ganar sin importar el coste humano.

Él le limpió las lágrimas con los pulgares, pero no dejaban de caer más.

–Ya has pagado el precio con creces, Cesca, y castigarte no va a cambiar el pasado. Tienes que pasar página.

–No p-puedo.

–No tienes otra opción. Fuese lo correcto o no, hiciste tu trabajo, puede que demasiado bien.

Le besó la frente con dulzura y reposó los labios contra su piel para que ella cerrara los ojos y tranquilizara el alma. Al apartarse, alzó la mirada hacia él: ¿acaso no la odiaba? ¿No la despreciaba?

–Y ahora estás haciendo lo mismo –prosiguió Nico–: tienes que aprender a tirar la toalla.

–Lo he intentado. Pensaba que sí estaba tirando la toalla –arguyó, recordando que se había tomado muy a la ligera su deber durante las primeras semanas, en las que se dedicó a seleccionar fotografías, tomar té…–. Bueno, al menos al principio.

–¿Al principio?

–Hasta que me di cuenta de que Elena me estaba mintiendo –resolló, y se frotó con fuerza las mejillas para limpiarse las lágrimas; sabía que estaba echa un desastre, pero no le importaba–. Ay, Dios, ¿qué se supone que tengo que hacer esta vez? Hacerlo público destrozaría a la familia.

–Sí, así es –dijo sombríamente.

–Pero ¿y Vito? ¿Acaso no se merece que se haga justicia? ¿No se lo merece Giotto?

Nico la miraba.

–Tienes que plantarle cara a Elena. Cuéntale lo que sabes.

Cesca negó con la cabeza.

–Eso ya lo he intentado, pero es como hablarle a una pared. Y, además, necesito pruebas, pruebas de verdad; escuchar una conversación a hurtadillas no prueba nada.

Él se le acercó, con la mirada fija en uno de los tirantes del hombro, que se le había torcido; lo estiró y lo puso en su sitio, rozándole la piel desnuda con los dedos. Ella tembló y su cuerpo reaccionó automáticamente a su roce.

Nico se dio cuenta.

–Bueno, tienes acceso ilimitado al edificio señorial. Alberto no te pregunta adónde vas ni lo que haces, ¿verdad?

Negó con la cabeza.

–Algo habrá en ese edificio que los delate –murmuró–. Es imposible que no hayan cometido ni un error en todos estos años –prosiguió, enredando los dedos en su cabello e inclinándole la cabeza hacia atrás para que lo mirase.

¿Los diarios?, pensó ella, al tiempo que aquella corriente eléctrica le recorría el estómago de nuevo, como siempre que se miraban.

–Vale, me pondré a buscar –murmuró, consciente de que era el sobre azul lo que necesitaba. Cristina estaba en lo cierto. Toda la verdad estaría ahí escrita.

–Pero ahora no –susurró él, deslizando la otra mano por su cuello y, esta vez, bajándole el tirante del hombro.

–No –musitó–. Ahora no.

Capítulo 44

La expresión de Alberto cuando le abrió la puerta poco después de las seis de la mañana no tenía precio: habría ahuyentado a cualquiera, incluida a ella, en otros tiempos, pero en ese momento no, es día no. Tenía que repasar la vida de Elena sin dejar atrás ni un único detalle. Tenía una misión, una oportunidad para corregir un acto de maldad, y nada iba a detenerla.

Estaba sentada en el suelo en mitad de la biblioteca, donde había montado su último despacho, aunque ya no hacía falta esconderse de Nico y ya no podía seguir trasladándose de un lugar a otro. Había volcado las cajas y esparcido las fotografías a su alrededor, tras coger todo el contenido a partir de 1980, desde que Elena conoció a Vito, y separarlo en dos montones: las fotografías sacadas hasta 1989, el año del accidente de tráfico, y hasta 2002, el año del fallecimiento de «Vito», o sea, de Aurelio.

En un primer momento, observó las fotografías tratando de meterse en la piel de los retratados, para descifrar la evolución del lenguaje corporal de los hermanos y de Elena con el paso de los años. Esperaba detectar algún error flagrante que le hubiese pasado desapercibido, ahora que sabía lo que buscaba, pero, por supuesto, no había ninguno. Para cuando llegó el equipo de Nico, a las ocho y media, y pusieron en marcha las hormigoneras para rellenar el socavón, había comenzado a analizar las fotografías más metódicamente: ahora las escogía una a una, comprobando la fecha que había escrito el archivista en el reverso, y luego buscaba algo, cualquier cosa, que le indicase que Vito era, en realidad, Aurelio.

La idea era buena, pero, por el momento, fútil.

Vio la fotografía que tanto le había gustado de los cuatro comiéndose un helado. Era, sin lugar a dudas, el prototipo de la *dolce vita*: helados y cigarrillos, chicos serios y chicas con los labios hinchados, motos y gafas de sol… Se mordió el labio. Elena había insistido en que no podían usarla; había mencionado algo de una pelea.

Cogió la de al lado y comprobó la fecha: «Positano, 1990». Aurelio, pues, Aurelio bajo la máscara de Vito. Estaba sentado contra una vieja pared de piedra, con el mar a sus espaldas y el viento revolviéndole el cabello, un cigarrillo entre los labios y zapatillas Tod's color beis en los pies. Esbozaba una media sonrisa, pero sus ojos… No podía descifrar la expresión de sus ojos. Su mirada era cauta. No, más que cauta, angustiada. No, negó con la cabeza; se había vuelto a equivocar. Era lo contrario a estar angustiado: estaba de cuerpo presente, pero no de espíritu. ¿Era aquel vacío el precio que había tenido que pagar por lo que había hecho?

Bien, pensó con rencor, soltando las imágenes y cogiendo otra. Esperaba que los dos hubiesen suf…

Se le puso la piel de gallina y soltó un grito ahogado en cuanto se le ocurrió algo de repente. Cogió las dos fotografías de nuevo, pasando la mirada de una a otra con rapidez. Luego, volvió a mirar la primera. Tenía el pelo de la nuca erizado y todos los sentidos alerta mientras analizaba y volvía a analizar las imágenes, pero ahí estaba, a simple vista, el detalle que delataba la farsa y desmentía todo el engaño; ahora no tenía dudas de qué era lo que tenía que buscar.

Se le aceleró el corazón mientras repasaba mentalmente todas las consecuencias que habría acarreado aquello, mientras los acontecimientos comenzaban a encajar como cartas de una baraja y retazos de conversaciones, fragmentos de charlas, se agolpaban en su mente para confirmar la verdad. «Bulgari Azul…». «Como dos gotas de agua…». «Glamur cargado de peligro…». «Un amor tan grande como para poner una bomba…».

—¡Madre mía!

Agarró el teléfono y marcó el número de Nico, precipitándose hacia la ventana: lo veía ahí abajo, hablando con alguien, hasta que cogió el teléfono del bolsillo, vio su nombre en la pantalla y se disculpó. Se dirigió hacia el jardín, en busca de algo de privacidad.

—¿Cesca? —Sonreía con la voz.

—Nico, ¿cómo sabía tu madre que el anillo estaba en los túneles?

Desde su punto de vista privilegiado, vio que fruncía el ceño y que se llevaba una mano a la cadera.

–¿Cómo?

–Tu madre, ¿cómo sabía lo del anillo?

–No lo sé. Supongo que por Vito.

–¿Vito?

Él chascó la lengua.

–Quiero decir Aurelio. Tú ya me entiendes. ¿Por qué?

–Date la vuelta. –Le saludó con un gesto de la mano cuando se giró hacia el edificio y alzó automáticamente la mirada para buscarla en las ventanas antes de esbozar una sonrisa y devolverle el saludo–. Nos vemos en lo alto de las escaleras del ala norte –dijo, antes de colgar y recoger las dos fotos del suelo.

Oía a Nico correr con las botas sobre el suelo de mármol, otra vez con el mono puesto; el traje de gala hecho a mano de la noche anterior ya no era más que un recuerdo. La besó al alcanzarla, pero la cuestionaba con la mirada. Los dos estaban en el trabajo.

–No pudo ser Aurelio el que le contó a tu madre lo del anillo –le dijo, yendo al grano. Tenía que decir aquellas palabras en voz alta, oír cómo sonaban, cerciorarse de que no había perdido la cordura por completo.

–¿Eh…?

–No tiene sentido que él tuviese el anillo, para empezar, ¿verdad? Y tuvieron el accidente justo después de que Vito se encarase con Aurelio en el establo en presencia de Elena; no volvieron a los túneles, sino que salieron a la calle para coger los coches, de modo que Aurelio nunca pudo saber que el anillo estaba ahí abajo. ¿Me sigues?

–Sí –respondió lentamente.

–Y resulta más que evidente, por la reacción de Elena cuando se lo enseñaste, que ella tampoco sabía que estaba ahí abajo; si supiese que lo había perdido en los túneles, habría mandado registrarlos hasta que se encontrase el anillo, no tapiarlos.

–Bien.

–Lo que quiere decir que la única persona que pudo perder el anillo fue Vito. Debió de caérsele cuando iba de camino a plantarles cara. La *signora* Dutti dijo que llegó por el túnel, ¿cierto?

–Cierto –dijo lentamente otra vez, tratando de seguirla otra vez–, pero no entiendo adónde quieres llegar.

–Bueno, si fue Vito el que perdió el anillo y los otros dos no tenían ni idea siquiera de que lo tenía él, tuvo que ser…

Se calló. De pronto, la pregunta de quién le había dicho a Cristina que el anillo estaba en el túnel carecía de importancia, pues acababa de recordar otro detalle de la velada anterior más controvertido. En el momento, el comportamiento de Elena había sido una nota discordante: abrupta e inesperadamente, se había dejado llevar por las emociones y la inconstancia y había avergonzado a Giotto. «Imagínate un amor tan grande como para poner una bomba debajo de tu propia vida con tal de protegerlo…».

¿Era eso lo que había hecho Vito? Cesca se quedó paralizada… ¿Y también Elena?

–¿Qué te pasa? Te has puesto pálida –comentó Nico, alarmado. Ella lo miró con los ojos abiertos como platos.

–¡Madre mía! ¡No! –exclamó, y echó a correr.

Alberto, con la bandeja del desayuno y el *Corriere della Sera* del día doblado bajo un brazo, avanzaba con su chaqueta blanca y la espalda recta de galería en galería, una por delante de Cesca.

Esta corrió a toda velocidad, contenta de haberse puesto una falda de algodón holgada que no le dificultaba el movimiento de las piernas y unas zapatillas de deporte que no hacían ruido alguno sobre el mármol. Lo rebasó en la *suite imperiale*, momento en el que a Alberto se le cayó la bandeja de la sorpresa.

–¡Detente! –le chilló.

–¡Alberto! ¡Pide ayuda! –gritó ella, por encima del sonido de la vajilla de porcelana al romperse. Los gritos del mayordomo eran la última de sus preocupaciones en esos momentos.

Irrumpió en los aposentos blancos a través de las puertas, dejando atrás a la carrera el árbol en flor y los sofás de un blanco puro para penetrar en el calmo sosiego de la sala de estar privada que lo seguía. La siguiente estancia era el dormitorio de Elena, donde imperaba el silencio. Cesca sabía que Alberto la despertaba todas las mañanas a las nueve.

Se detuvo en la puerta, sin aliento, con miedo a entrar y Nico pisándole los talones.

–Pero ¿qué estás haciendo? –le susurró alarmado, pero la agarró del codo demasiado tarde, después de que ella llamase a la puerta con fuerza.

Ella lo miró, con miedo en la mirada.

—Ojalá me equivoque —musitó, pero no aguardó su respuesta, sino que se limitó a abrir la puerta.

Alberto no llegó ni dos segundos después, pero ya estaba claro que, muy a su pesar, ella estaba en lo cierto.

Giotto estaba tumbado en la cama junto a ella, con el rostro anegado en lágrimas. Elena yacía bajo la sábana, como si la hubiese arropado Winnie, con un peinado intachable y el Bulgari Azul en la mesita de noche, donde también estaba el frasco marrón de las pastillas, medio lleno. Cesca suponía que no debía de necesitar muchas; no pesaba nada.

—Oh, Giotto —susurró, apresurándose a coger una de las manos frías de Elena, para tomarle el pulso, pero no había pulso alguno y el corazón se le cayó a los pies—. Cuánto lo siento.

—Madre mía —murmuró Nico—. Gio.

Cesca miró a Alberto, que permanecía de pie como una de las numerosas estatuas de mármol del edificio señorial: se había quedado petrificado en la puerta.

—Alberto, ¿puedes hacer el favor de avisar a las autoridades?

Sabía que se sentiría mejor si se pusiese a hacer algo. Le devolvió la mirada, primero sin ver nada, antes de asentir y abandonar el cuarto.

—Me levanté por la noche y me fijé en que tenía la luz encendida; pensé que podría haberle pasado algo. Últimamente estaba muy delicada de salud. —Giotto tragó saliva—. Pero ya había fallecido. —Alzó la mirada hacia los dos—. ¿Por qué haría esto? Los médicos le dijeron que le quedaba otro año más, por lo menos.

Cesca reparó en la paz que transmitían las facciones de Elena. ¿Se había liberado? ¿De las mentiras, de la farsa? ¿Había valido la pena?

—Debió de sentir que había llegado el momento.

—¿De dejarme? —preguntó con voz brusca.

Cesca le devolvió la mirada con dulzura.

—De enfrentarse a los hechos.

Hubo una pausa, en la que Giotto trató de entender qué hacía aquella desconocida en el corazón de su hogar.

–¿Cuánto sabes… de nosotros? –preguntó al fin.

–Creo que lo sé prácticamente todo –admitió.

Giotto la contempló a ella y luego a su madre antes de reincorporarse y sentarse, con los hombros caídos, cabizbajo, como si la cabeza le pesara demasiado sobre el cuello. Llevaba un pijama azul marino con sus iniciales bordadas y el pliegue de los pantalones intacto, incluso después de toda una noche.

–Creo que tu madre tomó la decisión anoche, durante la cena.

–¿Qué? –preguntó Giotto, frunciendo el ceño mientras alzaba de nuevo la mirada–. ¿Cómo sabes eso? ¿Acaso te contó lo que tenía pensado hacer?

Sus ojos destilaban pavor.

–No, no me lo contó. No directamente –respondió Cesca con calma–, pero ¿te acuerdas cuando te preguntó si recordabas que tu padre siempre hablaba de tu abuelo?

–Sí. –Exhaló con impaciencia–. Como para olvidarlo. Mi padre nos lo contaba todo el tiempo. Era la anécdota estrella de la familia.

–Es porque es lo mismo que hizo tu padre… por ella, por ti, y creo que anoche por fin se dio cuenta de ello.

Giotto se la quedó mirando con aflicción y enfado a la vez.

–No te entiendo.

Cesca sacó de la cintura de la falda las dos fotografías: la de los cuatro de ellos comiéndose un helado y la más reciente, sacada después del accidente, en la que aparecía «Vito» sentado contra una pared en Positano.

–Fíjate. ¿Ves que, en esta, Vito lleva el anillo de sello en la mano izquierda? –le preguntó, señalando la instantánea del helado–. Me puse a pensar en lo que dijiste anoche, en que los diferenciabas por los anillos: los anillos de sello se suelen llevar en la mano no dominante y, como tu padre era diestro, sabemos que, en esta imagen de aquí, este es Vito, lo que indica claramente que el que sostiene el cigarrillo es Aurelio. ¿Ves? Aurelio lleva el anillo en la mano derecha.

Giotto asintió y ella sostuvo la otra fotografía, la más reciente, de Positano.

–Pero fíjate bien en esta foto de aquí, que se tomó en 1990, un año después del accidente; el anillo sigue en la mano izquierda. Eso quiere decir que es el propio Vito. No Aurelio. Fue Aurelio quien falleció en el accidente de tráfico.

Giotto la miró.

–Sé lo que oí, *signorina*. Mi madre lo llamaba Reli. Este de aquí –dijo, golpeando con rabia la imagen de Positano con el dedo– es Reli. No Vito. Seguramente… seguramente se puso el anillo en la mano izquierda porque sabía que era como se lo ponía Vito.

Cesca asintió.

–Lo sé, y lo he tenido en cuenta, pero fíjate en esta imagen de aquí –prosiguió, alzando otra vez la imagen anterior, la del helado–. ¿Ves que sostiene el cigarrillo con la mano izquierda? Sabemos, sin lugar a dudas, que Aurelio estaba ahí. Que era zurdo. Que fumaba con la mano dominante. Pero, en esta –cogiendo de nuevo la imagen de Positano–, sostiene el cigarrillo con la mano derecha. –Miró a Giotto, con la esperanza de que la entendiese–. ¿Ves lo que quiero decir? Sería sencillo cambiar la apariencia, pero mucho más arduo cambiar un hábito o un comportamiento. Probablemente, Vito ni siquiera se parase a pensar que fumaba con la mano derecha.

Nico dio un paso adelante, con cara de incredulidad.

–¿Estás diciendo que el que sobrevivió fue Vito, al final? ¿No Aurelio?

–Sí. Esto te estaba contando antes, a propósito del anillo; si Vito perdió el anillo en el túnel y murió casi inmediatamente después sin volver a pasar por ahí, ¿quién podría haberle contado a tu madre que estaba en el túnel? Aurelio no, porque no sabía nada al respecto. Ni Elena. ¡Tuvo que ser Vito! ¿No dijiste que tu madre almorzó con él una sola vez después del funeral? Debió de ser entonces cuando le comentó que habían extraviado el anillo.

–Pero, entonces, ¿por qué la apartó de su lado?

–Porque lo conocía mejor que nadie y estaba a punto de empezar a vivir una mentira. No podría haber mantenido esa fachada en presencia de tu madr…

–Esto no explica lo que yo oí –intervino Giotto–. Sé lo que oí.

–Es cierto. Claro que oíste a tu madre llamarlo Reli, porque eso es justo lo que Vito quería que creyese ella. Quería que creyese que

397

había muerto y que su hermano había sobrevivido. –Hubo un silencio de desconcierto–. Pero el que murió en el accidente de tráfico fue Aurelio –concluyó en voz baja.

–Pero dijiste que ese accidente no pudo matar a nadie –arguyó Nico. Los dos estaban contra ella.

–Y no habría matado a nadie… en circunstancias normales, pero Aurelio no era normal. Le habían disparado años antes en Kenia, y tu madre me contó anoche que los cirujanos no pudieron sacarle la bala porque estaba demasiado cerca del corazón. El impacto del accidente consiguió…

–Desplazarla –murmuró Nico, que se había puesto pálido–. Madre mía.

–Exacto. Por eso la causa de la muerte oficial fue una insuficiencia cardíaca.

Todos guardaron silencio, tratando de digerir esa nueva versión de la verdad. Había tantas…

–Entonces…, ¿lo que hizo mi padre fue mentir sobre su propia muerte? –aclaró Giotto.

–A tu madre, sí –asintió Cesca–. Ante el mundo, seguía siendo Vito Damiani, pero quería que ella creyese que era su hermano.

–¿Fingiendo que estaba muerto? –preguntó Giotto con incredulidad–. ¿Por qué? ¿Por qué haría tal cosa?

Cesca se lo quedó mirando.

–Porque sabía que estaba enamorada de Aurelio y, probablemente, suponía que, si pensaba que Aurelio estaba muerto, lo dejaría. Y te llevaría consigo.

Giotto permaneció en silencio, mirando la figura inmóvil de su madre en la cama.

–Y crees que mi madre… ¿se dio cuenta de todo esto anoche?

–Sí. Creo que se dio cuenta cuando mencionaste lo de los anillos. Bastó hablar de quién se ponía qué anillo en cada mano para que percibiese esta anomalía; Vito no habría sido capaz de ocultar que era diestro. Cuando vives con alguien, te familiarizas tanto con sus hábitos que se vuelven invisibles, pero, en cuanto te pones a pensar, lo tienes claro.

Giotto guardó silencio largo rato, tratando de digerir esa retorcida verdad.

–Pero anoche se subió al escenario y dijo todas esas cosas bonitas sobre Vito. ¿Me estás diciendo que fue capaz de hacer eso, a pesar de que acababa de enterarse de que le mintió durante todos esos años?

–Sí, porque creo que entendió por qué lo hizo. Se dio cuenta de que tu padre puso una bomba por debajo de su propia vida para proteger el amor que os profesaba a ella y a ti. Era lo que sintió que debía hacer para conservaros a los dos.

Giotto volvió a bajar la cabeza, ocultando el semblante entre las manos, conforme comenzaban a temblarle los hombros por los sollozos. A Cesca se le rompió el corazón. No podía imaginarse el dolor que debía de estar sintiendo por perder a su madre, por descubrir todo el tormento del amor de su padre.

Tenía los ojos rojos cuando por fin volvió a mirarla.

–Hizo todo eso, aunque… –se le quebró la voz–. A-aunque… puede que no fuese mi padre. ¿Te das cuenta de que muy probablemente sea hijo de Aurelio?

Ella tragó saliva y asintió.

–Sí. Cuánto lo siento –dijo, encogiéndose de hombros con impotencia. Era lo único que no sabía, lo único con lo que no podía ayudarle.

A Giotto se le escapó un sonido, bajo y urgente, como un animal malherido que acepta su derrota, su final. Se puso en pie y comenzó a pasear por la estancia presa de la inquietud, llevándose las manos al pelo mientras negaba con la cabeza. Cesca se cuestionaba qué era mejor que asimilase primero.

Nico le apretó el brazo y, discretamente, le dedicó una mirada de orgullo antes de dirigirse a la ventana para observar a todos los miembros de su equipo, reunidos en el jardín sin los cascos. Comenzaba a correr la voz…

Cesca se preguntaba cuánto tardarían las autoridades en llegar y, por supuesto, la prensa.

–Giotto, perdona que te lo pregunte, pero ¿ha dejado alguna nota tu madre? –preguntó, girándose para mirarlo mientras caminaba.

Este se detuvo, como si, al caer en la cuenta, se hubiera tropezado contra un muro.

–No –dijo con voz monótona–. Bueno, no… no me he fijado. Es que cuando la vi en la cama… –Se le quebró la voz y volvió a girarse con rapidez.

–No pasa nada –lo calmó Cesca, justo al ver a Nico moverse repentinamente por el rabillo del ojo.

–Espera, aquí hay algo –dijo Nico con la mirada fija en una pila de papeles en el tocador, y a Cesca no le llevó más que un segundo percatarse de que era el manuscrito. Tanto ella como Giotto se acercaron cuando Nico cogió la primera hoja y se la entregó a Giotto, aunque todos la leyeron juntos en silencio, con el ceño fruncido.

Mi querido hijo:

Te pido que me perdones por dejarte y obligarte a que descubras la verdad de esta forma. Simple y llanamente, yo no tuve la fuerza necesaria para hacerle frente hasta esta noche. Mi vida no ha sido lo que pensé que sería y mucho menos lo que los demás asumían que era. He sufrido tanto y cometido errores tan terribles que me ha sido imposible tratar de describir cómo he llegado hasta tal punto.

He intentado explicarlo de la mejor manera posible en las siguientes páginas. No será una lectura fácil, como tampoco fue fácil para mí contarla ni, lo sé, para Francesca escribirla, pero es el último regalo que te hago, de madre a hijo: esta es la historia de mi vida, de quién soy.

Hay tantas cosas que me habría gustado hacer de forma diferente, pero tú eres lo único que no cambiaría jamás. Nunca podría arrepentirme de haberte tenido, pues has sido siempre mi amor verdadero, mi único consuelo.

Así que no estés triste, cariño mío. Sabíamos, de todos modos, que llegaría este día; primero pensamos que sería muy rápido, luego muy lento. Me voy en paz. Tan solo te pido que tengas por seguro que todo lo hecho se hizo con amor, por mí, por ti, por nuestra familia. El amor es la bomba que yace bajo todas nuestras vidas, tal y como debería ser.

Tu querida madre

Cesca apartó la nota y le dio un vuelco el corazón al comprender lo que significaba aquello. No había escrito un libro –nó en el sentido comercial de la palabra–, sino más bien una confesión:

una disculpa de doscientas páginas, una buena historia de dinero, amor y suerte que nunca había estado destinada a salir a la luz.

Recordó el día en que se encontró a Elena en su propio piso, a la espera de que llegara para hacerle la oferta, justo la mañana después de que se conocieran. ¿Fue de verdad una coincidencia? Cristina dejó claro en el almuerzo que a ella no se lo parecía y ahora Cesca le daba la razón. Con toda probabilidad, Elena la había elegido como biógrafa la primera vez que se vieron; seguramente, ya lo tenía todo pensado antes incluso de que Cesca se levantara tarde por la mañana y fuera presa del pánico, poco antes de que casi la atropellara un hombre de lo más atractivo con la moto. Elena, seguramente, no había tenido que hacer más que sobornar un poco a Giovanni para que la despidiera; si ella no se hubiera quedado dormida muy convenientemente, se les habría ocurrido otro motivo para echarla. Elena se habría salido con la suya de todos modos porque veía a Cesca como la candidata ideal para el proyecto, pues ¿qué habría encontrado al buscar el nombre de Cesca en Google, tal y como esta había hecho con el de Elena? Titulares de un caso trágico en el que la defensa había hecho demasiado bien su trabajo, el blog de una exabogada que buscaba deleitarse en los pequeños detalles, una chica empezando de cero en el extranjero, una licenciada con cerebro y un deseo imperioso de descubrir la verdad.

Cesca, que necesitaba moverse, se puso a caminar por la estancia. Había atado todos los cabos sueltos, pero, para ello, la habían manipulado. Elena había explotado sus instintos de abogada para presentar un caso ante su hijo. No era la labor de Cesca demostrar que Elena era inocente y esta sabía que ni siquiera lo intentaría, pues, al fin y al cabo, sería inocente hasta que se demostrase lo contrario y esa decisión la tomaría Giotto, cuya versión de los hechos era la única que contaba. Él era el legado de una aventura amorosa que los había consumido a todos ellos, pues Aurelio, Vito y Elena, al final, habían muerto los unos por los otros.

Volvió a mirar a Elena, que había hallado la paz en la muerte, con su cuerpo diminuto pero espíritu formidable. Era difícil creer que, una vez, se la había considerado la niña más afortunada de Estados Unidos.

Pero, mientras la contemplaba, vio algo; una leve sombra bajo la almohada.

–Giotto.

Aquella palabra acaparó la atención de los dos hombres, centrados en el manuscrito, y al girarse se la encontraron de pie junto a la cama, sosteniendo la pequeña carta de color azul.

La había abierto, finalmente –tal y como había predicho Elena–, el último día de su vida. Tras quince años, había reunido el valor para enfrentarse a las consecuencias de sus actos, para dar a Vito la última palabra en una aventura amorosa que había hecho estallar por los aires todas sus vidas.

Esa carta, reflexionaba Cesca mientras la sostenía en la mano, era como una paloma mensajera: regresaba siempre a ella, como si también debiese leerla. ¿Habría cambiado algo si la hubiese leído aquella primera noche junto a los contenedores de la basura? Pues, al devolverla sin abrir, su propia vida había terminado entretejida en el tapiz de la historia extraordinaria de esta familia.

Pero no era más que una pregunta hipotética, por supuesto. Era una mujer con principios; nunca leería la carta de un desconocido, y por eso, precisamente, la había escogido Elena. Sea como fuere, no había necesitado leerla para descubrir la verdad. Cristina tenía razón: el suelo se había abierto para traer un antiguo secreto a la superficie, pues aquel socavón había dejado al descubierto los túneles, los cuales, a su vez, habían dejado al descubierto el anillo, símbolo de un amor sin límites.

El devenir de los acontecimientos estaba siguiendo el guion al pie de la letra, proceso que no había comenzado hacía quince años, cuando se escribió la carta, ni hacía veintidós, cuando Aurelio regresó a casa por Nochebuena, ni hacía otros catorce, cuando Laney echó la cabeza hacia atrás para soltar una carcajada en el baile de máscaras Black and White de Truman Capote…, sin reparar en el apuesto italiano con el que se cruzó esa noche. No, ese momento llevaba fraguándose toda una vida y todo lo que sucedió antes –toda la pasión y el tormento, toda la ventura y desventura– los había llevado hasta donde estaban.

Giotto –su hijo, heredero y futuro– cogió la carta y, con un hondo suspiro y lágrimas en los ojos, comenzó a leerla.

Epílogo 1

13 de noviembre de 2002

Mi querida Elena:

Mi viaje ha concluido. Mi corazón ya no puede soportar más este mundo y la vida maravillosa que hemos llevado en él. He intentado, de la mejor manera posible, convertirme en lo que necesitabas y en quien querías, pero, a estas alturas, ni siquiera este amor es suficiente, pues le añoro tanto que el dolor me dobla en dos hasta hacerme añicos.

Desde el día de aquel tiroteo en Kenia, siempre he sabido que lo perdería demasiado pronto. También él lo sabía; he ahí por qué vivía con tanta intensidad, pues sabía que podría bastar con un estornudo, con una palmadita en la espalda, pero yo nunca me sentí preparado para perderle y todavía hoy sigo sin estarlo.

¿Te sorprende que yo no sea él? En ocasiones, me preguntaba si lo intuías. Admito que ha habido veces en las que me he arrepentido de lo que he hecho, pero espero que llegues a entender que, el día que falleció él, tomé la única decisión posible para seguir viviendo: al preservar tu felicidad, garantizaba la mía propia. Así podría retenerte a ti y a nuestro hijo. Sí, nuestro hijo.

Aquel día –¿lo recuerdas?– que fuimos a por un helado después de comer, os seguí a ambos al Panteón. Os vi besaros bajo la lluvia, con la pasión y la desesperación patente en vuestros rostros, y supe entonces lo que pasaría entre vosotros, si es que todavía no había pasado. Aguardé en el túnel aquella noche, a la espera de verlo ir en dirección a tus aposentos, pero nunca pensé que serías tú la que bajaría. El hambre que te corroía era una llama en la oscuridad y, pese a que pronunciaste su nombre, yo no pude contenerme. De modo que, cariño mío, te engañé tal y como me engañaste tú a mí.

No lo lamento. ¿Cómo lamentarme si nos ha dado a nuestro niño? Es él a quien debemos pedir perdón, pues es el único inocente en esta aventura. Tal vez llegue el día, dentro de muchos años, cuando ya sea todo un hombre, en el que ahondará dentro de su propio corazón y comprenderá el alto precio que hemos pagado por nuestro amor. Puede que nos perdone, como espero que tú también me perdones.

Ámalo con todas tus fuerzas y protégelo.

Tu querido marido,

Vito

Epílogo 2

Roma, octubre de 2017

—¿A eso le llamas «carbonara»? —le preguntó Guido, escandalizado, cuando Cesca dejó sobre la mesa el desbordante plato caliente.

—Que no te quepa la menor duda —contestó, desafiante.

—Pero ¡si le has echado cebolla! ¿Y el huevo dónde está?

—¿El huevo? —gritó Cesca—. Tú estás loco, hombre. No pienso poner un huevo frito encima de todo esto, que no es un desayuno.

—¿Cómo que frito? —dijo Guido, que casi se cayó de la silla mientras los demás se desternillaban de la risa ante la broma de Cesca.

—Así es como lo hacemos en Inglaterra, que, como bien sabéis, no solo es el lugar de origen del pollo *tikka masala*, sino también el mismísimo paraíso de la carbonara.

Hasta Guido se echó a reír mientras ella servía la cena y le colocaba el plato delante, dándole un beso en la mejilla.

—La verdad es que está bueno —dijo Matteo, prácticamente metiendo la cara en el plato, como siempre—. O sea, para no ser auténtico.

—Hablando de autenticidad, ¿qué os traéis entre manos tú y la ayudante de la galería que tiene las tetas operadas? —preguntó Alé, pasándole la pimienta.

Matteo puso los ojos en blanco y negó con la cabeza, llevándose el dedo índice a la sien.

—Está loca.

—No tan loca como Cesca; mira cómo va vestida —apostilló Guido.

—¡Oye! No metas mi ropa en esto —lo regañó Cesca—. Que sepas que los petos son prendas de ropa legítimas.

—Si son de pana amarilla y los lleva alguien sin pañales, no —bromeó, y todos se rieron cuando Cesca le lanzó un guisante.

–¡Pues eso! –Matteo esbozó una amplia sonrisa–. ¡Así de loca estaba! Tuve que escapar como pude. ¡Ya he pasado página!

–Te da miedo el compromiso, Matteo. –Alé chascó la lengua–. En serio, me preocupas. Tienes que sentar la cabeza.

–¿Como tú, vaya?

–Oye, que estoy entre el camarero del zoo y el profesor de Geografía.

–¿Y cómo vas a escoger? –le preguntó Guido, fingiendo una mueca–. ¿Vas a lanzar una moneda al aire?

Alé se encogió de hombros.

–Pues es una opción, claro que sí.

Le guiñó un ojo a Cesca cuando esta le entregó el plato lleno.

–¿El profesor de Geografía? ¡Caray! –Cesca esbozó una amplia sonrisa–. No has perdido el tiempo en tu nuevo trabajo, entonces.

–Bueno, no todos vivimos para el trabajo como tú –se burló Alé–. Algunos vamos al trabajo para ligar.

Cesca asintió.

–Ah, está claro que no he estado a lo que hay que estar. ¡Seré tonta!

Pero era cierto, reflexionó: llevaba trabajando sin descanso todo el mes. La asesoría que acababa de abrir –la cual ofrecía asesoramiento jurídico *pro bono* en internet a las familias británicas que no llegasen a un mínimo de ingresos, cobrando comisiones a los abogados a los que las redirigía– comenzaba a dar algún que otro fruto en el mundo del derecho en su país, y el número de consultas aumentaba cada semana. Además, tenía que dedicar más y más tiempo al blog desde que se publicó una foto suya con Elena en la fiesta de Bulgari. La habían difundido varios medios de comunicación con motivo del fallecimiento de Elena, y, como resultado, el número de suscriptores se había disparado a doscientos mil casi de la noche a la mañana. Al final, no le hizo falta en absoluto lanzar una exclusiva con fragmentos de su diario y, pensándolo bien, probablemente era mejor así.

El mes anterior había sido toda una locura. La prensa internacional se había hecho eco de la muerte de Elena y hordas de periodistas habían acampado en los peldaños del edificio señorial, todos ellos desesperados por conseguir un comentario de Giotto acerca de su extraordinaria madre o de su vida increíble y, en ocasiones, escandalosa. Como no podía ser de otra forma, no les aportó nada de provecho; como *romano di Roma* que era, llevaba la discreción en la sangre. Pese a que varias personas –como Cristina y la *signora* Dutti, por ejemplo– estaban al tanto de algunos de los secretos de Elena, no podían contextualizar sus actos y, visto así, no hacían justicia a la verdad, por lo que tanto para ellas como para el mundo siguió siendo un enigma. Cesca, sin embargo, había dado con la clave para descifrar la vida de Elena –un amor tan grande que los tres personajes habían puesto bombas bajo sus vidas para protegerlo–, y tan solo ella y Giotto conocían la historia completa. Y así seguiría siendo: Cesca selló su silencio con un simple apretón de manos, después de que quemaran el manuscrito.

Giotto lo leyó dos veces antes de echarlo a las llamas. Para él era todo un reto aceptar que, después de cuestionar quién era su padre casi toda una vida, resultaba que era su madre a la que nunca había llegado a conocer de verdad. Durante dos semanas, Cesca y Giotto se sentaron juntos todas las tardes para hablar acerca de los últimos meses de vida de su madre, para escuchar las entrevistas grabadas y repasar esas mismas fotografías que había analizado Elena a lo largo de sus múltiples reuniones en verano.

Antes de abandonar el Palazzo Mirandola una última vez, Giotto la llevó a la cámara acorazada de Elena y, en conformidad con el testamento de esta, le permitió escoger una joya, la que fuese. Aunque aquello fue toda una sorpresa, Cesca no lo dudó y escogió el colgante de ópalos color rosa claro. Por supuesto, era la joya más modesta de lejos, pero también la preferida de Elena, por no decir la única que Cesca podría llegar a ponerse, pues, al igual que Elena, ella no creía en la «ropa de domingo».

–En realidad, *stricto sensu*, vosotros también os enamorasteis en el trabajo –señaló Guido, devolviéndola al presente, justo cuando las campanas de las iglesias comenzaron a tañer desacompasadamente a lo lejos y una bandada de estorninos bajó en picado por el cielo crepuscular. Pese a que el cielo vespertino estaba despejado, el aire estaba helado y pronto haría demasiado frío para cenar en las terrazas. El mundo seguía su curso–. ¿No te parece, Nico?

Este, sentado junto a ella, divirtiéndose, como siempre, con la cháchara de la mesa, le devolvió a Cesca la mirada.

–Pues claro. Es una historia de amor típica –bromeó, fingiendo seriedad–. El chico va a trabajar. El chico conoce a una chica que no sabe vestirse. El chico se enamora de la chica que no sabe vestirse.

–¡Serás…!

Todos se rieron a carcajadas cuando Cesca le golpeó sin fuerza el brazo, y él la colocó sobre su regazo para besarla mientras todos lo celebraban.

–Ay, pobre Cesca. Tiene que ser un horror ser un cliché –se mofó Guido.

–¡Que no soy un cliché! –dijo, soltando un grito ahogado, como si estuviese indignada.

–Que sí. Si te gustaba esta ciudad por…, ¿cómo era? ¿«La luz ambarina y los gorriones»? ¡Tienes alma de poeta! –Sus ojos rebosaban de alegría–. Y mírate ahora: eres igualita a todas las otras chicas que vienen a Roma y se enamoran de nuestros hombres altos, morenos y guapos.

Cesca no supo qué contestar. Había dado en el clavo. Era la verdad, toda la verdad y nada más que la verdad.

–Ya, bueno. –Esbozó una amplia sonrisa, mirando a los ojos oscuros, directos, alegres de Nico–. Pero es que… ¿vosotros lo habéis visto con traje?

Agradecimientos

A menudo el mayor dilema de un autor no es inventar una historia, sino decidir cómo contarla. Hacía un par de años que quería escribir un libro dividido en dos narraciones, pero este formato no se acomodaba nada bien a los argumentos que, por aquel entonces, me rondaban la mente, y cuando me puse a escribir este libro, seguía sin creer que podría contar una historia fragmentada entre el pasado y el presente; en un primer momento, pensaba incluir cuatro perspectivas, pero Elena y su vida extraordinaria me atrajeron tanto que no quise desperdiciar páginas con otros personajes cuando podía centrarme en ella.

Me documenté acerca de los famosos de su época –Marella Agnelli, Lee Radziwill y Gloria Vanderbilt–, y, si bien todos provenían de contextos y culturas diferentes (con la riqueza como denominador común), me llamaron tanto la atención los paralelismos que hay entre sus intereses, preocupaciones, estilos y círculos sociales que hice varias listas para analizar todos los puntos en común. Para cuando terminé de documentarme, ya había perfilado el personaje de Elena en mi mente, y cuando –hablando en una fiesta con una amiga mía que tiene una hermana gemela idéntica– me di cuenta de cuál era la única cosa que Elena no podría comprar con su dinero, al fin monté una historia dividida entre el pasado y el presente.

Hice un glorioso viaje de investigación a Roma –¡cualquier excusa vale!– con la intención de encontrar el edificio señorial y la plaza que tenía en mente. Sabía lo que necesitaba en cuanto a la logística –un edificio señorial enorme con la entrada situada en una plaza grande, pero que también diese a una más pequeña por el lado–, pero, por más que anduve, no pude encontrar lo que quería, así que me temo que el Palazzo Damiani y la

409

Piazzetta Palombella no existen. No obstante, la pastelería de al lado está inspirada en Biscottificio Innocenti, en Trastevere; la fachada del piso de Cesca, con sus escaleras y flores, está inspirada en la casita un poco más arriba en esa misma calle (la reconoceréis sin problema). La Piazza Angelica está levemente inspirada en la Piazza Navona, pero, como he sacado el mercadillo de flores y de comida del Campo de' Fiori y lo he plantado ahí, no puede decirse que se ajuste a la realidad; simplemente la he usado de modelo para la ambientación. Me informé acerca de varios edificios señoriales en Roma, pero fue el Doria Pamphilj el que de verdad me llamó la atención; este es el palacio donde está el trono papal colocado hacia la pared, con un total de mil salas. Se puede visitar, por si algún día pasáis por la ciudad y os interesa. Y la heladería en cuya entrada se sientan los cuatro personajes sobre las vespas está inspirada en Giolitti, en Via del Vicario, muy cerca del Panteón.

En suma, para esta historia me documenté acerca de famosos de primera categoría y edificios señoriales romanos, la nobleza negra y la espeleología, sin dejar atrás lo astutos que pueden llegar a ser los hermanos gemelos –¡gracias, Justin y Nuala!–. Me lo pasé en grande y fue una maravilla escribir este libro, pero si ahora lo tenéis en vuestras manos no es solo gracias a mí. Hay muchísimas personas que han ayudado a que esta historia llegue hasta vosotros, en especial mi superagente, Amanda Preston, que siempre sabe, con solo leer dos frases, si la idea sirve para un libro, y mi estoica editora, Caroline Hogg, ¡que nunca se espanta con los informes que le envío sobre astronautas románticos y espeleólogos con mal genio!

Hay mucho movimiento entre bambalinas y estoy agradecida a Jeremy Trevathan, Wayne Brookes, James Annal, Katie James, Jonathan Atkins, Stuart Dwyer, Daniel Jenkins, Anna Bond, Alex Saunders, Amy Lines, Phoebe Taylor, Claire Gatzen y, en especial, a mi correctora de estilo, Kate Moore, y a mis correctoras ortotipográficas, Camilla Rockwood y Mary Chamberlain, que creo que tienen el trabajo más arriesgado del mundo: ¡conseguir que lo que yo diga tenga sentido!

Y, por supuesto, no podría escribir nada si no fuese por mi preciosa familia, que viene a buscarme al estudio cuando desaparezco poco antes de un plazo de entrega. Me traen chocolate, té y champán –a veces todo a la vez–, pero lo único que necesito de verdad es a ellos.

Índice